郝小奇◎著

记叙的散板

西北大学出版社

图书在版编目（CIP）数据

记叙的散板 / 郝小奇著. —西安：西北大学出版社，2019.9
ISBN 978-7-5604-4425-3

Ⅰ.①记… Ⅱ.①郝… Ⅲ.①随笔—作品集—中国—当代 Ⅳ.①I267.1

中国版本图书馆 CIP 数据核字（2019）第 197745 号

记叙的散板　郝小奇　著

责任编辑	曹劲刚
装帧设计	泽　海
出版发行	西北大学出版社
地　　址	西安市太白北路 229 号
邮　　编	710069
网　　址	http://nwupress.nwu.edu.cn
E－mail	xdpress@nwu.edu.cn
电　　话	029-88303593　88302590
经　　销	全国新华书店
印　　装	陕西华新彩印有限责任公司
开　　本	889 mm×1194 mm　1/32
印　　张	14
字　　数	258 千
版　　次	2019 年 9 月第 1 版　2019 年 9 月第 1 次印刷
书　　号	ISBN 978-7-5604-4425-3
定　　价	56.00 元

如有印装质量问题，请与本社联系调换　电话：029-88302966

序

解读小奇

张月赓

写下这个题目，又直直称谓"小奇"大名，我多少有点儿担心是否恰当。小奇在报社任职期间，我已退休多年了，谈不到领导与被领导的关系，仅就参加过他邀请退休老同志的两次座谈会。第一次主持人介绍，我俩握手时，他过于谦恭地用一句成语对我有些过誉，使我极难担承。第二次见面是为了纪念报社成立60周年，希望我们几个退休的老记者、老编辑都能写写回忆文章，他说要汇集出版一本纪念文集。

他的话多是谈工作问题，没与我们每个人再单独说什么。但是他那尊重知识、尊重人才、平易近人的领导风范，给我们到会的老同志留下极好的印象。

记叙的散板

　　由小奇主持编辑的《今生的幸运》一书,把我写的那一篇《我的记者生涯》放在该书醒目的第一篇,我内心十分不安,对主编郝社长及编辑者,也不曾有过任何形式的谢意表示,至今内心尚有点儿歉然。

　　2018年12月,退休了的郝社长还记得我,委托老干处的同志给我送来他新出版的第一本书《行走的快板》,扉页上的签名也极其客气。

　　我翻阅《行走的快板》,从栏目到许多篇文字的内容都使我感到亲切,无意间拉近了彼此之间的一段距离。读着读着,有如偶然遇到一个熟悉的老朋友面对面高谈起来了。当中第一篇《雍村记忆》深深打动了我,原来60多年前小奇三岁时就居住在当时陕西省委所在地的雍村家属宿舍,而此时的我于1956年春天由山东参加工作在和平门外的西安煤矿设计研究院。该单位的家属宿舍就在紧挨雍村的仁爱巷与金家巷两处,每天都会来回穿越雍村。那时一般的普通市民,都把省委办公地和省委家属院的雍村视为极神秘的地方。郝小奇笔下的雍村所记载的大多是极其平常的老房子,还有他的童年、少年经历与当时市民没多大区别。他描述的省委幼儿园、建国路小学、市26中、张学良公馆……还有后来"文革"开始学生在雍村省委门前静坐,在整条建国路两旁围墙刷的"炮轰陕西省委""火烧西北局"的大标语,我俩人都是亲眼看见过的。今天联想一下我和小奇说不定在那些年月,也许会一同走在一条路上，相逢不相识，失去难得的交往机缘。再从他这本书当中看到数年之后他调到南院门市委工作，我却早在20世纪60年代末已在南四府街的西安晚报社供职多年，也常常去市委某个部门办事，认识上下许许多多有关领导和同志，但是十分遗憾的是没有见过小奇，更未打过交道。他在报社任职期间，我早退休了。本来有机会成为忘年交却又失之交臂了。

认识小奇熟悉小奇完全是靠《行走的快板》和他刚刚完成的第二本散文集《记叙的散板》的打印稿。小奇在这两本著作中，几乎全部是写他自己的人生经历，世事沧桑，是一段真实的社会生活的记录，他这些作品在体裁方面都不拘一格。有日记、有书信、有回忆录、有散文随笔、小品，完全使用自传的形式自己和自己重新交流一番，也给读者提供了丰富多彩的社会生活场景。把这些逐渐逝去的、平常的历史陈迹显现出来肯定具备突显时代风貌和较大的历史价值。

人生的路是无比艰辛、不可预料的。小奇从一个锦华木器厂的青年工人、宣传干事、团支部书记，通过去北京几年的学习回到厂里当上领导。20年后，37岁的小奇离开锦华木器厂，参加了公务员考试，通过笔试、面试和政审等一系列公平竞争，成了一名公务员，实现了人生的一次重要跨越。他在市政府、市委做干事时的主要业务是参加会议，做记录，整理材料，写总结，发通知，出简报，

记叙的散板

有时还要帮领导写讲话稿，工作是繁忙的，专业性也是极高的，他很快成了市委、市政府机关各项工作的业务骨干。由于工作成绩优异被破格提拔为处长，市委副秘书长，成为市委写作班子的重要成员，被许多领导和同事们公认为"笔杆子"。这样的靠给单位写材料、写总结、写公文的"笔杆子"，必须具备相当的理论水平、逻辑思维能力，还要有突出的文字功力才能得到大家的认可和赞许。郝小奇靠着自身的智慧和日积月累的经验，不断提高驾驭着这一支"笔杆子"达到轻车熟路的技能。不过，我曾一度疑惑专职写材料的"笔杆子"的业务性质与文艺创作那是完全不同的。

小奇退休后仅二三年便开始热衷于文艺创作，写了那么多文艺作品，并出版了厚厚一本散文集，我在没细心通读完他的文字作品时，设想小奇的作品不知能否远离"写材料""写公文""作总结"的老巢。我做了近30年的文艺副刊编辑，那时经常收到不少文艺稿件，也有在单位做秘书工作写材料能手的文章，深感他们的语言比较生硬呆板，流行的官话太多，不大会用生活语言叙述故事，没有巧妙的艺术构思，也没有细节描写，塑造的人物更活不起来，这种现象是业内人员的通病。记得过去流传过这样一个故事——故事发生在"文革"各地区成立革委会那个阶段，宝鸡市革委会筹备成立写作班子，革委会领导成员和宣传组的同志们，此刻想到著名诗人、作家魏钢焰老师几年前下放宝鸡市，可以把魏老师请到宣传组帮助指导工作，有些重点材料由他亲自动手，准会妙笔生花。大家是这样期盼的，当时魏老师也想为新生的革命委员会尽一点力量。他按时参加讨论会，详细阅读各种文件，精心选择材料，用熟练生动的语言赶写出来了。他交给宣传组成员传阅提意见，大家看后，一个个面面相觑，都不言传了。原因是魏老师写出的竟是一篇优美的文艺作品。此事为当时的一个传说。我与魏老师极熟，多年后有一次我随便问过他，他不无遗憾地笑了笑……

我开始翻开小奇这两本厚厚的著作，仅从设置的一个一个栏目，每个都是蕴含着文学色彩和诗情画意：《雍村记忆》《百岁人生》《乡愁别离》《市井杂说》《南院春晚》《秦岭之殇》《锦华情缘》等，哪一个都是与我开初疑虑的"政府文件""总结材料"完全不搭界。毋庸讳言这属于一部真正的文学作品集。

细读这些作品的第一感觉，小奇对自己人生经历平常的、平淡的、有些近乎琐碎的生活场景，看上去虽然显得有些时过境迁，小奇却执着地认真地精选、收集、整理出来，这不是自己和自己重新交流一番聊以自慰，而是着重把他漫长的上半生的心灵本质真切地传递给他的老朋友和今天的青年人。

缅怀往事，萦念故交袍泽，拥抱靓丽今日，凭吊古今名胜风景，是小奇全部作品的鲜明特色之一。在"锦华情缘"一章中，小奇情真意切大书特书记录了自己17岁怀揣一腔热血和青春梦想走进这个名气不显耀的集体所有制的木器厂。他的人生起步和成长完全融进这个小工厂，与这个集体结下了不解之缘。20年后，他不能忘记教他推刨子的老师傅王益厚，不能忘记技术科的袁福庆、李玉坤给他们上技术课，还有师兄弟王铮、师姐白晓燕，省市劳动模范、区人大代表王遂生、于根生等，都在关心他们，呕心沥血陪着他们青工成长，这一大批老师傅、老领导，常常用他们的实干精神，不断对青工言传身教：他们规定自己每一周保持两天下车间劳动，运原木、开大锯、刷油漆、卸货、背胶合板，重活、脏活抢在头里干，他们的优良品质深深影响教育着青年一代，教他们知道如何做人，什么是劳动奉献，如何挑起新一代工人阶级的重担。锦华人的锦华精神，永远是他们这一代人流淌的血脉和做人的精神财富！

小奇在离开锦华木器厂20多年后，利用2018年5月13日母亲节这一天，当作游子回到母亲的怀抱，与一百多名昔日的师徒、师兄弟和姐妹欢聚酒店，大家激动地、热泪盈眶地拥抱、叙旧……这是多么难得，多么感人的场景啊！

小奇的散文语言有特色、有个性。因为是从生活出发联系实际，大多是平白直叙发自内心，描述的人和物生动细腻；真实的场景，朴素的语言，让人如亲临其境，亲见其事。他笔下的"南院门春发生葫芦头"，从店铺最初的

序

地址，尤其斑驳的旧式店堂阁楼，熙熙攘攘顾客盈门，前庭后堂两排粗糙油垢不堪的桌凳，拥挤的顾客排队购票取出大海碗和二三个饦饦馍，坐下来用手掰碎再送到大窗口热气腾腾、香喷喷的操作间，然后等候叫号。听到叫号后迅速从窗口双手捧出一大碗肉肥汤鲜的葫芦头泡馍，可是掰馍时的座位已被新进来的顾客占有，自己只好捧着大海碗，或站或干脆圪蹴在墙角地面上大口咥起来……读到这样真切细致的描述，我内心止不住暗自发笑了。特别佩服小奇的观察力和记忆力。这个在春发生吃葫芦头的全部过程也曾经是我在几十年前多次经历过的。小奇在这篇文章中还写了吃特制泡菜和剥糖蒜的风趣。在2019年春节聚会饭桌上，我和小奇并肩而坐，共同回忆起20世纪70年代在南院门春发生吃葫芦头泡馍的旧事时，我随便提道：你写了啤酒，但你没有准确地写出"啤酒是服务员用原始的浅浅的小黑碗伸手从酒缸里直接舀出来的"。小奇高兴地笑着说："是，是！"听了我俩的这一对话，全桌的朋友都大笑不止。当年餐馆的档次、卫生状况大多是这个样子啊！

读小奇的文章和散文作品，开初仅读了他当中的"后记"和几篇写他自己在政府写材料成长的经过，便信笔议论一番"材料"文字和文艺作品的文学语言完全不同，有点儿一叶障目的误判。当我接着把小奇这两本文学作品认真通读过后，深深了解到小奇对文学的嗜好可不是一年两年的事。高考落榜报考电大汉语言文学专业，初步对汉语的语言、语调、文字和结构、语法修辞这些基础的知识一一掌握；电大名教授的"古典文学""现代文学"讲座不管自己多忙从不放过。有空便背诵唐诗宋词，对《古文观止》中的名篇精心研读。在知识的海洋中勤学苦练，懂得了什么是逻辑思维和形象思维，通过实践练笔写出一篇又一篇文学作品，在报刊上发表的散文受到好评。几十年间不管在什么岗位、什么职务上从没间断过。

在上一本书《百岁人生》这一栏目，充分表现出小奇的文化自信，还有对自己结识的文化名人、朋友、同行，除了读他们的著作外，还抓住一切机会面对面交流学习文学的心得体会。我读着他笔下的许多朋友个个真实亲切，活灵活现。他对本省的陈、贾，京城的阎、周的形象描绘、性格特点、生活追求、说话风趣等都是很准确、很到位的。陈、贾自然接触多、了解也多写起来方便。但在北京第一次见面没经人介绍便认出道骨仙风的阎纲和僧心佛面的周明。将周明老兄的形象描绘得真真切切，丝毫不差。耄耋之年、面色红润、精神矍铄、确实"比平凹都显得年轻"。观察得特别细腻，令人钦佩万分。小奇写了周老鼎力在北京建中国现代文学馆大功一桩，小奇可能不知道周明对西安市文联的新址建设更加功不可没。还有在过去几十年中，周明对陕籍的文化界朋友赴京谋职、求职的帮助人所共知，举不胜举，给陕西的作者介绍在北京出版社出书的事多得

序

太……

　　本人在此感谢小奇大书特书为我的老友老兄周明老先生树了一块丰碑，祝福周老健康长寿"百岁人生"。阎纲老也是一样的。

　　小奇大半生的经历丰富多彩，交友广多，他在文学作品中自述："自小就种下的一颗文学的种子，但没写出工厂生活的小说。"在二轻系统做宣传干事时，看到身边的几个同道改行当了记者、编辑异常羡慕，"没想到多年后自己却成了管他们的老大"。当了党报的社长。此语掷地有声，发自小奇的内心，充分表现出小奇的大气魄！写到这里时，我猛地想起大约二十年前与老友贾平凹一次闲坐聊天时，他拿着一本《收获》大型文学刊物，是叹气也是不服气地发出："我现在难道被两个小女子作家甩在后面了吗？"平凹此语与小奇发出的内心感叹，反映了他俩异于常人的大志向，大气势，熊熊火焰在心中燃起……今天平凹已有16个长篇问世，小奇也正在酝酿陕北题材的长篇。

　　当今我们这个社会，有极少数领导干部离退休之后，的确感到寂寞难耐、闲散无聊，个别领导干部还利用他们的社会关系和曾经拥有的资源，很容易被一些私人公司或什么大集团单位聘请去当顾问或什么副职，自然可得到某些利益。这实质上便使年轻人失去一个工作岗位。小奇退休之际，也曾有过放慢脚步，从容面对夕阳的消极状态，但他从未考虑过再谋求一份差事。闲散一段日子里，他曾

记叙的散板

在长安一位兄长家幽静的小院里深思冥想,也获得了一些老友的启发,迅速振作精神,行动起来,重新清点了一下写出的作品竟多达百余篇,于是自感还拥有一些才情和力量,继续找点自己曾经孜孜以求的初心,在文学写作的道路上再向前迈进一步也是大有意义的。此间,他偶然得到邢小俊赠新著《居山·活法》,感悟到这是一番新天地,大境界,也无形进入自己的"道场"和"修行"的新途径。

解读小奇,反省自己。我退休二十年,没有像小奇那样退休前、退休后,顺境中、逆境中,都"怀揣希望","保持乐观向上的心志"和积极勤奋的精神状态。抱定"上班时做好工作",退休后学会休息,学习点养生之道。小奇近几年总结出的慢生活,慢节奏,淡泊低调的生活元素,我从内心钦佩且也尝试着学学。但是年龄不饶人,负面的影响挥之不去……记得十多年前在东大街邂逅老友李星,亲切地握着手,他揶揄地说:"你老兄真成了出土文物了。"我说:"工作时忙编写,退休了多'歇坐'。"这虽是一句玩笑话,多少也有点儿忏悔自省的意思。事后在本报前社长郝小奇的积极鼓励下,也写了几篇文字,但读书从没间断过,而且多为修身养性指导生活的书籍,悠闲地保持着每天早晚两次饮绿茶的养生习惯:"喝好茶,睡好觉",耄耋之年无灾无病最可靠,忘年之交的小奇并相识不相识的盛年诸君切莫仿效!

目 录

序 …………………………………… 张月赓 / 1

锦华情缘

锦华情缘 ………………………………………… / 3
我的俩师傅 ……………………………………… / 10
门旗 ……………………………………………… / 14
第一次辩护 ……………………………………… / 19
打官司 …………………………………………… / 23
我与秦腔 ………………………………………… / 27
调工资 …………………………………………… / 32
丢枪 ……………………………………………… / 36
探望老董 ………………………………………… / 40
难事一桩 ………………………………………… / 44

南院春晚

我的小学 ………………………………………… / 51
我的中学和几位先生 …………………………… / 54

那年花好月未圆⋯⋯⋯⋯⋯⋯⋯⋯⋯⋯⋯⋯⋯ / 60
心中渴望的那套绿军装⋯⋯⋯⋯⋯⋯⋯⋯⋯ / 66
收音机里上大学⋯⋯⋯⋯⋯⋯⋯⋯⋯⋯⋯⋯ / 70
难忘的公务员考季⋯⋯⋯⋯⋯⋯⋯⋯⋯⋯⋯ / 75
南院的爬墙虎⋯⋯⋯⋯⋯⋯⋯⋯⋯⋯⋯⋯⋯ / 80
南院春晚⋯⋯⋯⋯⋯⋯⋯⋯⋯⋯⋯⋯⋯⋯⋯ / 85
钟鼓楼下卖报歌⋯⋯⋯⋯⋯⋯⋯⋯⋯⋯⋯⋯ / 89
加班⋯⋯⋯⋯⋯⋯⋯⋯⋯⋯⋯⋯⋯⋯⋯⋯⋯ / 94

拥抱黑暗

爸妈的饺子⋯⋯⋯⋯⋯⋯⋯⋯⋯⋯⋯⋯⋯⋯ / 101
夏日吃瓜⋯⋯⋯⋯⋯⋯⋯⋯⋯⋯⋯⋯⋯⋯⋯ / 106
搬家⋯⋯⋯⋯⋯⋯⋯⋯⋯⋯⋯⋯⋯⋯⋯⋯⋯ / 110
复位⋯⋯⋯⋯⋯⋯⋯⋯⋯⋯⋯⋯⋯⋯⋯⋯⋯ / 116
儿子的高考⋯⋯⋯⋯⋯⋯⋯⋯⋯⋯⋯⋯⋯⋯ / 120
年馑⋯⋯⋯⋯⋯⋯⋯⋯⋯⋯⋯⋯⋯⋯⋯⋯⋯ / 125
捉虱记⋯⋯⋯⋯⋯⋯⋯⋯⋯⋯⋯⋯⋯⋯⋯⋯ / 129
拥抱黑暗⋯⋯⋯⋯⋯⋯⋯⋯⋯⋯⋯⋯⋯⋯⋯ / 133
学好本领上前线⋯⋯⋯⋯⋯⋯⋯⋯⋯⋯⋯⋯ / 138
再见了我的加重坐骑⋯⋯⋯⋯⋯⋯⋯⋯⋯⋯ / 143

买菜做饭话今昔……………………………………… / 148

阆中之恋

北石窟寺…………………………………………… / 155
北川祭……………………………………………… / 160
阆中之恋…………………………………………… / 164
九色甘南绿如蓝…………………………………… / 168
申藏乡义诊手记…………………………………… / 172
卓尼觅得一洮砚…………………………………… / 177
北海普度寺………………………………………… / 181
云盖古镇…………………………………………… / 186
南疆行……………………………………………… / 189
神仙的故乡………………………………………… / 191

喝透茯茶

喝透茯茶…………………………………………… / 197
江塝踏青品茗香…………………………………… / 202
"地主菜"与"壮士出川宴"……………………… / 206
悲喜两重涎水面…………………………………… / 212
烟雨潇潇光里湖…………………………………… / 217

东白茶·东阳酒与出缸肉…………………………… / 222
钱溪村看房小记…………………………………… / 226
学做补品露一手…………………………………… / 231
云集三月试新酒…………………………………… / 235
红树林与疍家粥…………………………………… / 240

工友福荣

卖鸡蛋的瞎老汉………………………………… / 247
同仁老赵………………………………………… / 251
高楼子村的小女孩……………………………… / 255
阿兰……………………………………………… / 259
坚守文学的神圣………………………………… / 264
工友福荣………………………………………… / 275
红军战士周兴汉………………………………… / 279
果农赵老汉……………………………………… / 284
福利院的歌声…………………………………… / 291

秦岭之殇

终南夏日觅清凉………………………………… / 297
秦岭花好数杜鹃………………………………… / 301

苍苍少华山 …………………………… / 306

黄柏塬秋记 …………………………… / 310

秦岭之殇 ……………………………… / 316

无字碑前话乾陵 ……………………… / 320

不夜的长安 …………………………… / 325

又见昆明池 …………………………… / 329

印度印象

走过久违的红场 ……………………… / 335

永恒面颊上的一滴眼泪 ……………… / 340

天鹅堡：一个凄美的童话 …………… / 344

雅典神庙的传说与建筑艺术 ………… / 348

埃及金字塔与狮身人面像 …………… / 353

美国一瞥 ……………………………… / 357

印度印象
　　——印度记行之一 ……………… / 359

喃谛山下三家人
　　——印度记行之二 ……………… / 369

黄土情深

满卷黄土香……………………………………… /379
潜心黄土画主人
　　——历经十三年人民画家刘文西完成百米长卷《黄土地的主人》创作……………………… /383
黄土地与黑土地的拥抱…………………………… /392
黄土情深…………………………………………… /395
黄土情黄河恋……………………………………… /398
讴歌人民心声，描绘时代画卷
　　——在刘文西长卷首展暨研讨会上的发言…… /403
从黄土高原到印度高原
　　——访黄土地走出的画家杨光利…………… /407
难忘黄土香，不了人民情
　　——《人民艺术家刘文西》序……………… /417
老骥伏枥，壮心不已
　　——《精彩宁夏》序………………………… /421
用心纪录历史的瞬间……………………………… /424

后记………………………………………………… /426

锦华情缘

锦华情缘

5月13日母亲节,失散了24年的锦华游子又有了回家的感觉。百多名昔日的师徒、师兄弟和姐妹从四面八方赶来,欢聚于楠林国际酒店,激动地搂啊抱啊、哭呀笑呀、说的唱的照的个不停……

此次相聚盼了数年,也酝酿多时。真要感谢董占雨发起"锦华回忆"群,通过微信将上至白发苍苍年过八十的师傅,下至已失去芳华也四五十的徒弟,一个个串联起来,终于又重新回到"家"里。大家一同追忆从"文革"结束到改革开放初期工厂的辉煌,从合作化逐步发展壮大到企业解体那一刻突兀的坍塌。尽管以后各奔东西,历经风雨,但对彼此的挂念与情谊,对那段奉献出全部青春年华的岁月的记忆,始终在锦华人的血液里流淌,在脑海中激荡……

常常于梦中回到1972年12月31日。17岁的我与20多名高中毕业生,怀揣一腔热血和青春梦想来到锦华木器厂,成为伟大的工人阶级的一员。我和王永明、王铮、张红旗、李维滨分到木工车间，门志勇、高渭姑、罗琪、郭艳、曹素娟去了部件车间，温家聪、郑军到了锯材车间修锯条，赵文萍、李蔼梅在四车间当了油漆工，大概是有关系的杨小琦、高素珍分至机修车间做了车工，还有老三届的李秋芳做了木旋工。

厂里对这批青工非常重视，加上先一年与后两年来的有40多个，除了安排老师傅带，还指派技术科的袁福庆、李玉坤给我们上课，让团总支书记司玉舟组织政治学习和参加各种文体活动。厂领导张学让、朱恒贤、肖维屏也几乎与大家朝夕相处，一块参加劳动，上下关系比较融洽。另外，还特别选拔了六七人上"七二一大学"与其他院校深造，进行重点培养。

锦华虽然是个集体性质500来人的小厂，但在西北地区木器行业久负盛名，是木制家具国家标准制定单位之一，既出产品又出人才。如生产的"钟楼牌"三门大衣柜、办公家具一时供不应求，全市家具系统厂级一把手大都出自锦华，有木器行业的"黄埔军校"之称。机修工王遂生和厂长于根生当过碑林区人大代表，电工李帅、车间主任刘和标、油漆工张忠孝当选为省市劳模，统计员邓菊梅自强不息后来成为"小巷总理"和党的十六大代表，上一届市政协有四位委员曾是锦华人。

我在木工车间跟王益厚师傅学徒，推刨子10个月即被选调厂部做宣传干事后兼团总支书记，再任政工科长，

1984年被送至中国轻工业干部管理学院脱产学习，回来晋升为厂党总支书记兼行政副厂长。我到厂部跟的两位师傅，厂办主任孙乾元与工会干事张介民先后提拔到大众木器厂和钢管家具厂任书记。师兄弟王铮三四年后当了车间主任又被提拔为三桥木器厂副厂长，以后做了公司生产科长直至总经理。师姐白晓燕升任公司宣传科长，现在仍任公司书记。文萍、蔼梅调厂部做了政工干事和出纳，曹伟节由库管到总务当了科长，打眼工罗琪当了劳资科长。上完"七二一大学"的祝乐利、王永明、温家聪和郭艳分别进了厂里的技术科、供销科、劳资科和公司技术科，而门志勇当了副厂长后又去民用木器厂当了厂长。包括后来的打字员周蓓接了厂办主任，保管员孙纲当了统计员和一车间主任，张满志、林晓鸣进修后分到财务科，满志当了副厂长，最后调到市供销社当了处长。董占雨和张景学当了三车间的头头，我推选占雨到一车间接替孙纲，他后来做了厂里的一把手，为职工办理了养老统筹，还解决了部分员工的住房问题。

那时的日子简单快乐，有干不完的活。干部每周保持两天下车间劳动，不是钉床板就是运圆木、开大带锯，或者到原先的班组开榫、刷油漆、汇抽斗。只要是进车卸货，跑在前边背胶合板和搬木材的必定是厂长、书记。星期六常常义务劳动，加班的报酬是"两个馍一碗汤"。晚上十一二点锁了车间门，周虎臣、张景学等团员还翻窗户进去加班。

　　厂里大部分师傅是家在农村的"一头沉",与青工包括后来接班的都住四人一间的集体宿舍(厂领导也不例外)。工余时间,秦腔和豫剧自乐班就热闹起来。厂里有支小乐队和搞过专业的赵桂玲、刘线玲及赵文龙等一群爱好者,吹吹拉拉、咿呀啊呀地吼唱开来。团总支书记王新建爱摆弄照相机,喜为大家服务,照片还上过晚报。他还组织一帮年轻人学跳交谊舞。厂里设有俱乐部与图书室、广播室,购置了电视,组织多项文体活动。以王铮、马志宽、梁振山为主力的乒乓球队夺过碑林区的名次。我创作编排的诗朗诵《到2000年的时候》,获得二轻系统汇演一等奖。为搞好职工伙食,我与工会主席孙谨莹进食堂,帮厨卖饭、提升饭菜质量。至今仍对大师傅"洋铁壶"和炊事班长"高麻子"的肉丝面、肉米烧茄子和粉蒸肉,单秀梅又白又瓷实的罐罐馍深深怀念。

　　忘不了1975年"五一",我和机修组王继安一日内两登华山为大伙探路。夜宿东峰破庙,冻得人燃起篝火差点将楼板烧着,灭掉篝火后大伙抱团取暖,高素珍的一件军大衣不知焐热了多少双脚。听了一夜风吼,第二天下山,因游人太多中午被堵在千尺幢上边十多个小时,直到半夜12点道路才疏通,大家相互搀扶照应,匀出最后一块干粮和行军壶中所剩无几的饮水。更困难的是一车间李炳贤在弹尽粮绝的关键时刻扭崴了脚,门志勇等四五个人轮换着一步步将他背下山。回来后大伙腿脚疼了足足一个礼拜时间，个个一瘸一拐好像不会走路似的。

1982年快70岁的任秉林写信申诉，说他行将就木，不能戴着"特嫌"的帽子离别人世，影响子女前程。"行将就木"四个字深深刺痛了我，仔细翻阅了他厚厚的几本档案，派人去河南、北京、南京等地查找证人证明，在金克印书记的关怀指导下，为他还有好几个人摘掉了"地富反坏右"等压了几十年的大帽子，了却了他们多年的心愿。

更忘不了1990年4月9日中午，厂礼堂舞台后面二层的样品室，因隔壁网套厂起火殃及燃起浓烟。火光就是命令，我与门志勇、李帅、董发来等提着灭火器第一时间冲入火海。接着厂部供销、生产等科室，后边的机修、部件及三、四车间的干部工人纷纷赶来，抢救样品的、拉水龙带的、端脸盆提水桶的，与20分钟后赶来的消防队一起扑灭了这场大火。由于事故主要责任在隔壁网套厂，加上抢救及时和参加了火险，保险公司赔付了损失。为此厂里给参加救火的同志发了一只搪瓷茶缸以资鼓励，有心的董占雨至今还珍藏着这只茶缸。从此每闻警笛声我都会条件反射，是不是锦华着火了？尽管作为一个企业到1994年时已不复存在，但当年热浪冲来，灼烧毛发、脸面刺烫的感觉依然难以忘记。

这就是我工作了整整19个春夏秋冬、魂牵梦萦的地方。忘不了一个人三更半夜奋力推着一架子车原木，汗流浃背地沿着护城河走过，或是晚上带班从东厂到西厂一个一个工位的巡查；忘不了一群小伙子喊着号子，在肖厂长带领下抬着几吨重的铸铁管改造烘干窑，或是用刨子将一张张堆积如山的桌面刨光推平，检验员刘义成一搭尺子，用手摸摸，毫不客气地给你打个"乙"或"丙"等；也难忘为调解因接班问题胡师傅家产生的矛盾，徒手夺刀制止了刘福荣的过激行为；更难忘企业解体后，苏小水、罗来福等老工人到北院门上访，下岗后严贯潮、王三谋、张三民、郑爱清等自谋出路练摊重新创业的景象……

"想死你了！""你爸还好？""现在哪里上班？""屋里带孙子。""想起来了，你是白宝清！""那是晁师！王会计来咧。""快！一车间的照个相。""钢椅组的过来。"王原伟和王均平带着小孙女与我合影，说道："是你把我俩撮合一起的。"的确我还促成了周虎臣和高丽玲一对，遗憾是他们有事没来。那年还安慰过失恋的刚刚娃、闹离婚的邓粘粘。对不起人的是，为配合雁塔区长延堡公社的计生工作，与妇女兼计生干事曹凤琴盯住东厂烘干工小张和他当民办小学老师的爱人，三天两头跑人家里做工作，派人帮她家收麦子，生生将人抬到医院做了引产。

强烈阳光下百十号人合影留念，其中许多人已经再没机会见面了。紧紧拉着已89岁高龄的张喜元师傅的双手，还有也80多岁的张立夫、黑庚辛等师傅们道别，嘱咐一声保重；挥手告别兄弟姐妹，叮嘱一定要好好活着。是你们教会了我如何做人,如何处事;是你们让我懂得了什么是劳动奉献,什么是友谊和关爱;是你们使我领悟了坚强生活,就是锦华的气质、精神和存在。走到哪里我都是锦华人。因为那里是我人生成长走向社会的第一站,有着最美好的青春与回忆,有我付出的心血与流过的汗水,因此也有自己的无悔与无怨。

(2018.5.17手机写于CA1223北京至西安航班)

记叙的散板

我的俩师傅

20世纪70年代初,我高中毕业分配到大南门外的锦华木器厂工作,先由木工车间王益厚师傅带,刚刚10个月就被抽调到厂部。开始是整理档案,后来做青年团工作还兼任宣传干事,于是又有了两位师傅——孙乾元和张介民。

当时他俩一个是办公室主任,一个是工会干事,都40不到正值壮年。他俩同为河南荥阳老乡,长相相近,个头也差不多,常穿深蓝或黑色中山装,在左上衣袋插支钢笔,都习惯秋冬戴顶呢帽,生人一般还真分不清谁是谁。二人相同之处是思维缜密,工作细心,长袖善舞,厂里的大事小情无所不能,似乎没有不参与的。

日子久了便知晓了师傅的脾气秉性,外表看都文质彬彬,其实孙内敛含蓄,爱动脑筋,总是一张笑脸;张外向张扬,喜干实事,老是眉头紧锁。

脱了帽子,孙师傅"地方支援中央",张师傅一头浓密乌发;前者整洁干净,后者扑稀来嗨;一个烟酒不沾,一个烟不离手,还能喝个两杯。

孙师傅十分耐心地教我们几个将工厂二三十年的各种资料分门别类整理、修补、装订，使我弄清了什么要永久、长期或定期保管，什么需移交、销毁，并从尘封的文件里了解了锦华厂的历史。孙师傅看我在整理档案中还算灵醒，就建议将我留在了厂部成了一名"工代干"。于是我就与张介民一个办公室上班，他还管着厂"储金会"，也就是职工之间资金互相拆借的事务，加上工会发放福利、收取会费的账目，整天见他算盘打个不停。由于我的到来，原先由他管的报刊发行工作就移交给了我。在他手把手地教授下，我很快就熟悉了这项工作并搞得有声有色。

记得孙师傅家原在东木头市，后来搬到西后地，张师傅家住安居巷。每逢年节我们几个做徒弟的总要去家里探望，平时师傅家做了好吃食也常让我们去解馋，一来二去与师娘及他们的儿女如家人没啥两样。每次空手而去，酒一喝、菜一夹、嘴一抹走人，出门还品评是孙师家炸的馓子还是张师家炸的麻糖好吃。两位师娘十分和蔼，不过比较起来，张师娘蒋喜梅有些厉害，常弹嫌张师不顾家，不分场合地河东狮吼。张师只是赔笑，统计员老罗讥讽他是典型的"妻管严"。

那时"文革"还没结束，我做宣传和青年团工作，除了负责组织厂班子和职工的理论学习、思想教育、宣传报道，每周要更换一次厂大门口的三块黑板报，每月出一次十来米长、两米多高的墙报。内容多是批林批孔、批儒评法、评《水浒》批投降派、批小生产思想和资产阶级法权。内容一般由孙主任审定,我和张师负责抄写,张师主要写标题美术字,我画报头和插图。后来接任青年团工作、爱好摄影的王新建,还给我们师徒三人拍了张正在办黑板报的照片。

那些年各单位印发文件、宣传材料要用铁笔刻蜡板油印,俩师傅都是高手,刻得又快又好。我给他们打下手,推油墨滚子,慢慢地也跟上他俩学在钢板上刻蜡纸。孙善仿宋体,张长魏碑,尤其张师美术字写得极棒,堪比铅字印刷出来的。他们教我刻蜡纸,一定要一笔一画,横平竖直,工整干净,与做木活是一样的,讲究规矩方圆,一板一眼不能马虎。我照猫画虎,逐渐掌握了刻钢板的技术,还办了张自任编辑、美工和写手的《锦华青年园地》,颇受欢迎。

1984年我到京城求学,孙师和张师分别被提拔到大众木器厂和钢管家具厂当书记。我放寒暑假回来都会去看他俩,年节就将聚会放到常在一块为工厂写写画画的忘年交——老罗的家里,一边喝酒一边回忆一些趣事。说道几个人在厂俱乐部筹办企业成就展时日夜加班,张师发躁将书案上的纸笔、广告色颜料瓶一股脑掀翻的故事。至今也难忘我们师徒一起绞尽脑汁,反复讨论设计锦华木器厂"钟楼牌"家具注册商标的情节。

我毕业回厂后也当了厂里的书记,前后有四五年时间,遇到难题和一些棘手的事情便向两位前辈请教。这时类似我们这样的大集体企业,面临着技术改造、转变经营方式和企业改制等许多突出的矛盾与利益冲突。锦华厂开始引进日本的板式家具生产线，大众厂开始生产刨花板，钢管家具厂也建起了轧制各种管材的生产线，但随着推行厂长承包责任制，我们这些政工干部一时难以适应，原先都好端端的企业不知怎么就像"打摆子"一样，各个每况愈下。主管局组建政策法规处，需要一名研究集体企业改制的干部，商议调我去。与我搭班的于根生厂长提出，你走可以但必须给我再派个书记，并提出让孙或张谁回来都行。

  困惑中我分别找到两位师傅汇报自己的情况，他俩都表示还是要到上级机关去开阔眼界，说是机会难得，对你今后发展大有好处。也都愿意回老单位工作，毕竟是从那里出来的有这份"锦华"情结，情况和人际关系也熟悉、上班离家也近一些。但我调走后，他俩谁也没能回锦华厂，仍继续在大众厂和钢管厂上班。不幸的是一年多后的夏天，他俩先后都去世了，走前没有一点症状，都是骑着自行车上班，到单位感到头疼，还没来得及去医院人就不行了。

  特别是孙乾元师傅走的前两天，我们在政府大院还见了一面。他来局里办事，我送他出门，依然骑着那辆擦拭得一尘不染的自行车，相约过两天去看已退休的老罗。我让他衬摸着，说你上班远，这么热的天一定要注意身体。没想竟成永诀，不过我时常会想起他俩曾是我的引路人。

（2018.8.21 于文园）

记叙的散板

门　旗

　　从 20 世纪 50 年代到 80 年代，国人每逢庆典、重大事件或政治运动，包括原子弹爆炸、卫星上天、发布最高指示、声援第三世界人民，都会自发或有组织的上街游行。各个单位为壮行色，往往都要举些标语彩旗、敲锣打鼓、呼喊口号，举在前面的自然是标识这个单位的门旗。

　　我所在的工厂，也有这样一面门旗。那门旗长约十米、宽七八十厘米，质地为深红色平绒，下面缀有金黄的流苏，上书"西安市锦华木器厂"八个白色大字，远远看去十分醒目，要两个大力小伙才能举起。平日里它就放在总务科库房，与置办的锣鼓家什、文具纸张等物品放在一起。记忆中好像没用过几次，那年为悼念伟大领袖毛泽东主席，接上级指示派厂基干民兵连在钟楼下执勤，在那儿展示过厂里的门旗。

　　在此之前，应该是过元宵节，厂里的高跷队，踩着三四尺高的柳木腿，从大南门到钟楼盘道走了一圈，敲敲打打、燃放鞭炮，热闹过一回，自然也打着锦华人引以为自豪的门旗。当然更吸引人目光的，是站在高跷上扮演样板戏中人物角色的表演者。其中饰演李铁梅的机修组钳工朱让礼师傅，穿上小碎花红袄、扎上一条大辫子，装扮好后红扑扑的脸蛋比小姑娘还漂亮。别看他们平时悄无声息地在工位上干活，但走起高跷来如履平地，腾挪跳跃，甚至还能做出劈叉、翻筋斗等高难动作。自己很想学学这门技艺，可惜绑了腿脚扶上去后，哆嗦得一步都挪不动。

记得还是1976年粉碎"四人帮"，厂里干部职工又高举着锦华厂的门旗，兴高采烈地走在东西大街美美地游了一回。"文革"结束以后取消"大鸣大放大字报大辩论"，反对资产阶级自由化，不再搞群众政治运动，也就很少有上街游行欢庆、声讨的事情。厂里的门旗及锣鼓家伙也就从此偃旗息鼓，再也没使用过了。

事情发生在那个多事之秋的5月18日，北京天安门广场和西安新城广场连日来已坐满了静坐的学生，在舆论及各种势力推波助澜下，众多群众团体及厂矿企业的职工也走上街头。一时市面乱哄哄的，天空阴云密布，又如"文革"来了似的，甚至出现了打砸、烧车事件。那天我带着劳资科长白正范、保卫干事董发来等七八个人到东厂检查安全，职工刘福荣说他昨天到新城广场爬到树上看热闹，见有烧着的汽车，学生们可怜得不行，问咱厂咋不去游行呢？我撂了一句，你操心你的事，上你的班。

当时我任厂党总支书记，心里也特别矛盾，既同情学生的爱国热情,又担忧社会不能这样再乱下去没有个章法。从环城南路的东厂往南关正街的厂部走时,遇见不少前往市中心声援学生的游行队伍。其中市委党校的老师、学员擎着党旗、国旗高唱《国际歌》的队伍格外引人注目,使自己也热血沸腾起来。这时本系统金属家具厂的游行队伍也从南稍门方向过来,走在队伍前面的厂长袁一凡与书记冯应梅看见我喊:"你们锦华啥时游行呢?"我回了句:"你先走,我随后就来!"

走到厂部大门口,工会主席孙谨莹迎出来说,刚看见金属厂的人过去,公司的人和其他厂子都上街了咱咋办呀?大伙闹着也要去呢。我看了看表已经十一点半了,就说:"该吃饭了,下午再说。"她应了一句:"那我通知各车间了。"正在此时,供销科有找我的电话,话筒传来公司宣传科长白晓燕的声音。问了厂里的情况,说尽量阻止职工上街和围观,如果劝说不下,你们厂领导要跟随队伍保证安全不要出事。我说锦华的工人下午有可能会上街,我们会安排好请公司放心。没想这些话都被别有用心的人记下,成为一两年后告我的证据与罪状。

吃罢午饭,我们几个如常在技术科休息打扑克。罗德裕、李玉坤等几个老师傅没事练开了毛笔字,写着写着就议论开这些天发生的政治风波。管总务的王三谋从隔壁抱来些红黄纸张裁成三角小旗,技术科的王遂生从车间找了一捆裁三合板剩下的边角料,锯成小木棍当小旗杆。李帅、袁福庆几个也参与糊小旗、写标语字，内容有"反对腐败""救救孩子"云云，还将写好的旗帜标语传递到外边等候的人群。

写累了的老罗喊我，你字好也来写几个。没多想将一把牌交给旁边的祝乐丽，起身从老罗手中接过毛笔写了起来。印象中白正范进来绕了一圈又出去了。我看纸张不够，到总务科又扞了一捆绿纸回来继续书写，这也成了以后有人诬告我的口实。

两点上班铃响，孙主席来叫我。走出办公与住宿为一体的行政楼，厂礼堂和食堂前通往厂大门的过道里已经站满了职工，横七竖八地拿些标语。由于天气已比较热了，加上干活时穿得长短不一，有的扎着围腰戴着套袖，有的光着膀子脖项搭条灰黑的毛巾，有的头发粘着刨花嘴上还呷支纸烟。我突然感觉这些要上街的伙计，活像一群流氓无产者，去了只会给学生的行为抹黑。加上刚才有白科长指示，就喊大家回车间上班，宣布咱锦华厂不游行了。指挥孙谨莹、王三谋、董发来收拾家什，将人马散了。

人群中议论纷纷，问怎么回事，有些往车间走，有的留下还在观望。这时被派到长安路公社临时工作的汤新宇，抱起工厂门旗高喊"冲啊！"带着几名青工跑向大门口。我立即阻拦命令："站住！"保卫干部董发来在工厂大门内，一把将小汤的后腰搂住夺下门旗，制止了这一触即发难以预测的事态。

王遂生等将收回来的标语小旗扔到茶炉烧了,但并没有烧掉有些奸佞小人包藏的祸心。若干年后就因有人忌恨我,颠倒黑白、诬告我组织游行,书写二百多条"反动标语",有严重的政治立场问题。多亏那"左"的一套、"文革"遗风已臭名远扬没了市场。上级很快查明了情况,否定了那些所谓的指控。我不久调入政府机关,构陷者这时成了过街老鼠,在锦华再也抬不起头来。

　　不过从此我再没有见过这面门旗,也不知它的下落,但她的样式字迹与锦华的名字似乎还扎在心里。

(2018.6.14 于西安文园)

锦华情缘

第一次辩护

大约是 1980 年,《刑法》与《刑事诉讼法》颁布不久,我稀里糊涂被碑林区人民法院指定为本厂职工孙宝民当辩护人。当时我任锦华木器厂宣传干事和团总支书记,还兼武装基干民兵连长。做辩护人大概是孙自己找不到律师,法院与厂领导沟通后推荐了我,只能赶鸭子上架了。

孙宝民面相与他的名字在像与不像之间,没有丁点"宝民"模样,确实是个"孙子"式的现世"活宝"。乍一看眯缝个眼,肉乎乎的大圆脸堆满了谄笑,两片薄嘴皮不停地张合,手里老端着一只大号的搪瓷茶缸,对你天南海北地胡诌。什么上海大世界有多热闹,北京天安门有多气派,《水浒》中 108 将的五马长枪,《三国演义》里谁长谁短。其一身打扮像个干部,脚蹬一双三节头黑皮鞋,身着一袭涤纶灰制服,头发梳得光溜溜的,能"滑倒蝇子跌倒虱"。记得在他二楼西头集体宿舍床头的木箱上放置了一面玻璃镜子,每天要照好几回,还往脸上抹雪花膏。他的岗位是在成品库房收拾些小零碎,相对轻松,就这也不见他好好干,成天泡在红会医院开假条开药,混了个脸熟,求他带着看病的人还真不少。据说这伙计"文革"中参加过夺权,将市二轻局的公章在腰上拴了好几个。平时这货爱吃,饭量大,也爱找年轻一辈谝个闲传,属于典型的"热粘皮"那种。但不知为何三十多岁还是个单身狗,厂里的老师傅大都不搭理他。

他犯事的罪名是诈骗,案情也比较简单,就是以帮人买家具为名,拿了钱不办事,找他还钱,则今天拖明天,明天拖后天,久而久之失去信誉,钱也被其挥霍了。受害的当事人告至公安机关,金额累至触犯刑律被移交检察院提起公诉。接到任务,我先找来1979年7月1日颁布,1980年1月1日开始实施的中华人民共和国《刑法》和《刑事诉讼法》,认真看了起诉书并到监所见了孙宝民,与其核实了事实和具体的情节,然后根据这些材料又找了相关当事人了解情况,进行了综合分析写出了辩护词。到看守所印象最深的是,看到已被羁押半年的孙宝民被剃成个光葫芦,穿着囚衣,脸面浮肿,目光呆滞,几乎认不出来,像具浮尸,只是还能吭气,小眼珠里存着一丝求助与后悔的目光。

临时法庭设在大南门外长安路西的锦华木器厂,不足百十平方米的厂俱乐部布置得威严紧凑。正中悬挂着庄严的国徽,放置有审判台,下面摆了十多个长条凳坐得满满当当,连窗外过道也站满了观众。除了庭长、审判员,厂劳资科的苏小水作为人民陪审员也坐在台上,左边是公诉人和书记员,右边是我和已被打开手铐的孙宝民,大门口还站着两个法警和厂保卫科的任全成、董发来。随着一声起立,庭长宣读开庭与合议庭组成人员,强调了审理程序和法庭纪律,然后让大家就座开始询问被告姓名、籍贯、职业等。为壮行色,开庭前大个子的吴一中将他的黑呢子中山装套在我瘦小的身上,现在想起来还有点滑稽。那阵子我已进厂七八年了,平日组织干部、团员和青年开会学习、办黑板报、搞大批判、演文艺节目,所以也不怯场。反倒是平时油嘴滑舌的孙宝民,紧张得结结巴巴。

公诉人念完起诉书后,我先请庭长传唤厂机修组的马志宽到庭,证明孙宝民某年某月某日已将某人的钱款归还,而起诉书还没有涉及的事实。然后就诈骗罪的定义和认定,联系被告哪些是构成其故意、哪些不是故意只是拖欠、哪些是拿了钱买了一部分家具、哪些又是其拆东墙补西墙的行为,同时还就诈骗数额较大、巨大的认定,以及数额较大应示情节可判刑、拘役和管制的区别,应对孙宝民量刑从轻进行了阐述,最后还从"文革"对青年毒害的社会因素与被告主动交代问题、积极退赔的认罪悔过态度进行了辩护。尽管合议庭最后没有采用我的辩护意见,当庭宣布判处孙宝民三年有期徒刑,但旁听的干部职工都对我刮目相看,包括下来与法官交流也赞同我的一些观点。

事情也并没完结,我与孙宝民商量后感觉还有减轻刑罚的可能，就决定提请中级人民法院上诉，又代他写了上诉状。两月后孙果然被改判为劳动管制三年，因其已被羁押半年多了，可能也有其身体健康的原因，所以将其送回企业实施管教。这次公开审理孙宝民诈骗一案，确实起到了普法的教育作用，起码使锦华职工了解了什么是"依法办事"，干啥都要"以事实为依据，以法律为准绳"。每个公民都有维护自身权益的权利。对自己来说，也是一次难得的历练。果不然以后还真有人请我帮着打官司并且胜诉。

  而从此，孙宝民也开始学乖了些，再没见留过长发，不过依然还是一副嬉皮笑脸与懒散的做派。直到两年后突发脑出血，送至红会医院经多日抢救不愈而亡。送去火化时，他仅有的两三个亲属迟迟不来，我们七八个人从上午九点直等到晚上天黑，才将后事办完。亲属来后还要求给孙宝民致悼词，但从他的一贯表现不知能说些什么好话。多亏工会的张介民临时凑了一页纸不痛不痒的话，才算搪塞了过去。

（2018.1.20 凌晨 37 分于文园手机写作）

锦华情缘

打官司

5月13日母亲节,解体24年后的锦华木器厂第一次员工大聚会,见到89岁高龄的张喜元师傅感慨万千。他谢我当年相助,勾起一段帮他打官司的记忆。

那还是1982年前后,因我曾被碑林区人民法院指定为本厂职工孙宝民被控诈骗一案辩护,取得较理想的判决,老工人张喜元找我代理打一场房产官司,不料竟纠缠十年多才算完结。

张师诉说情况:事由始于1956年,他在文昌门里的卧龙巷5号有一院闲房,先后将前院两间门房和两间南屋分别租赁给河南老乡、也是平时喝酒称兄道弟的朋友修表的"张师"和摆摊修自行车的"王师"。万万想不到,长他两岁的王哥20多年后一纸诉状将他告至法院,将租赁关系说成买卖关系,让房客"张师"也尽快腾房。由于事发突然,他识字不多,虽然请了律师,但法庭上面对胡缠乱搅得对方,又急又气又紧张的他竟说不出话来,"只好请你代劳"。

当时没多想，看着张师那种期待的眼神，仔细问了来龙去脉，看了原告诉状复印件，请教了著名律师许小平，特别是询问了同是当事人的第二被告"表匠张"，似乎有了底就答应替他出庭。在做了些证据收集工作后，按规定期限递交了应诉状和相关证据。

下午两时在东木头市的印花布园开庭，庄严的法庭挤满了旁听的人。合议厅宣布开庭后，我根据新颁布的《民事诉讼法（试行）》，申请庭审法官中的审判长及书记员回避，理由为二人与原告儿子相熟有利害关系，可能影响公正裁判（信息自然是由曾在碑林区经委和市轻纺局工作过的"表匠张"提供的）。这一手使法庭和对方始料不及，引起一阵骚乱，审判长当即宣布休庭等请示审判委员会后决定申请回避是否有效。

事后才得知申请法官回避，这在法院系统还是破天荒的第一例。十多分钟后重新开庭，但我身旁多站了俩法警，审判长宣布驳回回避申请。接着按程序进行一系列的询问、陈述、质证和辩论。在此过程中，法警几次阻断我发言，呵斥我"站好！"而原告方得意扬扬，为此我向法庭抗议：本人只是一介守法公民和普通民事案件的被告代理人，又不是阶级敌人，且没有扰乱法庭秩序，何必要像对待罪犯一样粗暴对待？又引起旁听席众人纷纷议论，甚至哄笑。

审判长宣布休庭择日宣判后，来旁听的厂领导和职工都认为我辩论逻辑严密、有理有节，官司一定能赢。而我寻思让主审法官和书记员回避，弄不好适得其反。果不其然，一审并未采信我方证言、证据，判决原告胜诉。两位张师傅不服，气愤之余，毅然决定上诉和进行反诉。

市中级人民法院受理后，原告请了西北政法学院的陶教授，被告请了王松敏律师（后来先后任市和省法院副院长）。我方主张当时租赁是先收了200元房钱，以后慢慢抵扣。如果是卖房应有契约和中人，并向法庭出示了房主一直缴纳房产契税的发票。而对方拿出"文革"后写有原告姓名的房产证，并有人书证当时有卖房这回事的证词。一时使案情扑朔迷离，中院认为事实不清发回一审法院重审。这样在区级法院多次开庭，双方开始托人寻找关系、补充证据。似乎与我这个代理人无多大关系，我不过是台前的"耍猴子"，体察到这不是打官司而是打关系和打金钱。

审理拖到了1984年四五月份，我正在复习准备考取中国轻工业管理干部学院。"表匠"找我说，张喜元已经以"清租腾房"为由反诉"王师"，中院已经受理，希望我继续帮忙出庭。这时我已与修表的张师熟稔，也知他与张喜元乃真朋友与兄弟，他俩为房产纠纷与原来的王兄结成了仇家，都开始调动资源与利用各种社会关系，下定决心打赢这场官司，甚至不惜倾家荡产。

于是我又不得不披挂上阵，在中院指出：王某的房产证是乘"文革"后私房普查更换新证，谎称原房产证丢失欺瞒工作人员骗取的。如果是卖房怎能没有契约或办理过户手续？现在只有表匠能证明当时租房的事实，王某所提供的书证，也是他儿子利用证人不识字，将事先写好所谓卖房的内容让那人按了个手印骗取的伪证。最后中院采信了我方提供的证据，终于做出对方败诉的判决。宣判后王某恼羞成怒骂我得了二张什么好处。我心想事实胜于雄辩，反正不能让老实人吃亏。

  事情并没有完结，二审判决生效后，房管部门收回了王某的房产证。王某又反复到省高院和最高法院申诉，这时我顺利考入中国轻工业管理干部学院上京学习，一切都由表匠师傅与律师处理。多年后张喜元告诉我，直到1992年他回老家翻修老房，找到了父亲藏在墙缝中的房产证，这场旷日持久的官司才算结束。

  最为奇特的是，表匠张的女婿是学法律的研究生，后来一步步做到本市法院院长，谈起此案也是感叹良多。而一审我方律师许小平认为我有诉讼才能，曾推荐我代理一起回民的房产纠纷案，我不敢接，以后也再没有接过其他案子了。

（2018.5.24 于凤城文园）

锦华情缘

我与秦腔

平凹《秦腔》中写的是他棣花镇的秦腔，总感觉有一股商洛花鼓戏的味道。丁酉秋分有幸访问了先生故乡，望着笔架山和千亩荷塘，丈量了老街的石条路与二郎庙里由地砖划分的宋金边界，还会了会刘高兴，摸了摸先生门前的丑石，却没听到那粗犷浑厚，带有原始狂野韵律的大秦之声——秦腔。

秦腔是流行于陕、甘、宁、青、新等地我国最古老的剧种，应是现今国粹之一京剧的鼻祖。我最初接触它是在省委雍村大院看露天电影，正式开演前总要试片，留下最深印象的就是秦腔《一文钱》和《三滴血》。试片就是几分钟，剧情并没完全展开，两段都有地道的秦韵念白："一文钱能买蛋，蛋变鸡，鸡变蛋，变个没完。""见官就见官，谁还没见过个官！"但只记住了一句唱词："血在盆中不粘连，不粘连。"

1972年高中毕业，我以"病免"的理由没有上山下乡，被分至大南门外的锦华木器厂做学徒。甭看这是个集体企业，却是西北地区首屈一指的行业大厂，有500多号人马，曾参与家具行业国标的制定，产品亦供不应求。特别自豪的是经常有市上和二轻局的头头脑脑领人来视察参观，甚至还有不少亲朋熟人托付咱这个学徒娃买家具、做家具、解板。尤其是厂里是省戏曲研究院的工宣队，咱正儿八经成了工人阶级一员，穿上工作服还是蛮神气的。

学徒生活一切新鲜，除了有专门的师傅带外，厂里还指派技术科李玉坤、袁福庆两位高级技师每周利用一个晚上授课，教大家认识木材的质地、纹路、特性，怎样使用角尺、锯刨等工具及木制家具的榫卯结构、工艺流程。那时政治学习、党团活动抓得很紧，今天评法批儒、明日搞小评论、不停地清除小生产思想，还要进行"星期六义务劳动"，整日热火朝天，几乎天天泡在厂里。但好奇产生兴趣与吸引力的是能听到看上师傅们聚到一起唱秦腔。

也许企业是省戏曲研究院工宣队派驻单位的原因，加之厂里有一帮"此地"戏迷，反正"锦华"有着深厚的秦腔基础。同宿舍的政工科长王树华，人称"王克思"，临潼大王人，床头挂着一把板胡，没事就会拉一段高亢苍凉的秦腔曲牌。而副厂长荣至善，蓝田荣家沟人，喜欢眯缝个眼、摇头晃脑地敲着鼓点、打着响板，也就成了厂"秦剧社"武场面的指挥与召集人。晚饭后随着厂俱乐部里的板鼓"叭嗒"一响，机修组马志宽的笛子、供销科罗来福的高胡，好像是总务科曹伟节的扬琴、安装车间质检员刘义成的三弦,加上"王克思"领衔的板胡,另外还有已经忘记了是谁的笙箫与小提琴,一时乐声四起,油漆车间的刘线玲、部件车间的赵桂玲就亮开嗓子开唱了。

她俩都是省戏曲研究院戏校的学生,毕业分配到陕北横山或是府谷剧团,为回省城辗转到"锦华"当了工人。但唱起秦腔来绝对专业,厂里曾排过《红灯记》《智取威虎山》等折子戏,一个饰铁梅,一个演小常宝,无论扮相还是唱功都不亚于样板团的水平。而演李玉和、杨子荣的赵文龙却是半路出家,后来做了厂工会主席。记得一次在厂礼堂演"深山问苦"一场,他鬼使神差地将"深山见太阳"一句,唱成"太阳照山岗",把台下的我吓了一大跳,为他捏了一把汗。因为那时我刚当上宣传干事,幸好事后没人告状追究,这可是犯大忌的"政治错误"。

因有工宣队的缘故,"锦华"与研究院的一些名演员结成了亲戚。厂里常请任哲中、贠宗翰、马友仙等名角来指导,零距离聆听过他们的《周仁回府》《血泪仇》和《断桥》,甚至学会了"手拖孙女好悲伤""西湖山水还依旧"等几个唱段。但自己个儿还是比较喜欢听秦腔现代戏和新编的秦腔曲牌,它们的音乐旋律比较欢快,不像一些老戏凄苦得很,听着听着就想流眼泪。不过在这些名家指导下由油漆工张忠孝男扮女装的刘媒婆和刘线玲饰演的林玉娇这出《拾玉镯》,无论是排练还是正式演出都惹得人忍俊不禁,至今难忘。

记叙的散板

　　张忠孝是厂里手艺最好的油漆工，还是省级劳模和人大代表。我屋的家具就是他油漆的。他酷爱秦腔，其人高马大、体型富态，装扮成刘媒婆一颦一笑、扭扭捏捏十二分的滑稽。特别是他学媒婆走路的姿势、笑掉下巴再按上、猛地一跳盘腿坐到椅子上的动作，非常夸张又见功夫，包括念白和唱腔，学媒婆的声形都惟妙惟肖、诙谐有趣，浑身上下是戏。他与刘线玲饰演的少女怀春俏丽活泼又妖娆羞涩的形象形成鲜明的对比，引得观众捧腹大笑，掌声不断。唯一美中不足的是，刘线玲右手食指为电锯所伤，伸出的兰花指少了那一截，不过一般人也看不出来。后来张忠孝和罗来福都将自己的男娃送到省戏校，一个学胡琴、一个学打板，现在都成了秦剧团乐队的台柱子，也算是痴迷秦腔的"锦华"厂后继有人。

　　记得厂里还排过一个眉户小戏《月夜》，说的是民兵连夜晚习武练兵、抓坏人的故事。自然是赵文龙演民兵连长，"风雨夜，山村里，一片寂静……"唱腔优美绵长，与省眉户团的刘虎不相上下。锯材车间的吴一中、机修组的刨工祝乐利等扮演民兵，好像还得了全市职工文艺汇演奖。

　　而我一直没机会上台，一是个子低扮相差，还戴副近视镜；二是五音不全，紧张得老跑调，只能在一旁敲敲梆梆子，却又常常敲不到点子上。荣厂长倒是看中了我的师兄弟王铮是个可造之才，送他一副响板，手把手教他练习敲鼓打板。十来年后王铮成了市家具工业公司的总经理，是不是那时练就的指挥艺术不得而知。我进入市级机关后，又碰见几个秦腔爱好者，如高长安、赵步展等，办公厅的春晚有他们的保留节目——秦腔清唱。车队队长高建军的爱人还是省戏曲研究院的一级演员，常送票让我欣赏李东桥、乔康慨、郝彩凤、候红琴等名家的表演。特别是曾和我在办公厅一块工作的鄠邑区人申崇华，退二线到市政协文史委编辑出版了一套《秦腔剧本精编》送我，足足有60多册，堪称传世经典，就摆放在我客厅的书架上。后来，我进出大南门时，经常能看到刘义成等几个退休的老汉，在城墙拐角的自乐班吼秦腔："唱喊一声绑帐外，不由得豪杰泪下来……"

现在，上述的一些老伙计半数斯人已去。每当听到秦人的大美之声，无论欢音、苦音眼窝都是热热的，也会想起"锦华"师傅们及他们曾声情并茂的演唱。

（2018.1.9手机写作于文园）

记叙的散板

调工资

20世纪70年代,我进古城一家企业工作,是西北地区小有名气的家具生产厂家——锦华木器厂。当时全社会工资普遍较低,日用生活必需品匮乏,虽然大多数人日子过得紧巴,但基本和谐。只是在调工资时才会剑拔弩张、斗智斗勇,甚至发展到打锤闹仗、记恨一辈子的地步。

最初,我们学徒工工资第一年是18.5元,第二年20.5元,两年半出徒32.5元,再经一年定为二级工38,5元,然后就要等中央统一调资才能涨工资。而我们的师傅们,大多已是5—6级工,极个别的才是7—8级工,凤毛麟角的,工资也就七八十元,连厂级领导算是科级也就百元出头,工资比较平均。七八十元的收入,可养活一大家子。

尽管那年月工资水平低,但物价水平低,生活成本相对也就比较低。如素臊子面八分一碗,羊肉泡馍五毛一份,一个白吉馍才五分钱;国营菜市场带鱼两毛五一斤,鸡蛋五毛一斤,猪肉也就七八毛一斤;满街的西瓜三分钱一斤,四川的红橘与广柑每斤也就一毛多点,按现在的话便宜死了。尽管学徒工才十八块五的月收入，在职工食堂伙食一天就四五毛钱，所以每月还有结余。半年不到，还攒了38元给上山下乡的妹妹买了台半导体收音机。那个年代寻常人家的奢侈品"三转一响一咔嚓"，即上海牌手表、永久或凤凰牌自行车、标准牌或蜜蜂牌缝纫机、红灯牌收音机和海鸥牌照相机，最贵的也不过百十元，不过凭票（工业卷）供应。这几大件凑齐了，标志着生活殷实富足。

大概是1980年前后，厂领导传达上边的红头文件说要调整工资，但调资面只有40%。本来平静的工厂，顿时如河中投入巨石掀起汹涌波涛，又像人群扔进了颗炸弹。40%相当于一多半人摊不上好事，除被硬杠杠框在外面的，如1975年以后进厂的、受各种处分表现太差和长期休病假事假不好好上班的不在范围或不够条件的人，气得咬牙叹气或等着看笑话；还有一部分工作年限长而工资过低的，可以调一级或半级的洋洋得意；已经达到8级工的只能倒挂一级，升资不升级（不占指标）外，凡在范围内的就开始忐忑不安了。升一级钱没多少，关键是升不了丢人败兴得很。于是八仙过海各显其能，特别是那些平时工作与人缘差点的，就寻情钻眼地拉关系找领导、给师傅买条烟送瓶酒走动走动，还有的四处扬言，谁谁这次不给我升就和他"白刀子进红刀子出"。一时空气紧张，见师傅们相互说话都格外小心起来。

面对如此复杂的局面，厂领导胸有成竹，在制定具体操作方案时已将谁能升谁不能升的条件设置得八九不离十。直到现在还佩服他们善于发扬民主,将矛盾交给群众的艺术。比如,厂部就将厂里1975年以前进厂的20多人的调资问题交给厂团总支来处理,其他的也交由所在的车间、行政单位负责评议上报。

因此,是否能赶上这趟车,很大程度取决于车间、班组职工会议上的评议投票。我当时是团总支书记,主持了这20多人的调资工作。首先是组织原原本本学习调资文件和厂里制定的土政策,然后进行以"三爱"(爱党、爱国、爱集体)为主题的思想教育,最后再讨论评议谁调谁不调,实际是表决决定谁能成为幸运儿。

那天下午,在厂团总支办公室兼广播室的长条连椅上,满当当地挤了一屋子人。平时嘻嘻哈哈、打打闹闹惯了的小青年,个个正襟危坐、面面相觑、心中打鼓、一言不发。既害怕自己升不上,又不愿意得罪人,谁都不愿先开口。其实彼此心里也有数,投谁不投谁私下早已定好,只是此时察言观色不敢轻易表露意见,唯恐出现变数将自己的好事搅黄。

先定1975年进厂的那批,虽然只有两个名额但却好办。很快电工王原伟、打眼工钱喜梅因平时出类拔萃,就被确定下来。而到了1972年这一批,平时表现不相上下就有了难度。除了几个平日走得近的,相互吹捧、评功摆好,其余的人没有一个发扬风格,也没一个人说哪个人不行。时间就这样一秒秒流失,酽茶水已冲得若白开水,下班铃已响过多时。我竭力强装耐心并一遍遍强调每个人都要表态,今天必须有个结果。可是大家就是咬紧牙关或装聋作哑,或云里雾里言顾其他。说真的来参加会的表现都不错,1972年进厂中的按40%评要差下去四五个人,不管是谁似乎都不大公平。恰巧这时机修组的高素珍、刘景莲和木工车间的李维斌不知是有事离开现场还是憋不住去上厕所,在家吃劳保的杨小琪等刚好没来。人数占优的二车间的几个急忙发言,我同意谁谁,大家立马七嘴八舌附和。我即宣布根据会议大多数人的意见,确定某某等同志为调资对象,记好记录上报厂部并草草宣布散会。

在座的皆大欢喜,立马恢复了原形。几个骂:"王永明,你刚才为啥态度暧昧?"其实他只为高素珍说了几句好话。性急的开始规划涨的这不到十块钱,怎样去花销。落选的几个回来会散楼空,第二天再找谁也没用了,只能自认倒霉,暗自流泪,埋怨这定的是啥政策,闹闹情绪也就罢了。

果真,这次没调上的杨小琪、李维斌、龚保民等走门路调走了,张亚玲办了劳保不上班了。最冤枉的高素珍坚持下来,从此与大伙疏远起来,也可能会将调资这件事记恨一辈子。

(2018.3.17手机写于成都东站)

记叙的散板

丢　枪

　　锦华木器厂工友聚会那天,许多人打听任全成的消息。王新建在群里发了张背景为大南门外省体育馆(现已拆除)的照片,我一眼认出站在最中间的就是任全成师傅,遂勾起一段往事的回忆。

　　具体时间已记不准了,大约是1988年或1989年的七八月份。我早上8点刚赶到厂里,突然下起了大暴雨,雨大得四五米开外就看不清人。正准备穿上雨衣去厂里几处低洼地转转,政工科喊有找我的电话。听筒里传来:我是市局刘平,请立即到西影路西北冶金勘察设计院来!有重要案情通报。

　　当时也没多想,叫了保卫干部董发来跨上自行车就往西影路跑。脑子搜寻了几圈,心里犯嘀咕厂里有谁会犯事,不可能呀?厂里最多也就打捶闹仗,咋也不能惊动起大局长呀!到了冶金勘探院雨小了许多,我俩虽穿着那种老式的橡胶雨衣雨靴,也淋得如落汤鸡般。进入二楼会议室,满当当坐了一屋人,烟雾缭绕。大个子的刘平时任市局分管刑侦的副局长，一口秦腔问了我姓名、职务后道：你厂保卫干部任全成把枪丢了，你们咋管的？现在人必须刑拘，市局已经布控火速寻找枪的下落。你们配合到家中、办公室等地搜查，扩大寻找线索，再支援一台车辆。

我当时任锦华木器厂总支书记兼行政副厂长分管保卫，自知理亏丢人，也从没见过这么大的阵势。看着他们身着便衣，但都一副肌肉紧绷、冒着肃杀之气的冷脸连忙应承。随后被叫到旁边的一间办公室，与任全成会面。显然他已被询问过几遍，一脸的沮丧茫然。刚才刘平局长介绍案情：今天早上任全成将配枪装在黑手提包内，挂在自行车车头上，上班路过街边菜摊，看西红柿好挑了几个，回头一看包不见了，卖菜的说被一小伙顺走了。他自知闯下大祸，跑到西影路派出所报了案。

相见十分尬尴，这也真够窝心的。任师几乎快哭了出来像丢了魂。结结巴巴说他昨天下午带枪到碑林分局开会，会散得晚就将东西带回家，没想就出事了。我安慰了几句，要相信组织，相信市局一定能侦破此案。随后与市局几个干警去任师傅在铁炉庙针织厂家属院的家中，找到"五四式"牛皮枪套和5发子弹。再回厂保卫科办公室和厂里通往南关正街的人防工事中查验了一番，找到了六枚弹壳。这是出事前一天，我和董发来、任全成三人为参加射击考核到防空洞每人打了两枪。找弹壳是为了测量所丢枪支的射击膛线，确定随枪还丢失了几颗子弹，为找枪破案提供线索。

　　做完这些工作,将老任送到碑林分局看守所,还从家里拿了被褥和洗漱用具。任师傅难过得一言不发,这也怨他不该将枪支私自带回家中,更不该思想麻痹大意失了"荆州"。老任是河南人,原先做过一车间主任,人长得较瘦,眼小聚光,常年头扣一顶灰色鸭舌帽。其做事认真执拗,倔强严厉,不徇私情,因得罪人太多领导将他调到厂保卫科。他敢抓敢管,尽职尽责,防火防盗贡献很大,没想马失前蹄,小河沟里翻了船,也是悔恨不已。

　　我和老董写了材料,找市局、分局反映情况,老同志年龄大了,快退休了,平时表现一贯很好,怎能受这样的罪?何况还要与那些龟五锤六的关在一起。大约拘留了六天将他保了出来,那张照片就是接他出来照的。照片上老任仍习惯戴他那顶鸭舌帽,只是人明显地更瘦了。

　　后来查来查去,市局一会传来一个消息,说某某闲人在夜市喝酒说他捡了把枪,某某有支"五四"要卖,某某说不行,再惹我小心一枪将你崩了!每次有这些线索,都要求厂里派唯一的那辆红色昌河面包配合,一用就是十天半个月,大约有半年时间。以后,再也没了线索。据说这支枪再没露过头,自然丢枪案到现在也没破。若干年后有幸与已任市局局长,生擒杀人恶魔魏振海,也是爱好书法、摄影的刘局长同车,问及这起枪案,也是不置可否。想那蟊贼也是可怜,本来欲顺个包包发发小财,哪想里面装了这么一个要命的家伙。极可能害怕,偷偷地埋了或扔到哪条河哪口井里了。

为此,分局再也不敢给企业配枪,上边也将厂基干民兵连的30多支半自动、10支苏式冲锋枪收缴了。厂里还给任全成同志一个行政记过处分予以惩戒,仍留在保卫上工作。但从此他再也打不起精神来了,失落得让人担心,于是,同意他的申请提前退休了。后来,厂里有人见过他在马路上当过协警指挥交通,但我一直没再遇见过他。

(2018.6.29手机写于银川海悦建国饭店)

记叙的散板

探望老董

微信传来一段老董与老伴吃西瓜的视频,看得人悒惶。也是岁月无情,近30年未见面很是显老。尤其听说他染疾不免悲怜,几个当年要好的同事便相约去临潼看他。

5月25日这天,阳光明媚。走西潼高速到新丰口下,在老董发来的线路图指引下,沿着铁路线穿过两处桥涵,在已经泛黄丰收在望的麦田包围中,好不容易找到了董家村——老董的家。

老董名发来,是老三届高66级知青,因下乡期间与农村姑娘结婚,直到1979年才得以回城,到锦华木器厂当了工人。开始拉架子车运料,后来当了保卫干事。因他长期生活在农村,穿着古板,戴一副眼镜,操一口地道的"差"呀"压"呀的临潼方言,总是不停地抽烟和谝些古怪事情,并长我们七八岁,所以大家都喊他"老董"。由于他在村上当过老师,长了两片薄薄的嘴皮又比较能说,有人又给他起了外号"老婆嘴"。

老董为人厚道,处事公正,工作认真,时常在小本子上记写些什么。锦华厂构成复杂，有许多所谓旧社会的残渣余孽，又分为两个厂区还有若干个门市部，加之储存大量木材、油漆、汽油，生产过程中又有许多刨花、锯末等易燃物，安全保卫工作难度极大。他在处理吵嘴骂仗、打架斗殴、邻里纠纷、上访闹事，打击偷盗、维护安全诸多方面为厂领导排忧解难，做了大量艰苦细致的工作。"学潮"时他奋力抱住举着工厂门旗、欲冲出厂门上街游行的青工汤新宇，避免了我厂参与后来被定性"动乱"的事件，可谓有勇有谋。

1994年锦华厂因拆迁解体后，大家各寻门路。听说他打过几年零工又回到插队的老家，从此断了音讯，但彼此都十分挂念。这不前几天锦华员工聚会有了他的消息，原政工科的赵文萍联络了与他同在厂部工作过的几位同事，由董占雨开车一起去临潼探视他。

坐在大门口晒太阳的大约是他的老伴，示意我们进院。老董闻声急忙出门迎客，一时激动得语塞。大伙让他认认都是谁来看他，罗琪、文萍自不必说，"这是老门，这是乐利。你是新建，你是占雨，还有小奇！"大家看他气色不错，比视频上的影像精神多了，原来他昨天特地理发剃了胡须。问他身体如何？说心脏不好，还有点咳喘，说着让大伙赶快进屋。

观其住房条件不错，整个院子有四分多地，有门房、厦房两间和正房三间，门房与正房上还搭建着二层，前后有两个院子。前院种有一棵核桃、一株葡萄，栽些西红柿等瓜菜，竟有一株结了果核能治咳嗽肚疼的奇花，窗檐下还有十来盆兰菊及盆景，一只小黑狗夅着毛迎前跑后。通往后院的门紧闭，说还关了只体型较大的拉布拉多犬。

房间茶几已经摆上了黄绿的甜杏、紫黑的桑葚、红艳艳切成牙子的西瓜、橙黄的香蕉和炒好的瓜子。一位中年妇女添茶倒水，说是他女儿"玲玲"。多年前老董曾带她到厂里玩耍，才及椅背高，现在也当了奶奶。老董的父亲是老革命，已经90多岁，平时住在城里，算了算他家已五世同堂。我们坐的屋子是老董外孙的新房，布置得与大城市一模一样，家电家具一应俱全。发来说孙子结婚他给买了辆小车和一辆面包车，还给玲玲买了辆摩托，现在每月有三千多元退休金够花了。现在44岁的玲玲已经辞工回家，专门伺候他们老两口，如果不是老伴患脑梗行走不便，一家也是其乐融融。

罗琪劝老董说，你心脏不好少抽些烟。老董笑了，我18岁开始抽烟，一辈子的老烟鬼了，只剩下这么一个爱好了。新建打趣那年去河南出差，在兰考火车站一女娃硬缠着要跟老董走，怎么也甩不利，夸老董有女人缘。老董说那女子可能是被拐卖的，新建给了五块钱，好不容易才将她送到派出所。新建说那会儿物价真便宜，他们在河南跑了一星期，花了不到100元。

正拉着话，玲玲说饭已经准备好了。大家说来看看便走,怎好意思劳烦你破费。老董道:几十年都不来一回,听你们要来激动得我一夜没睡着,咋也得吃顿饭。菜有凉拌灰灰菜、炒土鸡蛋、槐花麦饭、红烧排骨、小炒肉等,主食是锅盔、蒸馍、稀饭,十分丰富可口,还拿出瓶好酒。吃得文萍嚷着下次还要来,志勇说最好住一晚,乐利讲再支上一桌麻将,占雨言到周围走走呼吸下新鲜空气……

老董说没麻达,地方大得很,楼上还有房,也装了空调。回答大伙:厂子解散后,起初在二轻干校干了两年,一月给800元。后来回乡上建筑队当小工干了八年,一天能挣个6~8元,收入相当可以,还攒了些家当,所以日子不差啥,只管放心来。他絮叨有谁来过他家,那会儿不敢让你们来。当听说住在附近岩王村的"王克思"——原厂政工科长王树华还健在,已经80多了。大伙问老董搞明白位置,嚷嚷趁早一定要过去看看。

临走,老董让玲玲给拿了一大袋刚摘的桑葚,还有两袋原来准备晚上再吃的饸饹。众人叮嘱玲玲好生照看父亲,老董平时多转转,来西安一定给大家打个招呼,我们一定再来看你。罗琪说老董工资册上你是1949年生人,咋说你都72了?文萍道肯定是招工时隐瞒了年龄。老董狡黠地笑了,动了动那张"老婆嘴":"那是有原因的。"却又打住不语。依依不舍送至村口,看来只能下次来再弄个清楚。

(2018.6.3 于凤城文园)

记叙的散板

难事一桩

30年前,我在大南门外的锦华木器厂做书记,其中一项职责就是计划生育。厂里五百多号人,适龄男女不多,抓晚婚晚育,保证独生子女问题都不大,唯独一个事有些棘手。

按属地管理原则,单位一般主抓育龄妇女,由计生干部、卫生室大夫、车间主任、班组长紧盯女职工的肚皮。可还有一部分非双职工的,特别是"一头沉"职工,他们妻子家在农村就费事一些,企业也不敢马虎,违反国策也得担责。

这不厂里的计生专干,也是妇委会主任曹凤琴来报:雁塔区长延堡街办(当时还叫公社)来人说咱厂职工张某某媳妇,超计划怀了二胎,要求咱们配合一下小张的工作,共同制止他媳妇的超生行为。我开始想的简单,就说曹师你把小张叫来,咱俩一块给他谈谈,不敢让这小伙影响到咱厂的荣誉,背上计划生育工作不力的名声,谅他也不敢胡拧呱。

小张不便披露名讳，敦敦实实的个头，眯眯个眉眼，平时话也不多，也是"因病免下"安置到我们这个大集体企业的高中生，比我低了三四个年级。进厂后被分配到一车间的烘干组上班。那活就是将锯好的板材一层层装车码好，推进烘干窑，用劈柴煤炭连续几天烧窑烘烤，再将烘干好的板材一块块卸下来转到下道工序，可以说是全厂最脏最累的工种之一。他干活也不惜力，但好像与大伙不合群，也不讲究个人卫生，整天脏兮兮的。因为他们要轮流上夜班，开初就住在烘干组的工棚宿舍里，后因那房子漏雨翻修，我还协调给他在厂部的集体宿舍找了张床位。据说他找了个近郊的媳妇，还是个小学老师。

　　小张来到办公室局促得手也不知往哪里放，我给他倒了杯水，让他说媳妇怀孕是怎么回事？他支支吾吾地说不怨他，是媳妇的事。我说听曹师说了，你和媳妇已有个女娃了，还不到两岁，虽然她是农村户口，你俩还可以再要一个，可按政策必须间隔四年，你们的时间不够，没有生育指标，所以不能生，要做了！现在长延堡公社找到咱厂，也去你屋多次，你媳妇就是不上医院。你到底是咋想的，难道要将你开除了，也让我和曹师背个处分？你这是破坏计划生育！问题极其严重！！今天你表个态，我给你放一礼拜假，赶紧去医院。我唱黑脸曹师唱白脸，这家伙吭吭哧哧地一会儿答应了。

　　谁知这货玩了个花子，回屋歇息了一周把事没办。长

记叙的散板

延堡的书记与计生专干急了,电话不停地催促,还寻上门来,埋怨我们工作不力,说你们再不管娃就生下来了。我对他们也没客气,要生的是你管的人,你们直接将人拉到医院拿下不就完事了。人家分辩:你城里人阻拦得进不了门。原来小张媳妇怀上后,走后门做 B 超是个男娃就想要,东躲西藏地瞒着,已五六个月才被村上和公社发现。村里与公社多次批评教育没效,准备强行送往医院,急得小张要与人拼命。看来这事厂里不管还是不行,于是答应公社咱一块到小张家,抬也要把人抬到医院。

约了公社一干人,第二天我带了曹凤琴、保卫干部老董,开上厂里的昌河面包,先到一车间找到小张说:你不用上班了,现在引路上你屋,看是你的麻达还是你老婆的麻达?记不得是哪个村子了,过了八里村朝西还是成片成片的麦田。小院厦房的炕上半躺着想必是小张的媳妇,她是村小学的民办教师,腹部已隆起,人长得蛮精神。炕上的小女孩怯生生地往娘怀里躲,奇怪的是被一壮壮的警察抱起来,小张介绍说警察在派出工作,是她媳妇的同学。丈人和丈母娘身体不好,他在城里上班,所以常过来照看。

顾不得细想,寒暄了几句直奔主题。小张媳妇不愧是老师嘴皮子利落,嘟嘟囔囔地数落小张,讲述她的冤屈、家境艰难、说自己有病,总之不愿去流产。我与曹师和公社的人轮番上阵,上至大政方针、下到现实生活,一会儿威胁利诱,一时儿好言相劝,总算将她驳得哑口无言。最后提出，家里没人收麦，等割完麦再去医院手术。

　　看着她松了口，担心人走后他们再变卦。我说收麦好办，或让厂里派人派车帮忙，或请麦客收，厂里出钱。现在咱就上医院，车就在门口。那媳妇喊来她妈嘀咕了一阵说要钱。6亩地，一亩要40元。我说一亩给你50，看你的日子恓惶。小张你事毕到财务领钱，你们赶紧收拾上医院，再过两三年要娃也不迟嘛。公社的人也随声附和，说我们已准备好了车，那边医生护士在等着呢，你这还得住几天院呢。做完了请你一家一块吃个饭。算说着连拉带掀，架起了孕妇送往医院，总算把这个黏牙的事办了。

　　没曾想小张从此记恨起我和曹师来。还是宿舍的问题，同寝室的弹嫌他日脏赶他走，又跑来找我给他再找个房子。我了解情况后，劝他注意一下个人卫生和同事的关系，忍一忍等烘干组的工棚修缮好搬回去。或者干脆就住你屋，上班路又不太远。问他最近媳妇与娃咋个向？不知这话怎么触动了他的神经，他碎眼睁圆，抓起桌上的墨水瓶愤恨地一摔，墨水与碎玻璃四溅，我办公桌上的玻璃板被砸了个四分五裂，刚上身的白衬衫染了个五抹六道。气得我火冒三丈，脑门涌血，将他一把揪起按倒在沙发上捶了几下。他嗞里哇啦地喊：书记打人了！书记打人了！

　　这时，正在楼道的杨宝玉、王海松几个闻讯赶来，见状又将那货按倒给了几下。边打边说：让你胡说！让你胡说！小张一看惹不起，连说我不对我不对。第二天下了夜班，特意向我道歉，隐约透露媳妇与他不合。我反劝其你做上门女婿不易，回去勤快点，多说好话多干家务。他摇了摇头，苦笑了笑走了。

　　人生的悲剧总是降临在不幸之人的身上。又过了几年，小张突然就患了尿毒症，住进友谊路的空军医院透析。我前去探望过几次，叮嘱全力救治，但数次都没见他媳妇，陪伴的只有工友和他的父亲。工友讲小张神神地，老捡人家的剩菜剩饭吃，有次还见他拾隔壁仁义村撂的死猪肉在烘干窑煮着吃，得病可能与他胡吃有关。送他走的时候，刚刚是他的而立之年。追悼会上见到他媳妇与警察同学，泪眼婆娑，总归也算解脱。小张只给她留下一个女儿，虽然有厂里抚恤到18岁，毕竟更为艰难。

　　当下又放开了二孩，鼓励为国生娃。真乃三十年河东，30年河西。过去是偷着生、躲着生，想生生不成，现在是让生不愿生、不敢生。彼一时，此一时，总觉对小张与他媳妇有分歉疚。

（2018.10.17 重阳节于文园手机写作）

南院春晚

南院春晚

我的小学

1962年9月1日,我成了一名小学生,从建国路仁寿里的省委幼儿园,转至西七路——一个颇具传奇色彩的学校。她的前身就是大名鼎鼎的延安保育院,李鹏、叶选平、朱敏、刘力贞、谢绍明、李讷、伍绍祖等一大批革命先烈与领导人的子女都是这所学校的校友。

50多年过去了,许多事情已经忘却,记忆模糊不清,但校园的大体布局与个别事项还依稀有些记忆。比如校门里东西各有一个青砖砌成的花坛,还有两棵当时并不多见的呈伞状的倒栽槐。数十间平房教室和寝室由南朝北排开,站在宽阔的大操场就能看见北城墙。操场北端东西角分别是猪圈和卫生室,周围分布有攀爬架、跷跷板、转秋千、单杠、滑滑梯、浪马、吊环等运动器械与水泥乒乓球台,西侧为大礼堂兼饭堂,东头是厕所。

保小同学都是干部子弟在校寄宿,除了周六下午至周日下午可回家,24小时生活在学校。每个班除了有班主任还配有保育员,我们班主任姓孙十分和蔼可亲,名字已想不起来，可惜二年级时调走了，换成了教语文的郭文秀老师。在这儿上学的多是省人委新城大院的小孩，西北局和省委的子女一般在小寨的"二保"（现在的育才中学）念书。不知为何我进了这所学校，能记起的同学只有寇小军、王大瑞、刘萍、胡燕，双胞胎的马小光和马小燕，不同班级的卜小奇、何水利，还有后来转学来的、会唱《苏三起解》的女生葛丽娜。

教的课文除了《吃水不忘挖井人》《朱德的扁担》《乌鸦喝水》《列宁理发》《刘胡兰》有印象外，其他早还给了老师。最高兴的是老师带着去体育场的蘑菇池学游泳，到和平电影院看电影。印象最深的有《花儿朵朵》《魔术师奇遇记》《宝葫芦的秘密》，还学会了插曲《花儿朵朵向太阳》："你看那万里东风浩浩荡荡，你看那满山遍野处处春光。青山点头河水笑，万紫千红百花齐放。抬起头噢挺起腰，娇艳的鲜花吐出芬芳……"

入学虽是三年自然灾害以后，但饥饿仍时常伴随左右。与幼儿园的伙食相差甚远，顿顿杠子馍或苞谷面发糕，清汤寡水的稀饭和白菜熬萝卜或炒土豆条，十天半月不见肉星。就这也不能吃饱，老师说是"瓜菜代"，苏联人还让咱还债，给人家的苹果，要拿圈圈套，看合格不合格。为此，学校不知从哪里买了几十只羊回来，圈在伙房前的空地里，那羊长着弯弯的犄角，毛色是灰黄的看起来有些脏，目光呆滞，大约知道了自己即将到来的命运，可怜巴巴咩咩地哀叫。我没看到宰羊的场面，但瞧见杀猪的情景，几个人将猪蹄捆住,按在桌子上捅一刀,然后放血,支口大铁锅浇烫、吹气刮毛、开膛破肚,第二天就能尝到条子肉了。

三年级时我戴上了红领巾,还当上了一道杠的小队长。每年清明学校都会组织去烈士陵园扫墓,在那儿我第一次听到雷锋、小萝卜头的故事,读了《红岩》《高玉宝》《林海雪原》,开始崇敬江姐、杨子荣,憎恨甫志高、周扒皮。我十分羡慕鼓号队的同学,可对号我总吹不响,只学会了打小队鼓,人家嫌我瘦小个子低不让我参加鼓号队,让我难过了好几回。一次课间我在礼堂的水泥台阶上向下蛙跳,不小心滑倒,将脸颊撞到台阶的硬棱上,疼痛得几天都捂着脸不能说话。还有回上体育课学翻杠子,也是没掌握好要领,摔下来将鼻子磕流血了,从此以后再也不敢上单杠、双杠了。1966年"文革"风暴也刮到了我们学校,停课闹革命,糊里糊涂就不上课了。我们也成了"黑帮"子女,老师宿舍的门窗也糊上了大字报。破四旧,抄家的物品堆满了礼堂,有些书籍字画就在操场烧起来了。不久"保小"被视为修正主义的温床停办,大约1967年我被转回建国路小学上五年级,以后再也没有机会进去过一保。成年后曾路过几次,好像牌子先后换成西七路二小和新城区教师进修学校。前日,微信上看了老校友的一篇回忆文章,才知道原来在市二轻局一起共过事的张小可,后来做了省旅游集团的董事长,曾是校友,也真想再回母校看看。

(2018.9.6 于西江千户苗寨)

记叙的散板

我的中学与几位先生

"二十六中烂烂学生,十个电棒九个不亮。"这是当年居住在这一片的娃们戏谑的话。我却十分喜欢这所母校,她是我懵懂少年心灵中的圣殿,是她给了我无尽的梦想,得到了许多呵护与欢乐……

其实毕业多年后我才知道,西安市第26中学是1941年为解决东北军子女就学,由张学良将军创办的。学校坐落在建国路中段西侧的118号,夹在东三道巷与建国路小学之间,与东侧金家巷的高桂滋公馆和张学良公馆遥遥相对。

那会儿这条路还比较清静,建国门与顺城巷都未打通,南头有个碑林木器厂和省委印刷厂。十一道巷十字向东是省委各部门,向西有雍村家属院、行政处和机关大灶。往北有间我们称之为"绿门"的小卖部,以及省委卫生所、幼儿园,仁寿里巷口左右分别是国营粮店与理发店。再往前通向省委俱乐部的巷口有家杂货铺,上学放学路途的娃们常会摸出一分两分的零花钱,买点柿子皮、苹果皮、山楂片解馋。再往北到小差市东南角有家羊肉铺，还有提着竹篮在里面放一只装糖稀的老碗，卖娃们爱吃的搅糖及"疙瘩剁"。

那阵子建国路是比较僻静的，除了"文革"初闹过静坐与臭名昭著的尸体展览，街道中除了上下学的学生基本上没有车辆与行人，不像如今满都是店铺，车水马龙。以前校园的东围墙都变成了门面房，现在校园内又翻修了两座实验楼，建起了学生餐厅和塑胶跑道。1983年或1984年时，我参加电大的考试，还回过学校。

记得学校大铁门正对的是中西合璧呈"Π"形的三层教学楼，北面是老师们办公兼宿舍的拐角楼，南边还有一座单面三层的教学楼，中间是个不大的操场。操场西北角有两间存放体育器械的平房，南边教学楼后还有三间教室，再往南是厕所和猪圈，西南角还有一排老师的宿舍。常有积极分子天不亮来校打扫卫生，争取当三好学生或早日入团。我因"保小"停办转至建国路小学，所以升入中学后同班并无几个熟悉的同学，只认识同院的李建国、魏彬等，常常略显孤单。

我们大致是1969年春季入学的，在小学多待了半年。我被分至七一级10班，最初就在学校最南边的平房上课，后来才搬到有白色栏杆的主楼学习。班主任是教语文和俄语的姜仲芬老师，她瘦瘦高高的个头带点南方口音，平时不苟言笑，在我印象中对我们男生好像比较严厉，总偏向女生。有次在她课堂上不用心听讲，只顾画连环画中的人物，我被姜老师罚站，课后还让我和冯铁军到她的办公室反省。调皮捣蛋的铁军，偷看了姜老师记载全班同学的兴趣爱好和优缺点的笔记，一时还传得沸沸扬扬。

班上女班长叫张长荣，男班长叫马金宏，可能是个子大能管住人的原因，姜老师让他俩当班长。当时男女生一般不说话，对面遇见也会绕道走很是封建，用现在的话说叫放不开，所以班里同学没能成一对。尽管三四十年后聚会相互打趣，"片娃"喜欢班长，"曾曾"追过小燕，"刺猬""老武"给女生偷偷寄过信，自己也朦朦胧胧地崇敬"快嘴"，却谁也不敢公开。我将这些怪罪于严厉的姜老师。

其实我在班上还算好学生，语文、数学、化学，还有历史、地理成绩都不错，只有物理与俄语稍差一些，而且能写会画，还会唱两句京剧并当了班上的"红卫兵"支队长。缺点是木讷不善说话，学习不求甚解，有时还有点犟，还老爱和那些所谓的"瞎娃"钻到一起。例如，有次几何考试计算帐篷面积，我能不够地多画和计算了帐篷底；有回去长安拉练，李一民老师吟诗"千里迢迢来拉练"，我硬说明明只有几十里与他斗嘴；更成精的是学校组织大合唱比赛，姜老师排练时不许男同学戴帽子，我鼓动几个男生到雍村我家的小院让每人都理了个光头，比赛时不得不让全体男生都戴上了帽子。

班上包括全年级都喜欢教化学的姚崇孝老师，上他的课个个都全神贯注。他深入浅出、出神入化的讲授与实验，我们走进了无穷变幻、五彩缤纷的世界。在他的循循善诱下，那些复杂的化学方程式与化学元素符号及价位表被同学们背得滚瓜烂熟。后来考上大学的"蝇子"回忆，姚老师将化学结构和化学反应与哲学的对立统一、量变质变和否定之否定三大规律结合起来讲。让学生嗅氨气的情节，让他大受启发记忆犹新。最感兴趣是他讲 TNT、硝胺炸药，按照"一硝二磺三木炭"的比例制作黑火药，装入凿孔的城砖当"打鬼子"的土地雷。

同学们还比较喜欢新来的物理老师沈定一，她漂亮年轻，有双会说话的大眼睛，不像姜老师那么古板。现在还清晰地记得她教我们左手右手定理，指导装矿石收音机。而教数学的候文秀老师，一口的陕西醋溜普通话，讲起"a十b括弧的平方""幂的3次方"抑扬顿挫，声音洪亮，憋得我们想笑又不敢笑。后来带语文的李一民先生，讲道地的关中方言，一板一眼、不紧不慢的讲述或朗诵课文，特别是让几个同学分别扮演不同角色，排练《智取威虎山》片段，还有讲授鲁迅先生的《为了忘却的纪念》，印象十分深刻。

初中高中加起来四年，书没读下多少，倒是学工学农劳动的时间占得很多。记得学工到过电池厂裁剪锌皮，去平绒厂开过织机，跑春运当过列车员；学农去过灞桥收麦，到洪庆山候河村开荒，还在建国门外的城河挖过鱼池；另外在学校操场与和平门的城墙下挖过防空洞，用挖出的黄土作坯，在校园垒起窑炉，砍了环城林里的柏树烧砖。在挖鱼池、打井的过程中，我不小心滑倒栽到井底，满脸是血不能动弹。多亏姜老师和马班长、傅吉芳、魏志忠、郭寅生几个同学将我送到红会骨科医院救治，诊断只摔断了右腕骨、挫伤了脊椎，万幸没摔残了脑子。

姜老师带班有方，我们十班各项工作都走在全校前列，而且转学插班来的都愿到她带的班。像孙晓光、薛晓军、朱如竹、卢华、钟京辉、郭寅生、苑伟香等都是从外校转来的。另外，她还一度同时兼任九班的班主任。在她推荐下女班长张长荣成了全校的学生领袖，张扬当了年级的学生干部。她还让李宝琴当团支部书记、余沛君当学习委员、张玲当语言课代表、李金锐当物理课代表、马党慧当化学课代表，班上大小干部大多为女生，只让男生慈有谦当了个文体委员。她带牛群、孙天明和我办的黑板报、宣传栏常常出彩。但不知为何，我们快毕业时，班主任换成了教政治的卞树和老师。

这一下，班上的男生有了知心大哥，能扬眉吐气了。卞老师虽然是政治老师，但不"左"也不一味唱高调，还经常与同学谈心，探讨一些敏感前卫的问题。记得在候河村校办农场开荒时，他曾问我"为什么老乡说现在的麦子长得不如解放前？"我自然回答不到相上。他还多次说我们几个不上大学太可惜，将来如能上大学不能错过机会。

他还带我们几个男生骑自行车上临潼骊山郊游，顺便到他在灞桥农村的家里玩。

我永远忘不了，即将高中毕业时，卞老师专门找我问家里有什么困难，想方设法让我得以"免下"，并被招工进了工厂。被照顾的还有郭寅生、傅吉芳、付天翔等，而且想办法送去当兵的同学也是全校最多的班级。不久前同学聚会，45年后第一相见的肖莉说与我是同桌。她在课桌中画了条"三八线"，一旦发现过界就用肘关节挤对我，我却一点都记不起来。倒是几位先生的音容笑貌，常常浮现于眼前。尤其是我参加工作后，已退休的姜仲芬先生和一位也是教化学的黄老师，大老远的来大南门外来看我，至今难以忘怀。

（2018.12.2手机写于南郑及汉中至西安高铁途中）

记叙的散板

那年花好月未圆

周一中午 11 时 10 分,匆忙赶到大雁塔的海底捞,三位女同学邀请吃火锅言明 AA 制。其实我不怎么喜欢吃这火辣油腻的川味美食,更难明白女同胞对此这么钟情。

其实吃什么不重要,重要的是与谁在一起吃才能激发味蕾,彼此有多少想聊的话题。海底捞的金牌服务的确名不虚传,小姑娘始终面带甜美的微笑,还不停地给加免费的豆浆,问你需要什么帮助。通知我的张杨要了两瓶啤酒,说无酒不成席要有点气氛。

孟晓燕只倒了一茶杯底浅浅的酒,从头至尾一点点抿,却不停地讲在长安插队时的往事。尤其是去修石砭峪水库,拉架子车将锁骨勒断,躺在土炕上,村民送来好多黑皮点心和各家凑起来的一篮子鸡蛋。过去一直闻所未闻,敬佩她在那里入了党,出席了省市县群英会,领着一帮农村青年战天斗地、科学种田,讲故事、搞宣传。看她娇小柔弱花骨朵样的身材,竟能在广阔天地背负战天斗地的重担,经受艰苦生活的磨炼,且能笑对人生,怎么也与她在学校的模样联系不起来。

时间过得真快，一转眼"童鞋"们都成了当爷做奶的人了。最有福气的还是马党慧，老父亲已经百岁，仍思维清晰身体康健。她说多亏张杨给推荐的"西屋牌"破壁机，每天打五谷杂粮营养糊糊，使老人越活越精神。我知道张杨在学校就是个热心肠，聪慧爽快，做事干脆麻利，嘴皮子利落，还真有点《那年花好月正圆》中周莹的性格。

张杨与晓燕、党慧是发小，住省委三号院，同在大雁塔第二保育小学上学。我家住在雍村，后来也曾在三号院住过一年，是在西七路的一保即原先著名的延安第一保育院上的小学。"文革"开始后集体住宿的"保小"关停，我们转至建国路小学上学却不在一班，直到1969年进入市26中同窗四年才相互认识。我与张杨、魏彬、陆华敏编在一个学习小组，常去张杨家温习功课。他们三号院还有张玲、李金锐、蔚中雁几个同学，党慧是化学课代表，我和晓燕分别是班上的红卫兵男、女支队长，张杨官大为年级的中队长。由于父辈都被关过"牛棚"，是"走资派"，也就有点惺惺相惜。但平时除商量班级工作外，路遇碰面连句话也不搭，还比较"封建"。班上没能成过一对，只听到过曾曾同学想追孟晓燕的传言。

我不知张杨是何时关注我的，大概是我从小喜好涂鸦，与牛群、孙天明承包了班级的黑板报，还能唱两嗓子京剧，与孟晓燕、都淑琴、慈友谦演过《智斗》《军民鱼水情》，或者敢顶撞班主任姜老师。回想是一次参加校运动会三千米竞走没拿上名次，姜仲芬老师批评我说，没拿上名次的原因是"你毛泽东思想没挂帅"。记得张杨喊加油嗓门最大，下来递了条毛巾和水杯，宽慰又累又委屈的我。

现在才意识到那会儿真是懵懵懂懂，迟钝得没有一点反应，脑子不知被哪个筋缠住了。1972年底同学们匆匆分别、各奔东西，大约三分之一走后门当兵，三分之一"免下"进厂，其余三分之一上山下乡。因在蓝田开垦校办农场时住了一个多月牛棚，我十分恐惧到农村当"稼娃"。继任班主任卞树和老师，教我以家庭困难和高度近视的理由申请"免下"，于是我留城分到一个集体小厂。党慧则进了银行，张杨和晓燕等下乡当了知青。第二年我与郭寅生几个工作了的同学，骑自行车到长安县鸣犊公社强家村，探望马金宏、杨安中等返程时，专门去韦曲公社上塔坡村找过张杨，可惜她没在队上。

找的原因是她曾给我来了封信，不巧被来家的郭寅生同学偷窥，调侃我俩有点意思。我立即否认，但承认她确实比较优秀。当年十六七岁"瓜瓜"的啥也不懂，或叫情窦未开。好像还回了封信让她好好接受贫下中农再教育，克服小资情调云云……现在回想自己真是还没开窍或真是个混球。缘故是当年锦华木器厂团总支进行晚恋晚婚教育，给组织写下保证：25岁前不谈恋爱，不到28岁不结婚，要以厂为家、心无旁骛地努力奋斗。

三年后,张杨、晓燕她们回城,晓燕招到邮电研究所与没下乡的薛小军一个单位,只知道张杨好像在"五四四"厂学制版。有次张杨跑到大南门外的锦华木器厂来看我,我带她到各车间参观,被师傅和师兄弟们指指点点,弄得我面红耳赤也解释不清。当年她的确有气质特别出众,我对她也有好感,只觉她气盛厉害,是班上有名的"快嘴",说不来咋就那么怵她。刺激最大的一件事是她暗暗地学画画,有天去她家学习,墙上挂了一幅她的工笔,远远超过我的水平,令人惊讶也生畏。因此有回她给了张戏票,几个工友正好来家里玩,我顺手将票给了妹妹,放了人家鸽子。嘴上还对哥们吹嘘不能重色轻友,心里却暗暗发誓:等我考上大学再去寻她。

谁晓得 1977 年高考,我的成绩虽然过了分数线,但不知天高地厚报了北大、复旦与北京二外,也是政审和身体出了状况,结果是榜上无名。加之自己"大集体"的身份,感觉低人一等,更无颜面再去寻人家。同时因在厂里为年轻人出头,被人利用,致使跟个别厂领导结下梁子,怎么也入不了党,因而心灰意冷,使刚刚有点萌动的春心胎死腹中。

几年之后,得知她找了个家在新疆的伴侣,为此与父母的关系闹得十分别扭。后来听说她下海搞印刷、开干洗店与美容店,还去深圳闯荡,似乎好好坏坏,而且爱人患了糖尿病,年纪轻轻的就离不开胰岛素。为此我替她担忧,也觉得对她有所歉疚。在此期间，她知我在单位不顺心，推荐我去南方一家企业工作，我犹犹豫豫想去又没去成，她数落我木讷，"看你那窝囊劲！"

说来也是奇特，我儿子与她儿子竟出生在同一家医院，相隔就几个小时。1981年12月24日晚10点，那时国人大多还不知道过什么圣诞节。我将产妇送至西五路的原西安医学院附属二院，一个穿军大衣的英俊男子坐在连椅上打盹，一会儿有一妇人从门外进来问情况。我抬头一眼认出这不是张杨的妈妈吗？阿姨却没认出我。张杨也在里面，穿军大衣的无疑是她爱人，因她几位哥弟我都见过，可以断定穿军大衣的人不是她的兄弟。只是暗自思量，世间怎么会有这么多机缘巧合。

以后我京畿求学便失去联系，那时也没有BB机更不用说手机。大约是她儿子当兵，我儿子工作，在柏树林街道上偶遇，也是一笑而过。直到她在北广济街叫了马党慧去她的美容店玩，方知当时两个小孩同在东羊市幼儿园上学，她悄悄将自己的娃转走，我却浑然不知。

再后来几次同学聚会，不见张杨踪影，尤其是毕业40周年七一级10个班大聚会和本班共庆60岁生日的大日子她也没来。晓燕、党慧说是"大衣哥"不大好，心里为她担忧，也为她祈福，不曾想不久听说人已去了，直到去年部分同学上彬县礼佛才见上面。只不过看她憔悴了些，似乎有些疲倦，但目光依然犀利，举手投足还是那种高傲的神情与布尔乔亚情调，打趣说我也不请她们几个吃饭，我仍是木讷地报之一笑。之后，每天在朋友圈里见她研读红楼或发送心灵鸡汤的音讯。

她知晓燕和我不吃辣点了鸳鸯锅，她与党慧涮红汤，我俩涮白的。晓燕不停地给我夹涮好的牛肉、虾滑和蔬菜，自己却不怎么吃。我知她的良苦用心，便与张杨频频举杯，默默在心底说声对她不起。然后静静地倾听她们的叙述，再次从脑海里搜寻40多年前那些青葱往事，试图将那些记忆的碎片连接到一起。

席间，我特地将自己新出的散文集《行走的快板》送给她们，里面有三四篇记载有我们当年跑车、演唱样板戏和到农场劳动的故事，又勾起一些青春与美好的回忆。趁着那两位出包间打手机的机会，我才正眼瞄了张杨几眼，言语要将过去的故事写出来，还应允单独请她吃回饭。

往事如烟，一切又不可重来，但友谊与真情却可以永远珍藏。只想问问她这些年是怎么过来的，说一声那时太青涩，不懂的事情太多……

（2018.6.1 手机写作于文囿）

记叙的散板

心中渴望的那套绿军装

20世纪六七十年代,国人衣着的流行色基本是灰、黑、蓝、绿。穿灰的一般为干部,穿黑的多是农民,穿蓝的则为工人和学生,而最多的是穿绿的,除了部队还有造反的红卫兵。因为中央首长全穿着绿军衣,全民皆兵,绿军装就成了革命的标志。人人都渴望穿上绿军装,连姑娘谈恋爱能找个部队的都让众人羡慕。

1966年"文革"开始时我年龄尚小,上小学四年级没资格加入红卫兵。因上的"保小"被指定为"修正主义温床"而停办,加之停课闹革命只能辍学在家。从而有幸跟随在绥德上高中的表姐,搭了趟"大串联"的末班车,到了革命圣地延安,还回到陕北老家——离绥德县城有90里的郝家坪,度过了一个温暖的冬季。印象最深的就是穿绿军装戴红袖章的大哥哥、大姐姐们真牛,坐车吃饭住宿都不要钱。

回来不久,西安便发生了大规模的"9·2"武斗,吃了亏的"工总司"占据了省委驻地建国路和十一道巷,还办了个"尸体展览"。已靠边站但还要挨批斗的父母见雍村大院不安全,便托付保姆的儿子将我送到外婆家。在开往北京的列车上,同座的一位解放军叔叔见我灵醒,便逗我愿意不愿意参军,等你大点招你当兵,把我高兴得在梦中梦见我也穿上了绿军装。

大约1968年春季转回建国路小学,1969年3月到一墙之隔的市26中上中学。那年春发生了珍宝岛事件,举国"深挖洞,广积粮"。书没念多少,刺杀、瞄准、列队、拉练、挖防空洞、"三防"的军训却搞了好多。尤其从班上的梁海舟、冯铁军当了特招的"小兵"后,正常与走后门当兵的男生女生孙天明、钟京辉、路安江、苑伟香、陈天明、蔚中雁、孙晓光、武沁康、魏彬、朱如竹、郭兵等走了十几个。而自己因近视当不成兵入不了伍,不能为国效力常常自责。

其实想想也不奇怪,那会儿从小接受的就是这种教育:电影《南征北战》《渡江侦察记》《上甘岭》,小说《林海雪原》《苦菜花》《红旗谱》,歌曲《我是一个兵》《打靶归来》,话剧《霓虹灯下的哨兵》,大型音乐舞蹈史诗《东方红》,故事《红旗飘飘》《强渡大渡河》,我们那一代人心中的英雄偶像,就是杨子荣、董存瑞、黄继光、邱少云、雷锋、王杰这些英雄战士,骨子里渗透着一种要解放天下三分之二受苦人的气血,梦想和渴望有上战场杀敌立功的荣耀。不像如今,就是自己的儿子一说去当兵就直摇头。

虽然参不上军，却抑制不住穿身军装的强烈愿望。翻箱倒柜找不见父亲在延安总部与关中分区穿过的旧军装，只找到一床薄呢军毯和他穿黄军装的照片。于是满世界的寻求，还是去新疆当兵的惠保平给了顶绿军帽，在韩城当文艺兵的蔚中雁给了一颗红五星和两只红领章，有门路的三伯父不知从哪淘了一套军装来，可下身却是上宽下窄的马裤，穿起来看着虽然有点怪，心里也却美滋滋的。那会儿没事无聊，常常与要好的魏志中、郭寅生等同学坐在大差市马路牙子上给过往的女生打分，耻笑谁谁挂了个"咩"（女朋友），一致认为"军咩"（女兵）最漂亮。心底里其实有一股吃不上葡萄说葡萄酸的醋意。

1972年底，17岁的我参加工作当了名木工学徒。一同进厂的张红旗，第二年扔下刨子当兵走了，又让人嫉妒了好一阵子。在车间推了十个月刨子的我抽到厂部整档案，后来留下做宣传干事，大约在1974年当了厂里的团总支书记。当时厂里编了一个基干民兵连，任命我为连长。区上组织的爆破和对空射击集训中，勉强还得了个优秀。记得毛主席逝世时，我还领着民兵连全副武装在钟楼站了两天岗。为此，我还借了机修组王继安已经洗得发白的军装穿了几天。锯材车间的青工龚湘丽，亲戚在3513厂工作，见我渴望穿绿军装，便托人在被服厂买了绿色的涤卡面料，仿制了一套65式军装。没想到第一次穿上它，早上到钟楼邮局帮忙为退休职工寄工资，竟被小偷从我新军装上衣兜里掏走了我的一个月工资。

20世纪90年代初进了市级机关,同事中有许多转业军人,他们来自天南海北,有开飞机的,有驾坦克的,有二炮的,有武警的,有驰骋海疆的,有搞卫星发射和测控的。听他们讲进军大漠、守卫边关、策马草原、南疆参战的经历极感新鲜,倍觉没能在部队这个大学校、大熔炉中历练是一生的遗憾。不过我却结识了当过兵的妻子,我还分工协助领导联系军事工作,成为市国防动员委员会的成员,为便于工作被编入预备役部队,也算弥补了此生没当过子弟兵的憾事。

2012年8月14日授衔那天,在雄伟豪迈的军歌声中,在庄严肃穆的八一军旗下,穿着笔挺的07式绿色军服,肩扛两杠三星,我向首长和军旗行了一个标准的军礼。这套绿军装虽然只穿过两次,但它一直挂在办公室的衣橱里。虽然现在我已告老还家,但若是国家召唤,我仍会穿上它为荣誉而战。不过,细想,再想,不可能也不希望有这个机会了。

(2018.11.2 手机写于文园)

记叙的散板

收音机里上大学

20世纪70年代末恢复高考,我家兄妹五人有四个参加,皆名落孙山。唯我最悲催,已经过了分数线、检查了身体,由于志愿填报不当与政审的缘故错失了良机。遂放弃再次参加高考,决心学高尔基上"我的大学",走自学成才的路子。

那时我在一家集体小厂当宣传干事兼团总支书记,算是中层干部。当年中学同班同学中只有三人、厂子里仅有个名叫李秋芳的老三届考入大学。对自己来说,应上能上却未上成大学,也算是人生一大憾事。

皇天不负苦心人,命运给你关上一道门,必会为你打开一扇窗。1982年的秋天,始终都想走进大学校园的我,终于圆梦成了中央广播电视大学汉语言文学专业的一名"电大生",即无须入学考试,平时通过广播电视收听收看讲课、完成作业,期中期末参加统一考试,修满学分,最后通过论文答辩就能获取毕业证书。

当时家里还没有电视,有一台结婚时买的上海生产的

"红灯牌"电子管收音机。最初,电大课程只在白天播出,厂里一大摞事又不能影响,只好由大妹郝小菁用砖块录音机,录下当天讲的内容,等下班后再听录音。不久中央人民广播电台晚上开始播放电大课程,于是每天晚上八点,我便准时打开那台红灯牌收音机,静静地收听从电波中传来的那美妙无比的声音。中央电大聘请的京城一流名师那亲切可爱、充满磁性的话语,就如远航于风浪与黑暗中的灯塔,给了我希望和力量。从此,不论春夏秋冬,整整三年我与中央人民广播电台为伴,结下了不解之缘。

印象最深的是袁行霈与张治公先生的授课。北大袁先生主讲的是《中国古代文学史》,使我在中国文学的银河中进一步结识了李白、杜甫、王维、陶渊明,"三曹"、"三苏"等大家与他们的名篇,懂得了什么叫"学海无涯"和"厚积薄发"。而张老先生教授的《现代汉语》,厚厚的上下两册,使我系统地了解到汉语的语音、语调,文字和结构、语法和修辞,以及渊源传承和发展的方向。只是他讲的汉语拼音化方案和计算机输入难题与30年后的情况大相径庭。

而最难搞明白的是古汉语,几千年由繁体到简体的变化、由文言文到白话文的演进,感觉真是生僻难解,分不清个之乎者也,又感到奥秘无穷。虽然也能磕磕绊绊啃下《古文观止》,借助辞典也阅读了不少典籍,却难免囫囵吞枣、张冠李戴,两次考试勉强过关。深感它不如《中国通史》《文学概论》和《外国文学赏析》易学好记且能考出好成绩。最为受益的是学习《写作概论》和《公文写作》及练习,使我打下了良好的写作基础,为以后自己能顺利考入中国轻工业管理干部学院及公务员队伍,"以文辅政"夯实了根基。

电大的学习十分严苛,不仅在严格的考试还有平时的作业,淘汰率很高。辅导员老师要求,听一堂课至少要用两个课时的时间进行预习和消化内容,并花大量的时间按时完成布置的作业。记得写作和文学评论的作业,我就写过《买肉》《评汪增祺的〈受戒〉》,那是要计学分的。所以,每晚八点开始到十点听课,写完作业和进行预习要到半夜12点甚至到凌晨一点,就这样一天天在电台传输的知识海洋中奋力遨游,期冀到达理想的彼岸。

在此期间,我在西四路冬天冻得要死、夏天热得要命的小平房里坚持读完了两年四个学期的"电大"课程。12平方米的厦房,刚刚能放下一张双人床、一张一头沉的写字台和两把木椅,中间还有一个供取暖做饭的蜂窝煤炉子。小屋门前就紧顶着著名的西京招待所窗下的过道,我曾在那里观摩过成荫导演拍摄《西安事变》南京军政大员被扣押的场景。在这里若古人秉烛夜读、悬梁刺股的情景,至今历历在目。

1984年9月,我来到京郊正北的固安县——中国轻工业管理干部学院进修,一边开始学习企业管理的课程,一边继续完成电大最后一年的学业。其中《政治经济学》《中共党史》《马克思主义哲学》一些基础课程教材和参考书目,与电大课程相差无几等于重修,并没有感到额外的负担,反而正规的脱产学习给了我更充裕的读书时间。为了不影响同寝室的同学,我常常躲进教室或在操场的路灯下,插上耳机收听半导体收音机传来的授课,记下一本本课堂笔记。就像一块干渴已久的海绵,张开的每个孔隙都在拼命地吮吸着知识海洋中的水分。

撰写毕业论文阶段,时逢中央人民广播电台小说连播节目播放李存葆的《山中,那十九座坟茔》,我被那离奇的故事情节和悲剧的人物色彩所吸引。恰好轻管院教授写作课的班主任黄老师,带我们游香山并探寻曹雪芹故居,我在香山公园的报刊亭购得一本刊载有《山中,那十九座坟茔》的那期《小说月报》。我如获至宝连夜读完,与《高山下的花环》做了比较,将其评论拟定为毕业论文的内容。大约用了两三个月的时间,到学院图书馆查阅了所有能找到的当代文学的资料,写出了《论社会主义的悲剧——兼论李存葆的〈山中,那十九座坟茔〉》,请西北大学中文系副主任赵俊贤做论文指导老师,使我顺利完成了毕业论文答辩。

据说电大的淘汰率是很高的,与我一起报名入学的七八个同事只有我一人通过。最紧张的还是考试,每学期五六门功课,每个知识点都须掌握,甚至烂熟于心,靠临阵

记叙的散板

磨枪、投机取巧绝对是不行的。每到此时，作为自考生都要先去大皮院的自考办报名领取准考证，认真地听两遍主讲老师的考前辅导，再心平气静地梳理对比一遍课堂笔记，整理出一套复习提纲，反复默读背诵。说也奇怪，除古汉语外，每进考场几乎无所不会，皆能高分通过。包括最后一个学年加上轻管院的考试有十几门课之多，现在真不敢想是怎样过来的。

赵老师对我论文的评语：既有逻辑思维又有形象思维，在论述现实社会悲剧问题中有突破。他还表示欢迎我读他的研究生，可惜未能如愿。历史亦难重行，又成憾事，但从未自卑过"我是电大生"。

（2018.2.26 于儿童医院）

南院春晚

难忘的公务员考季

1992年五六月，已37岁仍不安分想解决身份的我，再次报考了公务员。咨询考试报名及购买复习资料时，巧遇刚刚借调到局机关外资处的小曹，便约定一起复习考试。

由于上年曾参加过一次"公招"考试，过了笔试和面试分数线，只是政审时原单位某些原因才被淘汰。也算是有点经验，就告诉小曹咱俩应报不同单位免得互相竞争。于是我报了市政府研究室，根据她学的电子专业建议其报了市科技局。

报名还有个小插曲，那时我也是从基层借调至市二轻局法规处的。主要从事集体经济与企业改制研究，在本系统内稍有名气，被市政府研究室经济研究处的洪家标处长看中，他鼓励我报这个单位。可到具体环节，负责报名工作的老陈和老庞两位处长感觉我年龄稍大，我只好改报了有中级职称年龄可放宽的市公用事业局。第二天洪处长发现我没报研究室，问明原委又让找人事局重新更改了报名信息。

为了更有把握，除了看辅导材料，我和小曹还参加了考前辅导班。辅导班设在粉巷市科协的大教室里，晚上七点半开课大约两个钟头，持续了半个月到一个月时间。每天下班在机关吃完晚饭后，我便从北院门骑自行车到南院门占座位，等小曹一块来听课。

说来也是缘分，小曹家在开封，与我的发小刘小为是亲戚，又与我工厂的同事祝乐利沾亲带故。她因参军政审不合格，赌气来到西安衡器厂，读完电大分到厂技术科，又抽调到局外资处工作。当时，她婆婆病危住院每天要去服侍，下班后还要送孩子去棋院学围棋。我很同情她的处境，就替她占座位并帮助整理笔记与复习要点，期望她也能考个好成绩。

由于之前读了三年电大中文，另外在中国轻工业管理干部学院脱产读了两年经济管理专业，加之到局机关还接触了一些公文写作，所以我对考公务员要求的基础理论与公文写作比较自信。在与小曹共同复习的过程中，发现她对一些概念还比较模糊，一些知识点还不能完全掌握，就替她着急，刺激她说分数下来你肯定比我要少个三四十分。为此，我建议她通过互相提问的方式加强记忆，将辅导老师讲解的重点全部背下来。

快到考试的时候，老处长王恩堂让我将手头工作全部放下，说给你一周时间在家好好准备。但我胸有成竹仍然坚持每天上午上班，下午约小曹到相对僻静与较近的莲湖公园复习。大约用了三天的时间,效果不错,感觉她对所有的问题都能回答上来。我又对她讲每晚上床休息前,可将白天复习的知识点过过脑子估计效果更好。那天笔试(一)考完,小曹高兴地对我说她全答对了,脑子就像过电一样全冒出来了。我让她冷静下来,又给她讲了请示报告的区别,文件的格式、标题及简报、通知的写法,准备迎接笔试(二)也就是实践能力的考试。

笔试(二)是在西稍门的空军工程学院进行的,题目基本围绕公文写作设置,包括填空、选项、辨析和实际写作。我答得比较顺利,提前交了考卷,放心不下小曹,乘着交卷铃声与出入的杂乱,乘机进了她所在的教室,对她已答但无把握的几个选项作了肯定。这样我俩都顺利进入到考试的第三阶段——心理测试。这与上次"公考"不同,为新设置的科目,记得是在陕西师范大学心理实验室进行的。先是一个长长的问卷,然后有默记数字、走迷宫、瞬间反应等能力测试,感觉十分新鲜好奇,如同做游戏一般。满分为十分,我只得了8.6分,但总成绩在市少年宫张榜公布出来,我仍是那次"公考"的第一名,也的确比小曹多得了二三十分。

面试是在市人局会议室进行的,排队抽签确定顺序后再单人抽取面试考题,给五分钟准备时间。当时抽到的题有两道,具体题目记不清了,好像一道是哲学问题,一道是要你处置一项工作。还没等你组织起语言,就被叫进会议室，面对九个考官与架设的摄像机，心里还是有点紧张。随着主考的提问我尽量放松心情，面带微笑侃侃而谈，将问题从正反两个方面说得周全，最后公布分数我是这个组面试的第二名，综合成绩还是第一名。而科技局要录取五个人，小曹综合排名是第三，所以我俩都十分高兴。记得当年市人事局出版的《人事工作》，可能因我面试时神态从容，将我面试的场景刊登在封面上，可惜几次搬家不知归置到哪里去了。

检查身体时小曹因打过排球、乒乓球一点问题没有，我却出了点状况，到市中心医院量血压有些偏高。带我体检的研究室干部靳雷利叫我好好休息，第二天早上多喝点水，尽量放松别太紧张，又重测了一次才使我过关。同样这次"公考"，我在原锦华木器厂因工作而得罪的小人，又四处散布谣言，编造我是"动乱"分子，匿名信塞到了许多部门。多亏负责这次招考的有关方面特别是研究室的桂维民同志，澄清事实、力排众议，认为我以往工作与考试成绩都十分优秀，有一定的研究能力，是个搞文字工作的材料。所以才使我如愿以偿、好梦成真，实现了人生的一次重要跨越。

西安市1990年至1992年曾连续三年从社会上公开招考机关工作人员，不拘一格选贤任能，使不少一线工人或企业管理人员中的优秀分子有机会进入公务员队伍，为机关补充了一批有实践经验、具有开拓精神的新鲜血液。不久,他们都成为各项工作的业务骨干。三年后我就被破格提拔为处长,以后又成为市委写作班子的重要成员。每每想起"公考"的一幕,真要感谢"尊重知识,尊重人才"的这个时代。

(2018.12.26 手机写于文园,完稿于 CZ6223 西安至北海航班)

记叙的散板

南院的爬墙虎

斗转星移,白驹过隙。沿着西安粉巷向西走过竹笆市、德福巷口,经过那家著名的"春发生"葫芦头饭馆,便到了"南院"——我曾爬了十二载格子的地方。

"南院"是个很有沧桑感的地方,它的地名叫南院门,一度为这座古城的政治经济文化中心。明弘治九年(1496)陕西学政使杨一清于此重修正学书院,清光绪年间为陕西总督部院,因与设在北院门的巡抚衙门相对故称南院门。国民党统治时期为"西北剿匪总司令部",解放初陕西省政府设于此,1954年10月为中共西安市委驻地,直到2011年3月行政中心北迁。之所以叫"南院",是市政府在北院门,久而久之"南院"和"北院"就成了市委与市政府的代名词。目前"南院"已成为中共碑林区委、区人民政府的驻所,已不再是原先的"南院"了。

初识"南院"大约在十三四岁,"支左"的堂兄在市革委会工作,带我上他的办公室,但已记不清是哪座办公楼了。依稀右手有座礼堂,左手几排平房和小院,正面有

南院春晚

两幢长满爬墙虎的砖楼。而它的大门却无多少变化，两层水泥建筑连接的门楼，也被爬墙虎绿色的藤蔓缠绕着。门楣上"为人民服务"五个大字熠熠生辉，只是白底红字的"中国共产党西安市委员会"的门牌换成了中共碑林区委的字样。大门东边是传达室与保卫科，西边是收发文件与报纸的收发室。

参加工作以后，单位在永宁门外的锦华木器厂，倒是去过粉巷的第一医院看病，常来"春发生"吃葫芦头，去竹笆市市家具公司开会，在旁边的省图书馆借书，到市委礼堂听报告或看电影。待再次走进这座神圣的大门，是20多年后调入北院门的二轻局来转组织关系。而成为"南院"里的一员又在五年后，我从市政府研究室调任市委办公厅从事文秘工作。

那时刚及不惑之年，正是血气方刚，每天骑辆自行车从西四路走尚德路、转东新街过西华门至钟楼，然后走西大街转正学街或绕南大街走粉巷再进南院，一走就是12年。这时市委大院西边新起了12层的高楼，往里是市纪委的旧楼、后勤库房、大灶，与行政处二层小楼前几棵挺拔的法桐、冷杉遥遥相对。绕过组织部前的水池转盘，靠北小花园中还长着些月季、桑树、枇杷树。再朝北便是车队三层楼前的停车场及新建的篮球场。往西是澡堂、理发室和单身宿舍，北边为宣传部的木质小楼。而我就在市委常委会议室与值班室上边的先是四楼、后是三楼、再是二楼爬格子。向南的窗外，总能看到组织部三层砖楼外墙上爬满五角叶子的爬墙虎，从绿到红，再到只剩下印记年轮枯黄的盘虬枝藤。

我们这座楼里还有机要局、督察室、打字室，还有几位副秘书长及综合处的同事。它的南面是个中式庭院，开有月门，种有两棵高大的广玉兰，左手是机关小灶，右手是老干处；北面则是有警卫值班的常委楼，也是个独立的小院。门前有两棵海棠树，春天海棠花儿盛开，东墙有排棕榈和女桢，西墙有几株芭蕉，而南墙却是一溜花房。在组织部与小灶圆门外的过道，有排自行车棚，拐角处生长着一株红枫。

最初在四楼办公，夏天热得不行，也没有空调，起草文稿全凭手写，再找打字员用"四通"打字机打出长长一卷稿子，进行修改和校对。有一次赶稿，又热又累的我起身想去洗手间，刚走到门口竟中暑晕倒了。后来综合处等三个处室搬下三楼，大约在2000年才安装了空调、配备了电脑，但繁重的综合文稿起草工作仍压得人喘不过气来。每当加班完成一个重要文稿，几个笔杆子就会跑到对面的小巷里要一盘"红红酸菜炒米饭"或一碗"邓家饺子"，或者是"老韩家肉片煮馍"，就着腌制的红辣椒喝两口啤酒解乏。偶尔文稿文件起草得出色，夜半星稀一块讨论修改的书记、秘书长，还会让小灶给下碗挂面算是犒劳。

文秘工作要求上知天文下晓地理,熟悉全市各行各业,把握大政方针，了解社情民意，既要出谋划策，还要协调相关事项，包括跟随领导深入基层调查研究。一天到晚忙得不亦乐乎，经常加班加点。被戏谑为"喝浓茶，尿黄尿。省老婆，费灯泡。有心向上跳一跳，领导说你只会写材料"。但是大家看着古城一天天的日新月异，我们的文字一个个变成改善民生的成果，助推着全市的城市建设、产业发展和文化繁荣，心里也是蛮有成就感的。从高新区、经开区、曲江旅游度假区、浐灞生态区的设立到米字型铁路和高速公路的建设，从城市总体规划修编、东联西进、九宫格局的构建和皇城复兴计划实施，到重开丝路、国际港务区的开通和西咸一体化建设、国际化大都市的提出，再由实现西部最佳、践行四化理念，城市会客厅、大雁塔北广场和大唐不夜城的竣工，黑河金盆水利枢纽工程和大秦岭生态保护区的建设，到建设人文、活力、和谐西安的具体实践，我们与全市人民一起收获着奋发有为的成果，共同分享着开拓进取的喜悦。

　　常委会议室庭院前的月门是不轻易开的，记忆中开启过两次。一次是党的十六大胜利闭幕，为欢迎胜利归来的党代表开启过。值得称道的是西安选出的三名代表，一位是曾同我在同一个工厂工作的工友，被誉为"小巷总理"的邓菊梅；一位是我大学的同学，时任临潼标准缝纫机公司董事长的黄省身；一位就是我服务的市委书记，现任中共中央政治局常委、全国人大委员长的栗战书。另一回是

记叙的散板

时任陕西省委书记的李建国,来听西安的工作汇报。我是汇报稿起草人之一,曾在常委会议室作过模拟汇报演练。

又是一年爬墙虎绿叶变红的时候,为筹备市十次党代会,报告起草小组在市委领导的带领下,深入调查研究,结合世情国情市情,规划今后五年古城改革发展的蓝图。由于长期加班偶遇风寒,我发烧转成急性哮喘,大约有三十天时间,每天上午到粉巷医院挂吊瓶,下午到长城宾馆与起草小组成员分析数据、讨论措施。在一次市委常委会提出修改意见后,苦思冥想、搜肠刮肚到了失眠的状况,持续了月余。经过几上几下征求意见和反复修改,待到正式提交党代会审议,才长长出了口气,但从此也落下了支气管哮喘的毛病,每当秋冬季都会犯病。

就这样,市委大院和门楼的爬墙虎花开花落,春发夏荣,随着岁月更迭,越发长得枝繁叶茂。在我刚过知天命之年的第二年,被组织安排做了古城晚报的老总,但还是能够常常回去看那爬墙虎春来冒出的嫩芽,夏至绽出黄绿的小花和秋冬枝蔓垂挂的紫黑浆果。现在退休之人已经无缘再进出"南院",可喜的是与我一同起草文稿、以文辅政的同事、徒弟一茬接一茬,如那貌不惊人的爬墙虎,还在默默地春华秋实……

(2018.7.5 于凤城文园)

南院春晚

时光荏苒,转眼又近交子之时。文景社区的退休大妈们开始吵吵着筹办迎春晚会,你准备诗朗诵,他想来段信天游,倒是勾起了多年前在南院门市委大院工作时的一段记忆。

那会儿我还在南院门的市委办公厅综合处爬格子,为市委起草文件,为市委主要领导起草讲话稿。当时西安正处于改革开放的重要发展时期,各开发区正在布局,城市建设刚拉开骨架,产业结构正值调整升级,许多民生问题亟待改善,所以办事、办会、办文和综合调研与协调事项的工作十分繁重,加班加点成为常态,综合三个处的办公室经常是午夜时分仍然灯光明亮。

厅领导倡导机关文化建设,想方设法改善办公与膳食条件,组织文体活动来娱乐大家的心身,促使我们特别是年轻人苦中磨炼,乐在其中,当好领导参谋助手的角色。在机关工会田凌副主席的具体操持下,干部职工自己的春晚便在不影响正常工作的情况下,有条不紊地实施了。

对综合三个处来说，十几个才子，只有两位佳人，出节目还真有点难度。田凌找我商议，综合处各项工作都走在前面，办公厅的春晚咱们也不能落后。想了想平时处里人员都忙，好像谁也没显露出文艺细胞，只晓得吴逸伦在大学当过学生会主席，就推他写串词和做主持人。任昆明与姚金川见我作难，便自告奋勇说他俩出个节目。我听闻昆明能吹笛子，小姚会吹口琴还习练书法，但从未见识过，担心他们拿不出手，便问出个啥节目？昆明神秘地笑笑说暂时保密，放心届时肯定出彩。

田凌又说，咱能不能搞个太极拳表演。那阵从地税局借调来综合处工作的贾军团，找了据说是陈式太极拳十二代传人来厅里教小架，综合处和厅里有几位跟着比划已经学到了七十四式。我答应试试，并请陈老师重新编排了套路，配上《春江花月夜》的曲调，有孙琦、刘胜等与我合练了几遍还有模有样。表演时换上白绸缎面料的拳衣，飘逸灵动，竟然还赢来了鼓励的掌声。之后，信息处的李长安、汤红、黄萍、赵刚、崔诗月、赵良他们也表演过杨式简化二十四式太极拳，功夫更深厚一层。

南院的春晚自然要比央视春晚提前个几天，会场设在能容纳百十号人的新办公楼12层多功能厅。我们的春晚一般与厅里的表彰会结合，只是于白天举行，布置得花团锦簇、张灯结彩、喜气洋洋。除了值班人员外，秘书长、处长、干部，包括食堂的大师傅、车队的司机、印刷厂的

南院春晚

工人都来参加。有几次分管办公厅的张景文书记，也特意赶来参加我们的表彰会和演出，与民同乐。

办公厅确实卧虎藏龙，由杨祎、李静、申艳、宋蕊、李晨煜、张玲、毛毛等表演的健美操，活力四射、青春飞扬，后来还成了全市新春团拜会上的保留节目。看得市长直批政府的郭秘书长，你看看人家市委选的是啥人？！而高长安副秘书长与车队赵步展的秦腔清唱既高亢嘹亮、荡气回肠，又耐人寻味。机要局的申艳一袭长裙，一首《今夜无眠》惊艳四座，绝对的明星范。节目中还穿插着行政处薛瑞生、张明的书法表演，为同事书写春联，以及抽奖活动。保卫处冯建国、老干处郭秉学、督查室赵琦等舞林高手翩翩起舞，并拉张书记和几个厅领导下场共舞。自小京城长大，多才多艺的苏继达带来了绝活抖空竹，用一条线将风葫芦舞得是上下翻飞、嗡嗡作响。压轴的是旗袍与唐装秀，由综合二处转业回来的纪刚导演。当行政处的李想、秘书一处的门平和申艳、赵琦等高个美女一改往日的严肃矜持，身着旗袍、高挽发髻、款款而行，将现场的气氛变得火热起来。

厅里的春晚还邀请了家属参加，以期许他们对办公厅的工作有所了解，感谢他们对家人干好单位工作的支持。记得秘书一处张萍的女儿拉了曲小提琴，保密局聂桂红的女儿来弹奏过古筝，信息处汤红的女儿甜甜秀了把街舞，还有机要局小王的女儿跳了段芭蕾。车队队长高建军的爱

记叙的散板

人段桂珍是戏曲研究院的著名演员，她演唱的秦腔选段无论是古典的《游西湖》，还是现代的《红灯记》，总会让人感到委婉动听，酣畅淋漓。

轮到综合三处的姚金川上场，吴逸伦报幕说他将表演特异功能，全场顿时安静下来。小姚是研究生毕业，刚来办公厅不久，平时足不出户写稿子，许多人还不认识他。只见他缓缓走上台来，用略带临潼口音的普通话介绍自己有透视功能，可隔着信封看清里面的内容，还会用耳朵认字，不信可当场测试。全场注视之下，金川镇定自若，不慌不忙，有时若有所思，有时闭目念叨，将观众递上来的信封（内装背着他写下的字条）内所写的内容，一字不差地说了出来。这一招一下轰动了全场，也蒙住了机要局的几个小姑娘。以至李静每次见到姚金川都下意识地双臂交叉护住胸口。

起初我也半信半疑，知他是学心理学的，或用了什么精神分析法、催眠术之类。反正，小姚是出了名，全厅都知道综合处来了个有特异功能的姚金川。也是他俩人保密工作做得好，多年后才告诉我，他俩一个台前表演，一个台下做托，蒙住了众人。想想这也算是一个人生舞台，除了演好自己的角色，偶尔也可以娱乐一下大家包括自己。

（2019.1.5 手机写于西安至三亚 9H8361 航班）

南院春晚

钟鼓楼下卖报歌

"啦啦啦！啦啦啦！我是卖报的小行家，不等天明去等派报，一面走，一面叫，今天的新闻真正好，七个铜板就买两份报……"

这是幼儿园就学会唱的一首儿歌，而且知道它是《义勇军进行曲》的作曲聂耳所作。但绝没想到若干年之后，我会在钟鼓楼下也当了一回沿街叫卖的报童。

那天正值2008年元旦，大约上午十点我和李颖科等报社领导带着各部门中层，来到了西大街的钟鼓楼广场，每人领了两沓报纸，就开始冒着寒风沿街叫卖起《西安日报》和《西安晚报》这两份报纸来了。记得我穿了件蓝颜色的冲锋衣，起初极不适应，也不知道如何叫卖，张嘴直冒哈气，手脚冻得也不知往哪里放。只知道吆喝"看报了，看报了，今天的《西安晚报》《西安日报》，一元一份！"并不晓得要吆喝今天的新闻与看点。

说实话，我和李颖科同志半年前来西安日报社分别任社长、总编，都是丝毫思想准备也没有。当时西安的两报

记叙的散板

已经连续亏损了数年,干部十年没有调整,采编与管理人员人心惶惶,青年记者纷纷外流,新闻报道内容和方式呆板,发行量与广告量萎缩,被同城《华商报》的传播力、影响力压制得喘不过气来。

到报社不久,电视台的老友张峰台长戏谑说:"咱媒体,广播是卖嘴的,电视是卖脸的,你报社是卖纸的。"言下之意广播电台和电视台成本低,纸媒成本高、时效差,比他们更难经营,说我找了个难干的活。确实,当年业界是一片"报纸的冬天来了"的哀鸣。

临危受命,逆水行舟,只有咬牙硬撑。在摸了段情况后,我与新班子提出了"改革、创新、发展、融合"的工作思路,制定了报社改革实施方案,推进人事制度改革,实施两报分开运行;有针对性地开展了"整纪纠风、爱岗敬业、推进改革"学习教育活动;围绕着做理念、做策划、做时尚、做独家、做话题、做民生、做活动、做时政、做监督、做渠道十个方面进行新闻报道内容和传播方式的创新;推行经济责任目标、控制工资总额、规范用工等加强管理的八项措施,目标就是让读者认可,将报纸和广告能卖出去。

正是在这种情形下,我们策划了这次报童活动,面对面地征求读者意见,看看两报的影响力究竟如何,让班子与中层亲身体验报纸内容、发行、广告等方面存在的问题。因决定元旦这天上街卖报,头天晚上我分别去发行公司和两报编辑部,看望慰问了加班统计发行数字与改版的同事。元旦是晚报改版后的第一天,我虽患了感冒,仍与李总一起上街卖报,要看一看效果如何。

正好在鼓楼旁边也有个卖报的老汉,他将《西安晚报》摆在《华商报》下面。李总性急将晚报拿出来翻看并与《华商报》比较,改版后的晚报的确比原来好看了许多。老汉讲《华商报》涨价了,晚报还好卖,我俩听了很高兴。接着遇到一位山西女孩,买走了一份晚报算是开了张,我连声道谢。下来又有位姓张的游客与朋友买了两份晚报。有意思的是我向一位过路的男士推销时,他停下脚步,我看有门,取报收钱一气呵成。旁边的发行公司经理王炳军介绍说这是我们社长、总编,这位仁兄竟让我俩给他签了名。我俩再接再厉,又给西北农林科技大学的两位女大学生签名卖出了两份。

我的外甥女刘芃,因前一天听闻舅舅要到钟楼卖报,这时也特意赶来体验。她披上发行公司李存良递过的印有"老朋友新感觉"的绶带,一会儿卖出了三份,而且向一位老外推销了一份。晚报执行总编屈胜文凌晨四点才做完版,与下了夜班的解维汉、李剑锋、杨阳也来了。我越卖越有劲,开始用已有点沙哑的声音叫卖:"看晚报全新改版!西安十大新闻!"就这样,我从鼓楼向钟楼方向走了100多米,不住地叫着同学、先生、女士,忙得汗都出来了,总共卖了十多份报纸。李总自嘲说,咱俩是"秘书长"

记叙的散板

"教授"卖报,我笑说,想不到50多了当了卖报郎。接下来叫卖效果不佳,屈总说他还剩下一份,李总说好像卖不动了,我看看表也到了12点。王经理说今天给你们定的任务就是10份,也算可以了。

王炳军当过记者,在发行上很有一套,曾是全国报纸自办发行的首创者。他组建的发行队伍有上千人,穿着红马甲也是西安街头一景,可惜已被《华商报》的黄马甲淹没得差不多了。我知道上年日报发行的真实数字不足7万份,晚报的发行量也就是个21万多,而且还有些邮局发行与零售的水分。通过这次卖报活动,也使大家看到,报社经营不仅仅是发行的问题,而主要是报纸内容和影响的问题,正所谓要唱"内容为王"的卖报歌。

于是,我们确定了2008年在采编系统狠抓版面视觉冲击力、增强话语评论权、版式栏目特色化和新闻资源占有率四个环节,突出主题宣传、多做政策解读,关注社会民生、贴近读者,塑造城市形象,努力抓好重大题材、突发事件报道和推广两报品牌与影响力的系列大型活动。同时加快了报业改革的推进,对两报广告经营进行了公开竞标,推行全员聘用制和中层竞争上岗与员工双向选择,总之要将报纸卖出去。

这一年我们开通了手机报,实现了两报数字化上线,初步实现了报网互动。使两报新闻宣传工作有了较大的起色,报纸越来越好看了。特别是在挖掘宣传熊宁、抗震救灾、奥运报道、宣传西安改革开放30年、组织策划全国媒体老总看西安等方面受到市委领导的充分肯定和多次批示表扬。

这一年晚报被中国传媒大会评为中国城市晚报十强，印刷质量被中国报协评为精品级报纸，名列全国第九，报社被市委、市政府分别授予抗震救灾先进单位和创建国家卫生城市先进单位。两报总收入达到17439万元，比上年增长11.22%。其中实现广告收入12009万元，比上年增加16.87%；报款收入4600万元，同比增长7.77%；其他收入830万，比上年也有增长。人均年收入比上年增加5462元。

同仁们共唱卖报歌，已经朗朗上口，虽然曾有过"走不好，滑一跤，满身的泥水惹人笑"的痛楚，但终于在来年迎来了光明。尽管事情过去了十年，"啦啦啦"的《卖报歌》还不时在耳边萦绕。

（2019.1.8于三亚香醍25度）

记叙的散板

加 班

儿时常常难见到父母,一方面从幼儿园到小学四年级均为寄宿生,另一方面大人太忙,机关总有做不完的事。那时他们在省委办公厅工作,好像有开不完的会、处理不完的文件。"九一三"事件后他们从下放地汉中返回西安,分别在省外办和新城区工作,似乎更忙了。我知道了一个词语"加班",并习以为常。因为我也进厂当了工人,经常忙着加班加点赶任务,干脆住进职工集体宿舍,每周甚至一月才回家一次。

在企业一干就是19年,从17岁学徒开始,一步步做到一把手,其间不知加过多少次班。好似被蒙上眼睛的毛驴,围着碾盘不知疲倦地转着,累死累活的可心里亮堂。当时家里也没电话,街道上也少有公用电话亭,BB机、手机亦没有研制出来。要是正点没回来,家人也不操心,断定是又加班了。那阵子加班多是下班组劳动:钉床板、运圆木或安装桌椅柜橱,也没什么加班费或换休假,自觉自愿地以厂为家。

其间参加高考过分数线却未能金榜题名,信奉高尔基的大学走自学成才之路,又不安分起来。业余读电大中文课程,又考取中国轻工业干部管理学院。回来看有旧友及同学考进报社、杂志社或进入机关当上了公务员,想想也不能辜负国家给的展示才华的机会,抱着一试身手的态度,不留神进了政府部门搞起了区域发展研究等文案工作,也成了加班一族。

刚入道难以适应,屁股坐不下来,常因稿子通不过而焦灼不安,数易其稿不得要领。点灯熬油,苦思冥想,搜肠刮肚写不出新词鲜语,领导甚不满意。虽少有批评,亦自责烦恼,不免怀疑自己真不是写文章的材料;产生下海念头却无勇气,前辈们开导写材料搞文件像炒菜做饭一样,应迎合食者的味口。除了要吃透上边精神下面情况,还要了解领导的关注点、着力点,熟悉不同领导人的作风和语言习惯,要站在全局战略的高度看待问题。而且写稿子要如对待情人谈恋爱一般,有感情才能妙笔生花,写出锦绣文章。天道酬勤,次数多了慢慢也摸出一些门道。

自搞起了综合文字,从调研报告到红头文件,从会议简报、会议纪要到领导讲话,还有什么经济形势分析、事项通知、情况通报,等等,真是一脚踏进了文山,又一头扎进了会海,要去服务或参加这个会那个会,收集汇总方方面面的情况。而且是没完没了,需要靠加班加点才能完成的。为此,机关有人编了个段子:"喝浓茶,尿黄尿。省老婆，费灯泡。有心向上跳一跳，领导说你只会写材料。"虽然有点自嘲抑或戏谑，但大家忠诚于事业，以文辅政，当好参谋助手无怨无悔。尤其是当自己总结得出的观点举措，搜集的社情民意，提出的意见建议，被决策者采用，变为政策措施，产生了惠及民生、促进经济发展的实效，心中还是蛮充实的。

一次修改政府工作报告到凌晨两点多，嗜烟如命的王志强主任弹尽粮绝，半夜三更又没地方去买，断了烟就熏不出来文思，只好满地捡烟头，先挑长的再捡短的，总算坚持到天亮按时完稿，长长地舒了一口气。还有回三伏天加班赶稿，当时办公室还没装空调，也没有电脑，只能靠电风扇、湿毛巾降温，用纸笔手写稿子。也许太累加之温度过高，我想去过道透口气，刚走到门口两眼漆黑，扶着门框滑倒的瞬间失去了知觉。处里的晓东、昆明几个慌忙扶起，原来是中暑了，仗着年青幸无大碍。由于经常加班顾不上家，甚至引起家属们的猜忌，不相信会有那么多的事。同是搞过公文材料的桂秘书长知晓笔杆子们的辛苦与在机关运转及指导地区开展工作的重要，想方设法改善了大家的工作条件，关心同志们的进步，还定期请来家属座谈安抚，尽可能帮助解决一些实际问题，讲述自己从事文字工作的心得，安定军心。

为此办公厅搞文化建设，以综合三个处的故事与原型编了个小品《加班》。由秘书一处的周晓飞、秘书三处的陈红利和综合一处的许刚分别饰演处长、处长爱人与科员三个角色,将那些笔杆子的日常工作真实地再现于舞台之上。记得演出那天,看得分管组织的市委杨副书记直擦眼泪,我们大家也是感慨万千,全场报以热烈的掌声。后来我与陈红利随同市党政代表团到陕南考察,餐桌上几个大领导谈论文字工作又提及那场《加班》演出。市长当面夸赞小陈演得好,对市委书记说我看红利去当文化局副局长合适,丁秘书长让小陈赶快给书记、市长敬酒。虽然是一句玩笑话,但从侧面说明了领导们对办公厅及文字工作的肯定。

十多年后《加班》的剧中人大部分已功成名就,不用再去上班加班了,剩下的也都成长进步成了领导干部,不用亲自写材料了,有的还做了市级领导甚至进了中南海。但新一茬的机关人还要继续加班,不过换了新词叫:五加二、白加黑,"七一六"。就是一周工作七天,昼夜工作16个小时,要求事不过夜,马上办。个中滋味,太辛苦了!笔者只能作壁上观,心疼他们了。

(2018.11.18手机写于浙江东阳)

补记:田凌(市委办公厅机关工会原副主席):新作已拜读,有关小品《加班》那段往事,是我当年在厅工会亲历。从策划、创作、排练、演出全过程,尚有记忆片段。

记叙的散板

剧中人物就是以咱综合处同事长期工作现状为原型。我也是熬过夜的，对此深有感触。当时商讨节目题材时，我以为这最是办公厅突出的工作特色，所谓文稿无一不是既要"刀下见菜"，又要"有骨有肉"。若没有深入研学、思虑独到的功夫和强健体魄，怎经得住连轴加班的熬煎。我正是因为身体原因知难而退逃离综合处的。当时凤萍非常支持写这个题材，汇报丁秘书长获准，就以你加班晕倒为主要情节，创编了这一小品，并挑选放得开、愿登台的三位同志出演。我和凤萍通过文化局严彬局长，到市话剧院请导演杨新民，每次车接车送指导排练。记得全剧结尾处我还奉献了老父亲形容老陕吃面的金句（音）："和硬揉软，擀厚切宽，辣子调红，陈醋调酸！"通过陈红利饰演处长妻子的口用方言说的。短短一个小品远不足以反映综合处文字工作的强度和难度，但仍有不理解的声音：有这么夸张吗？外人怎知干这行的苦与累，怎知我们付出的脑力和体力！退休以后对秉笔疾书大多都避而远之了，唯有你依然这么热爱写作，依然"刀下见菜"，说写便写，即成美篇，难道不会烦吗？

拥抱黑暗

爸妈的饺子

立冬这天,已退休却闲不住的齐老师招呼,老嫂子包了饺子快来。我只知冬至吃饺子不冻耳朵的习俗,传说还是西汉名医张仲景发明的。最初称"娇耳",另外还有"牢丸""扁食""粉角"等名称。三国时称作"月牙馄饨",南北朝时期称"馄饨",唐代称饺子为"偃月形馄饨",宋代称为"角子",元代、明朝称为"扁食";清朝则称为"饺子"。我的老领导说立冬也是季节交替,也有吃饺子、喝羊汤的习俗,使我又涨了知识。

"好吃不过饺子",北方有"送行的饺子接风的面"等不同的说法,反正老少咸宜,深受百姓喜爱。已不记得是哪一年哪一天吃的第一口饺子,但记忆中它是打小最惦记的美味吃食,吃饺子也是与一家人团聚最欢快的时刻。

20世纪五六十年代至70年代末,尽管生活还不富足,但逢年过节也要割上二斤肉,一家人围在一起包顿饺子。那时还住在十一道巷雍村大院的平房,买肉要去和平路国营副食店,买面要上仁寿里的国营粮店,肉不贵但凭票供应，包饺子的白面也要粮票且为细粮，在每人每月定量中只供应60%。调馅的菜基本按时令，无非是白菜、萝卜、韭菜，偶尔用韭黄，或用鸡蛋、豆腐、粉条包些素的，也算是改善伙食，自然每次都会让我们兄弟姐妹欢天喜地一番。

买肉剁肉的活一般派我，大妹负责和面，二妹擀皮快，一个人擀能供四五个人包，三妹和小弟摘菜，擦萝卜剥葱捣蒜。母亲则调馅，以前这个关键环节是由保姆进行的，菜馅不论萝卜、白菜都要焯水、挤掉水分，将剁好的肉馅用酱油、料酒、花椒、盐加生姜、大葱末稍事腌制，打个鸡蛋与菜馅顺时针搅拌均匀，然后让我尝一下咸淡，就可以擀皮儿包了。

父亲是陕北人管饺子叫扁食，大概是陕北离内蒙古、山西近，元朝时那片区域就将饺子称为扁食留传下来了。他先将醒好的面团搓成滚圆的长条，再揪成一个个板栗大小的面剂子，不用擀面杖而是用双手的拇指和食指转着圈捏成饺子皮，然后塞进馅料再用双手的拇指与食指捏住合成半圆的饺子皮边沿用力一挤，一个小巧玲珑、圆鼓鼓的扁食就捏成了。他说老家都是这样包的。

母亲是北京人，十四五岁入"华大"参加革命，步行来西安支援大西北建设，大多时候吃食堂不善厨艺，她包的饺子是平躺在那里的。大妹包得又快又好，能捏出饺子边沿的花褶。我包的形状随母亲，包不进饱满的馅，所以包好放在高粱秆编就的箅子上总是躺着的,吃起来皮多馅少,不如父亲包的扁食,煮好后像一颗颗丸子似的好吃。

家里的保姆陈姨是河南人,平时父母工作忙她里外当家,在我家呆了成十年。记得她包饺子是将面团揉好擀成面条一样薄厚,再用一铁盒盖用力扣出大小一样的饺子皮,还给我们包过荠菜饺子。小时候常常跟在她后头买菜打酱油,喜欢她变花样地喂饱我们的肚子。可惜"文革"开始后,家里就不敢请她了。

而包饺子也是待客之道,家里平时来了亲戚朋友,除了炸盘花生米、虾片,调个红萝卜丝,切上些猪头肉或耳丝,炒个鸡蛋,登场的主角还是饺子。自然是主客一起动手,说说笑笑、家长里短,饭吃了亲情与该说的事情也叙了。来往最多的是三大一家,三妈总夸我家的饺子比她家的好吃。母亲此时就像个指挥官,吩咐一群孩子这个干这、那个干那。她会额外在馅子里放点虾皮,滴些香油。有时来不及现买肉或肉票用完了,就让我提个搪瓷锅到东大街的"白云章饺子馆"买些饺子馅回来包。

白云章是西安的老字号,1938年由安让、安儒、安海三兄弟躲避战乱从太原迁来,1945年搬至东大街的炭市街口。安氏兄弟经营的饺子用多种调料配制成汁拌馅,皮薄馅足,肉香味浓,一时名声大震,是当时西安人心目中最具特色且正宗的清真风味的羊肉水饺。为了保持羊肉的鲜香,坚持当日宰杀当日制馅。先剔除筋腱等杂质,洗净,切成核桃大小的块，绞成肉泥，打进秘制调料水，加入葱、面酱、香油和鲜菜。冬春用白菜，夏秋用卷心菜，都要新鲜，生压，压干，不见开水。调料却要用沸腾的开水沏汁，选取花椒、大香、茴香、桂皮、良姜、白芷、草果、丁香共八味调料沏水。所以白云章不仅饺子有名，饺子馅也有名，平时既卖饺子又卖馅。逢年过节，更要制作大量饺子馅应市，冬至与年三十，专门买馅的人常常排队等候。久而久之，我还发现了一个秘密，他们的馅子里还拌有洋槐花，怪不得鲜香，特别让我父亲与三大这对爱吃羊肉的陕北兄弟赞不绝口。

要说真正学会包饺子，还是在北京外婆家。也许是老北京特别爱吃馅，1967年为躲避西安的武斗，父母托人将12岁的我送至住东四连丰胡同的大舅家。每到星期天，不论是去四舅或五姨还是在大舅家，基本都会包饺子。饺子馅也相对丰富，如有莲菜的、倭瓜的、芹菜的，特别是茴香的都是我从没有品尝过的。五姨家的几个表姐妹除笑话我说的醋溜普通话外，还将我流下的清鼻差点掉到捏得不成型的饺子上当笑料。她们一边笑一边示范如何擀皮和包饺子，几回尝试后外婆夸我已经与她们包得相差无几了。

每到大年三十，家人团聚一堂包饺子，父亲会将几个硬币包进去，煮熟后看谁能吃着，谁就会有福气，我只吃到过一回。年夜饭除了吃饺子，还要炸些带鱼、丸子、麻糖、馓子、花生米，做几碗条子肉、小酥肉和甜饭，招待来客，还要炖只鸡和烧几条鱼，寓意年年有余和吉祥如意。我比较喜欢将剩饺子用油煎或煮成酸汤饺子，前者焦脆味浓、后者酸畅辣爽。

  参加工作特别是成家后，总觉单位的饺子寡淡不好吃。渐渐迷恋上了回坊的酸汤水饺，味美超过了白云章，更比那德发长的饺子宴便宜与实在。尽管回家吃饭的时间少了，年节还是要回父母家团圆包顿饺子。而自从父亲去世后，只有除夕才回去包了。现在供应丰富、服务业发展，啥都能买到现成的，甚至直接叫外卖热热乎乎的就送到家，各种品牌的速冻饺子味道也不错。但我还是习惯自己调馅包手工的，练练手艺，回味回味过去的味道。

（2018.11.10 于文圆手机写作）

记叙的散板

夏日吃瓜

烈日炎炎,杨树上的知了不歇地聒噪,越发燥热得人直想往凉水里钻。四五十年前还没有空调,连电风扇也不多见,解热消暑的方式无非是手摇蒲扇、煮些绿豆汤或沙果叶茶。有钱的给娃买根豆沙冰棍,能行的会用苏打、柠檬、糖精做成汽水解暑,饭食换成了凉面、凉皮、浆水鱼鱼、小米绿豆稀饭,晚上将凉水擦湿的草席铺到场院中,数夜空上的星星。而最难忘的是大快朵颐,啃几块甘甜如蜜的沙瓤西瓜。

那时兄弟姐妹盼望傍晚时分,老爹用自行车推回来三四个花皮西瓜,用铝制洗衣盆接满自来水凉一两个小时,晚饭后在小院中重新摆上小桌放置案板,拿菜刀将西瓜从中"噗嗤"一声切开,一大家子七八口就热热闹闹、你推我让地吃开西瓜了。那会儿的西瓜个头比较大,皮厚、味甜、瓤沙,以同州(大荔)瓜为最好,其特点是个大、皮绿、瓤红、籽黑、味甜,小如牛头、大若筐箩,入口沙甜像放了白砂糖,堪称瓜中之王。记得一次母亲带回来一个足足有三十多斤，五个孩子十只眼珠滴溜得大大的，盯着磨盘似的大西瓜，直将小肚子咥得滚圆滚圆的还觉不够。保姆陈姨将瓜皮去掉硬皮、嫩瓤切片，将瓜子淘净晒干，也是好菜与娃们家的零食，特别是用西瓜瓤酿成的西瓜酱，用来夹馍、调面更是一绝。所以吃瓜成了一家人最大的快乐与夏日招待客人的主要形式。

20世纪70年代初到一家木器厂参加工作，夏日吃瓜便成了防暑降温的首选与福利，工厂会派车到周边农村的瓜地里拉瓜。有年厂里联系了鄠邑区余下镇的瓜园，让我与司机刘志斌去买瓜，具体是哪个村已经记不清了，种瓜的好像是生产队请的山东把式。瓜园有十来亩，瓜秧上一溜溜结满了水灵灵、油亮亮的大西瓜，四周被一人多高密不透风的玉米地紧紧地围着，地头搭个芦席稻草的庵子，里面放置着被褥和码放着几个熟透的西瓜，有黑皮的也有绿皮的。见我们到来，先一气杀了两个，其中有个是黄瓤的，色泽鲜亮，惹人怜爱。种瓜的把式扇着草帽，擦着汗水说，这叫"黑绷筋"，为瓜中上品，俺们上的是油渣，味道美得很。一尝果真沙脆甜蜜，瓜香浓郁，连吃了十几大块，直到肚子实在撑得吃不下为止。

事先说好的瓜价，才五分钱一斤。你想从育苗、整枝、授粉、压蔓、翻瓜，务一茬瓜八九十、上百天，风餐露宿、日晒雨淋、蚊虫叮咬，还要谨防野猪狐獾光顾与碎娃偷，实在是不易。种瓜是当时生产队的副业与集体经济，也是农民不可多得的酱油、醋钱,亩产八千到一万斤,除去成本最多也就赚个几百元,不过当时工厂的八级工月薪也就八九十元。生产队长一边招呼人来卸瓜过称装车,一边招呼我们去家里吃饭。因厂妇联的王师是这村的女子,与队长是亲戚,她联系的西瓜,因此不怕装了生瓜和短了斤两。招待的饭食是烫面油旋、鸡蛋絮絮甜拌汤、炒的醋熘笋瓜和葱花鸡蛋,还有一碟油泼辣子,虽是家常,但馍香、菜鲜、油汪,至今还常常回味鄠邑区的饭好吃。

饭毕瓜也装好,下午回城不到四点,立马通知按车间班组来领瓜。发瓜、吃瓜的场面十分火爆,四五百人平均每人能分到两个到三个西瓜,各个班组车拉筐抬,人声鼎沸,你争我夺,将滚圆的西瓜运回车间。杀瓜的方式各式各样,有用刀切的、有用锯割的、有用斧砍的、有用改锥戳的,有等不及的干脆一磕两半用勺子挖的,全厂都沉浸于吃瓜的欢乐中。也有个别不高兴的,切开是个半生,或弹嫌是个肉瓤子或熟得过火,吃起来如棉花套子,也不要紧拿回来换个好的,或下次发瓜再补上。一时吃不完放到第二天再吃,或干脆用自行车驮回家去让家人分享吃瓜的爽快。

如今,夏日的西瓜品种更多,什么黑美人、新红宝、黄宝石、硒砂瓜,即使在雪花飘飘的冬季也能吃到海南的西瓜。不过买时再也不会一买好多个,多是一切两半,买瓜的人常常一次只买半个,随买随吃,想吃了再买。这不,今儿个立秋,买菜碰见卖宁夏富硒瓜的就买了半个,味道确实不错。时间飞快,现在夏季消暑降温的方式多种多样,连农村都用上了空调,很少有人晚上寻马路边、打麦场纳凉了,西安城中的人成群结队地往秦岭山中钻,在峪口处挑两个西瓜、买几斤桃子或早熟的葡萄,泡入清凉的溪水冰镇后再吃,味道依然甘甜,但吃上两牙就吃不下了。

(2017.8.8 立秋于文园)

记叙的散板

搬　家

　　记得家最早在古城建国路十一道巷的省委行政处南面的圆门,那时刚刚三岁。从建国路通往和平路中间的家属院门前是个大下坡,冬天下雪就成了孩子们的溜冰场。整个省委除了办公厅与农工部、统战部等是楼房外,家属院包括雍村、三号院、四号院及幼儿园都是平房。我们兄妹五人就是在这儿的两间南北走向、泥墙砖地、席棚瓦顶的房舍和有着省委花房、车队、电影放映场、坑底下树林子及三五个互通的大杂院中长大的。家中最值钱的就是一台蝴蝶牌缝纫机和一台熊猫牌电子管收音机,还挂有一幅舒同手书的毛主席诗词《七律·冬云》的中堂。

　　上小学四年级时,"文革"开始了。整个建国路和十一道巷成了学生串联、静坐,造反派"革命"、揪斗"走资派"的战场。大标语、大字报、传单和小报铺天盖地,"炮打陕西省委""火烧西北局"的广播、口号不绝于耳。路边搭起了席棚,家属院的空地也满是或坐或卧穿绿军装戴红袖章的人。以至引发武斗,吃了亏的"工总司"在26

中办起了尸体展览。我上的西安保育小学被当作"修正主义苗子的温床"铲除，只好转回建国路小学就读。没多久学校停课闹革命，省委也被占领，父母和一些叔叔阿姨转移到和平门外后村的八号院，将我先后送回老家和北京外婆家躲避，弟弟妹妹也被疏散到保姆家。

等我回到西安，已是 1968 年的夏天，家搬至坑上边的雍村。住的是一家一户或两家一户的四合院了，但仍是土木结构的胡基墙、砖瓦房。据说是省委宣传部原部长吴刚的住房，他家搬至三号院后，分给我们和徐泉海两家。父亲为此专门到东大街买回一个大红色的板柜，添置了两只棕箱和一张黄色的小饭桌，使家中平添了些喜气。房子由两间换成了两间半带一个小厨房。徐家不久搬走，整个小院就都属于我们家了。兄妹们在院中养兔喂鸡，摘苹果钩槐花，还搭建了一个牛毛毡灶房，垒了个拉风箱的灶火，蒸馍炒菜尤其是烙锅盔特别方便。小院什么都好，长有两棵结果很小的苹果树，前后院还有两棵高大的洋槐与一株年年果实累累的黄梨。雍村大院有块宽敞的花园草地，十多棵蟠桃、石榴，成排的红叶李、夹竹桃和数株柿子、软枣、海棠、桑树，往往成为孩子们玩耍嬉戏的好去处。只是老鼠比较多，用了多少办法也除之不尽。

大约在 1970 年，父母被下放到泾阳县的杨梧"五七干校"劳动，分别干起了养猪和做粉条的行当。不久又举家迁往汉中，连人带家什一卡车拉走。只留下我一个人与一只小麻鸭、一只小黄鸡守家。这时我在"十个电棒,九个不亮"的 26 中上学,还当了班上的红卫兵支队长。那一段闹过一阵子打家劫舍的"五湖四海",好在有几个要好的同学轮流陪伴,倒也不感孤独和害怕。记得学校歌咏比赛,为与班主任作对,男生一小半跑到我家剃成光头,出尽了洋相。

1972 年高中毕业,我逃避上山下乡被分配到大南门外的锦华木器厂,一个大集体企业参加了工作。全家又从汉中搬回雍村的小院再次团聚,家人和行李还是一车装完。当年公家配发的桌椅床板虽折价售给了我们但已破旧。弟弟妹妹也长成大小伙、大姑娘,家中用具确需添置。父亲找人买了两根水曲柳圆木,我从厂供销科买了十张三合板,请班组的师傅到家里做了套老虎腿的三门大衣柜、梳妆台、挂板床和写字台。我还在厂里买了些板皮、弹簧和沙发布,学着做了一对沙发,给家里又增加了亮色。为鼓励我努力工作,父亲送我一块上海牌手表,还托人给我买了辆永久牌加重自行车。

父母从汉中回到西安,分别在省外办和新城区上班,工作特别忙。这时大妹、二妹参加了工作,三妹和小弟分别考取了中专与大学,为方便我住进锦华厂集体宿舍,逢周日才回家。1980 年省外办在父亲的操办努力下,在西四路一号盖起了家属楼,我们第四次搬家住上了楼房。是个两室一厅、一厨一卫的小户型,也就 60 平方米多点,七口人挤不下，我一人暂居雍村小院。为照顾我成家，同时雍村大院要改建为干休所，而我所在的单位是个集体小厂，没有职工住房。省委行政处的佟罗叔叔协调省外办，在西四路一号后院给我找了两间共20多个平方米的平房居住。

1985年我在北京上学暑期回西安，外办要盖2号家属楼，决定拆除中院和后院平房，讲我不是外办职工不能安置。我据理力争，说从雍村拆迁到外办拆迁，谁拆迁谁就应该解决我的住房问题，不能让我住大马路上吧？而且我的东西还在屋里，你们就开始拆房，还有无天理？他们只好将我和外办的一些人安置到大雁塔村的临时住房里。从此我的搬家噩运开始了。

当我含泪好不容易请工厂同事，将我结婚新买的板式家具、单筒洗衣机，准备今后做家具的三四方板材和20张胶合板，还有一套木工工具搬到大雁塔。刚刚一年，那里要拓宽道路，整个大雁塔村也要拆迁改造。我第二个暑期回来，发现小厨房被撬，那套木工工具不翼而飞，房顶被扒开几个口子，漏下的雨水湿透了被褥和家具。我立马傻眼，欲哭无泪。只能找外办主管的吕凡平处长和何克敬主任大吵了一番，何主任才让外办派车将我的物品搬到后村一户农家小院，楼上楼下各给了一间。

在此一住两年，又遇后村城中村改造。这次外办还好，通知我搬到东关索罗巷小区。虽然是个上下各三间的小楼，但小区环境还不错。继续与后来当了外办副主任的翻译刘湘莲为邻，她住楼上两间，我住楼下两间，另外一上一下给了同是外办子女的小唐。外办2号家属楼盖成，父母家搬至后楼三层，面积增加了一些，三个妹妹陆续出嫁，弟弟也到外地打拼，住的地方宽敞了许多。麻烦是没有电梯，那时做饭靠蜂窝煤，后改成煤气罐，搬煤驮煤气罐着实累人。住索罗巷的刘湘莲他们相继回迁，而外办不让我回迁，理由仍是你的住房应由所在单位解决。我就继续住在东关，虽然上班远些，但总算安生了一些，在此还做了个用胶合板条弯成曲线的床头。自己也由工厂先调入市二轻局工作，后又考入政府研究室成为公务员，一直相安无事到1996年4月。

不知为何，外办将索罗巷的小楼抵账，通知我自行解决住房。当时妻子身怀六甲，我俩都在市府工作，但机关一直没能给分配住房。无奈只好再找吕处与分管的裴长菊主任诉求，几番苦斗才让我们搬至外办一号家属楼的106室暂住。这是只有41平方米两间带个小厨房的小套，因为紧靠围墙和朝阳的窗户上边被二楼的阳台挡住了光线，白天也需开灯，唯一优点是冬季暖气热量足。因房间太小，原来在几个地方搬来搬去的几方木料、衣柜与两把椅子等家具寄放于外办（西京招待所）的圆厅，后来两把椅子也不知被谁顺走了。掰指算了算，20年来父母家搬了6次，我的小家也搬了5次，每搬一次就将人弄个灰头土脸，折腾个半死。尤其是我的小家，面积越搬越小，次次都被动地让人驱赶，遭人白眼，受辱流泪，乔迁成忧，成了极大的精神负担。不知何时才能有自己的一个窝，不再吟《茅屋为秋风所破歌》，能够"大庇天下寒士俱欢颜"！

　　这天终于来到。2000年机关终于在南二环给了套102平方米三室一厅一卫一厨的福利房。装修吊顶，铺上石材和木地板，装上空调，新买了家具，更换了冰箱等电器，高高兴兴搬进了新家。最大的好处是用上了天然气，不用费力搬煤气罐了。父母家也搬到雁塔路120多平方米四室两厅一卫的新居，先后享受了房改政策。又过了十年，行政中心北迁，机关团购选到北郊，卖掉房改房加上贷款，小家又搬进有地下车库、电梯和绿化环境的小区，面积也扩大了一倍。小区附近除了有运动公园、中医院、熙地港商场外，近期还建了开元和高铁寨两个公园。这次搬家就成了件大喜事，可谓苦尽甘来，安居乐业，想想心里就舒畅多了。

（2018.5.1于绵阳樊华似锦小区）

记叙的散板

复 位

22年前10月15日下午4时许,正在南院门市委常委会议室服务,腰间BB机发出振动,偷偷地瞄了一眼:"笑笑病,速到西京医院"!好在议题很快结束,坐立不安的我火速赶往康复路东的四医大。

着急上火的原因是刚刚来到人间26天的儿子,这几天患湿疹,听了同事于媛英的建议给服了保和丸,没想凌晨三点尖啼一声就不停地开始哭闹。一大早我去上班,由大妹陪护去大差市的第四人民医院,诊断为新生儿黄疸。回来服些汤药后便不再啼哭,但也不吃不喝,排了些血便。高龄产子的爱人慌了神,打电话给四医大同学李敏找西京医院儿科张教授求救。张教授看后说疑似是种传染病,须转至唐都医院传染科住院治疗。

与母子会合,即打车前往远在灞桥区席王村的唐都医院。一路上疲惫不堪的妻子一言不发,我抱着悄无声息的儿子感觉他好像没有了呼吸,暗自伤神。想着老来得子实属不易,落草后的他眼睛大大的、头发黑黑的、小脸红扑扑的，一逗就笑，十分招人怜爱，所以乳名唤为"笑笑"。难道上苍不肯眷顾要收了他去？我不由倒吸一口冷气，胡思乱想又不知如何安慰妻子。

妻子转业前在唐都医院供职，径直找到同学吴晓媛和其爱人——传染科的青年才俊姚志强的家里。姚医生打开襁褓，试试孩子额头仔细观察一番，摇摇头说不像什么传染病症，即请来刚从比利时归国的儿科专家做进一步检查。经验丰富的王宝西医生听听心跳呼吸，轻按腹部后说可能是外科的病。于是又请来外科的两位医生会诊，才知孩子得了疝气并已嵌顿，幸亏送来及时否则比较危险。只见小孩右侧腹股沟与睾丸肿得透亮，其中一位用食指和中指慢慢进行复位治疗，大约两分钟后，笑笑的小鸡鸡撒出一道弧线尿了出来。随后恢复了知觉，开始嘤嘤地抽泣与吮吸奶瓶，大家才都松了口气。

这时天色已晚，几位大夫说不用住院，我们又打车回到解放路的家中。谁知孩子拉出一泡屎后开始哭闹，再次形成疝气，只能再去西京医院挂急诊找外科大夫复位。因为知道了病因，大夫很快给复了位，说孩子太小尽量别让哭闹，为防止再形成嵌顿，建议可戴疝气带或寻铜钱等物品压在他的小腹股沟处，等长大些如一岁半后可手术治愈。

回到家中已是晚上十一点多，妻子的同学王妍也一同回来照顾母子俩。安顿好儿子，找出枚银元用布包好压在他小腹侧下，胡乱泡了点方便面吃了，已是筋疲力尽。放心不下，不时地去看儿子的患处，似乎又开始水肿有嵌顿状况。与妻和王妍商量去儿童医院看看有无好的法子，于是抱起孩子又上西门里的儿童医院。这时已经凌晨一点，天气还比较凉爽，但我急得满头大汗。挂了号敲开二楼外科的门，里面慢吞吞操陕北口音的中年医生开了门，又是查血又是验尿上楼下楼查验一番，开了些安神镇静片剂，说现在问题不大，等长到一两岁做手术吧。问有无疝气带，回答没有，我只好悻悻地打道回府。不过儿子一直没有哭闹，也许是太累或太坚强了。

第二天请了假，在借来的那30来个平方米的小窝里照看他们母子。六神无主的我也不知道到底怎么办？一天五趟跑了四家医院，别说没出月的婴儿大人也受不了。幸亏妻子有篮球运动员底子与医务工作者的经历，一边强打精神喂养宝宝，一边翻出医书查找医治方法。哭闹的儿子只有抱在怀中轻轻摇晃，或爬在我的肚皮上，才能安静少许。

真是天无绝人之路，也是唐都医院的同学刘宝玲闻知，带了他们外科的王教授来家里给笑笑看病，并手把手教我如何复位。他详尽地讲解了疝气形成的原理、分类、防治，是一种常见病也能自愈。儿子得的是腹股沟斜疝，与家中潮湿得湿疹引起瘙痒哭泣有关。你们平时注意观察，尽量让小孩保持安静，防止疝气形成水肿，一旦有急事可随时打电话。从此，我逐渐摸索学会了按摩复位，一旦发现儿子有异动，便轻轻用手指将降至他阴囊的疝气推回小腹。他感到舒服也比较配合，眼角含笑默默地瞧着你安然入睡。

儿子的奶奶得知后留心，偶然在新城广场碰见疝气带买了一条送来，可惜笑笑嫌那东西戴着不舒服，两条腿不停地乱蹬，反倒是搁块银圆或像章方才会安静下来。就这样儿子一天天渐渐长大，从翻身爬行到跟跑学步，从牙牙学语到满地跑跳，从零岁到两岁中间也犯过好几次，都由我帮助复位，没有再次发生嵌顿现象。

说来奇特，没有动手术，他竟然奇迹般地好了。记得最后一次为他复位，是两年后的一个星期天，西京招待所楼前的樱花开得正艳，我带他一起赏花。儿子高兴得又蹦又跳，还捡了一大捧粉红的落英。突然他停下来蹲在地上，眼巴巴地看我。见状我猜有了情况，过去看开裆裤露出的腹股沟又有些水肿，赶紧让他躺平给他按摩复位，不一会儿他又撒欢地跑开了。

小时候儿子体弱，体育课等运动量大的活动也不敢让他参加，总担心他长不好。也许也影响了笑笑的性格与爱好。谁知 22 年后他长成 1.85 米的大小伙，偏好文艺。这不，妻子昨晚还给为他看过病，已移居美国的姚医生一家打越洋电话，聊起当年的往事。但不知在京学习电影的儿子，还有没有这段记忆……

（2018.6.24 于西安至黄龙往返路途手机写作）

记叙的散板

儿子的高考

今年6月6日高考前一天,刚好巧遇芒种,十年寒窗抑或夏熟的作物到了收获的季节。虽然气温已开始燥热,却难抵崔永元手撕范冰冰,捅开娱乐圈丑陋冰山一角的"网爆"冲击波。看了老友"老金聊天室"这期节目,不免为在京学习影视策划的儿子的前程担忧。

事情不知是喜是忧,三年前他跨越龙门考入中国电影最高学府,说起来也是一波三折。不必讲艺考的千军万马与考前的专业辅导培训,仅是奔波辗转于"中戏""上戏""中传"等院校的一试、二试、三试、四试,就让人肝颤、杀人神经。

不知是天资聪慧还是受时尚影响,他从小酷爱表演,曾师从京剧名旦王丽华和话剧名流刘远学艺,终于如愿以偿走进"北电"——"梦想开始的地方"。没想他一年级与三年级拍的作业,一部《香半》、一部《北地胭脂》,分别写明代同性恋和民国花柳巷,其中第一部还获得学院"金字奖"的提名奖。真搞不懂是社会发展过快,我这老古董跟不上时代,还是教育出了问题或艺术需要多维探索。窃以为这些不是主旋律,为儿子的创作导向忧虑,还好听说他又正在搞一个知青题材的本子,才稍稍将心放下来几分,暗自祈祷他能走正路子。

说起来也是内疚,从儿子呱呱坠地,我就没有能尽到一个做父亲应尽的责任,将养育的一切事务一股脑地都推给妻子和老师。直到自己因眼底出血视网膜脱落加患上严重的冠心病,不得不退出工作岗位,转眼他已是人高马大1米85的个头,到了高考的年龄。更没想到他要参加艺术类招生,并将目标锁定那些只招一个班仅二十来名学生的名校,还在不满18岁时做了摘掉眼镜、风险较大的手术。我知他平时爱买书看书,除语文、历史外,数学、外语等功课基本是一塌糊涂(也许是我的遗传基因,1977年参加高考我数学成绩只得了10分,其他都是高分),就劝他将目标不必定得那么高。

2014年陪他去西北政法大学长安校区艺考,全省大约有6400多考生,那阵势乌泱乌泱的吓人。他的专业成绩进入前100名,参加文化考试亦过了分数线,也被省内一名校影视专业录取。同时上海的谢晋影视艺术学院也愿意录取他,一位在沪影视大腕答应只要来沪可保证他能进上戏的管理班。但他考上戏的表演系未能进入三试,然后赶往北京的几个学校亦无功而返。

当时在上戏陪他考试,大病未愈的我和妻子站在余秋雨工作室门外久久徘徊，甚至想去下榻处旁的静安寺为他焚香祈福。想是祖上几辈没有谁有文艺细胞，自己年轻时最多爱看电影，至多做过小说家梦，不懂他为何执迷演艺。那些天上海下起了蒙蒙细雨，人的心境也特别地潮湿阴冷，但并不是没有退路，就劝他可选择的余地很多，包括可曲线迂回前进。即使上当年还是大专的谢晋学院，毕竟培养出范冰冰与赵薇。谁知他像中了邪，从北京回来后，坚决要求复读，放弃陕西二本和上海大专的录取机会，我与爱人怎么也说服不了他。尤其是看他整天躺在床上，电脑、手机昏天黑地地看，又不作复读计划，还不能说他。又急又气的我毒火攻心，竟用木杖抡了他三下。这下他也不争辩，怒目眦睚，夺门而去，害得我和他母亲满世界找到凌晨三点。想想也是后怕，万一出个什么闪失，对整个家庭将会是万劫不复的灾祸。

为此，我专门请吴克敬和保尔两位先生与儿子长谈，先能有学上再说。结果两位反劝我尊重孩子的选择，支持他实现理想。想想也是道理，你当时也放弃了高考，父母也没责怪你什么。你从小就没给孩子应有的关怀，又有什么资格来指导孩子的人生呢？兴趣和梦想是最大的动力，于是还得支持他继续到北京、上海上昂贵的艺考学校，找名师辅导，联系文化补习。只是好言劝他扬长避短，调整专业方向，由过去偏重表演转到编剧与表演兼顾，而侧重于"戏文系"的准备，这也是著名京剧老生张建国团长与话剧表演艺术家、大导演严彬局长的忠告。也是没料到儿子这回听从了我的建议，2015年3月艺考季，"北电""中传媒"和"中戏曲"他都拿到了专业资格证，只等文化课过关。

2015年6月7号那天，文化课考场在翠华南路的85中，事前看了考场，前一天妻子陪他住到家在考场附近的大妹家。我大早从北郊乘地铁换公交再步行，赶来目送他入考场再焦急地等他出来。每天都重复地拿瓶矿泉水，在树荫下等他出来，还不敢问他考得如何，只是机械地将水递给他再默默地跟在后面回到妹妹家中，看他慢条斯理地进食、听音乐。悄悄地接听奶奶还有几个姑姑、哥哥姐姐问询的电话，静静地祝福他蟾宫折桂。

成绩公布后计算往年几所院校的文化课成绩参数，权衡艺考成绩排名与招生名额，认为"北电"文学系的可能性最大（专业他排在取得资格证书40名考生的第17名，文化课分数超过了二本分数线的60%），于是儿子填报了志愿。让我担心的是他这次参加全省艺考，却大意失荆州差了三分（极可能是他自断了退路），会不会影响投档。在焦虑地等待中四处托人打探消息，不过传来的信息还是不错。儿子却若无其事，好像胸有成竹。这也是我想起上年高考后，几个朋友为让我和孩子散心，一块上了临潼骊山南边的人祖庙，大家给祁宣同学卜得一卦，说他定能考取功名且往东和北的方向发展。

果然，北京传来好消息。接到录取通知书，一大家子高兴得不得了，所有的朋友纷纷祝贺。如山的负重终于可暂时卸下，但暴打儿子的情节不知妻儿能否冰释前嫌。送他到北京土城路4号电影学院报到时，想和他在大门口合影时他竟不肯，也是我想不到的，也只能由他。我知道他的心思，表演系才是他终极的目的，但好歹算进了圈子，今后机会会更多。

我不求他原谅，只想让他知道人老了越老越挂念他，希望他健康快乐、脚踏实地去实现自己的理想，尤其是不被一时的东西误导……

（2018.6.7 凌晨 2∶35 于文园）

拥抱黑暗

饥　馑

20世纪大跃进期间，发生了三年自然灾害，传说饿死了几千万人。我在幼儿园还不觉得啥，上寄宿的西安小学后，记忆中老是填不饱肚子，常常饿得前心贴后背，最大的愿望就是能美美地咥一顿白面蒸馍。

立秋后西安城中仍十分炎热，几个好友约了到商南金丝峡纳凉。从栗园入口进顺水而下，走了三个钟头约十公里十分爽快，刚出景区突降大雨。为躲雨进了一农家菜馆要了几个菜和油泼面，都弹嫌不好吃，回程中就有了故事。

我说当年上小学总感吃不饱，一顿定量两个杠子馍，菜为白菜萝卜或土豆粉条没有啥油水，半月才能见到一星肉。盛稀饭的大铁锅放在地上，我个子小怕掉进锅里不敢往前，捞不上稠的。每周六下午返校，母亲心疼让带一个馍，有白面也有黑面的，我总挑黑的。母亲问为何不拿白的，我答黑的比白的大能耐些饥。她又问我平时饿了怎么办，我说就勒勒裤带呗。到现在母亲都说想不到在保小也会挨饿。

　　同行的年轻人似听天书，他们没有经过挨饿的日子。崔兄感叹：你城里娃还有杠子馍吃，俺农村娃可怜上学背的是苞谷面馍。讲起年馑时更为凄凉的往事，崔兄老家在长安县，父亲有木匠手艺，割了木箱子油漆好，老父一扁担挑四个、他挑两个，走七八里到秦镇叫卖。走时给带个黑面馍或两个红薯，不到地方他就咥完了。箱子卖掉还好，会给买碗凉皮或两个油糕，如果卖不了，还要饥肠辘辘将木箱子挑回去，实在饿了老爹只给买个萝卜，吃得他辣口烧心。几十年后，村里老年人还记得这个段子："看娃恓惶的，再给买个萝卜！"

　　上中学时，崔哥每周背的馍不够吃，一到周六晌午他的馍口袋早就空空如也。与他一个学校的二弟要省一个苞谷面馍给他。早上吃完中午只有喝凉水，直到下午放学回家。一次饿得实在挺不住，路上掰了生产队几穗青玉米，被人逮住打了个乌眼青满嘴流血。父亲认为是坏了门风，为教训将他吊起来猛捶了一顿。

　　于是，我也想起院子几个半大孩子，跑到省委大灶偷炊事员晒的红萝卜干充饥，被人追撵逃之夭夭的情节。幸亏人家没告家长，要不然一顿打也是少不了的。不过那红萝卜干筋筋的有嚼头与甜丝丝的味道，至今还留在味蕾的记忆之中。还有一次在十一道巷看人拉架子车运整麻包炒熟的带壳花生，那诱人的香味刺激着一帮小伙伴不停地咽下涎水。佯装帮着推车,从麻袋窟窿眼里抠几颗花生出来解馋,警觉的拉车人故意喊一嗓"干啥呢!"唬得哥几个作鸟兽散,跑回大院的墙角清点战果后分而食之。有时在和平路,大人刚给你买了一个烧饼或一根油条,还没来得及啃第二口,冷不丁会窜出一个人影,像老鹰般凶猛地一把将你手中吃食叼走,两三下便塞入口中。碎娃连吓带气委屈得哭起来,大人只好再买上个将娃哄住。大人只能哀叹这年景抢人的也是饿急了,也不再去追究。

崔兄说你们见过俺农村咋过的?那阵子生产队分的口粮不够吃,父亲经常带他到高陵县偷偷地买粮食。这我知道,参加工作后常见厂里的许多"一头沉"师傅,骑自行车到高陵买黑市粮。也经常见你们长安县的人用自行车驮两个大口袋,走街串巷地换大米。郭达、杨蕾表演的小品《换大米》就是当年真实的写照。

"你见过这儿,没见过俺买了往回走,十来岁个娃比自行车高不了多少,来回上百里路又饿又渴,情急之下抓一把苞谷豆就吃起来。三年自然灾害时,村上真饿死过人!还有,你没见过俺扛把镢头,到地里满世界找老鼠洞挖粮食。时间长了有了经验,几乎没空过手,多的能挖出一二十斤,少的也有个四五斤。拿回家俺婆高兴的,但又怕传染上出血热,就将鼠洞挖出的麦粒或苞谷豆,淘了晒、晒了淘,反复几遍晾干,然后炒了给家人吃。"崔兄感叹地说。

记叙的散板

　　真是闻所未闻,现在的年轻人很难想象,有天府之国美誉的长安,在那个时代竟然养活不了他的主人,会发生人鼠争食的事情。古语曰:民以食为天。但愿我们和后辈今后不再有饥馑的年代。

　　　　　　　　　　(2018.9.4 凌晨于贵阳世纪金源酒店)

捉虱记

1966年冬季,我随念高中的红卫兵表姐串联返回陕北,算是到延安参与了一次串联,也第一次回到老家绥德县马家川公社郝家坪村。

从西安到延安再到天下名州绥德当时要走三四天,乘的是敞篷大卡车,冰天雪地中凛冽的寒风吹得人直打哆嗦。而第一次出远门的我特别兴奋,记得在吃了免费的白菜粉条炖肉片与两个白蒸馍后,入夜席地睡倒在麦草打的地铺上做梦,竟画了幅湿漉漉的地图。从县城到郝家坪那会儿还没通汽车,必须徒步大约90里,整整走了一天,擦黑才进了爷爷家的窑洞。

坐在烧热的土炕上,顿时驱走了寒意。我好奇地摸摸羊毛毡下的炕席,看看跳动的油灯和红艳艳的窗花,打量着走进窑洞来看我的大爷、二大,大妈、二妈与堂兄姐妹们。他们这个一把南瓜子,那个一捧大红枣,问这问那。不一会儿热腾腾的钱钱饭、黄馍馍与酸菜熬土豆就摆上了桌。早已饿坏了的我也不知客气两句,马上狼吞虎咽起来。

爷爷心疼地搂着我说，慢慢价，慢慢价，多着咧……

　　第二天一大早醒来，二妈已在炕头的灶台前忙活。小瑞、爱莲、六六几个妹妹已趴在炕沿看我这个城里娃穿衣起身，准备带这个省城来的小哥哥去村里串门认亲。爷爷家的窑洞院上下有六眼，上面三眼供二大一家居住，下面三眼由爷爷住着，其中一眼装满柴草、一眼供置放粮食果菜，门前有一石碾是用来碾谷子、豆子的。大爷家在对面，隔一条无水的小沟坎，是一座有三眼石料匼就的窑洞小院。往下靠河岸是菜园，栽着几株那种看起来漂亮、吃起来软绵的红果。

　　跟着二哥走过已封冻的河面去担水，对岸山崖下有一泓清泉还冒着热气，掬一捧甜丝丝的。怪不得陕北后生女子俊俏，脸蛋红扑扑的，全得益于这里的泉水与小米、黑豆养人。虽处穷乡僻壤，黄土高原的沟壑梢林与憨厚淳朴的陕北人民却养育了中国革命，孕育了唱遍神州的《东方红》和家喻户晓的《信天游》。

　　那年陕北丰收，适逢丁未羊年到来，家家户户忙着杀鸡宰羊、蒸馍磨粉、剪窗花、贴门神、练秧歌过年。即将12岁的我整天河里滑冰，场院中打石蛋疯耍，或上山与小伙伴到田坎边寻找一种叫"地不溜"的块茎，挖回来炕熟焙干，嚼起来脆甜。要么去瞧瞧生产队热气腾腾的粉房，如何将洋芋捣成粉浆，在翻滚的大铁锅中漏成晶莹剔透的粉条。要么寻拦羊人看他挥着放羊铲，听他唱优美凄凉的酸曲。而且三天两头，东里西邻的乡亲拉你去这家尝尝羊肉杂面、碗饦饸饹，那家的红枣馍馍和黄糜子油糕。

唯一难挨的是临睡前浑身瘙痒，背颈四肢出了许多红疹，初以为是水土不服，或炕烧得太热，久了才知道是生了虱子。陕北寒冷缺水少柴，那会农村没通电，根本就没有浴室，秋冬季更没条件洗澡，卫生条件及习惯极差，也不勤洗换衣服被褥，就容易产生虱子跳蚤等寄生虫。后来看斯诺《西行漫记》中曾描写延安时期的主席，一面与人交谈，一面就从裤腰里捉虱子，还用两个指甲盖挤虱子的情形。还有邓大姐在周恩来的毛背心上，一次就逮了156个虱子。参观梁家河也听说过，总书记当年来延安插队，要过的第一关就是跳蚤关。现在的小孩子很难理解往昔的艰辛，甚至压根就不知道有这种寄生虫的存在。

这次我在陕北生活半年多，学会了一项本领——捉虱子。黄土高原的冬季基本没啥农活，圪蹴在窑洞前晒太阳的汉子们便抽着旱烟，说笑着捉起了虱子，比赛谁生的虱子大，吸得血多。婆姨姑娘家自然要躲进窑里，悄没声息地进行生怕别人笑话。我混迹于汉子们中间，敞开胸襟缉拿这些吸食鲜血的害虫，学样将捉到的虱子用两个大拇指指甲盖用力一挤，"啪"的一声肥头大耳的虱子就一命呜呼，一会儿两个指甲盖便被染红一片。

但这小恶魔似乎繁殖得太快，匿藏得又极其隐蔽，总也捉拿不尽。特别是它的幼虫虮子，紧紧地粘在衣缝或毛发根部，不几天就化为成虫咬得人奇痒，让人难以忍受，恨不得抓住它也咬它一口。以后读张爱玲文章，她说"生命是一袭华美的袍，上面爬满了虱子"。可见她是多么地痛楚，现在回想她的比喻确有几分道理。

"穷生虱子富长疥"，在陕北老家虽"虱子多了不嫌咬"，人人得之见怪不怪，也许本来就是生活的一部分。回到西安便成了另类异端，自己也相形见绌，羞于见人。母亲将我的衣物用开水煮烫，甚至用乐果、"六六六"毒杀数次，亦收效甚微。原因是它不仅藏身于衣物且存于毛发之中。清楚记得发小惠保平的弟弟要借我的蓝背心参加运动会，我怕给他传染上虱和虮子又无理由拒绝，担忧了好长时间，幸好未殃及池鱼。以至我 1975 年再次回老家探望爷爷仍心有余悸，无论是住旅馆、招待所或老家的窑洞都要脱个精光，将衣服吊至半空以免惹虱上身。

随着人们生活水平提高与健康习惯的养成，虱子这嗜血的寄生虫基本消除。2000 年—2016 年我多次回故乡省亲或公干，再也不用顾虑这吸食过吾辈血液的害人虫了。老家的窑洞早已通上了电和自来水，村上也通了公路。虱子和跳蚤等已随贫穷的日子一起消失。

（2019.1.2 手机写于鲁家村）

拥抱黑暗

"黑夜给了我黑色的眼睛,我却用它来寻找光明。"记不得是哪位哲人说的。躺在充满 BS 味道的病房中,努力搜寻着记忆。哦,想起来了,是想不开的诗人——自杀了的顾城的名句。缘由是一段白天也只能看到黑夜的日子,连心中也熄灭了灯火,眼前是一片漆黑。

应该感恩世间造化给了这种莫名的体验:恐惧、孤寂、迷茫、痛苦、悲凄、酸楚、彷徨、抑郁,仿佛瞬间空气凝固成冰块让你缺氧窒息,脑壳中塞满了铅块或灌进了糨糊,一会儿昏昏沉沉,一会儿又如同填充了 TNT 随时会爆裂炸开。面对突如其来的变故,真是不知所措,不知是得罪了何方圣贤、触怒了哪路鬼神,要遭此惩罚与磨难?想来自己生性懦弱、忠厚老诚、做事竭力、以德报怨,可好人并无好报,抑或自己刀笔生涯、深陷文牍、点灯熬油、掏空了身体,又不听医嘱,因而心力交瘁,生命走到了尽头?

清楚地记得 2013 年 6 月 27 日,连续三天加班中午也未能休息,在组织部小会议室赶出重要文件最后一稿已是下午四点。深深地出了口气,过条马路欲回自己办公室,站在一号楼的玻璃门前感觉有些头晕,双目内有晶亮水色流过并出现无数如三号字"句号"般大小的圆圈。恰遇来机关巡诊的保健局医生,问询后感到不妙,将我送至粉巷医院检查,这时右眼已大量出血视力模糊。遂住院卧床输小牛蛋白与服用桑菊复明片,一夜昏睡第二天右眼已无影像,左眼也是刺痛。院长、主任、主治医生等会诊后决定先保守治疗,看能否自然吸收,如果不能奏效,恐视网膜脱落再考虑手术。

　　静卧数十日天天吊瓶服药,亦不见好转。亲朋故交走马灯似的探望安慰,医生护士如常查房给药,但没人告诉你何时能够复明,体察你的心境。无奈请家人上网查询,打探医好的病例,抓省中医院朱院长药石调理,并将病案传至301医院看有无新法新药。好不容易打听到一个进口注射方法,但因上海出现感染事件被叫停,又将一线希望浇灭。回想一月前曾来粉巷找名医查眼底说问题不大,但要注意休息保护视力。半年前因眼压高也曾找本市和北京同仁医院的眼底病专家雷、魏两位主任就诊,说是因高度近视和眼底血管硬化,黄斑开始病变。目前尚无有效办法及药物,可多吃些胡萝卜、蓝莓等果蔬,一定注意不可做剧烈运动、饮酒、过度用眼和劳累,谨防摔跤。听后略有心悸但事情一多,就丢于脑后。如今落至这份田地也是咎由自取,只能自怨自艾。

果真由于出血过量形成血痂将视网膜拉了下来,只能做"玻璃体切除"手术。术前会诊又偶然发现我三支主要心血管分别堵塞达 99%、90% 和 80%,急需介入治疗,否则会随时有生命危险,且两个手术矛盾,前者需凝血后者要溶血。权衡利弊还得先救命再治病,搭两根支架一月后,我被推至交大附属一院眼科手术室,由已做过 7000 多例类似手术的谢明瑞教授亲自主刀。做了局麻后,我能清楚地聆听谢教授与助手高医生的交流,感知有器械伸入眼部将异物渐渐清除,又有油状物质注入进来。之前教授已告诉将玻璃体切除,半年至一年后注入与玻璃体相近的液体再置换出硅油,保证你重见光明。因此一个多小时的手术过程,我并不紧张与害怕,而是充满期待。这里还要特别感谢在京的徒弟,将我病情告之曾经服务过的首长,首长即指示中央保健局联系我来京治疗。了解到在京主刀与谢教授为同一师门,医疗方案一致,且术后护理及复查在京不大方便,最终放弃上京而在西安就医。

术后第二天,揭开包扎的纱布,眼前一片光明,使我兴奋不已,握着谢教授温暖的双手激动得不知怎样感激。教授让我不要激动,以俯卧方式爬于床上让创口愈合。并说因耽误了最佳手术时机,视力恢复要有段过程,也不可能恢复到以前的程度。出院有半年时间,伤目视力伴有变形、色差等症状,看东西歪歪斜斜,两只眼睛看同一景物却呈两种颜色,行走失去平衡,不能读书和收看电视,也不能配眼镜进行矫正，对此一时难以适应。首先是无事可做，过去长时间的繁忙，一下子不能工作闲得难受；其次是信息闭塞，以往主要从手机、电脑、电视及报纸、书籍感知世界，现在只能靠耳朵获取新闻；三是看到的世界是变态扭曲的景象，产生思维的误判，同时担心左眼是否也会产生类似情况；四是害怕视网膜二次脱落，甚至双目失明，生活不能自理，成为家庭与别人的负担，因而恐慌，越发郁闷焦虑，不愿见人，脾气徒增，寝食难安，甚至想告别这个世界。

　　市社科院的李骊明院长，知晓后专程来以身说法开示，道他二十多年前与我病情一样。宽慰说你这种情况应属万幸，上苍关上一扇门必定为你打开一扇窗。过去你太拼太累，所以才让你休息休息，能做的事情还很多很多，日子还很长很长。于是重振精神、调整心态，提前准备、规划新的人生。从此能缓则缓，能走便走，能吃就吃，能闻即闻，能做皆做，能睡且睡；闲话不听，闲事不管、闲人不理；一心调理心身，习练微运动，参禅品茗、云游问道，写写散文、画画山水；放下荣辱、淡泊名利，摒弃恩怨、远离是非，多行善举、乐于公益，承揽家务、分享快乐……

　　由于改变了生活方式，调整了心态，加之谢教授定期复查，于2014年底提前做了取掉硅油手术，使左眼视力大有改善，能够配上眼镜并消除了色差、重影、变形等症状。虽然视力不及先前，然而毕竟使我重拨云雾，冲破黑暗。看天更蓝、观水更绿，心灵也更加清静。至此每日黎明即起，迎接光明，亦能安心来拥抱黑暗，过闲云野鹤悠然自得的日子。

（2018.6.19 于文园）

记叙的散板

学好本领上前线

老干处通知 9 月 27 日上午九时，集体乘车前往安吴堡青训班旧址参观。这是退休后第一次参加活动，能与久违的老同事相见，心情特别兴奋。

果不然在集合处碰到很久未见的高长安、黄志宏、王冬贵、徐航、贾建圃等办公厅的前辈，还有曾一起工作过的田凌、汤红、门平等老同事，寒暄问候了好一阵子。然后由老干处的李君、常青、刘颖几个安排分乘两辆大巴向泾阳县进发。

说起安吴青训班，稍有党史知识的都了解，七七事变后，中共中央为抗战需要，在中央青年工作委员会领导下，以西北青年救国联合会的名义，在国民党统治区举办了"战时青年短期训练班"。原址在三原县斗口镇，1938 年 1 月迁至泾阳县云阳镇的安吴堡村，到 1940 年 4 月撤回延安共举办 14 期，培养各种青年干部 12000 多人，有着抗日青年旗帜，革命青年熔炉的美誉。

走进古朴的街道，一座坐南朝北、国槐掩映的水磨青砖雕花院落便是青训班旧址。入口处白底红字"安吴青年训练班纪念馆"匾额下，二百多人的老年团队正精神矍铄地站在台阶上合照留念，原来和我们一样也是来参观的，他们是西安外国语学院退休的老教授们。

穿过人墙，迎面影壁上镌刻着时任八路军总司令朱德的浮雕与"学好本领上前线"的题词。步入展室讲解员介绍：抗战全面爆发后，为发展壮大统一战线和培训干部，由谢觉哉同志建议举办青训班，以引导全国爱国青年投身全民抗战。毛泽东、周恩来、林伯渠、彭德怀等中央党政军领导，给予青训班很高的评价和关怀。青训班送往延安或途经延安去前线的许多学员，都受到毛主席的接见和鼓励。主席在青训班周年纪念时还特意题词，亲自给抗大教育长罗瑞卿写条子"挑选军事干部支援青训班"。指示要扩大办，来者不拒。朱德总司令从前线回延安时，为学员作了抗日形势报告，还受邀担任了青训班的名誉主任。可以说，青训班是后来中央团校和党校的前身。

展室中展有青训班主任冯文彬、副主任胡乔木的照片，相关实物与文字，以及一些领导人的题词。使观众大致了解到青训班开设的课程，这些课程主要是抗战基本理论和军事知识，包括社会科学、三民主义、统一战线，武器使用、步兵技术、游击战术等。根据不同职业、年龄、性别、信仰、文化程度。学员被编成职工大队、农民连、妇女连、儿童连、艺术连、佛教连、回民连、军事连等班次进行培训。当时学习生活条件比较艰苦简陋，学员基本是席地而坐，在柏树林中的露天课堂上课，用沙盘来习字，还要开荒种地，但来自全国各地的学员包括华侨青年十分乐观、热情高涨。先后组建起俱乐部、图书室、演剧团，开展各种文体和宣传活动。

来到院中，讲解员又介绍青训班的所在地，就是电视剧《那年花开月正圆》中周莹的养子吴怀先捐献给我党的。她指着庭院中间的一块奇石说，周莹是三原县人，17岁嫁给吴聘，不久丈夫与公公离世，她凭着天资聪慧与信守承诺，以创新的精神和勇于进取的魄力，建立了吴氏商业帝国，商铺遍及全国并将茶叶、丝绸、棉花、布匹、药材等生意做到了国外，富可敌国。民间有吴家马跑千里不吃别人家的草，吴家伙计走州过县不吃别人家的饭、不住别人家的店的传说。八国联军攻打北京时，慈禧逃往西安，周莹一次捐贡白银十万两及茯茶、楠木屏风等，被慈禧封为二品诰命的"护国夫人"，收为干女儿。其宅第原为东西南北中五个院落，现在只留存东院及后面的望月楼、隔壁的迎祥宫等。就拿这块石头来说，乍看起来并不起眼，但在阳光下会闪出金光，月光下能泛出银光。今天是阴天，讲解员拿手电一照，近前一瞧果真金星闪烁，众人皆称其奇。讲解员又专门解释了这座院落的砖雕的图案纹饰与寓意，用来说明吴家的富庶，同时还讲述了青训班旧址与吴家大院是集红色旅游、人文观光为一体的景点，尤其是

《那》剧的播出，来这里的人就更多了。

进入第二个展示厅，门楣上有号称"党内一支笔"的胡乔木同志题写的红底黄字"吴安堡青训班旧址"的牌匾。大家在一幅幅珍贵的历史照片、一件件纪录当年印记的文具前久久驻足、仔细端详，悉心听讲。在一帧"儿童连"的合影前，田凌同志万分激动，让一旁的汤红帮忙拍照。她告诉我们，照片右下方的小男孩就是她的父亲，12岁就参加了青训班，从此走上了抗日救亡和革命的道路，今年已经九十高龄的老父亲，还常常感念这一段难忘的时光，为她讲述在柏树林里上课、在吴家大院门前操场习武的情景。

走至后花园就是冯文彬、胡乔木曾居住的望月楼，此楼二层，下砖上木，是吴焕先为自己在上海娶的太太专门修建的中西合璧的建筑，以供赏月纳凉之用。西安外院的一位老先生忽然问起国学大师吴宓，讲解员笑而言之，我只知其为周莹堂侄，出自西院，小名秃子。其自幼受关学影响，就读于三原宏道书院，1911年考入清华，23岁赴美留学，先学习英国文学，后入哈佛研究比较文学、哲学，1921年回国，分别在南京大学、东北大学、清华大学、西南师范学院任教，"文革"中被批斗关牛棚。后病重右目失明，回到安吴堡老家，84岁病逝被葬于吴氏墓园。

再翻过一座木制过街天桥，便来到另一跨院，面积较为空旷，两棵参天古槐遮天蔽日，南面有一个戏楼坐南朝北，两旁有青砖雕花耳房和拱门。山门外门楣嵌石匾刻有

"迎祥宫"字样，戏楼内有"清歌妙舞"横额，其上空有斗八藻井，两侧有彩绘屏风十分华美。最早建于金大定四年（1164年），为迎接"护国夫人"赏赐，周莹特地重修了戏楼，连唱三天大戏。楼东侧还有朱总司令当年在这里为青训班作形势报告的照片以及电视剧《白鹿原》黑娃咥面和老腔表演的巨幅照片。

这时天上开始洒下几滴秋雨，回望院中还有一幅朱德总司令的题词，繁体字有半人多高，镶嵌在绿色的墙面："学好本领上前线！"十分醒目。这七个大字好像仍在呼唤吾辈，不忘初心，努力学习。只不过是学习如何过好退休后的生活，上老有所用、老有所乐的前线了。这不出得纪念馆，几位老同志见景区街道有卖锅盔、芝麻盐、甑糕等打着周莹招牌的吃食，品尝购买起来。我也买了个一拃厚的大锅盔，想必当年青训班的学员也品尝过。

（2018.10.12 于西安文园）

拥抱黑暗

再见了我的加重坐骑

1972年年底，17岁的我进厂成为工人阶级的一员，父母送我一块上海牌手表和一辆崭新的永久牌28加重自行车。在以"三转一响一咔嚓"衡量生活是否上档次的年代，自己个碎娃就有了这两样物件，还是蛮有获得感的。

记得买手表与自行车当时都要工业券，也不知家里攒了多长时间，所以也算稀罕之物与自个儿的重要家当，平时亦就小心翼翼地佩带和骑行，倍加珍惜地爱护，也知晓父母要我守时、负重前行的良苦用心。那块上海牌手表当时120元的售价，几乎为学徒工的我的全年收入，虽然算不上奢侈品，毕竟也是名牌产品，所以一直用到实在不能修和有了BB机之后，大致也戴了20年才光荣退休。话绕远了，再回来谝谝正题——我的加重坐骑。

我的新坐骑虽然也是中国名牌，有着修长浑实的车身、铮亮的瓦圈、弹性十足的轮胎、叮当作响的转铃且价格不菲（也是120元），骑起来也十分灵便。美中不足的是一款为农村设计能负重载货的车型，最突出的标志便是后坐

143

架比其他轻便车多了两根支架,不如凤凰、永久大链盒那么漂亮潇洒,惹人喜爱。虽然稍有遗憾,但毕竟也十分难得,那些家在农村"一头沉"的师傅们看得眼馋,羡慕这永久加重能驮东西,却难买上。怕人家笑话"稼娃",我悄悄地将后坐架的两根支撑杆卸了下来。

  那会儿家还在建国路的雍村,每天驾着我的加重坐骑,一阵风似的冲下十一道巷的大下坡到和平路,顺城墙根过下马陵,走碑林博物馆和书院门,穿永宁门到南关正街的锦华木器厂上班。回来时,沿城河沿的环城南路向东过文艺路,再进和平门一路飙车到家,也就半个小时路程。每逢雨雪天后,几个师兄弟就会凑到机修车间,寻来棉纱与砂蜡将各自的爱车冲洗与擦拭干净、上光,再给链条、飞轮搞点机油。过上两个月还会给前后轮的轴承与脚蹬上的轴承,更换黄油或磨损的滚珠,以保障坐骑利落光鲜。渐渐地随着车轮的旋转与时间的飞逝,还学会了更换气门芯、补胎、换带、紧辐条、搬正脚踏腿,甚至校正车圈。

  也别说你爱车车也帮你,这辆28加重永久从1972年一直骑到2002年,整整30年。此间我曾骑着它到草滩和长安县酒铺公社,探望上山下乡插队的同学;还骑着它去逛过翠华山,三更半夜到韦曲南的稻地和涝池打着手电捉过泥鳅与青蛙;骑着它到浐河边踏青赏柳,与心仪的人儿共话理想未来;一直用它迎娶了娃他妈,带回来新生命。骑着它有时就像得胜回朝的将军,有会儿就如春风得意金榜题名的学子。

而更多的是用它来买米买面驮煤气罐，上街买菜接送孩子上学下学去医院；还有骑着它去开会、走访、约会、聚餐、看电影、打球、游泳，上夜校读电大，帮老丈人家送劈柴，星期天跟师傅帮人打家具做木匠活，忙得像王朝马汉。总之，它就像最亲密的朋友，形影不离地陪伴着我从少年走到青年再到中年。上班路途它陪着你看一路景色，下班时它等候你回家送你一声问候；当你饥渴时，它会带你去品尝生活的美味佳肴和琼浆玉露；当你困苦时，它能给你指点迷津拨正方向。就这样风风雨雨，我从一个集体小厂，骑行到北院门的政府部门；从电大汉语言文学的教室，骑到中央党校经济管理研究生的课堂；从一名普通的工人骑行到以文辅政，为城市发展规划蓝图、贡献智慧的"智库"工作者。

当然，我的坐骑它有时也会耍耍脾气、闹点情绪，甚至赖在车棚里怠工。比如，不知是哪个玩劣的小孩，在你清早出门时，他昨晚儿就拔了你的气门芯。或者你的内胎老化慢撒气，当你跨上车，才发现轮胎已经瘪塌得转不动了。记得最尴尬的一次，去柏树林的民主剧院开会，鬼使神差一个急刹车，车停了人从车把飞出，人没咋裤子却扯了个一尺长的口子。有一回从新城广场往西华门方向骑行，边走边想一篇发展研究报告的结构，糊里糊涂顺着前边一个架子车拉的拖在马路上的槽钢，骑到人家架子车上。还有大庭广众下闹出的笑话,半路进商场或开完会怎么也找不见车钥匙,又舍不得撬锁,只好一手扶着车把、一手提着车斜梁或后坐架,磕磕绊绊做贼似的被人瞧着,半推半抬或干脆扛着被坐骑给"骑回来"。更倒霉的是有年冬季,出大南门靠西下坡的路面结冰,尽管我已加倍小心,心都提到了嗓子眼,但左拐弯时后轮侧滑,马失前蹄将我连人带车滑出十来米,造成右腕桡骨骨折,当了三个月的"王连举"。

中国是自行车大国,南来北往、东奔西跑的骑车人曾是街头巷尾的一道极致的风景。随着社会发展时代变迁,国人私家轿车的保有量越来越多,城市轨道交通的发展与公交系统的完善,人们出行的方式和代步工具也愈来愈多样化。像电动自行车、摩托车、老年代步车,年轻人喜欢的电驱独轮车、滑板车、摩轮车等,开始渐次替代如潮的自行车。近年来兴起的共享单车尽管风靡一时,便于绿色出行和接驳公交地铁。但自行车毕竟慢慢地蜕去了它上下班的交通工具的功能,开始彰显它的健身运动和郊游及短途代步的功能。

从 2002 开始告别我的加重永久坐骑,也已经 16 个年头了。记不得是久置不用撂到楼道里方便了贼娃子,还是物业打扫卫生给清理了,反正早已不知去向。但我时常怀念它立下的功劳,它曾承载着父母对我的期望,充满着我对未来的向往,是我成长的伙伴,行进的动力与生活记忆中最美好的一部分……

　　退休后看几个老同事骑车买菜,亦感技痒。将孩子上高中时的自行车拾翻出来,却不会骑也不敢骑了,想想十多年没摸过了,也招不住再摔上一跤了,还是安步当车吧。

（2018.12.17手机写于文园）

记叙的散板

买菜做饭话今昔

离开工作岗位,不少故旧见面总问现在干些什么?"买菜做饭!"我干脆地回答。一些人不信,更多人赞许:"你日子幸福。"可不,无官一身轻,想想辛苦了46年,该是享受一下幸福美好的时光了。

退下来第一天遇到的问题,便是买菜做饭。以往无论上幼儿园、保小与在工厂上班,还是进修和到机关坐班都是吃食堂。只是40多年前上中学时父母下放至汉中,留我一人独自在省城守家,胡日鬼学会了蒸馍擀面炒菜,大约有四五年买菜做饭的历史,以致后来还买过几本菜谱钻研,成为逢年过节家宴的掌勺。

以往吃现成惯了,一切又得从头开始。但如今的买菜做饭与昔日不可能同日而语,甚至已有天壤之别。首先,40多年前买菜要去国营菜场,买米买肉买油买豆腐都要票证。当年住雍村平房,买菜要去和平路的国营菜场,买米买面要去建国路国营粮站。印象中能供应的品种很少,就是白菜萝卜西红柿、黄瓜茄子莲花白,买一些细菜还得去东大街的炭市街。其二，烧火做饭主要靠燃煤，最初是煤球、钢炭，20世纪70年代改成蜂窝煤，80年代才有了煤气罐。每月要借架子车，带上煤本到八道巷排队买煤，小心翼翼搬上搬下，弄得一身汗满脸黑，包括换煤气罐都是最重的家务活。为怕不够烧并为冬天攒下煤取暖，在家里还盘了个拉风箱的柴火灶用来烧水烙馍。

40年间几经搬迁，从大杂院到租住城中村，由小单元至双厅双卫的大套房。新世纪已有了暖气热水与天然气供应，厨房有了各种现代器具，告别了烟熏火燎的蜂窝煤时代，买菜做饭也越来越轻松愉快起来。虽然从四方城的繁华圈内，迁移到以往人少车稀的大北郊，可随着古城的日新月异，百姓的吃穿住行越来越便利了。

小区门口就开了四家有菜可买的小超市和有豆芽、豆腐、豆干、面条、蒸馍、土鸡蛋供应的爱菊"群众厨房"。向南过凤城八路还有"米禾生鲜"两家中型蔬菜副食品超市，再朝西到开元路和凤城六路十字有家品种更加齐全的"成山农场"连锁超市。向东走10分钟还有徐家湾等两家稍小的农贸市场，但似乎不大景气，只是应急去买过锅盔、鸡蛋和葱蒜。而我更喜欢穿过新建的开元公园，到大型室内的开元农贸市场吃碗肉丸胡辣汤或水煎包再买菜，或舍近求远上五二四厂医院对面的露天农贸市场拣点便宜，顺便也锻炼了身体。偶尔还会去更远一点的"华润万家"或近一些的"卜蜂莲花"购买鸡脯肉、腊牛肉、鲜猪肉或牛棒骨和海产品,妻子说那里的东西比较放心。

　　说是买菜做饭,儿子在京求学,妻子还上着班早中餐都吃食堂,晚上又讲过午不食,平时在家就我一人。往往熬一锅稀饭喝三顿,炒俩菜吃两次,买回来的菜有些来不及做就不新鲜或放坏了。只有儿子放假回来或将老母亲接来小住,买菜做饭似乎才有劲头。儿子爱吃肉,就去买些排骨、鸭腿或牛肉,配上土豆或白萝卜红烧、清炖。母亲喜吃馅,就去买点猪后腿肉绞好,再买些饺子皮,配茴香、韭菜、荠菜等当季时蔬加大葱、生姜、香油拌馅包上顿饺子,热乎乎地回忆当年一大家子包饺子的热闹。

　　其实,现在买菜做饭方便极了。主食馒头、烧饼、包子、花卷、葱油饼和手工面、棍棍面、剪刀面、刀削面、旗花面、炒面、麻食、馄饨超市与农贸市场都有,买回加热和下熟就得。想吃啥菜有啥,随着设施农业和物流业的发展,蔬菜的供应已突破了季节时令的限制,即使严寒的冬天照样能买到鲜嫩的豆角、带刺的黄瓜、翠绿的青菜、粉红的番茄、艳丽的彩椒、诱人的蒜薹。而海南的秋葵、苦瓜、四季豆、冬瓜,云南的豌豆角、茨菇、佛手瓜、折耳根、广西的豇豆、莴苣、油茄、香芋,广东的菜心、芥蓝、荍麦菜、龙须菜,浙江的马兰头、鸡毛菜、茭白、冬笋、湖北的莲藕、菜薹、苋菜、凤头姜,山东的蛇瓜、茼蒿、苤蓝、大葱,河南的菠菜、菜花、芹菜、铁棍山药,四川的大青菜、红油菜、青辣椒、抱子芥也上了西安人的餐桌。

那些过去只有在高级宾馆饭店菜谱上的海鲜——石斑鱼、基围虾、扇贝、蚬子、生蚝，还有大闸蟹乃至进口的三文鱼、北极贝、雪花牛肉也都进入了平常百姓家。更不用说那些可现宰的活鸡活鸭，现开膛刮鳞收拾干净的草鱼、鲤鱼、黑鱼和黄鳝、泥鳅了，还有各种包装的腊味、牛羊肉片、鱼丸、水饺、汤圆，甚至配好的菜，五花八门的饮料酒品。而40年前在和平路国营菜场，见过的海鲜只有带鱼、马面鱼、虾皮、虾片和海带几种。去买醋打酱油还得自个儿带瓶子，看营业员大妈将漏斗插在瓶口，再从酱油醋缸里用"酒提子"舀上一提子灌入，生怕洒在外面。而打油时递过油票和钱，营业员会用装在大油桶上的一个吸虹设备调整好刻度往下压到底，食油会顺着油管流入油瓶一点也不洒出。

也许是国人节俭惯了，也许是短缺经济和饿过肚子的印迹，现在，即使生活越来越好，市场供应愈来愈充裕，口袋里的钞票也稍微鼓起来一些，去买菜也要货比三家，平日炒菜做饭也以家常为主，不愿奢侈浪费。我比较了一下，露天农贸市场的菜价就要低个一二成，下午超市的一些菜品会打折，前两天门口的小超市蒜苔与麦芹才卖一块五，让我高兴坏了，各买了二斤吃了几顿，再去又涨到三块五了。不像北面的开元农贸市场明码标价板得比较硬，像我又不会讨价还价，就多转几个摊位。前阵子山东寿光遭了水灾，西红柿价涨到了四元五一斤，堪比三亚让人咋舌。不过本地的西葫芦、包菜、菠菜、有机菜花出奇地便宜，肉价也比较平稳。

为了调剂口味，我还去市场买了两只容积有 10 升的玻璃罐子，就用凉水生姜花椒食盐线辣子腌制泡菜，什么洋姜、花白、胡萝卜、白萝卜、芹菜、豆角、蒜薹统统都可一泡，味道绝佳。尤其是用泡菜做酸菜鱼绝对美味，特别是炎热的夏日喝一碗泡菜水，解热消暑，如饮琼浆玉液爽快极了。那天与老友聊天，说比起 40 年前，如今的日子天天像过年，所以要珍惜日子过好每天。定要坚持买菜做饭，享受这美好幸福的时代，这也是老有所乐的兴致之一。

（2018.12.14 手机写作于文园）

阆中之恋

闽中之恋

北石窟寺

踏着隆冬的残雪,从庆阳市驱车 25 公里,驶下数百米长的黄土原坡,就来到被誉为陇东第一大石窟——北石窟寺的山门前。隔河相望亭台楼阁,城阙蜿蜒,矗有高耸入云的摩天轮。一座北方罕见的风雨桥横跨冰河,由绿篱组成的"镇原欢迎你"五个大字十分醒目,与寺前空旷的停车场形成鲜明的对比。

我们是应邀参加武警水电兵战友嫁女婚宴,随老班长陶秋云来到这歧黄之地的。热情的东道主鄢总一定要带我们来拜拜大佛,送上新春的祝福。为抵御零下十一二摄氏度的低温,他特意安排早点尝了当地环县的羊肉汤,立时感到浑身充满热量,即使站在凛冽的寒风中也毫无冷意。在年轻的讲解员王玺引领下拾级而上,大约上了十来个台阶转弯,再攀登二十多个台阶,整个石窟就呈现于眼前。

巍巍石窟开凿于董志塬西侧的覆钟山下,高约 20 米、长 120 米的黄砂岩崖壁上,布满了大大小小如蜂巢般的佛龛与造像。毕业于西北大学文学院的王玺得知游客来自西

记叙的散板

安,讲解起来格外认真,娓娓道来,倍感亲切。她道:石窟群开凿始于北魏、兴至唐宋、废弃在清末。相传为北魏宣武帝永平二年(509)由泾州刺史奚康生主持兴建,距今已有1500多年的历史。现存窟龛308个、造像2170多身,因与永平三年的泾川南石窟寺同时代开凿,南北相距45公里,故称北石窟寺。

绕过清代献殿遗址与二通遗碑,抵近细观。大部分造像斑驳脱落,只遗留下大致轮廓,可见风化雨蚀较为严重,但仍不失雄奇壮观,尤其是佛窟正中两侧的两尊守门天王,通高5.8米,头戴缨盔、身披铠甲、脚踏战靴、横眉怒目、威武健硕。身旁蹲卧二狮,跃跃欲试、仰天长啸,虽经千年沧桑,剥蚀残损,却难掩其当年威猛。

入职不久的王玺边走边讲:黄砂岩的优点是便于雕琢,缺陷是易于风化。自1963年成立保护所以来,采取了许多保护措施,基本保持了古石窟的原貌,由于"文革"期间人为的破坏,加之黄砂岩本身特质,裸露在崖壁上的佛龛造像还没有找到完全解决自然风化的办法,但整个石窟做了防水与加固处理,洞窟内的佛像、壁画等文物古迹保护得相对好一些。

说着进入165号石窟,亦称"七佛窟"或"大佛洞"。刚刚进来,里面黑漆漆的,眼睛一时还不适应。一两分钟后,借助昏暗的灯光与佛窟大门及顶端洞口透过的自然光线,才一一辨认出正面三尊、两侧四尊通高8米站立的大佛,之间还有10座4米高的服侍菩萨,以及两尊高约5.8米的弥勒造像与3米高的骑象菩萨。洞窟内的佛像雕刻精细、线条流畅,慈眉善目、栩栩如生,甚至纹饰上还保留着原有的红色彩绘。王玺介绍,此窟高14.6米、宽21.7米、进深15.7米,平面呈长方形。开凿的方法是从现在洞窟上方的洞口即天窗开始,由上往下雕琢。想想也真是不可思议,这么浩大的工程与精湛的工艺是凭怎样的耐心与智慧,在一钎一锤、一琢一磨中完成的。

其实,该窟的意义在于开创了兴建七佛的先河。所谓"七佛",即释迦牟尼以及释迦牟尼之前就成佛的圣贤,依次为毗婆尸佛、尸弃佛、毗舍浮佛、拘留逊佛、拘那含佛、迦叶佛。佛教认为,一世一劫只有一佛出世教化众生,七佛就代表七世,礼拜七佛能解除众生的一切痛苦。主持开凿"七佛窟"的奚康生,是北魏的一名武将,从下级军官升至封疆大吏,战功卓勋。其开凿南北石窟寺,既有北魏拓跋氏尊崇佛教的传统,又有按北魏七个皇帝的形象雕刻成佛像,从而讨好皇室,为北魏政权歌功颂德之说。但无论如何,在当时以七佛造像为题材,唯北石窟寺最早、最宏大,也最有代表性。

而更为出奇的是,我们在石窟中央发现立有约2米高的六楞石幢,一面阴刻有"惟大明国陕西平凉府镇原县五泉里人",另一面又刻有"大明正德元年□□卯时立"的字样。这就佐证了庆阳地区在历史上从隋朝时就属陕西管辖，直到清康熙四年才分隶甘肃区划的史实。我半开玩笑地对王玺说，建设大西安，庆阳有可能重新划归陕西省，你就有可能变成西安人了。

王玺笑而未答，继续讲解北石窟寺以唐代窟为主，带我们进入了最有代表性的建于武则天如意元年（692）的222号窟。窟内大小雕像面容丰腴、秀目含情，飘然欲动，姿态婀娜，堪称艺术精品，在雕塑艺术上达到了新成就。她讲这座佛像，传说是按照一代女皇武则天的模样雕塑的。经她一说，再看更觉佛像"面相圆润、细眉大眼"，显然这是工匠们依照当时某位在世的绝色女性雕琢的，极富生活气息。

出了石窟，见有一清代戏楼正在维修。王玺讲解说，眼前的冰河叫蒲河，对面南为鸡头山、北为大坡山，西来的茹河汇入蒲河向南流去，正在建设的"北石窟驿景区"十分俊美壮观。回望石窟大约分为三层，在阳光照耀下那些残缺的佛龛佛像熠熠生辉。除造像外，北石窟寺还保存着隋、唐、宋、金、西夏、元等各代题记150多则，是研究历史、书法和当时社会生活发展变化的珍贵资料，现在归属敦煌石窟院管理，可见其文物价值极高。

玉玺指着对面的建筑说，相传周穆王觐见西王母归来，曾在覆钟山小住；著名史学家班彪，曾在此著《北征赋》。目前，总面积达18.9平方公里、投资10个亿的北石窟驿景区建设已经初具规模，这里会越来越热闹的。我们都默默祝福并相信北石窟寺——这座曾经是丝路上的重要驿站,前景会更加美好。

(2018.3.10 于文园)

记叙的散板

北川祭

从绵阳向北朝江油方向,过青莲李白故居再转新北川(原安县安昌镇),渐渐进入山区崎岖的道路。当车辆转过一个弯道开始下坡,远远地已能看见老北川的废墟,路旁横卧与右边崖壁上悬空的巨石,想必是地震所留的遗物,让人心惊胆寒。

这趟荡涤心灵的灵魂之旅,是由好友崔煜与黄嫂安排的。适逢五一小长假和"5·12"四川汶川大地震十年祭之际,前来观瞻地震遗址与祭奠罹难同胞的游人与车辆还真不少。游客中心停车场与遗址入口处,拥挤着欲乘电瓶车参观的嘈杂人群,有许多黑衣保安耐心疏导着车辆及游人。陪同的绵阳地方电力的黄总、邓总说,这些年由于震后河床抬高,发生过多次泥石流,加上绿化及野草生长,将废墟原有的状况遮掩了不少,所以老北川减弱了不少阴森肃杀的气氛。

即使这样,走进这里还是感到不安和心悸,为了尊重和尽量少打扰逝者的英灵,大家不由噤声和放慢脚步。映入眼帘的是一座座坍塌开裂、歪歪斜斜的楼宇，许多已经夷为平地，到处是横七竖八的水泥横梁、墙体碎块、残破门窗、钢筋管线，被砸坏的各式车辆、门头牌匾、广告灯箱。有些楼房的一层已经完全陷入地下，有的在地震中被摇晃得只剩下框架，还有的被钢架支撑着保护下来。"北川羌族自治县财务结算中心""12315投诉举报中心""人民保险公司北川分公司"等单位白底红字的标牌，或躺或摆在废墟瓦砾中，让人难以想象这里原有的景象。还有震后竖立的"曲山小学""景家山崩塌"等遗址标识，告知人们这里原有多少人、遇难人数及原有建筑和罹难者生前的照片，不免令人暗自嘘唏。

　　回想十年前那场灾难，远在600公里外的西安也有强烈的震感。我在四楼的办公室已感到头晕和站立不稳，跑下楼时街道中站满了恐慌的人群，想打电话怎么也拨不通，通信已经整个中断。当时单位家属楼工地塔吊因震感还出了事故，塔吊司机从高空中坠落遇难，可见汶川大地震的破坏力之大。黄局告诉我们：此次地震汶川虽为震中，即地壳发生破裂的起始点，但不是应力最大的位置，其破裂方向往东北方向延展，所以破坏程度最大的却是北川。在大地震中北川倒塌房屋20多万间，造成15645人遇难，4311人失踪，近3万人不同程度受伤，整个县城沦为一片废墟。

　　如果不是身临其境，就难以感知大自然的力量有多么浩大，就不会明白这场灾难给人们带来多么大的心灵创伤，也不会了解多难兴邦的真谛。在北川中学遗址前，整个学校被因地震而垮塌的山体掩埋，除了在室外上体育课的23名学生和外出参加活动的60名师生外，数千名师生无一幸免，偌大的校园只露出一个篮球架和一个还飘扬着五星红旗的旗杆。不少母亲带着孩子在这里献上一束束黄色或白色的菊花，来祭奠那些已经故去而不知姓名的风华少年，告诉孩子要珍爱生命……

在灾难发生后，英勇的北川人立即自发地展开了自救，在党中央和解放军及全国人民的救援与支持下，全力抢救国家和人民生命财产，救治伤员、重建家园，涌现出许多可歌可泣、气吞山河的英勇事迹。记忆深刻的是勇斗死神的龚天秀，46岁的她和丈夫同时被压在废墟下，丈夫因救她永远地离去，为了履行丈夫临终时"不见儿子，决不能死"的嘱托，她用石头砸断了自己的腿，用锯子锯断自己的脚筋，靠喝自己的鲜血，以常人难以想象的意志和伟大的母爱坚持到被救，着实教人敬佩。还有"可乐男孩"杨彬彬、"芭蕾女孩"李月，虽然都在地震中致残，但他们坚忍顽强地面对灾难，展现出人生的悲壮和无畏。

离开北川地震遗址的时候，低垂的天际开始下起了小雨，像是人们挥泪告别这个让人心碎的地方。望着那震后仍然屹立的羌寨碉楼，渐渐地消失在那苍茫的崇山峻岭中。再次进入新北川，新城名为永昌，意为新县城永远繁荣昌盛。其占地 8 平方公里，离老北川 23 公里，由山东省投资 44 亿援建，十分古朴和富有民族风情，街道与建筑精致漂亮。

最典型的是巴拿恰（羌语做买卖的地方）商业步行街，街前矗立有羌族特色的高大牌坊与碉楼，宽阔的石街两边是古色古香石砌的各色店铺，不时有西洋式四轮马车载着游客叮叮当当经过。商店里穿着鲜艳羌族服装的姑娘，热情地招呼推销北川的土特产，尤以腊味畅销。街面多以羊的造型做装饰，原来古老的羌族以羊为祭祀图腾。导游讲羌族的先祖为炎帝部落姜氏，后与黄帝部落相互融合，其中一部分西行或南下，与当地土著居民融合，至秦时建有义渠国等，到汉时及东晋十六国时亦建有前秦、后赵等国家。传说治水的大禹也是羌族，其故里就在北川。

巴拿恰商业街两端分别建有禹王桥和大禹广场，体现了北川人有着大禹治水，勇于战胜自然灾害大无畏的气概。在大禹塑像及十层多高的碉楼留影后，回程吟得一首：十年一梦到北川，楼塌屋倒心胆寒。石飞山崩今犹在，罹难魂牵车不前。天垂云低肝肠断，黄菊花祭龙尾山。感天动地唯母爱，羌寨碉楼新家园。权以祭之记之。

（2018.5.11 于文园）

记叙的散板

阆中之恋

　　不知何故妻子要去阆中，唠叨那是四大古城之一和5A景区，且要独自驾车前往。我恐蜀道艰难十分担心，便调整档期陪同前往。借了头"宝驴"下午二时从长安出发，沿西汉高速转成都方向，晚九时入住广元天河酒店，第二天往南充和重庆方向行130公里，大约上午十点半便到了蒙蒙细雨中的阆中。

　　按高德地图走美康路、过嘉陵江，找到张飞国际大酒店停车登记，要了张导游图便一头扎进这座有着2300多年历史的阆苑神境。撑着伞从双栅子街进入青石铺就的古巷，街口不远有两株高大、需四五人合抱的古树，白墙青瓦的屋舍散落着专卖保宁醋、张飞牛肉、桂花压酒、川北凉粉的店铺与古朴典雅的客栈。到"中天楼"购得各景点套票，老夫年过60可享受半价优惠。此楼高三层架于古城四街交汇点之上，始建于唐，供有伏羲像，民国初年拆毁，2006年修复。登斯楼可观城中千家门户、万间屋脊，发"十丈栏杆三折上，万家灯火四围中"的思古之幽情。

阆中之恋

　　向西踱步,屋檐下不知哪里传来央视常播的由沙宝亮、姚贝娜演唱的《阆中之恋》,许晴、方中信和雨中四位撑伞洋女郎款款走过小巷的画面浮现于眼前。突听"哐哐"几声锣鸣,一队旌旗人马簇拥着身披铠甲、手执丈八蛇矛、满脸络腮胡须、正襟危坐于战车上的壮汉从雨雾中过来,原来是表演"张飞巡街"。而汉桓候祠坐北朝南正等候你瞻仰。桃园三结义的张飞曾在阆中镇守七年,打败张郃,后为部将所害。可叹长坂坡前一声喝断当阳桥的猛张飞,出师未捷身先死,身首异处。阆中人感其为"虎臣良牧",特立其祠。观祠中一通石牌刻有"汉将军飞率精卒万人大破贼首张郃于八蒙立马勒铭",据说是张飞的手迹,佐证张飞粗中有细,不是个莽夫悍将,而是能文能武的干臣。

　　粗略转了转万敌楼、大殿、张飞墓,已是正午时分,雨似大了起来。回到西街买了当地的锅盔夹菜,要了碗牛肉面品尝,既填饱肚子又能躲雨。开"一根面"的店家是个三十来岁的小伙,十分健谈,言他去过西安和袁家村。问当地特色及饮食,他说阆中三绝为保宁醋、白糖蒸馍与张飞牛肉,将三者烩在一起是这里的一道名菜。还介绍了阆中是春节文化之发源地,西汉天文学家落下闳便是阆中人,他编制的《太初历》确定正月初一为新年第一天。这儿的民俗《亮花鞋》还上了今年春晚,并用四川话念白:"奴在门外做花鞋,盼望情哥上门来。情哥渴了我知道,煮好醪糟打要幺台……"使人立即回想起那120双绣花鞋,在四层楼上绝佳的舞蹈。

  在他的指引下先看了北街没多大意思的文庙，然后前往学道街参观川北道署和贡院。阆中清初曾是四川省会，驻有四川巡抚、布政使。乾隆十八年设"川北分巡兵备道"，辖保宁、顺庆、潼川等25州县。民国初年先后设川北宣慰使署、川北观察使署，辖今南充、广安、遂宁、巴中、广元五市大部分地区，是川东北的行政中心。衙署始设于明洪武四年，历经542年，现已修葺一新。大堂上正上演"巡抚审案"，剧情看似二子不孝，一个被判带枷收监、一个被罚打二十大板，只是那刀斧手裸胸腆着肚皮的道具太假惹人发笑。

  而真正心目中的圣地却是四川贡院，亦称考棚。当你跨入龙门来到这莘莘学子踌躇满志与忐忑惶恐之地，看到那排排考舍，顿时会产生那种亲切和威严俱存的感觉。想那延续了1300多年的科举制度，曾对中国历史和士子们产生了多么深远的影响。讲解员讲这是迄今保留最大与最完好的乡试贡院，考生进入后要九天八夜，吃喝拉撒全在里面。这里最大的考生考到93岁才得中，从中也可体察科举制度之利弊。在状元馆见到一张清光绪三十年（1904）最后一位状元刘春霖的考卷，蝇头小楷确实漂亮。在中国历史上出过1000多名状元，四川籍的共有25人，而阆中就出了尹枢、尹极兄弟和陈尧叟、陈尧咨兄弟及冯涓共5位状元，可谓是状元之乡。

阆中之恋

在贡院画室中,我们巧遇阆中春节老人,现已93岁高龄的张铨俊。他为江西犹县人,号山野道人,鹤发童颜、道骨仙风,身着一袭黑长袍,留几绺银白长髯美须。他2015年云游到此,被阆中的春节文化深深吸引,便做起了形象代言人。其书法绘画拙里藏真、功底颇深,且能现场作诗入画并与之合影,赢得许多爱好者慷慨解囊予以收藏。

步出贡院雨又小了许多,过状元牌坊至大东街登光华楼,其高25.5米,四层三重檐歇山屋顶,始建于唐,现存为清同治六年(1867)重建,有"阆苑第一楼"之誉。登楼远眺,丹青廊城、嘉陵山水尽收眼底。灯火阑珊处再次飘来袅袅妙音:

天地合欢的神奇,天人合一的美丽,告诉你这千年古城不老的秘密,青龙白虎相伴左右,朱雀玄武神佑前后,嘉陵梦绕渔火晚舟,一壶老酒涛声依旧,好汉张飞在等候。清风碧波依恋日月,才子佳人挥洒春秋,书香芬芳诗街雨巷,一方格窗琴声悠扬,学问知音在等候……

第二天雨仍在下着,不过小了许多。匆匆买了些牛肉、桂花及桑葚压酒和保宁醋,开车上白塔寺公园,俯拍了几张阆中全景。雨雾中古城山锁四周、水环三面,天人合一、自然天成,真乃福地。与妻商议下次再来定要多住几日,阆中会静静地等你,但不知还会不会有雨。

(2018.5.16于西安文园)

记叙的散板

九色甘南绿如蓝

"赤橙黄绿青蓝紫,谁持彩练当空舞?"当你来到恍如仙境,美丽无比的甘南藏族自治州,就会感受到有着香巴拉之称的这块神奇土地的壮观,迷恋她的五光十色,流连而忘返,沉醉于其中了。

7月7日早上9点30,作为"同铸中国心甘南行"大型公益医疗活动的一名媒体志愿者,乘坐川航的8599航班准点降落在夏河机场。同机的步长集团董事长赵涛已是熟人,说起自2008年发起的藏区义诊活动已经十年,累计有3万多名医务工作者和媒体志愿者参加,为53万多名老少边穷地区各族群众送医送药,捐助了4亿多元的医疗设备和药品,仍是兴奋不已。并关切地问:是第几次参加,来没来过甘南?瞧这地方绿得多美啊!

的确,七月的甘南是最绚丽多彩的季节。在前往甘南自治州首府合作市的路途中,老记的双眼已经不够用,借助随身携带的相机与手机不停地拍摄,试图记录下这充满奇幻、色彩缤纷的世界,——印证有着九色甘南之誉的仙境。

还在飞机快要降落的时候，舷窗外伸手仿佛就能够触摸到白云和蓝天，那云朵如洁白的哈达，那天空似湛蓝的宝石，是北京、西安等大都市绝对见不到的。穿下云层，走出舱门，顾不得盛装藏族姑娘敬献的哈达，伸出双臂拥抱这里的清凉，仰着脸面吮吸着清新的空气，身心就立即放松下来，舒畅起来。

车窗外虽然是沥沥细雨，但遮不住青山碧水，草长莺飞，视野极好。远处的丘陵与近旁的缓坡像铺就了一层绿茸茸的丝毯，深深浅浅开着黄色、白色和紫色的小花。草场深处散落着漫步觅食的黑色牦牛、白色羊只、红色马匹与醒目的白色毡房。几只灰黑相间、额头有白点的狗儿蹦来跑去，三两个披橙色雨衣的妇女将雪白的奶汁挤进奶桶。忍不住让司机停车，俯下身子抚摸那供养人类乳汁肉食皮革的小草。除认识的青蒿、蒲公英、格桑花和狼毒花外，用手机"形色"一拍，原来那黄的是黄耆，紫的叫毛茛，白的名止血草。

这时天又放晴，阳光明媚，被雨水洗涤的山川草木浓淡相宜，翠绿欲滴，煞是养眼，令人陶醉。黑色的柏油路面蜿蜒起伏却十分平坦，车辆穿梭于绿色的莽原如同劈波斩浪的小船。公路旁的村庄由典型的藏家小楼与庭院组成，黑白分明的装饰和猎猎飞扬的经幡与舒展腰肢的小叶杨、绿油油的青稞田和飘出的袅袅炊烟相映成趣。山腰处金顶红墙的寺庙，手摇经筒驼背的老阿妈，匍匐朝圣虔诚行者的画面，使人的心灵更加宁静。

笔者是去年 8 月自驾来过一次甘南的，印象最为深刻的色彩便是拉卜楞寺和郎木寺的红墙金瓦，以及喇嘛深红色的袈裟与殿内那橙色跳动的灯火。还有坐卧于草甸之中，观那云卷云舒、云在水中映，水在云下走的五彩花湖，看那石岔石林危岩之上墨绿挺拔的云杉，擦崖而飞、舒展双翼、扶摇盘旋的苍鹰。只可惜草已渐黄，错过了绿草最浓的盛期。

没承想今年再次来甘南，能尽情享受这大绿大美。行至合作市和临潭县附近，山峦起伏中有成片显然是近年来人工栽种的云杉林与侧柏林，特别是梯田中一垄垄的油菜花绽放得嫩黄娇媚，使处于青藏高原和黄土高原过渡地带的甘南显得更加迷人。而从全国各地赶来的白衣天使，他们沿着当年红军走过的雪山草地，将党的关怀、社会的温暖送到还缺衣少药的老少边穷地区，使九色甘南又平添了一道靓丽的彩虹。不用说羚羊广场上，千百名志愿者在高润霖院士带领下，发出大爱无疆、医者仁心的铮铮誓言；仅在临潭县三岔乡高楼子村，记者就记录下红七团红一连的专家跋涉两个多钟头给盲童诊疗、捐款，孩子母亲感动拭泪的镜头；还有在乡卫生院 88 岁的冯国杰老汉手捧义诊小分队的连旗，久久凝望、依依不舍，喃喃自语、连连念叨："好啊！好啊！"的画面。

望着晚霞映照下的万亩梯田花海，看那叮咚作响牧归的牛羊，祝福香巴拉的人民一定会有绚丽无比、万紫千红的幸福生活。

（2018.7.9 于甘南临潭县采访路途手机写作）

记叙的散板

申藏乡义诊手记

7月12日早8点,跟着来卓尼县"同心·共铸中国心"大型公益医疗活动甘南行的红六团红一连的大巴就出发了。

这两天实在太累,尤其是昨天一大早走了四个多小时的搓板路,颠得人骨头快散了架。下午就投入县医院的采访,晚上还要整理照片和写稿,弄得人真有点神魂颠倒。

去申藏乡有25公里,奇怪的是还有一段穿过临潭县的地盘,特别是一截估摸走了十五六分钟的正在修筑的路面,颠得你也是灵魂出窍。

一路风景绝佳。近处的青稞、蚕豆、马铃薯、黄芪、当归等田块五颜六色,与远处梯田的油菜、山峦碧绿的森林牧场、蜿蜒的河流及散落的牛羊、村庄,独有的蓝天白云组成一步一景的美丽图画。

大约早上九点来到申藏乡卫生院,其实红一连的十多位专家昨天已经来这里诊治了300多名患者,因而与卫生院的同行很快就位,开始忙而有序的工作。打量这座藏乡医疗机构，除了乡小学外，是这里最漂亮的建筑了。一个四四方方的小院，左手是两层带玻璃走廊的门诊楼，右手为三层黄色立面的住院部，正东也有一排带玻璃走廊的瓦舍，大门西侧有五间简易的药房及停放的救护车，院中央有两株被栏杆围起来的四五米高的云杉。来诊治的藏回群众扶老携幼，排成一字长蛇阵挂号等候。

来自北京、河南等地的专家分心内、骨科、消化、妇产、外科、肿瘤等科室接诊，由卫生院的医生翻译配合。拍了一圈场景后，我专门盯紧来自北京博爱医院的陈之罡主任，追踪看他是如何义诊的。陈主任看起来60出头，是位经验丰富的老中医，还是第一次参加赴藏区的医疗活动。不过他已经适应了紧张的工作，昨天来的病人较多，他一人看了有百十来个。今天人少些就从容多了，一边瞧病，一边还与年轻的医生交流着心得。

第一位来就诊的是83岁的旦知草，由57岁的儿子桑吉扎西陪同翻译，主诉老人头痛、肚胀、没有力气。陈主任把脉后，看了看舌苔，问怕不怕吃凉东西，做过什么检查？然后给开了几味汤药，嘱咐桑吉要注意老人的饮食、调理补气和健脾养胃。接着家住俄化村的卡毛嘉说她全身疼，经过把脉观察发现她患的是带状疱疹。陈主任讲要解决抗病毒和抗潮湿的问题，不能太劳累。给开了祛风止痛胶囊，叮嘱不能与止咳药一起服用。卡毛嘉满意地去拿步长集团提供的免费药品了。

第三个来的是 11 岁的卓玛草和陪着来的妹妹录目吉，说是前额疼。陈主任望闻问切格外细心，对小卓玛草说不要怕，主要是受凉感冒引起的，也给开了几味汤药。他对一旁帮助翻译的卫生院包芳芳说，孩子小不宜吃中成药，喝汤药安全些。住在郭达村的拉目草进来，陈主任问她怎么不好？40 岁的拉目草说她腿疼背麻，也是全身疼。陈大夫笑着道，全身疼问题就不大，诊脉查看舌苔后，让她挽起裤腿发现她腿肿患有关节炎，给开了止痛药。包芳芳对记者说，牧区寒冷，不少人都会得关节炎。

这时，70 岁的乔知丹麦带着 6 岁的杨旦知一块来看病。奶奶主要是高血压，孙子是胃疼，陈主任仔细认真地问诊，给开了药。包芳芳毕业分配到卫生院已经几年，显然已熟知了周边老乡的情况，介绍杨旦知可以说是孤儿，父亲过世，母亲带妹妹改嫁，奶奶年龄大了照顾不好孩子，饥一顿饱一顿的，所以肠胃就不好。61 岁的王引奎来看咳嗽，他是汉族。陈医生边诊脉边对几个观摩的当地医生说，中医讲"内科不治咳，外科不医癣"，意思是这两种病看起来都是小毛病，实为病因复杂根治不易。他对老王叮嘱，给您开点止咳药，但你平时要注意预防感冒。

在给一个叫王文婷的女孩看完后，他对几位医生说，她的舌苔很好，头疼不恶心，说明没有多大问题，开点草药泡水喝最好。接着又给 29 岁，手烧心烦的完么吉开了六味地黄丸让她调理。算一算两个钟头已看了十多个病人，连口水都没顾上喝。此时看完病的老乡陆续都拿了药走了，卫生院的杨凌星、杨珍、郭引兰、蒋召娣也乘机让北京的大专家给自己瞧瞧病。陈主任分别给脸上长痘、有胆囊炎、糖尿病、心血管病的卫生院工作人员用了草药，让她们煎服或泡水喝，并讲了黄芪、益母草、柴胡、石斛和浮小麦的药性药理，让大家试试，就当"咖啡"喝。在交流中，我也弄清了几个人胸牌上分别有"千名干部""万名医生"的意思，是甘肃省让省市县的千名卫计干部和万名医生下到最基层的乡镇医院，上山下乡，精准扶贫的一项措施。

于是又找到申藏乡卫生院院长宋玉林采访，得知49岁的他从甘南卫校毕业，已在乡镇一级医院干了22年。他说卫生院有9名职工，担负全乡8125人的医疗健康工作，这里的常见病是高血压、风湿关节炎、支气管炎，与生活方式和自然气候有很大关系。全乡藏族占到65%，回族5%，他本人学的是藏医，搞中西医结合，平时吃住在医院，这间房子白天是诊室晚上就是宿舍。目前基层最缺的是好一些的B超、心电图等设备，更缺好的医生。他们还不能做类似阑尾炎等手术，最远的村子离乡上有60公里，缺医少药的问题还没有完全解决。

离别时，陈主任给乡卫生院的医生留下联系方式，说有什么问题打电话，欢迎大家来北京博爱医院。我招呼几个人在申藏乡卫生院门前合影留念。陈主任等专家与宋院长他们挥手告别，说我们还会再来的。回程路上，繁花似

记叙的散板

锦,光线柔和,在完冒乡附近的高坎上,大家惊讶地看到车窗外一只美丽的梅花鹿,正瞪着一双黑溜溜的眼睛看着医疗队奔驰的大巴。等我反应过来抓起相机,这只小母鹿已经跑得不见踪影了。

(2018.7.13 手机写于卓尼县大峪沟及返回合作市途中,14日凌晨1点07分完成)

闽中之恋

卓尼觅得一洮砚

七月应是甘南最好的季节,那天从临潭县的冶力关赶往卓尼县采访,因泥石流中断了公路,只好另辟蹊径走恰盖乡翻越原始森林。一路颠簸折腾了四个多小时,先去瞻仰了禅定寺,然后才找到下榻的酒店,匆匆吃过午饭就投入了县医院的义诊拍摄工作。

下午五点多结束了采访,便与秋云先生沿洮河往住所方向走去。这时我们正处在海拔 2800 米位置,阳光还比较炙热,在通往县城的洮河大桥北岸的山崖上,竖有"藏王故里,洮砚之乡"的巨幅标语,而桥头处一座四五层的大楼又悬挂有"老坑洮砚"的广告招牌,不由人产生了兴趣。以往去过肇庆、黄山便得过端砚、歙砚,母校的郭老师后来做了"中国文房四宝学会"的秘书长,我曾协助她在西安办展,多少知道洮砚,可惜不知它产自卓尼,更不用说收藏了。

来到壮丽恢宏的洮砚文化广场,我俩信步走进一家名为"碧洮斋"的公司,欣赏起各式各样的洮砚作品。一中

记叙的散板

年男子好像是老板,耐心介绍起洮砚为"四大名砚"之一,因取之县东北 50 多公里的洮河喇嘛崖中的绿石制作,又称洮河绿石砚。秋云先生正在装修房子很想选一方,就问老板能否将极品拿出来让我们开开眼。老板一边说洮砚最好的是"老坑"出的"鸭头绿""鹦哥绿""柳叶青"和"鹧鸪血",但现已极少;一边搬出一大一小两方砚台,其中一方出自制砚大师李茂棣的"九龙闹海",一方为制砚新秀陈龙基的"迎春"。那温润如玉、碧绿如蓝,抚若婴肤、雕工精美古朴的极品,看得我俩是爱不释手、抚摸良久。试探寻价,"迎春"八万、"九龙闹海"二十万皆为镇店之宝且不出售,而我俩本也无力收藏。

倒是画案上摆的十来方自然状态的"素砚",水纹细腻、大小适中,吸引了我的目光。老板说这也是"老坑"之物,物有所值。他是藏族,不过已经汉化,老伴便是洮河乡人,在那里有他家的雕砚工厂,雇了二三十个工人和一个省级大师,在他这儿拿东西绝对放心。我想顶级的可遇不可求,咱也没有那银两,找一方产地的洮砚做纪念,也不枉来卓尼一趟。心有所想却言顾其他,问卓尼为何又称"藏王故里"?

老板颇为自豪地叙述:藏王即西藏摄政俗称,自一世策墨林活佛阿旺楚成任摄政开始,四任策墨林活佛都出自卓尼县,所以有藏王故里之称。原因是 1757 年七世达赖圆寂,乾隆皇帝为防止噶伦擅权,于是赐予格鲁派四大林活佛之一的丹吉林穆第六世呼图克图"诺们罕"的名号，命其代理达赖喇嘛的职务，由此开西藏摄政王之先河。自此，在历世达赖亲政之前，均由中央政府指派一名德高望重的大活佛作为摄政代其执掌政教大权，俗称"藏王"。在西藏历史上策墨林活佛系统出任摄政的时间最久，长达45年，对西藏的影响很大。原来如此，不知藏王管不管这洮砚生产。

看天色已晚，我们说还要住几天改日再来选砚。这时洮砚广场已响起音乐，五六十个身着盛装的藏族女青年，变换着各种队形翩翩起舞，引来成百人观看。特别有几个两三岁的小朋友跟在一旁认真地学跳，略显稚嫩憨态的舞步，赢来游人热烈的掌声。回到一路之隔的卓尼县会议中心，也有一家销售洮砚的商店，开店的兄妹俩说他们是厂家直销，政府特许提供的场地，他们的父亲薛智明是县洮砚文化产业发展协会会长，你们刚去的那家老板是副会长。看了看砚台也是大同小异，他们说他家厂子就在禅定寺对面，你们也可以到那里去看看有没有中意的洮砚。

第二天从申藏乡采访回来已经很晚，因为明天就要离开卓尼，也就顾不上去找兄妹俩父亲开设的加工厂，饭后径直来到"碧涛斋"。昨日见的老板似乎在等我们，让老伴和女儿为我们沏茶。攀谈中才知此老板非老板也，他在县教育部门工作，偶尔来帮衬一下。店面有360平方米，是前几年买的，家就在楼上。他家的厂是1994年老伴卢月梅下岗后办起来的。所以谈价时,最后是由他老伴点头才成交的。闲聊中他说以前生意比较好,现在生意清淡了许多,主要是人工费用太高,砚石资源稀少,特别是被单位当作礼品送礼的基本没了。目前经营的模式是由他们买来原料,交技工雕刻后根据作品成色议价,他们再来销售。

  包了一方巴掌大的洮砚,云纹清晰、幽含风猗,还带有一星黄标。还真有一番苏东坡"洗之砺,发金铁,琢而泓,坚密泽"的意境。想那洮砚已有1300多年的历史,听闻"老坑"自宋末(1175)就已断采,后为土司管理被选为贡品。元好问有诗云:"旧闻鹦鹉曾化石,不数鸜鹆能莹刀。县官岁费六百万,才得此砚来临洮。"可见其珍贵,普通百姓也是难得一见。今得一方洮砚虽小亦无雕饰,放置案头,闲来观赏用墨,也实属难得,不亦乐乎。

(2018.8.1 于文园)

北海普度寺

年末岁首之交,来到距市中心6公里的北海普度寺,拜谒这座占地逾60亩、始建于2009年的海天佛国。山门之上刻有前中国佛协会长一诚法师题写的"普度寺"三个楷书大字,上下楹联分别为"宝刹大乾坤,便教海不扬波,贝叶珠光还合浦""华严真世界,已觉禅无二法,梵音佛轨接南天",彰显着这个北海佛教文化园区不凡的气度。

拾级而上,分别建有天王殿、大雄宝殿、观音殿和六个偏殿、及钟鼓楼、藏经阁、法坛、僧舍等。整个建筑遵循禅宗"伽蓝七堂"的规制,以汉风唐韵为格调,矗立于依山傍海、风景优美的冠头岭下。立于天王殿旁高大的菩提树旁,极目远眺、环顾四周,发现整个宝刹面朝大海三面被山岭拥绕;南望山门,上书"莫向外求"字样,海面波光粼粼、微风习习,林竹苍翠中钟鼓齐鸣、梵音缭绕,好一幅清静精舍景象。

普度寺耗时近十年初成,并与山水林海融为一体,满足世界客家人大会和中国东盟自由贸易区各国来宾,特别是北海僧众礼佛、修身养性需要的北部湾第一清净丛林，功当北海佛教协会会长、现任普度寺方丈智梁法师。法师湖南湘潭人氏，自幼受祖母影响颇有慧根与佛缘。1989年高中毕业入伍海军当了一名报务兵，复原后先做保安后到龙兴寺做义工，以后云游湖南衡阳南岳大庙、广东韶关南华寺和云门寺，九江云居山真如禅寺。1993年为虚云老和尚的事迹所感动，遂发心出家被一诚大师收留剃度。1996年在福建莆田南山广化寺受戒，1997年入闽东宁德支提山华严寺研修律宗三年。2000年10月游历广西北海及合浦，不忍唐代大珠禅师、鉴真和尚曾弘法的祖庭衰落破败，受邀为东山寺住持，开始在一片废墟上重建东山寺。2008年法师当选为北海佛教协会会长，挑起重新选址建设普度寺的重担。来北海投资的东阳商人赵忠梁和马龙华等，听闻后深感其诚资助寺院修筑海云塔、地宫和斋堂等建筑。此次邀笔者一同来参加地宫及"海云塔"塔基置放金砖的法会仪式。

我们是在法师的茶室兼斋堂——"养心斋"见到释智梁方丈的。以往赵总曾给我讲述过法师在建造普度寺过程中一些神奇的故事，其中有次师父正在巡查工地，忽然有无数条毒蛇出没盘于脚下，大师口念佛陀，那些蛇虫竟不伤人四散而去。想必是疍家人以蛇为神，法师近20年来赴北海化缘建庙感动了上苍。于是才有了机缘，能够与师父喝茶话禅。

茶室在寺院东侧一所僻静小院，院中生有几株碗口粗细的木瓜树已经果实累累。院墙南北各有一小门，朝西有十多级踏步可通向大殿及寮房。室内摆有茶海及一张圆桌，南墙挂有梅兰竹菊四幅木雕画屏，东壁供养三幅菩萨画像。智梁法师特意煮茶和剥开沙田柚给我们一行品尝，讲他的茶加了黄芪、黄精、陈皮、人参花与陈香叶。尝之果真奇香无比、沁人心田。问之是否亦是修行方式，师父答：禅修的目的是养心、静心，是锻炼思维生发智慧的一种生活方式。放下烦恼、参透人生，使自己恬淡安静，回归本真，专心做事，便是参禅。

十一点半,寺院打起响板,智梁方丈请我们一起用斋。无非是青菜豆腐、莲藕香菇、粉条黄豆之类，还配有现榨的怀山汁。师父说北海潮湿，冬寒与北方不一样，皮肤是冰凉的，但他已经习惯，叮嘱我们初来乍到要格外注意。他继续讲，佛教已经中国化了，就如我穿的这件僧衣并不是袈裟，就是俗家的短褂即汉服。我虽是湖南人但不能吃米饭，却喜欢吃面食。说自己喜欢清静，小时候砍过柴放过牛。尤其是在云居山得到一诚法师点化，每日参禅明心务农，动静结合；种菜制茶打坐，农禅并重，虽是清苦但很充实也很开心。我似乎明白了一些，禅意其实就是生活的一部分。正如南怀瑾先生所云："佛为心，道为骨，儒为表，大度看世界。技在手，能在身，思在脑，从容过生活。三千年读史，不外功名利禄；九万里悟道，终归诗酒田园。"便是人生的最高境界。

　　用斋后师父请大家暂且到寮房休息,独留笔者继续喝茶聊天。师父道,北海历史上并无普度寺,但其属古合浦郡,为"海上丝绸之路"始发港之一。根据合浦出土的汉代文物中有佛像、佛珠、西域僧人陶俑等史料证明,北海曾是印度佛教传入中国的主要通道。2008年新一届佛协和市统战部、宗教局要我主持重新选址兴建普度寺,当时条件极差,是个荒山乱坟岗子。山上无水无电也没有灶房,平时就是馒头夹老干妈,搭个茅棚在山上,好些年都是在山上过的年。最困难的是平地、迁坟、移树,好不容易搬走了钉子户,但迁坟后留下的棺木寿衣无人清理。雇了个推土机上山,不踩油门也往前跑,最后翻倒沟里,吓得司机车也不要跑了。我带着一位68岁的老徒弟敲着木鱼,在山上清理。天气热得人快中暑了,我回到佛堂磕了三个头,祈求佛祖使劲。下午两点,突然听到外边风起、树叶哗哗作响,出门一看刮起了龙卷风,将那些污物全卷到海里去,60亩场地像冲洗过一遍干干净净。当时感动得我泪流满面,佛祖是那样慈悲,不弃众生。我感到是菩萨借我的手来完成佛陀的使命,也终于使普度寺在2011年12月1日举行了开光庆典法会。

　　不知不觉与他聊了近两个小时,因下午三点还要进行安置塔基金砖的法会,智梁法师还要休息与做些准备,只好结束了这难得的"禅茶一味"。等到响板再起,我们又跟随僧众下至地宫观看了三拜九叩、拈花梵香、咏诵经文、绕行三匝按东西南北中的位置，安放由戒忍大和尚题写的"六合生咸，塔基永固"金砖的仪式。

出得地宫又瞻仰了安置虚云长老、一诚大和尚舍利的灵塔，然后与智梁方丈合十告别。步行下山至南溿渔村，耳边仍回响着刚才智梁法师所开示的：少有所学，壮有所为，老有所乐，终有所归。对青少年来说还是要多学科学和社会知识，有文化的东西才有生命力；对中老年来说心开才能有乐，养生实际是养心……

(2019.1.8 凌晨于海南三亚)

记叙的散板

云盖古镇

随着《大秦岭》的播出,来父亲山的人多了起来。炎炎夏日,当穿过亚洲第一长隧——约 20 公里长的终南山隧道,越过柞水到达板栗之乡镇安县时,便有了一丝丝的凉爽。路途中,在宋艳刚老师指导下,我拍了幅云雾中莽莽苍苍的大秦岭,后来发表在西安晚报上。

"秦岭最美是商洛",这句宣传商洛旅游形象的口号,是从西安来这里挂职的徐明非先生提出来的。我想说的是这个美誉更符合镇安,因为她拥有秀丽的木王山国家森林公园和优雅绵长的云盖寺镇。今春去木王山观杜鹃,偶尔结识了商洛的旅游形象大使刘蕾,使我们饱览了秦岭的雄奇峻秀,并相约同游了云盖寺。

云盖寺位于镇安县城西 19 公里,史载东汉时所建。唐大中元年(847)妙达禅师曾奉旨扩建,使其规模达到"九楼十八殿,僧舍千余间"。据传刘秀、李世民曾留下遗迹,白居易、贾岛留下过"不到千山住,哪知六月寒""阶前折芳草,拂尘读古书"的诗句。古时,鄂、豫、川、陕、甘诸省前来朝圣和览胜者甚多,每年2月22日的庙会,朝贡进香的僧侣、信徒多达万人。可惜岁月流逝,千年古刹早已渺无踪影,但古镇以寺得名,其许许多多的传奇故事留传至今。

在刘蕾的指引下,我们寻觅着历史的印迹。家居前街41号75岁的徐德培先生,回忆古镇曾经的繁华时感慨万千。昔日这里有上百家店铺,纸坊、染坊、油坊、百货、土产、旅店、饭铺……南来北往的驼队、商贩十分热闹。他们家起初是开染坊的,后来做百货生意,这座院子是民国时翻建的,有12间,500多平方米,并翻出父亲当年在汉口经商时与友人拍的照片。

云盖寺古镇南接巴蜀,北连关中,乃西安通往安康的水旱码头,也是川、陕、鄂、豫商人货物和买卖的集散地。民国时期,这里就有著名的"四大店""八小号",生意兴隆、商业昌盛,被誉为镇安的"小上海"。2008年云盖寺及古镇老街被公布为陕西省第五批文物保护单位,省、市、县已经做出保护规划,现今的云盖寺正在维修,只是规模小了很多。

小镇的建筑多为土木结构,老房子都带有阁楼,白墙黛瓦,前厅宽敞一连三间,院子里有或方或长的天井,中间是过厅与厨房,后院有小小的花园,极富南国情调。这里的居民大多为湖广移民后裔,纯朴敦厚,好客大方,有问必答。时下保存完好的古建筑已经不多,街上还有一两家油坊、挂面铺，屋前会坐着一些老者聊天，大多数年轻人都外出打工或求学创业，只有路边铺砌的青石条与挂在屋檐下竹笼中的相思鸟似乎还在向行人诉说着古镇的传说。

　　我和宋老师、刘珂在镇上的前后街寻找拍摄的对象，刘蕾自告奋勇当起了模特，以土墙小院、石街店铺为背景很有味道。尤其是刘珂爬上临街阁楼拍摄到一幅孩子们放学回家的场景，那灰瓦青石映衬的古街上孩子们跑过的身影与笑声，至今还在回荡。

（2009.9.9 于曲江）

南疆行

金秋 10 月，随中国晚协采风团去了趟南疆。早上从乌鲁木齐出发时，穿着栽绒夹衣还觉得有点冷，但飞越天山降落在喀什后脱去外套还稍感有点热。

我们一行一百多号人也真是幸运。一来千里迢迢能到边疆也属不易，二是接下来四千公里的穿越，包括过塔克拉玛干沙漠就更是难得了。乌鲁木齐晚报的杨大鸣社长组织这次活动实属不易，整整筹备了两年才算成行，同行们十分羡慕他们旗下有两个旅行社及其装备，保障了这次采访。

"不到新疆不知祖国之大"，"不到喀什就不算到过新疆"。除了大快朵颐手抓羊肉、烤包子，饱尝其瓜果等数不清的美味，欣赏"十二木卡姆"、"麦西来甫"等具有浓郁民族风情的歌舞，摄人魂魄的就是那终年不化的冰山、茫茫沙海中的胡杨、一望无际的戈壁与绿洲里一排排挺拔的白杨。

高台民居一个小小的院落里，摆满了手工制作的各种

记叙的散板

铜器、刀具。一位维吾尔族大爷,拿起一把小刀在自己的脸上刮刮,说明其锋利来推销他的"手艺"。他用不大熟练的普通话介绍自己叫热沙特·买买提,今年60岁了,有四个儿子,两个大的在阿克苏上大学,两个小的在喀什上中学,他家的生意还不错。记者看上了一把"热瓦甫",一听要价"三千"嫌贵。买买提忙说"不贵、不贵,爸爸留下的",并弹奏起来……

　　月光下的和田夜市热闹非凡、香气四溢。烤全羊、炸鲜鱼、拉条子、油塔子、手抓饭、煮牛肉、灌米肠、灌面肺、薄皮包……竟然还有凉粉。尤其是"烤三蛋",即把鸡蛋、鹅蛋、鸽子蛋埋在木炭火里烧熟蘸盐吃,男男女女、老老少少围坐在一起,一边聊天一边品尝,好不自在。

　　而穿越一千公里的塔克拉玛干大沙漠,在轮台附近我们终于看到了那"一千年不死,一千年不倒,一千年不腐"的胡杨林。从那干枯龟裂和扭曲倒卧、貌似枯萎的枝干上顽强伸展出璀璨金黄的叶片,让人们感到大自然的神奇与生命的奇迹。更想不到大鸣社长,竟然在这大漠腹地事先派出野外炊事车,给大家做了一餐热乎乎地道的羊肉抓饭。在胡杨林的树荫下,那别具一格的风情至今令人回味无穷。回望刚才在沙丘中留下的一串串脚印,不知下次来时它在还是不在……

(2011.10.15 于曲江)

闽中之恋

神仙的故乡

说起盐城,不由联想起那浩瀚湛蓝的卤池中,盐工们头顶烈日用汗水堆起那晶莹剔透连绵的盐山。的确,这个全国唯一以盐命名的城市,从汉武帝元狩四年设盐渎县始,便以"环城皆盐场"而得名,延续了2130年。至今在其母亲河——"串场河"东侧新修的"水街"里,仍供奉着夙沙氏、胶鬲和管仲三位盐业始祖;而盐政衙门及庭前矗立的范仲淹塑像,记录着一代名臣冶盐筑堤的千秋伟业。

而今的盐城以雄厚的汽车、纺织、机械工业和著名的粮食生产基地及其深水大港而驰名中外,除了"中国海盐博物馆""串场河"《盐阜大众报》等标志着这座城市的文化根基之外,几乎很难寻觅其"银色"的痕迹。尤其是新兴的风电产业与沿海一线巍巍壮观的风电场,让人看到了这座英雄城市光明的前景。目前,其风电装机容量已达70万千瓦,年发电8.7亿度,总投资267.8亿元的中国海上风电技术装备中心、5兆瓦风机等项目正在开工建设。

盐城的父母官朱传耿,如数家珍地向访者介绍盐城的

"四色文化"。除了上述"银色"的盐文化外,其"红色文化"更是令人肃然起敬。步入新四军纪念馆,陈毅、刘少奇、张云逸、赖传珠、邓子恢五位领导人重建军部的雕塑和"江淮英杰卫国干城","中华儿女们记着:你们的幸福是用血换来的"题词映入眼帘。这里展出有新四军坚持敌后斗争的1000多幅照片和大量的文物史料及高层领导人的遗物,镌刻着走出两任国家主席、252名开国将帅、8万牺牲将士的丰功伟绩。当你触摸墙上的弹痕时,耳边便会响起激烈的枪炮与嘹亮的军号声,警示后辈:毋忘过去,珍爱今天。

其"蓝色文化",指盐城面向黄海,拥有582公里的海岸线,占到江苏海岸线长度的61%,除有国家一级口岸大丰港、较为发达的造船业和丰富的渔业资源外,其滩涂面积683万亩,以"东方湿地之都"著称,且以每年3万亩的速度递增。目前,盐城正在打造"太平洋西岸最大的湿地公园、亚洲东部最佳的生态旅游乐园"。而"绿色文化"是与盐城人民热爱自然的禀性、保护生态的不懈努力分不开的。

最为典型的是盐城具有两个国家级自然保护区。被称为"神兽"的麋鹿,俗称"四不像",传说是姜子牙的坐骑,它与人类一道有300万年的历史,其种群曾达1.2亿头之众。20世纪50年代后,原产中国的麋鹿在中国大陆已经绝迹。自1986年从英国引回大丰保护区39头麋鹿后,现已繁衍到 1618 头，其中野生种群 156 头。为此盐城人民作出了特殊的贡献，位于大丰市的中华麋鹿园占地达 7.8 万公顷。据工作人员介绍，麋鹿对水源和食物的要求很高，所食用的狼尾草要 40 亩才能供养一头麋鹿。

在总面积 284179 公顷的盐城国家级珍禽自然保护区，每年的 10 月到次年 3 月，全球有一半数量、近千只丹顶鹤会选择在盐城越冬。丹顶鹤因头顶有红色肉冠而得名，因体态优雅，被称为"仙禽"，具有吉祥、忠贞和长寿的寓意。此次，我们能够近距离观赏到翩翩起舞、典雅优美的丹顶鹤。望着扶摇云天的鹤群，真有点"笑傲高寒九万里，追云起舞弄青烟。沧溟莽野寻闲趣，踏浪逐波访雅仙"的感觉。

我想，能使濒危的麋鹿、丹顶鹤等 14 种国家一级保护的野生动物繁衍生息，每年有 300 万只候鸟来此迁徙的地方，可不是"神仙的故乡"吗？

（2010.9.5 于曲江）

喝透茯茶

喝透茯茶

三年前喝起了茯茶,似乎上瘾,真有点"一日不饮则滞,二日不饮则痛,三日不饮则病"的感觉。说也神奇,自喝此茶后,竟再没有感冒过。清明小长假,见家中的存茶所剩无几,内人说去泾阳再买上几块。

说走便走,从城北上高速,闪过泾渭分明,远远看见崇文塔,二十来分钟,就到了近年来因茯砖茶火起来的泾阳县。刚刚热播的《那年花好月正圆》孙俪饰演的周莹,不仅让甑糕、凉皮、扯面、肉夹馍成了吃货们的新宠,更让陕西茯茶成为追捧对象。习近平夫妇招待英国首相梅姨访华茶叙,品的也是主席家乡的茯茶。而划入西安代管的西咸新区所打造的茯茶小镇,更是热闹非凡,来喝茶赏茶买茶与咥陕西小吃的游客络绎不绝,摩肩接踵、趋之若鹜。

我却弹嫌县城太闹腾,直奔县城东关的泾阳泾砖茶业有限公司,找泾阳砖茶制作技艺传承人、著名茶人贾根社喝茶。这是第三次来此品茗:第一次是2015年端午,我带人来拍摄手工筑茶工艺流程,见了老贾一面。主要由其外甥,同是非遗传承人的陈宏利给煮茶,参观了院内的砖茶博物馆,了解了他舅甥俩经多年钻研,使中断了近半个世纪的陕西茯茶浴火重生,在那里又嗅到一种茯茶特有的棕香。第二次来是 2016 年夏,我和老伴专程来买茶,由老贾亲自烹煮茯茶,那红亮如琥珀色的茶汤入口淳厚滑爽、回甘绵长,下至腹中胃肠蠕动、阳气顿生,又感到一种枣香的味道,于是选价钱合适的两种规格各购了十块,还介绍北京的朋友前来购买与收藏。

此次来,老贾亦有客人正谈买卖,茶已煮得,满室馨香。招呼一声"来咧"坐定,一盏浓酽飘香的热茶送入口中,几杯下肚便满腔生津、浑身舒坦。妻见熬茶的茶壶造型新颖,与上次不同便询问。老贾忙解释是刚开发出来的,有自动与手动两种模式和防烫排汽功能,说一年能售出 20 万只。他讲茯茶熬着喝才见真味和功效,说着叫站柜台的夫人再换些茶叶,重煮一壶。

老贾的儿子贾振(已任公司总经理和博物馆理事长)发完一批货,欲引去博物馆转转,我推托上次已经看过。他和他母亲说你年始来过,现在又不一样了。于是进内院逐楼参观,确实与前次所见大有不同。尤以小贾参照实物的讲解,引人入胜,使我明白了同是茯茶,也有春、夏、秋茶,中、小叶与大梗之分。比如所谓"官茶",是过去三品以上官员才能喝的,大梗的比例仅 3%—5%;"府茶"为四品以下官员喝的,大梗比例只有 15%左右;"砖茶"

是供老百姓喝的，大梗的比例会达到35％。但现在起步就是"府茶"的标准，所以茶价也比以往高些。小贾带着又看了一遍模拟的制茶工艺，我问"备水"与"熬釉"是怎么回事。他答安化黑茶作为原料呈酸性，只有用泾阳含盐碱偏高的泾河水和用老茶熬成的浓汁即茶釉浸润与炒制后，经三百次捶击成形，才能发酵产生茯砖茶独特的"金花"。并说从湖南安化采茶到泾阳制茶，还要经过陈化、醒茶等过程，想要喝到纯正的茯茶最快也要三年。想想六百年前，加上路途遥远的运输，边民们要喝上茯茶，就得有五六载的功夫，可见此茶的珍贵。

　　回至茶室，茶滚二遍，菌香四溢。妻子与小贾一旁选茶，我与老贾继续喝茶聊茶。我言茯砖茶神奇珍贵：一是其蕴含金花即"冠突散囊菌"，富有有益于人体的茶多糖、氨基酸、茶皂素等成分，可降血糖、血脂、抗血凝、血栓，促进人体新陈代谢。对茯茶的"茯"，现又有新解，不仅指其为伏天生产与有土茯苓的效用；"茯"即菌，指木头长出的菌，茯茶就是菌茶。二是其原本为边销茶，是我国西北和中亚、西亚等游牧民族的特需商品，有助于消化、养胃和减肥的作用，也是古丝绸之路和茶马互市的重要物资，因此也就有了官引制度，现已远销日、韩、美、俄罗斯、哈萨克、蒙古等国家和地区。三是其为一种纯手工制作的茶品，是沿袭传统工艺的紧压茶，愈是陈茶、老茶口感与功效愈好，因而具有一定的收藏价值和升值空间。你老贾存有陈茶2000吨，是一笔不小的财富。

老贾笑笑默然，说你前年买的那款500克包装的价格已经涨了50%。我查过资料，古时五块（五斤六两重）茯砖茶就可以换一匹马。我道明代大戏剧家汤显祖在其《茶马》诗中有"黑茶一何美，羌马一何殊""秦晋有茶贾，楚蜀多茶旗"，从中可窥茯茶的影响。他说看过余秋雨先生写茯茶的文章，从功效、味道、深度三个方面揭示"茯茶的核心机密"。老妻插嘴指我，他也写过一篇《茯茶酽》刊登于《西安晚报》上。原来她已选好了"花开富贵"等两种三年以上的"根社茯砖茶"，并拿了两把印有"泾阳根社茯茶"商标的煮茶壶，又过来喝茶。

老贾笑言：喝好，喝好。这茶还有养颜美容作用。我看你这老兄茶喝得不咋向？我辩已喝得将上次买的茶壶都烧坏咧。他道那也不见得，喝茶一定要喝透，喝到发汗，体会到润滑香光的口感。茶是有生命和情感的，能给人温暖与生活的感悟，有这种感觉才能算你是喝家。我说隋唐时喝茶叫吃茶，即将茶叶研磨成粉末，加温水调出糊状来吃，现今在日本等大为流行，这样能更好激发和吸收茶叶的营养成分。问贾总你没有尝试开发开发？老贾仍是微笑，从茶桌抽屉里抽出一小管包装递给吾妻，你回去尝尝。我猜这定是老贾新近开发的茯砖抹茶。告别时小贾建议，今年新筑的茯茶下来时可多买些，以后每年买点新茶喝老茶，这样比较合算。一旁的茶友称极是，她就是这样做的，今天也收获满满买了不少茯茶。

回城路上我思：茯茶蕴含神奇的金花，有着古丝路上神秘之茶的美誉，也是中国最早出现的紧压茶与工艺最复杂、最古老、流传最久远的加工茶，更是茶文化、丝路文化和农业文明的传承与发展，一定能走得更远。

第二天下午，听着由乡党李三原作词、夏正华作曲、王红梅演唱的《茯茶之歌》，用新壶煮了一泡三年的根社茯砖茶。随着"神农茶，祭苍天，秦关汉水香茗园。泾水悠悠，孕茯砖，六百春秋红艳展。如此多娇，心海澎湃，归去来兮我夙愿。古今茶，几千般，金珠相聚花璀璨。神韵悠悠，醇厚甘，黑叶红汤润人间。泾渭水美，秦人茶醉，关山伊人共长天……"优美的旋律，美美地喝了一气。用心体会这茯茶的阳刚之气与金花之香，果然陈酽透润、沁人心脾，腹内蠕动、通体汗出，经络畅通、神清目爽。感觉品麻得如皇上一般，"点成一碗金茎露，品泉陆羽应惭拙"。

（2018.4.20 于文园）

记叙的散板

江塝踏青品茗香

　　清明小长假第二天，相约好友先乘高铁后自驾直奔汉中欲赏花海，到达勉县"汉中油菜花节主会场"观景台，满目皆绿。许是春姑娘来得太早又走得太快，我们错过了花期。繁花蒂落结成青绿的豆荚，只有路旁坡边野生的一撮撮油菜的顶尖，还留些零星的黄色花瓣。匆匆逛了逛附近的诸葛古镇，"陕旅集团"打造的景点乌泱乌泱的塞足了人和车，比长安城还要喧闹十分。

　　回至勉县县城午餐，尝了美味的野生鲢鱼，我建议去西乡看看茶园。没想那里也是游客爆满，寻得清明返乡扫墓的老郑联系新开业的五一酒店，方算安顿下来。由于赶路，今晨大人小孩都在凌晨五点多就起身，于是下午在房间休息。晚饭品尝了人工养殖的娃娃鱼与鲜笋炒腊肉，然后去樱桃沟观了夜景，相约第二天去逛这里有名的"江塝茗园"。

　　前年就来过一次江塝茗园，是西乡人老郑带去的，虽是刚刚建成但感觉极好，因而才敢斗胆向众人推荐前往。

也算是轻车熟路再借助导航,沿着"茶园专线"向西南行进,经杨河、柳树镇,到峡口镇再北上过饮马河,逐渐进入丘陵地带,25公里大约走了一个小时就进入了茶山。只见一垄垄碧绿的茶树随山形水势,蜿蜒逶迤、盘旋起伏,或高或低、或横或竖成条状整齐地分布排列于山峁坡谷,与远处苍翠的米仓山、清澈的牧马河,近处挺拔的水杉银杏、粉墙黛瓦的田家农舍相互辉映,构成一幅绝妙精美的山水画卷。

面对烟雾缥缈、青翠欲滴,恍如梦幻般的江南景色,同行的大翻译家孔保尔,贪婪地呼吸这儿的清新空气,发出感叹:喝了几十年茶,没进过茶园,没见过茶树长什么模样。这地方太美了,应该找个地方住下来,是个读书写作、寻找灵感的好地方。而他刚刚始龀的小公子孔繁想,吵了一路要去采茶,急不可耐地跑进茶垅,用嫩嫩的小手去摘那柔柔的叶片,小心翼翼地捧于掌心,欢愉地呼唤妈妈来看。

茶园中有三三两两的茶农采茶,与一位茶哥搭腔:一天能采多少鲜叶?30来岁的茶哥没停下手来,说要看天气情况,最多20来斤,这两天气温有点偏低,茶叶生长缓慢,所以产量小了不少。又问一斤能卖几块钱?茶哥摇头:一天一个价,明前最贵,二三十元到四五十元,昨天只有十几元,但也要看采的是什么规格与品种。求教仙毫与炒青的区别,他讲仙毫即一芽一叶,炒青是稍大于仙毫的嫩叶，现在采摘的正是炒青。我们试了一下，仙毫要用拇指和食指两个指尖一根一根去掐，炒青则可用五个手指整摘齐拔。但无论如何都须躬背弯腰，双手要上下不停地翻飞舞动、准确地找到鲜嫩完整的叶片也是不易。更不要说从耕种、施肥、剪枝、采摘到杀青、揉捻、干燥、烘炒、精选等工序，需付出多少辛苦才能得来一杯茶香。

我们顺着专供游人漫步的茶园小道，优哉游哉地在山梁沟峁间转悠。早上九点多的太阳透过薄纱般的云雾，播洒在山川大地上显得格外的柔和，茶树间已有些游人摆着各种造型照相。阳光照耀在绿茵茵的茶垅上，透过翠绿的叶片毛毛茸茸的煞是美妙。摘几片嫩芽含在齿尖上慢慢地嚼碎，浓浓的馨香略带青涩然后渐渐地回甘，从舌尖传导于脑海与心田。小繁想已采摘了不少，将屁股兜塞得满满的，让妈妈给他泡茶喝。几个伯伯叔叔开玩笑问他刚才是不是累得"出气"了，你的茶都熏得有味了还怎么喝？倒是慈祥的保尔耐心给他讲解，鲜叶炒制成茶后才能冲泡。繁想认真地问，那我回家用锅炒了不就可以了吗？惹得众人又笑了一阵子。

回至山间的停车处，有一卖茶的凉篷支在路旁，摆了几张塑料圆桌和椅凳供人品茗与小憩，主人热情地招呼过往的游客品茶买茶。攀谈中得知夫妇俩男名王华龙42岁、女叫潘红霞40岁，是山下白崖村人。主人分别让我们品尝了高山毛尖、午子仙毫、特级炒青，只觉清香淡雅、神清气爽,但傻傻的品不出价格从百元至千元的口感之间的差别。老王介绍,这儿产的绿茶从时令上分有春、夏、秋茶,再细分还有明前、明后和雨前、雨后,在采摘加工上又分毛尖、仙毫、炒青,十分复杂。你是自己喝还是送人?送人毛尖、仙毫品相好,要是自己喝还是炒青,一是耐泡,二是茶浓,我们西乡人大多爱喝炒青。

问及这偌大的茶园,怎么只有你一家摆茶摊呢?王华龙作答:我原在神木打工开车,因车祸腿受伤干不了重活,村上照顾让摆这个摊摊,加上还有三亩茶园日子也能过去,但不如在外打工挣得多。他们主要是代卖小舅子茶厂的茶叶,自己的鲜叶也要卖给茶厂。他说每逢节假日和周末来赏茶买茶的人还真不少,目前政府正在牧马河畔他们村附近建设茶叶小镇,这里会越来越好。见此,同行的李成志将仙毫、炒青不同品种和等级买了好些,算是在此品茶的补偿并叮咛他们务必将上初中的女娃培养好。

临走让他们给推荐附近比较好的农家乐,王华龙夫妇说有一个江塝人家不错并指了道。寻得方晓前年就是在这家用的午餐,其中一道鲜茶叶炒肉丝的味道记忆犹新。这次又要了一份,众人品尝后皆夸,说下次一定再来……

(2018.4.13 于西安文园)

记叙的散板

"地主菜"与"壮士出川宴"

　　许是浇灌了都江堰引来的岷江清流,使原本肥沃美丽的川西坝子就更显丰腴和妖娆。一方水土养一方人,天府之国的成都平原自古为天下粮仓,酝酿出醍醐美酒与麻辣鲜香的川菜,滋养了无数文人墨客并写下千古诗篇,成就了众多英雄豪杰完成其文功武略,也演绎着"得蜀者得天下"而引发的几多讨伐征战与传奇故事。

　　数次造访锦官城,早已熟识了春熙路、宽窄巷,拜谒过武侯祠和杜甫草堂,也游历过青城山、都江堰,品尝过地道的川菜。此次来考察量力集团,看望了成都画院的朋友,下午偷闲在人民公园歪斜于竹椅上品茗、掏耳朵,晚上吃过太妙火锅、欣赏川剧高腔与变脸,正愁明日如何打发,接待的小宗推荐去看刘文彩庄园,大合客意。第二天睡到自然醒,日上三竿,一行五人便沿成温高速西行,前往大邑县的安仁镇。

　　热情的小宗一边开车,一边介绍蓉城"南富西贵,东平北乱"的格局,回答我们关于西安成都两地差异的提问,解答"少不入川,老不出蜀"的缘由。车窗外不时掠过漂亮的房舍、整齐的阡陌,盛开的桃李与婀娜的杨柳。40多公里路程,不到一个小时就到了这座有着中国博物馆小镇美誉的古镇。至停车场刚刚下车,有乡妇村姑递上名片,纷纷招呼到他们店里用餐。收得四五张片子,见有家央视报道过的"黄鸡肉",便有意参观后前去品尝。

一条迎宾道将古镇划为建川博物馆和刘氏庄园博物馆两大建筑群落,路旁院舍古色古香、花木葱茏,店面林立、商幌酒旗猎猎,展现出川西民居与欧式建筑巧妙融合、中西合璧的风格。购得门票,戴上耳机,随电子导游器引领,便踏进这座占地7万余平方米、有大小545间房屋,庭院森森、富丽堂皇的庄园。说实话,偌大的庄园分为新老公馆等六七个宅院,大约花费两个多时辰,走下来腿脚发酸确实很累。留下深刻印象的无非是收租院、雇工院、珍品馆和刘湘率20万子弟兵出川抗日、刘文辉兵败退居西康与通电起义,最后做了新中国林业部长的史料。

刘氏家族"三军九旅十八团",官至县团以上职务的有50多人。靠着军政大权在握,刘文彩出任过四川烟酒公司宜宾分局长、川南税捐总局总办、叙南清乡中将司令等职。采用巧取豪夺和残酷盘剥的手段,刘家从40多亩自耕田发展到拥有银行字号22处、当铺5处、各类仓库27处、工厂7个、电厂2个、火轮4艘、庄园公馆28所、中学一所、街房684间、田产12000多亩的大官僚地主。

记叙的散板

其中有两张反映1938年大邑农村生产关系的图表，特别是大型泥塑《收租院》，极能说明当时地主占有大量土地与残酷剥削压榨农民的程度，令人发指和唏嘘不已。有意思的是刘家叔侄俩刘文辉、刘湘为争霸四川，各自拥兵十万余众于1931年夏开始大战，至1933年刘文辉败退雅安结束。其家族史堪称清末民国以来的半部四川地主军阀之兴亡史。1958年刘氏庄园被开辟为博物馆，成为爱国主义教育基地和国家AAAA级旅游景区，被很好地保护起来。

在老公馆与新公馆之间，三四百米长的街道小桥流水、花木扶疏、亭台楼阁、彩伞斑驳，两侧茶肆酒铺、古玩杂货热闹非凡。尤其是地主排骨、地主糍粑、地主肥肠血旺、地主花椒鸡、地主面等各色小吃大餐，让人目不暇接。同行的李巧铃女士禁不住诱惑，买了两种分别是牛肉和红糖馅的地主粑粑，味道的确不错。还有一种地主糖，尝了尝原是用金橘腌制的蜜饯，可清热止咳、化痰润肺，十分爽口。到此一游，真有点当年临潼乡党打井挖出兵马俑，引来全球各地游客，皆赞"翻身不忘共产党，致富全靠秦始皇"。聪慧的大邑人，借刘氏庄园发旅游财，与之大有异曲同工之妙。

看时间已过正午，婉拒了多家饭店酒家的盛邀，找到那家中央电视台报道过的"黄鸡肉"。五间门脸二层小楼装修得大红大紫，门头广告与店前矗立的招贴宝，介绍着这个首家川军抗日文化主题餐厅及菜品内容。我们选中院内绿荫下的雅座，树枝垂系着淞沪、台儿庄、中条山、枣宜、长沙、豫南等会战的标牌，翻看菜谱"壮士出川宴（十三菜一汤）""将军宴（一鱼八吃）""川军宴（一鸡十一吃）"等让人眼花缭乱。急中生智要了他们当家的"建清口香鸡""仁者塔""麻婆豆腐""肥肠血旺"等几味招牌菜。除了开车的小宗外，各自还要了二两店家炮制的枸杞或青梅酒。

菜香酒醇，尤其是口香鸡、仁者塔味美无比，佐酒嚼劲绵长。乘着酒兴不觉技痒，唤来老板采访。已是安仁镇餐饮协会会长、47岁的店家黄建清娓娓道来：我原在成都上班，1994年回乡创业，开始养蛋鸡亏本，于是与老婆到唐场镇、元兴镇改卖酸辣粉。每天凌晨三点起来打粉，一碗五毛钱，只能卖出五六十碗。后来搬至文彩中学，一天能卖到一千碗，数钱数到手发酸（大笑，都是毛票）。但我从小喜爱烹饪，一直梦想开家中餐馆。用卖酸辣粉积攒近十年的辛苦钱投资中餐又历经两次失败，亏了近百万。我请的大师傅说我家的红油好，让我做麻辣鸡块，于是精心烹制，每天做六只，半只半只免费给客人品尝大受追捧，引来成都电视台的天府食坊栏目做了节目，一下火了起来，将有名的"棒棒鸡"比了下去。于是取我的名字叫"建清口香鸡"，店名也改为"黄鸡肉"。

我问他是否军人，怎么能想起搞这个"壮士出川宴"？他憨厚地笑了笑答：我不是军人但有军人情结。前几年看了电视剧《壮士出川》，深深震撼了自己。过去说"无川不成军"，生长于安仁镇，熟知1937年卢沟桥事变爆发，刘湘主动请缨率部出川驻守武汉这段历史。当时刘讲："四川可出兵30万抗战，供给壮丁500万，供给粮食千万石。"抗战14年，出川抗日的350多万川军，阵亡26.4万人、负伤35.6万人、失踪2.6万人，参战人数之多、牺牲之惨烈为全国之首。于是他对安仁的传统菜进行了梳理，查阅了川军抗战的大量资料，潜心研究，在纪念抗日战争胜利暨世界反法西斯战争胜利70周年来临之际，推出了"壮士出川宴""英雄回乡宴"等，请抗战老兵及后人免单品尝。

所谓"壮士出川宴"，即凉菜四个：一鸣惊人（建清口香鸡），东拼西凑，一颗子弹消灭一个敌人，大刀向鬼子头上砍去；热菜八个：仁者塔（精选五花肉，煮八成熟，抹上糖过油放凉，片成4厘米宽、50～60厘米长，不断刀装入特制模具，中间填上竹笋，上高压锅蒸两小时，肥而不腻，粑而不烂，绵甜清香），甜甜蜜蜜，非常兴旺（肥肠血旺），地主排骨，群英荟萃，天天过年，大丰收，家乡粑粑菜；汤一个：起席汤。2015年国庆期间，CCTV2连续三天播出了安仁美食"壮士出川宴"，使大批食客慕名而来，尽兴而去。可惜我们人少只尝了几道菜，却已是回味无穷。

黄老板看我只顾记录，那四人将点的几个菜几乎一扫而空，特地又给我加了个鱼香肉丝。这顿饭吃得我酣畅淋漓、酒足饭饱,满满咽下去两大碗米饭。临走时,郭老板送我两小罐当地产的"谭大娘老传统"五香豆腐乳。晕晕地回到成都,都说下次还要再来大邑安仁吃"地主菜"与"壮士出川宴"。

(2018.4.5 于文园)

记叙的散板

悲喜两重涎水面

大约四十年前,我还在厂劳资科临时工作。八点刚上班,分管副厂长肖维屏叫我与总务科长阔绍武一起去永寿县,说是厂里的司机刘志斌在那肇事了。

事发正当麦收季节,我们急急火火沿西兰路,走咸阳、乾县赶往出事地点。那会路况较差,加之农民在公路上晾晒新麦,让过往车辆碾压麦穗脱粒,车速行进缓慢,我们到达县城已经快中午12点了。天热心急,车也没有空调,我还是第一次处理这种事,心中忐忑不安,捂了一身臭汗。顾不上吃喝,先找到县交警大队处理事故的民警。肖副厂长和大个子的阔科长,给人递烟搭话询问情况。交警带着指认了那辆装满煤炭、已拖离现场的嘎斯59大卡车,确认了刘志斌为西安市锦华木器厂职工,介绍了事故的大致情况。

警方讲,今晨一时许,刘驾车从长武方向行驶至永寿县城312国道12公里处右侧,由于车速过高,将花豹咀村村民张兰香碾压致死。附近目击者看到,连连呼喊"轧人了！轧人了！"刘驶出二百多米才刹住车停下。死者是被车右前后轮拦腰碾轧的，现场十分凄惨，怀疑刘酒后或疲劳驾驶所致。现在家属与村民情绪激动，我们已让村民将受害人装殓，并将刘控制起来，希望厂方协助配合处理好事故，特别要做好善后工作。肖副厂长当即表示全力配合，听从交警大队的认定与处理，尽可能满足家属合理的赔偿要求。说我们人生地不熟，还要请你们融通地方，看看家属要的具体数字，并提出见刘志斌一面。

见到刘师傅已是下午三点，才两三天不见仿佛憔悴了许多。刘是河南人，当过汽车兵，为人豪爽，我曾与他去灵宝、南充给职工拉过苹果、柑橘，关系较近。那个年代"方向盘"比较吃香，他是厂里唯一的司机，显得有些牛气。但他爱人没工作，养了三四个娃，虽然当司机有点油水，日子也并不宽裕。各行各业时兴承包后，他便承包了企业的卡车，除了为厂里拉货，还跑起了运输。没想生活好起来才几天就出事了。

我们叫他一边吃饭一边聊，听他描述出事的经过。承包后为多拉快跑，雇了个亲戚徒弟。那天是跑第二趟，半夜装好车吃了饭往回走。下永寿大坡时，公路上堆满了麦草，他只觉右前轮颠了一下，继续往前走，听见有人喊，急忙刹车，往回走到跟前才知道出事了。他说天黑车灯一直开着，就没看见人，怀疑那老婆是睡在麦秸堆里看场，不是他的责任。我悄悄问，交警说你车上有个酒瓶是咋回事？他讲是徒弟喝的葡萄酒，自己没喝。不过当年酒驾还未入刑，也没有现在普遍使用的检测手段，只是若干年后他才告诉我说是喝了几口葡萄酒，那会儿还不时兴干红，只不过是略含酒精的葡萄汁罢了。我想出事原因大半为疲劳驾驶、观察不周所致，绝对是他挣钱不要命的结果，因为勘查车辆并未发现直接撞击受害人的痕迹。

而后，我们随交警到了死者家中，诚恳道歉、竭力安抚。一看家境委实可怜，被撞的四十五六，老伴姓王快六十岁了且身体有病不能干活，大女"五一"刚刚出嫁，家里还有六个男娃，大的十七、最小的还没上学，家中全凭这个张兰香操持。老汉哆哆嗦嗦说不出话来，大儿虽恨得咬牙切齿也没什么主张，便寻来村长主事说和。人死为大，不管事故责任如何，先商定埋人，费用全部由企业承担。参考工伤劳保抚恤和交通肇事处理的相关规定，双方到晚上九点达成补偿协议，赔偿张家共四千多元，签字画押。我与肖副厂长连夜返回西安，留下同去的厂总务科阔绍武科长在村里帮忙料理后事。

四千元一条人命，在当时也算天价。我一个月工资才四十二块五，厂长也不过一百零三。第二天向李厂长、金书记汇报后，我在财务领了现金，在厂办给赔偿协议盖了公章，又买了四条金丝猴和四瓶红西凤，带了印泥独自一人再返花豹咀村。在村长见证下，我和阔科长将钱交给老汉，让打了收条按了手印。将一条烟给了交警，一条捎给刘志斌,他已被刑事拘留。剩下的全给了办丧事的执事。见那老王仍是哆哆嗦嗦接了钱,在一旁抹泪,一群孩子特别是那初做新娘的大女儿哭哭啼啼,心想这一家以后真不知咋过。

第三天埋完人,白纸盖住了红帖。王家酬谢帮忙的乡党,我和阔绍武被请到屋里盘腿坐在炕上。炕桌上摆有豆芽、粉条、头肉、黄瓜四个凉菜和辣子、盐、醋、蒜碟,放置几个酒盅。村长和执事招呼给亲朋敬我带来的西凤酒,让人端着食盘不停地给客人一碗一碗地上面。那面碗不大,油汪汪的冒着热气,上面浮着葱花、韭菜、蒜苗、蛋皮,臊子汤里有黄花、木耳、豆腐、肉丁、萝卜、青菜,挑起面来只有一筷头。吃了一口真香,刚端碗吹气想尝尝这汤,被阔科长拦住说不敢喝。这叫涎水面,光捞面,不喝汤,你一喝,就表明吃饱了,就不再给你上面了。还说这汤还要回锅再煮,再加面端上来,是这一带的习俗。

原来是这样!我是第一次吃这涎水面,感觉味道鲜美,吃法新奇,就是质疑虽经高温消毒,总感不大卫生。而当地人却乐此不疲,且作为待客之道,背后一定会有故事。一直到后来西安开了几家"乾州食府",才知道周文王被囚羑里,百姓带菜和肉来看他,文王让将菜、肉煮成臊子汤浇在面条上让大家共食,取一团和气之意。所以涎水面也叫"和气饭",传承至今,也是关中西府一带红白喜事必备的席面。王家嫁女待客吃的是涎水面,刚刚月余又亡妻谢客吃的还是涎水面。

  可惜刘志斌不敢也不能来吃这碗涎水面，结果被判交通肇事罪缓刑两年，车也开不成，被下到二车间拼板组监督劳动。我请他到朱雀路的乾州食府尝了尝改良过的涎水面，他感觉不如油泼面过瘾，也不如糊涂面好吃。不过精明的他，不久下海，与战友合作开了一家川菜馆，生意兴隆，除了炒菜，卖的还有担担面。

       （2018.9.24-25 手机写于黎坪及文园）

喝透茯茶

烟雨潇潇光里湖

浙中的初冬细雨绵绵，无一丝寒意。行进于有着建筑之乡、木雕之乡、教育之乡和影视名城之誉的东阳市总有一种亲近的感觉。不仅是她城乡一体的风韵、清新湿润的空气、香醇醉人的美味，更有一种浓浓的乡情。

由于工作关系，近年时常往返于长安与金华之间，有幸熟识了陕西金华商会的掌门赵忠梁先生，他多次谈及乡愁并邀请笔者去他们村子里看看。商会的齐秘书长早已将东阳当成自己的故乡，热忱为两市的发展服务。此次一路同行，终于能实地观看"年深外境犹吾境，日久他乡即故乡"钟灵毓秀的古村落了。

一行人先来到乌竹江、白溪江环绕的村口，一块约8米高的白色花纹巨石上刻有"光里湖"三个大字。转过旁边的古庙佛堂，正面有座胡公殿，这里除了供奉有观音、土地爷，还有光里湖村的始祖胡震公的塑像。赵总介绍，光里湖村为唐光启元年（885），44岁的胡震公途经两江交汇之处，因喝了梅树旁的泉水爽甜可口感到神奇，便在这里择间建宅繁衍至今。明永乐年间（1438）下宅人22岁的徐文崇乞讨至光里湖，被胡女惟进招赘为婿，从此胡徐两氏水乳交融，共生共荣，渐渐演进为以徐代胡，徐姓变成全村第一大姓。而赵氏一族主要在大、小恒松居住，因有部分田产店铺在光里湖村需要照看，所以我家祖上很早就搬至这个村子了。

撑伞走过已收获但仍是满眼金黄的稻田，绕过清可见底的池塘水圳，来到村西头的文化礼堂。光里湖的村支书、主任和老年协会会长都姓徐，已经等候多时。寒暄几句，沏上一杯清茶，顿觉暖融融的。刚刚落成的文化礼堂又名"忠孝堂"，碧瓦朱甍、雕梁画栋。整个建筑按中国传统的歇山重檐、抱柱回廊式样布局，主体高16米，分前后两进，中间留有天井，面积约1000平方米。前厅花格门窗、木雕宫灯、描金吊顶、青石铺地，彩绘有巨幅24孝图，仿佛置身于肃穆幽静的庙堂宫殿。后厅进深略小，明亮淡雅，呈民间格调，推窗可见云雾缥缈的龙虎山及村中的长寝园。南山墙的白壁上悬挂五星红旗，装饰着"光里湖文化礼堂"及"务实、守信、崇学、向善"的村训。

已经连任三届52岁的村主任徐生良侃侃而谈：光里湖村属巍山镇，由桓松、平安、象山地、东山贤等自然村组成，村域2.5平方公里，仅光里湖就有965户2387人。自唐至今民风淳朴、耕读传家，出过进士17人、太学生73人和郡庠生62人；近现代出博士13人、教授和高工55

人、教师92人，大学生465人。以前由于人多地少，人均只有5分地，大部分村民吃不饱饭，靠走南闯北搞建筑、雕刻、裁缝等小手艺为生。改革开放后，给了能吃苦、重守信、崇学问、乐善施的光里湖人施展才华的机会。经过40多年的艰苦创业，那些乘改革开放东风而率先致富的成功人士，不忘乡梓，回报家乡建设。结合新农村建设和危旧房屋改造，村里先后硬化、绿化、亮化、美化村中与环村道路，疏浚了元仙塘、日月塘、八角塘和村中的水圳，修葺了忠恕堂、奕芳堂、承常厅等古宅院，新立了景仰亭、忠孝亭、养心亭、观光亭等牌坊，新辟了集休闲、垂钓、观光为一体的佛堂公园和白殿公园，修建了方便村民的行政综合大楼和14000平方米的文化健身广场。

村老年协会的徐会长说这座文化礼堂，就是以赵总为主捐巨资全村合力兴建的。20多年来凡是村中有事，如筑路、兴学、建文化广场和村行政综合楼他都慷慨解囊，还嘱咐不留姓名。赵总赧然一笑：我是嚼着霉干菜，听着"鸡毛换糖"的吆喝声长大的。自小目睹父亲与成百村民患血吸虫病的痛楚，家中只有母亲一个劳动力，因家贫弟兄多，穷得几块钱学费都拿不出。小小年纪就去学裁缝、学木匠，四处闯荡，靠做小工讨生活。母亲一生礼佛向善，村中父老乡亲养育教会我做人，感谢养育之恩，回报乡里是应有之义，更是应尽之责。文化礼堂落成那天，村上每家来一名代表在忠孝堂聚会，大家有一种情感的寄托。正如文化礼堂这副楹联:"娶妻嫁女不忘父母恩,立业兴家须念乡梓情",虽然看似粗浅却是咱的老理。现在振兴乡村,搞文化礼堂,就是要让人有点信仰与精神。再说像村长将自己的红木雕刻厂放下,成天在村子里转来转去,搞园林村庄建设。还有支书徐华新现在是嘉兴东阳商会会长,很大的房地产老板,响应金华市委的号召,将很大的精力放到光里湖的建设上。特别是老年协会的徐友其,将留守的六七百老人组织起来,老有所依,老有所乐。他们都是为了什么?出的力耗费的精力都比我大。

潇潇细雨,木樨飘香。赵总特意请我们到整齐划一的村子里转了转。从去年九月开始,光里湖村实施了连片危旧房屋拆除改造,大约有400户,涉及4万平方米,加上原先修建的大约90%以上的村民都住上了花园式洋房。而赵家老宅已经倒塌,变成一畦畦绿油油的菜园,他23岁时分家盖的两层楼房已经十分落伍,村上要重新给他划宅地建房被他婉言谢绝了。我知道他在长安已经打拼了20多年,亦将长安作为了故乡。更懂他只愿给故园建设添砖加瓦,寄一份相思乡愁,不愿给家乡父老添一丁点麻烦的情怀。

走至村东眺望远处的巍山屏,天色虽然有点放晴,但那山顶仍是云蒸霞蔚。回望金桂、香樟、翠竹、绿榧掩映,绿水环绕、亭台水榭、花园楼宇的光里湖村,赵总不无感慨地说,40多年前一个壮劳力每天10个工分才3毛钱,他半大小伙每天挣2个工分才合6分钱,一年挣的工分不够口粮钱。那时年轻人的出路,一是考学,二是学手艺,外出求学打工也是被逼的。今非昔比,现在农村、农民的好日子来了,只要勤劳创业就能过上好光景。所以无论走到哪里,都难忘妈妈腌晒的霉干菜;事业如何发达,都不会忘记那走村串巷的"敲糖人"。

挥手告别细雨潇潇中的湖光里,这个已是东阳市远近闻名的森林村庄和美丽乡村。相信她会越来越好,越来越美,而那些漂泊在外的游子思念报答故乡的情愫也会越来越浓。

(2018.11.24 于文园)

记叙的散板

东白茶·东阳酒与出缸肉

立冬后的八婺大地水雾氤氲,烟霏露凝,清新的空气中飘散着淡淡的酒香与柴火灶溢出的美味。在参拜巍山镇光里湖村的忠孝堂及浏览了这座东阳市的美丽乡村后,跟随中天的赵总又上了一趟相去不远的茶场村,瞧瞧那里正在建设的新农庄,赴一次久违的浙东农家宴席。

茶场村位于东阳市东 24 公里的大盘山脉与会稽山脉的交汇口,有㵲沙溪与白溪两水环绕。全村由茶场、芦塘、下王宅、荷宅四个自然村组成,面积两平方公里,近 800 户人家。村主任朱国华介绍:茶场村有 1800 多年的历史,唐宋以来便是商贾云集的茶叶市场。相传东晋道士许逊携文学家郭璞游历至此,帮当地茶农制成"婺州东白茶"。据《全唐诗》二七四卷戴书伦《敬酬陆山人》和《东阳赵氏宗谱》载,戴书伦出任东阳县令时与茶圣陆羽来过茶场,品尝过东白茶。因而《茶经》中才有了"婺州东阳东白山与荆州同"的东白茶记述。从此名扬一时并形成茶市,村名也就叫"茶场村"了。茶场村人为感恩许逊的功劳,特地在村中的独山坞茶亭边建殿塑像，供奉至今。

坐落于山脚下的茶场村，远远望去整齐划一、小楼林立，掩映于修竹劲松、荷塘茶园、银杏桂花之中。近年返乡投身新农村建设的朱村长，带我们冒着绵绵细雨上山。他筹划兴建的新农庄在一座碧波荡漾的水库旁，整个建筑紧依山体设计十分巧妙，居于室内可观瀑布锦鲤，屋顶种满杨梅柑橘，俨然一片花果世界。只听一声哨响，正在水库中游弋的百只鸭鹅、山中散养的土鸡与山羊结队前来集合。

站在农庄屋顶远眺，朱国华兴奋地指点那一片是葡萄、那一块为枇杷，这边是黄桃、那处为蔗园，那一垄垄的是茶园。他说我们这儿水源充足，土质为火山岩，特别适宜水果种植和茶叶生长，柿子、橘子、草莓、桑葚、雪梨、杨梅都十分出名不愁卖。"甘蔗15元一根，白枇杷20元一斤……尤其还出产青枣，村中有七八百年的老树，因'其甜如蜜，香而且脆''大如拳，其核尖细如黍'，南宋时就被作为贡品。"为此他们成立专业合作社与公司，进行了专门的调研规划，启动发展了民宿与医养结合的生态养殖、乡村旅游、养生寄老等产业，目标人群主要对准上海、杭州等大城市，以此来实现振兴乡村的大战略。

怪不得朱老总放下原来建筑公司风生水起的生意，一心投入家乡的振兴，干得那么的起劲，原来他心中是有大想法、大手笔的。下得山来，进了村头第一家的朱村长家用餐。他1994年盖的小楼在村中已有点落伍，但客厅中的"群仙祝寿""巾帼英雄""张骞凿空"三幅精美的巨型红木木雕，多少显示了他多年来走南闯北积累的精神与物质财富。他从院前屋后的树上摘下许多柑橘和金黄的柚子，又沏上久负盛名的东白茶，喊人灌了一大壶新酿还热乎乎的红枣糯米酒，嚷嚷着今天非要让你好好地喝一场。

原来今年四月来东阳公干，上三单乡钱溪村路过茶场村，本来已经答应到朱村长家吃酒，半道被金华婺外西安党委的楼飞华书记截和而爽约。我急忙讨饶，因前几次来金华及东阳，早知从唐开始东阳酒就十分有名，是文人骚客喜好的杯中之物，亦深谙东阳人饮酒的豪爽与厉害。南北朝及之前的金华、东阳一带统称东阳郡，历时300多年。其后改设为"婺州"或"金华府"，东阳成为所辖县，所以有"金华酒"与"东阳酒"的同物异名之称。李时珍《本草纲目》就明确指出"东阳酒即金华酒"，适合常饮和入药。李白《客中行》中"兰陵美酒郁金香，玉碗盛来琥珀光"；陆游《东阳郭希吕、吕子益送酒》中"独醒坐看儿孙醉，虚负东阳酒担来"讲的都是东阳酒。而马致远将"洞庭柑、东阳酒、西湖蟹"誉为江南三宝。

东阳酒传统制作方法是用蓼草制曲或红曲发酵，冬季用糯米酿造的黄酒。其入口软绵柔和，后劲势猛悠长。前次不知深浅，无论凉或加热喝，还是加蛋的"蛋花酒"和加青梅的"青梅酒"，都让我烂醉如泥。因此无论再劝，也只敢浅尝辄止，喝个三五盏就推三阻四。朱村长连说这个酒是用红枣糯米按1∶1发酵七个月蒸馏制作，属自酿自喝的，与一般的红曲黄酒又有所不同，有活血化瘀、健脾消食，降压降脂的作用，多喝两杯没有事的。

说是农家家宴却极其丰富，菜有清炒莲藕、红烧螺蛳、青笋烧火腿、香菇烧茄块、清水煮河虾、带皮羊肉、土豆炖土鸡、青菜炒豆皮、油炸小溪鱼、干煸泥蜂蛹、豆腐烩鲫鱼、青椒变蛋、红烧鳝丝、蒜拍黄瓜、梅菜红烧肉等十多道菜，全为本地出产。由漂亮的村长媳妇亲自掌勺，赵总戏谑我们东阳女人身兼司机、秘书、教师、厨娘数职，上得厅堂下得厨房贤惠有加。我知东阳人多地少，男人多在外边打工，所以女人十分辛苦，采茶种田包括酿酒也是她们的活。

朱家嫂特地让我尝尝她烧的出缸肉，我看肥肥白白伸箸试了一块，感觉肥而不腻，丝丝入味，却与腊肉和火腿味道不同。见我疑惑，朱村长解释，所谓"出缸肉"即将食盐涂抹在猪肉上腌制一段时间后，即可用煲炖蒸炒等方法食用。与腊肉和火腿相比，出缸肉没有经历风干和发酵的过程，所以水分充足又保留了味道的鲜美，十分下饭，深受当地群众喜欢。听罢不由又夹了几块，仰脖又饮了几杯琥珀色的东阳美酒，微醺而归。

（2018.12.10 于北郊文园）

记叙的散板

钱溪村看房小记

五一假期,再次来到美丽的东阳。改革开放 40 年,使这个过去名不见经传的穷乡僻壤,变成拥有中天建设、横店集团、华谊兄弟等著名企业与楼忠福、徐文荣、郭广昌、潘建伟等知名人物,有着建筑与百工之乡、影视之城和博士之都的繁华都市。

3 号一大早,阳光明媚,沿着宽畅平坦的沥青路面,17 岁就在外闯荡,现已是中天旗下一员猛将的曹江云,驾大奔带我和商会的甄秘书,去距东阳市区 50 公里他的老家——钱溪村转转。

驶出市区,难分城乡。公路两旁明亮的厂房、漂亮的小楼十分洋气,建筑立面多是精美的石材雕饰。就如昨天去洪良村参观红枫林养老中心,村里造的房子一幢比一幢高大上。庭院内外名木奇石,种满花草,辟有锦鲤漫游的池塘。惹得小甄羡慕不已,赞叹盖过长安城中高档的别墅。

过了光里湖和茶场村,往磐安方向,渐渐靠近了山区。曹总说他家在东阳最偏远的山区单三乡,经济差一些,但山清水秀,吃的东西绝对生态环保。驶入山路,建筑开始散落,看着窗外掠过茂密的竹林和挺拔的松柏,嗅着绿色丘陵吹来的阵阵清风,那田野中翻滚的秧禾菜菽,慢坡里一垄垄嫩绿的茶树,真有十里春风入画卷的感觉,令人心旷神怡,倍感亲切与舒畅。

转过村口的花园广场,沿着哗哗作响的小溪,一条水泥路直通曹总家四层小楼的门口。沏上一杯钱溪的新茶,曹总拿出一双新买的软底鞋让母亲换上。老人家很硬朗,桌上搁把新摘的菜薹,想是她午饭的菜肴。曹总介绍:钱溪加上下边两个自然村,有两百来户、一千多口人,大部分像他一样在外讨生活,村中剩下大多是留守老人。他母亲不愿到城里住,只好由着她。想与老人攀谈,可惜听不懂她的浙中方言,只能寒暄两句,让曹总带我们在村中走走。

村子不大,顺着山溪与两旁山坡盖得朝向各异的房舍,也就三里来长,一会就走完了。别看村小人少,但打扫得干干净净,来往的村民相互礼貌地打招呼。村中有国家电网服务站,一家小小的诊所、党支部、村委会和文化礼堂,一个茶馆和一座不大的山神庙。一些人家门口停放着小轿车,或晾晒着金银花等草药。一排木结构老屋前几位老人在悠闲地聊天,吸着纸烟晒太阳。村中央长有四五株枝叶交织在一起高大的油松和香榧,郁郁葱葱,说有几百年了。村子尽头有座感恩亭,是外出几十年游子漂泊回归,以祈求村中人谅解而立的。

　　这里也有条唤作清溪比流经村中宽了四五米的溪水，亭旁竖有一块河长制的牌子。清溪对面的茶山上好像正在修建陵园，曹总说那是村上的公墓。人故上山，与我陕北老家的风俗同样。曹总指指村中在建的座座小楼讲，东阳人在外住工棚，回家住别墅，讲究盖房子，可惜平时大多都空着，自己每年回来也就住几天。

　　往回走见一机电维修铺，门前横七竖八堆放些旧电机、轮胎、工具，里面炉火正红。一长脸老师傅正用煅床"通通、通通"地捶击烧红的铁件，一问才知是制作镢头的耳朵。看来山区耕作，仍少不了镢头、铁锹、镰刀等原始农具。出门见一胖妇从花盆中割了两把青葱，几户人家冒出炊烟，原来已到了饭点。

　　这里的人似乎爱美，家家门前种有不少花木菜蔬，或栽培于花圃或种植于花盆，小溪石堰下甚至冒出几株挂满酱紫色桑葚的桑树。曹总教小甄辨识这是玉簪、那儿是茶花，还有可治蛇伤的天南星，如何分辨红豆杉与冷杉。在他大哥新造的楼前，种有两排有两米多高的香榧树苗，已经开始开花挂果，让人怜爱。

　　在一块空地前，曹总指这是他儿时上小学的学堂。现在因学生太少，已经停办（合并到乡上了），只好拆了另作他用。说完又领着我们去拜见了他已经 80 多岁的老校长。老校长还住在已有百多年的老屋，那细格子的门扇、木柱连接的回廊与木板棚起的阁楼,仿佛诉说着钱溪村的往昔,与村中其他建筑共同构筑着这座山村的历史与未来。

我观村中房舍不甚齐整、成色各异,不如其他村庄,揶揄上年卸任的村支书曹总将美丽乡村建设没规划好。曹总解释,钱溪村在条峡谷里,由于地少,各家宅基地面积仅百余平方米,房屋均顺山形水势而建,加之经济能力不等,所以住房建得什么样式都有。

经其指点,我留意到除了少数木梁瓦顶的老式建筑外,钱溪村的第一代房是20世纪五六十年代砖混结构的小二层,第二代为七八十年代外墙喷涂的三层楼板房,第三代已是21世纪初现浇贴磁片的那种带露台四层以上的了,而近年来的第四代农舍已装了地暖、电梯,修建有车库、地下室、酒窖和家庭影院那种别墅式建筑了。当然近年来的这种第四代建筑,费用已在百万元以上了。

午饭安排在三单乡附近曹总的朋友单可孝家。47岁的老单在他新建的6层楼房的二层,用自己钓的溪鱼、采摘的鲜笋,自家腌制的火腿、咸菜和自养的土鸡等农家菜招待客人,还开了坛自酿已有五六年的高粱酒。观其新宅,一层用来酿酒,二层是客厅、餐厅和厨房,三层是自己居住,四层以上出租。其后院是座石质的小山,长满翠竹,已经被挖掘机挖掉了一半;20多米的崖壁下还挖了一个十来米长,四五米宽的水池,池中生有不少螺蛳。

爽快的老单说,他造楼花了一百多万,挖山耗去了一百万,计划将院后的山再挖进去个二三十米,搞个再大一点的鱼塘,将周围的竹山流转承包过来办个农家乐。可惜资金还有些不足,希望老友能够投点资,肯定能赚钱。讲到兴奋时,他说自己过去曾是乡上的联防队长,喜欢打猎。现在植被好了,能打着野猪、麂子等。你们明年来,我肯定把一切搞定!

离开时,曹总说他的那幢小楼是2000年建的,准备重装一下,现在想搞个小花园。他在东阳市也有一套别墅,但平时多在西安。我想现在的农村变化巨大,人口向城镇集中的速度加快,许多村落开始空壳,建那么大的房子好是好,大多空着不也是浪费吗?

(2018.5.8 手机写于文园)

喝透茯茶

学做补品露一手

1992年8月我参加了公务员招考,考入市政府研究室。不过晚去报到了半年,一是原单位二轻局的局长潘祖烈不愿放,想让我去家具公司任党委书记,二是还有些工作需要交接,大约到12月底经两个单位协商后才去上班。

市政府研究室还加挂了经济研究中心的牌子,作为市委和市政府的政策研究、调查咨询及区域协调发展机构,与国务院、省政府设立的部门相对应。我最初被分到经济处,后来调整到综合处。承担的第一个重大项目便是"入关(中国加入关贸总协定)研究与西安发展",后来演变成《西安外向型发展战略》。因此也结识了赫赫有名的如马洪、吴敬琏、于光远、陈淮及张小济、吕薇、魏杰、江小娟、刘世锦、张宝通等经济学家,并不断了解他们的观点。

那时,研究室在北院门市政府大院里西北角的6号楼四层办公,空间十分狭小,一层与二层是机关大灶和小灶,三层有"人控办",楼下东边为幼儿园与慈禧逃难时住过的大殿,楼西临街便是回民街。不须开窗就能听见穆斯林礼拜诵经的声音与叫卖小吃的吆喝声,还有两个灶房起火的鼓风机与锅碗瓢盆声。尽管条件艰苦,但研究室的成果丰硕。像《西安改革开放政策四十条》《西安城市总体规划修编城市性质研究》、西安高新区和经济开发区及曲江文化旅游开发区的设立、西安第八及第九个五年计划的制定,包括每年的政府工作报告都出于研究室的笔杆子之手。甚至还组织了全国市长会议、世界历史古都会议和新丝路国际会议。因此研究室工作深受市上主要领导信赖,由此也牛掰地出了不少干部。

我们这一批通过公务员考试进来的骨干,都有一定的基层工作经验,或当过企业领导或教过书,在几个老主任和老机关的文字高手调教下,如沐春风、如鱼得水,干得欢实也时常找些乐子,缓解点灯熬油的枯燥寂寞。一天午饭后几个散步到了回民街,不知怎的就扯到司机李祥林给老主任王志强炖牛鞭补养,就想见识一下这东西是个什么模样。那阵上下关系融洽,还经常互相开开玩笑。

恰巧一同考进分到综合处的陈洵蓉,他伙计的老婆在北院门的西羊市里开了家牛羊肉店,进门一问,人在东西也有。女老板人高马大属典型的西域美女,领至后面库房,见怪不怪地指着墙上挂的水淋淋一吊子长约一米的物件。"喏,就是这儿。熟人算你便宜,八个元一根。"尽管屋内光线昏暗,又是过来人,毕竟第一次见这玩意,还在女性面前，脸皮腾地就红了。洵蓉问谁要，分在社会处的李开平道，干脆把这八九根全包圆了回去再分。于是找了条蛇皮口袋一股脑地装了，在综合处你一条我两条地分了。不知是张兰生还是黄安生没分上，还落下了埋怨。

带回家按李祥林教的方法，先置于盆中凉水拔了两天，再剪去皮膜撕除油脂，然后放入锅中沸水炖煮。没想奇臭刺鼻，硬邦邦的用刀切也切不动。急忙回单位再次请教李祥林。老司机告诉继续煮，煮软后从中剖开，将尿道中及连带的筋、皮、赘肉清理干净，再滚两开水，然后换水加花椒、大料、酱油、盐等调料慢火炖就可以了。

这里还有个笑话，秘书处的程建设头两道工序刚进行，他和李春阳住的大杂院立时弥漫起挥之不去的骚臭味道，能熏得人背过气去。气得小程新婚燕尔的媳妇，将那半生不熟的玩意直接抡到房上。深得其妙的李祥林连声叹气："可惜了，可惜了！"

我回来照猫画虎，用李师叮嘱的方法又用清水滚了几遍，将冗杂剔净，臭味去除，又炖了若干小时捞出晾凉。此时的牛鞭呈琥珀色半透明晶体状，颤巍巍地若皮冻肉一般，食之筋道且富有弹性有股异香。我查了下资料，其又叫牛冲，富含雄激素、蛋白质、脂肪，可补肾扶阳，主治肾虚阳痿、遗精、腰膝酸软等症。它的胶原蛋白含量高达98%，也是女性美容驻颜首选之佳品。作为一种珍贵进补之食，在全世界广泛受到欢迎，在各餐饮场所也是炙手可热的一道美食。

民间自古以来,有"吃什么补什么"的说法,中医也认为其含有多种蛋白质、维生素、脂肪等成分,具有保健滋补的功效。《本草纲目》记载:牛鞭主治男人阳痿、早泄,补肾壮阳,固本培元。清宫满汉全席,牛鞭被列为第十二道菜肴。怪不得老王主任靠它得以精力旺盛,经常加班连续熬几个晚上仍精神抖擞。但当年工资低,也没时间费事去整这个,尝个新鲜知道咋回事就行了。两根真正卤制好也没有多少,舍不得吃存放到冰箱。

一年后的 1996 年我从北院门调至南院门工作,儿子满月那天,申崇华、赵选社、李长安等搞文字的新同事来家贺喜,纪刚自告奋勇掌勺,在我那两间共三十来个平方米的斗室小酌。我从冰箱取出此物切了一小盘佐酒,皆夸味美正经。让他们猜猜这食材为何物,都乱说一气,皆不知所见为何物。我讲了这个故事,笑得大家喷饭,说我竟学会这门手艺。其实就闹过这么一回,不知还有没有机会,再重新露这么一手。

(2018.12.21 手机写于 MU2153 航班及上海和颐至尊酒店)

喝透茯茶

云集三月尝新酒

云集岁峥嵘,桃杏才红,夜静壑深闻水鸣。荒岭秃丘旧颜改,成了花城。

茵茵农家蓬,小院灯明,柿柿如意人有情。繁星春水不忍去,垂柳朦胧。

品读着微信里校友停云斋主人的两阕《卖花声》,让人心生向往,又接到了丝绸旅游协会的赵莉女士关于植树的通知,我欣然踏上了去永寿云集生态园的路途。三月的关中大地春风习习,麦苗开始返青拔节,油菜也舒张开枝叶露出点点鹅黄。雨后青银高速两旁成片的果林,一树树嫣红粉白惹人爱恋。过礼泉、乾县境和永寿县城转312国道再转乡道,盘行翻越一道百米深涧,不到两个小时就来到距西安城120公里的云集生态园了。

这里地处黄土高原南缘,因毗邻唐代皇家寺院——云寂寺与"高天流云,万象群集"的自然地貌而得名。原先这儿是甘井镇的一个林场,经过七年精心耕耘,已打造成集农业观光、林产加工、旅游度假、文化休闲、健康养生

记叙的散板

的 AAAA 景区。总经理郝树平先生在大门口迎接，介绍园区森林茂密、植被丰富、鸟兽众多、空气清新，占地一万三千亩，由三条大沟和两面塬坡组成；目前已投资两个多亿，建成云溪湖、樱花谷、乐农公社、林下养殖基地、游客服务中心、博物馆、儿童游乐园、跑马场、山地自行车道等项目。

说着，请大家乘坐景区以柴油为动力的观光小火车，穿过野战营地、云影垂钓园、苗木示范基地、科研培训中心和一望无际的槐树林。行进四五公里，来到足有两三个足球场大、芳草茵茵的婚庆广场旁边开始植树。细心的主人事先已用挖掘机挖好树坑，还给每人准备了手套，并教授每个坑底先要施放扎根的有机肥和生长肥、再扶直树苗将土填实的要领。于是你扛树苗、我铲土施肥热火朝天地干了起来，特别是几个小朋友热情极高、摩拳擦掌，与叔叔阿姨们比赛。著名的电视台主持人严一宁老师，一气儿栽了十多棵海棠还不过瘾，又合伙种了株高大的合欢。而我和周季军、郭照花仨人一起才栽植了十一二株就汗涔涔、气喘吁吁的，感觉力不从心。只好一旁停下，喝口热水缓缓劲。一边思量这儿的黄胶泥土质板结、土块大得的确难铲，一边感叹自己年岁大了且平日不参加体力劳动、肌体功能退化。同时，还问为何所施的底肥有一股酒香？

正在此时，郝总呼唤众人：还有六棵！栽完吃饭。他解答了所施底肥有洒香的原因——底肥用的是做柿子酒剩下的酒糟。大约是感到所剩无几或是受到激励，于是二十多人一拥而上、一鼓作气完成了工作。种完何止六棵？数了数足有十余棵。兴奋之余，大家观看了一阵不知谁带来的一只牧羊犬，在矗立有乳白色巨大 LOVE 字母和心型标识的草坪上，可劲地撒欢、奔跑跳跃、叼接飞碟的表演。

在开满杏花的蓝溪书院午餐，赏着春风中微微颤动的条条花枝、嗅着随之飘来的淡淡花香。生态园自产的西红柿炒土鸡蛋、凉拌苋菜、素炒有机菜花、野菜包子，特别是槐花麦饭让人胃口大开。也是西安市 26 中校友的蓝溪科技公司与云集生态园的老总王武，以自助餐和生态园酒庄自酿的柿子酒款待客人。过去大多只吃过柿子醋没喝过柿子酒的众人，好奇地尝了尝色若琥珀、香醇回甘的柿子酒，皆赞为天然佳酿。我知柿子为中国原产树种，永寿、长武、彬县一带包括关中地区广为种植，其果实色泽鲜艳、柔软多汁、香甜可口，维生素 C 含量与糖分高于一般水果 1～2 倍，但缺憾是鲜果不便保存与长途运输，除鲜食外大多用来制作柿饼与民间酿制柿子醋及少量的柿子酒。由于产量大又卖不上价，每当秋冬柿红季节，无人采摘留在树头实在可惜。

王武说，正是为了解决这个问题，他们与西北农林科技大学及李华教授合作，在园区建立了"柿创园"，栽培了 170 多个柿树品种，研发了柿子酒工业化酿造工艺，进口了德国生产设备，修建了厂房和酒庄，目前已经达到年产百吨的规模。他讲这样不仅解决了当地柿子资源浪费和农民创收的问题,也填补了柿子酒工业化生产的空白,在成都刚刚召开的全国糖酒会上,引起了轰动。更让人想不到的是,他们还能用柿子酿制出香槟与白兰地等高级别的果酒。

饭后随着园区导游,走过横跨于百米深壑、钢索吊拉的霁虹桥,参禅观音庙中的寿星老,礼拜明代高僧碧峰禅师所植的文冠果。踏上平步青云的山梁,可望远处的六合亭与八韵亭及山谷两侧烂漫的杏花。这里山高风劲,吹落的朵朵花蕊飘舞如雪,只见柳树露出新芽、松柏泛青,榆树结出串串嫩绿的榆钱,而其他的林木仍干巴巴地在寒风料峭中抖擞。导游告诉大家,山里气温较低,冬天最冷时有零下20℃左右,但夏天十分凉爽是避暑的好地方,待到五月槐花绽放时节,满山繁花如雪,香气沁人,小住休憩方是神仙日子。

接着她又带大家参观了共生园、科普中心、品酒隧道,特别是体验十分紧张刺激的空中滑索。看着严一宁他们个个尖叫着飞过数百米的滑索,老夫也聊发了一下少年狂,系好保险背带,被工作人员送出,挂在钢索上的我立刻像只响箭般射向对岸。只觉双耳生风呼呼作响,左右环顾沟道两旁繁花似锦煞是妖娆。滑去滑回,空中单趟也就20多秒的时间,美美地过了一把瘾。寻思为何不将此沟命名为杏花沟,将那塬坡叫作槐花坡,岂不快哉!

最后一站,来到由书法家张山题字的云集酒庄。看了现代化的灌装线与整齐排列的座座不锈钢发酵罐，盘桓于温馨湿润的酒窖，抚摸那盛满琼浆玉液的细脖瓶。酒厂厂长打开橡木桶让我们闻闻已窖藏半年的柿子酒，一股清香直冲鼻腔。然后又开了瓶柿子香槟让客人品尝，慢慢地呷了一口金黄色的酒液，舌尖有一种冰酒的滋味，比刚才喝过的柿子酒又香甜绵长了许多。

厂长自豪地说他们的柿子酒，采用100%的柿子原汁，采取冰酒酿造方式，酒体澄清透明、酒香清雅纯正，含有多种微量元素、大量维生素和17种氨基酸，以及原花青素、总膳食纤维、总黄酮和总多酚物质，对抗衰老、抗动脉硬化，预防心脑血管疾病、促进肠胃蠕动、改善血糖水平大有好处。他还引经据典，说唐初麻亭（今永寿）就有用柿子酿酒健身的习俗。天宝五年，麻亭郡守为讨好杨国忠与杨贵妃，特献柿子酒予杨国忠，杨品尝后如获至宝，立即送入宫中。从此杨玉环日日饮用，更加年轻美貌、风姿绰约。于是请旨玄宗将永寿柿子酒定为御用养颜贡品，从此柿子酒从永寿民间荣登皇家御苑。

红日偏西，酒至微醺，打道回府。再过甘井镇，买纯碱手工蒸馍数个。再翻十八盘回望云集，步校友《卖花声》原韵填一阕：三月觅花容，杏白酒红，飞索胆豪沐风鸣。踏青播绿心不改，心怡寿城。期待槐花逢，诗画启明，赏花对饮同窗情，诗经廊道同攀去，云门腾龙……

(2018.3.30 于文园)

记叙的散板

红树林与疍家粥

2000年出差去过一次北海,印象最深便是到银滩踩着松软细腻如粉的白沙与到外沙岛海滩的渔家大排档品尝美味的沙虫。18年后的岁末,故地重游,拜谒冠头岭下的普度寺后,本想上涠洲岛并购得船票,无奈第二天冷空气南下,气温从24℃降至9℃,海面风浪骤起轮船停航。

东道主临时更改行程,先安排看金海湾的红树林及疍家文化风情园,再去游览半岛北端的老街和品尝当地小有名气的海鲜粥。红树林是热带、亚热带海岸潮间带特有的胎生木本植物群落,素有"海上森林"之称。这里的红树林约2000多亩,生长有白骨壤、桐花树、秋茄、海桑、卤蕨、木榄和红海榄等品种,它们的奇特之处是种子成熟后不掉落,在母树上发芽向下伸展出幼根并长出叶子,幼树长成便自行从母树上脱落。因其根叶能滤去使植物死亡的咸水,所以是唯一能够生长于沿海滩涂和海水中的绿色灌木。

这里看到的红树林似乎没有海南生长的高大,但延绵十多公里郁郁葱葱，其间生长着沙虫、泥丁、螃蟹、跳跳鱼、生蚝、花螺、黄帝螺、斑节虾等丰富的海洋生物，为生活在岸边的疍家人赶海捕捞提供了便利。由于天冷风大游人较少，原先固定演出的疍家婚礼、咸水歌等风情表演已停演，还好有简单的捕鱼工具、渔船、寮棚、标本等反映船民生活的实物、图片、文字的展览及雕塑，多少满足了笔者的好奇心。

疍家是我国沿海水上居民的一个统称，主要分布于广东、广西、福建、海南沿海一带。唐时的柳宗元对其就有记载，有研究者认为他们是秦时古越族的后代或蒙古族的后裔，是中国古代最伟大的航海家和海上"吉卜赛人"。疍家得名于常年以船为家，与风浪搏斗，生命无保障，如同蛋壳漂浮于海面。疍家渔船一般较小，只能在近海或退潮时布笼下网作业，就如生长在海涂上的红树林一样，随着海水的潮涨潮落艰难顽强地生活。

千百年来疍家人不被陆地居民认同，不准上岸居住、不准与陆地通婚，官府也不准入册没有户籍，甚至不许穿鞋、念书，死了不许埋在陆地。直到清朝中期，作为海禁措施的一部分，清廷颁布《恩恤广东疍户令》才准许"疍民"上岸定居耕种。疍家人开始在滩涂上搭建"吊脚茅寮"，围垦造田，过半渔半农的生活。直到中华人民共和国成立后，疍家人的生活才发生了根本的变化。

从加拿大海归的徐家浩先生，2013年来北海创业，已熟悉了珠城的生活。他带我穿城而过，悉数 2017 年 4 月 19 日总书记来考察合浦汉代文化博物馆、铁山港、金海湾红树林生态保护区的情景，叙述这两年北海发生的显著变化。他们在银滩已拿下两个地块，筹划五星级酒店和公寓项目建设，为共建"一带一路"与海上大通道出力。因上不了涠洲岛，他说咱们就到外沙岛弥补一下，于是带我到那里去品尝疍家美食。

从北海老街西口走过不足百米的桥梁，便上了这座只有 450 亩大的外沙岛，别看岛小却是广西最大的海鲜集散地和最负盛誉的海鲜餐饮区，能够"观海听潮品海鲜，采珠拾贝购海味"。行至外沙岛南的桥边，找到一间不大的店面，古色古香布置得十分温馨，可隔窗观赏港湾中停泊的疍家小艇。厅堂悬挂一副楹联"三日可无肉不得日无粥，一粥传天下佳馐永千秋"，倒是符合我的胃口。

家浩介绍，无穷无尽的大海给予疍家人各式各样的海鲜食材，也形成了独特的饮食文化。烹饪的调料大多是能在船上种植的蒜、葱、薄荷、紫苏等小型植物，或腊味、番薯、芋头等耐存放的食物。他特意点了粉丝蒸沙虫、沙蟹汁焖豇豆、香煎海猪肉、脆腌萝卜干、文蛤榄钱汤。其中一道用沙虫、泥丁、鱼片、鱿鱼、花蛤、大虾、花生、油条碎和大米等煮成的疍家粥，特别的香糯，让我连盛了四五碗。以至飞回西安还口留余香，久久回味。

榄钱便是红树林的种子，类似黄豆的口感，略带苦涩、别有风味,有利尿清火、促进新陈代谢强壮身体的功效。店家说这种红树林的种子秋季成熟,药食两用,渔民采摘后每公斤能卖 20 多元,已变成北海疍家的摇钱树。

(2019.1.1 凌晨于文园)

工友福荣

工友福荣

卖鸡蛋的瞎老汉

两个胶皮轮的小铁车,一根枣木短棍,两只柠条编成的担笼,一杆木杆老秤。一个盲老汉不用吆喝,满满两筐200斤鸡蛋就卖完了。

正月初八下午,阳光明媚,感觉气温足有二十五摄氏度。从儿童医院探望住院的小柠檬沿贡院门一线热闹的回坊向东走,不经意就碰见了拖着小铁车卖鸡蛋的瞎老汉。

如今的西安回民街可谓古城一景,凡来古都观光的游客不到这里逛逛,尝尝小吃、体验一下民俗,就像你来趟西安没上城墙、没登大雁塔、没去兵马俑,就等于没来过西安一样。

我曾在市政府工作过一段时间,从单位出来朝南就是北院门、西羊市及桥梓口,向西有麦苋街、大皮院、小皮院、大学习巷、化觉巷、北广济街、洒金桥等西安回族群众居住和做买卖较集中的回坊。打开窗户,几乎天天都能听闻那回坊街道传来的叫卖、诵经声与浓郁的饭菜香。也常常带客人和朋友到楼北楼、老刘家伊味香、贾三家、辇止坡哩羊肉泡、喝肉丸胡辣汤、品灌汤包子、买腊牛肉,更多的是挨家吃永远都吃不够的红柳烤肉、黄桂柿子饼、蜂蜜凉粽子、麻酱凉皮、葱花牛肉饼、大块牛肉面、酸汤水饺、八宝稀饭、麻花油茶、酸菜炒米饭、韭菜菜盒子……

这不刚刚下午四五点,整条街就熙熙攘攘挤满了游人食客,还有不少金发碧眼、黑肤皓齿的老外。人们或跟着导游或结伴自行,在大声吆喝的密密麻麻的店铺小摊前驻足,或进去落座捧碗或立在街边来份炒凉粉。尤以那些穿身牛仔却露着肚脐、吊带和卷着头发、趿拉个拖鞋的红男绿女,手持几根烧串、嘴吸一杯酸梅汤或捧盒甑糕、口吮着冰酪格外时尚惹眼。而那些稍上了些年岁的大伯老婶会挑选些五香花仁、椒盐核桃、牛油炒面、蛋黄酥、水晶饼、绿豆糕或辣面子带回家中。

正在目不暇接地欣赏头戴白帽、肩搭毛巾,迎进送出、端茶上饭的小伙计清脆的吆喝:"来——咧——"。寻找哪家烧鸡嘹,稀呼烂美。刚要问一家石子馍怎么卖?只听身后回坊摆渡的公共电瓶车的电喇叭"嘀!嘀!"的叫了两声。回头一看,是一个穿橄榄绿棉袄的老汉左手拖了辆小铁车,右手拄着一根枣木棍探路,边走边让,朝着司机笑说:"急啥哩。"司机也笑对:"不急,怕撞了您老,今的卖完了?""快完了,剩几个压烂的,便宜给你?""我不要,先走了噢。"老汉挥了挥棍子,又与几个常碰面的熟人寒暄。然后用木棍敲了敲道沿,对卖石子馍的摊子嚷:

"还要不要？便宜！"

我定睛一看，突然想起，这不就是晚报及各媒体报道过卖鸡蛋的盲人张喜平吗？今年54岁的老张家住大王镇，见天来回民街卖鸡蛋已经20多年了。他虽然眼盲看不见，但从不短斤缺两，卖的鸡蛋十分新鲜，也从没收到过假币，老买主都愿意照顾他的生意。于是我驻足观望，想看他是如何卖鸡蛋的。

卖石子馍的是娘儿俩，母亲一边擀着面饼，一边翻着鏊子上的石子馍；儿子一边点着厚厚的一沓钞票，一边问"咋个卖法？"张老汉不慌不忙，先用双手摸了摸担笼中剩下的那一盘有了裂纹和破损的鸡蛋，一五一十地数着个个。然后抬起头笑眯眯地说："31枚，给16个元。"小伙说："15。"张老汉又数了一遍，"这压烂的壳壳子又没流，不咋的。"小伙不搭茬，回店里拿了个不锈钢盆，"15！其实你心里想着就是15个元。"张老汉接过小伙递给的三张5元的票子，摸了摸塞进胸口棉衣的内兜："好好，知道你娃也不会亏人么。"便帮小伙将鸡蛋一枚枚拾到盆里。小伙声高："这老汉！只要卖剩下破皮的，都会送到俺这儿。你一天挣个几百元比俺挣的还多！""好俺爷呢，一天就这百拾斤，能挣一百俺劈你一半！"

我好奇地问老汉咋来的？他说4点起身，从隔壁鸡场装好两筐鸡蛋，由大王坐405路公交到南门，再拉车车走到回坊。"买主都是熟人，咱是个瞎瞎，但也得干些啥。这儿人好，没有为难过咱。"他摸摸索索将秤杆与盖担笼的化纤布收拾妥贴，打开话匣子谝闲，"这总比要饭强，你问人要，人家想给不想给的，有心没心的，都难受。我卖鸡蛋，鸡场给的新鲜，买家吃得放心，我能赚个差价养活自己，你好，他好，咱都好。"我从新闻上知道他靠卖鸡蛋供女儿读完大学，也盖了新房，就夸他能干。"没啥没啥，咋都得活。再说，我来回坐405，人家不要钱，过马路有人引，鸡蛋天天都能卖出去，这多好。"

"伙儿，几点了？怕有四点多了。"老张扬脖问我。我看了看表，"马上五点咧，你这车子沉的，搬上搬下的能行吗？……""我在车站沃放着呢。"说着左手拉上铁车，右手将枣木棍向前伸探，缓缓地向东走去，嘴中还念念有词的不知是在说还是在唱，一脸的满足。到西羊市往南拐，过北广济街小十字时，一位交警叔叔小步跑来搀扶老汉，帮着拉车避让来往的车辆。

我默默地张望卖鸡蛋的瞎老汉，渐渐地淹没于匆匆来往的人海中，再也无心买那些美味的吃食了……

（2018.4.7. 凌晨一时于西乡五一酒店）

工友福荣

同仁老赵

老赵官名选社,长安人氏,单看名字便知20世纪50年代生人,时值农村合作化组建初级、高级社,所以大人给娃起名字就有不少叫"社"或"选"的。

"社娃子"无论在村念书还是去部队当兵以至转业到机关,都响当当地有名,也是给众人带来欢笑热闹的中心。常常还会讲些古怪精灵乃至荤段子,好像又不大符合他当过团政委的身份。

"老赵"是他自己叫出来的,其实当时也就四十出头,与一起工作的同事年龄相仿,相差个一两岁。他常对机关年轻人讲过去的五马长枪,传授自己的经验:老赵我在部队如何带兵,起草文稿应把握哪些要素,为领导决策该出什么点子。慢慢地"老赵,老赵"的,就叫开了。

一晃二十多年过去,老赵也真成了"老赵"。虽然已办理了退休手续,但还担任机关退休支部书记,时不时地组织一些娱乐活动,偶尔也为些企业朋友谋划些活动,闲不下来。每次见面仍是笑声朗朗,活力四射,还像个小伙。

记叙的散板

说是现在他每周一般打四次乒乓球,一次三两个小时,出一身汗,然后与球友打两把牌或咥顿饭,有时还在夫人的自乐班吼一段秦腔:"刘彦昌哭得两泪汪……"

老赵念旧,常召集旧日同仁小聚叙旧,回忆在南院门办公厅那一段难忘的日月。那还是20世纪90年代中期到新世纪的开端,西安正经历改革开放的加速阶段,市委的综合文字和协调的任务十分繁重。原来一个综合处的职能分成三个处,分别负责几个书记的文稿和市委重要文件的起草、组织宣传统战等口的调研协调等政务、事务。老赵任综合三处处长,负责协调政法、宣传和群团口的工作,但三个综合处整体上有分有合,还是一个支部,老赵是支部书记。记得正是支部的几次党日活动,促使全市推出了任宏茂、李增亮等先进典型,老赵功不可没。

为适应繁重复杂的工作,桂秘书长倡导机关文化建设以主题年为载体,以综合三个处为先导,提炼了忠诚卓越的办公厅精神,机关效能不断提高,干部作风大大改进。我们一处新来的研究生李东霞到信息处学习,写出《成功在于联系》,老赵则写了《静悄悄地变化》都成为办公厅的经典。每当回忆起这一段时光,综合处的老人都感慨是那时候耕耘的收获。

老赵是孝子,每周都要回长安老家探望年迈的老娘。一次周六他刚刚到家,因一起突发事件要求他回市委处理,当时还没有手机,农村家中也无电话,他骑摩托赶到镇上打电话回BB机寻呼，领导得知他看老娘，开始体恤说那就算了。但一小时后由于特别紧急，工作无其他人能够替代，只好又发信息给他。作为军人出身的老赵，深知忠孝难以两全，只能选择挥泪撒开老娘拉着的双手，赶回岗位。

老赵工作认真，为人直爽，爱开玩笑，也开得起玩笑。有事不藏着掖着，著名的口头禅是："客气怂呢？！"被秘书长封为"赵氏语录"。南院美女张玲玲，曾打趣老赵在部队管千名女兵，少不了发生些事来，常要到青海送书包。老赵回答："嚷人呢。给你出道算术题，我管的女兵，让她十年甭干啥，光生女兵，也生不出一千个女兵，你说我管了多少女兵？"说完自己先哈哈大笑起来。

最具喜剧色彩的是，初建"610"时，他与有关负责人处理个案子，晚上回来出了车祸，被送进医院。四人中唯他伤重，他坐副驾驶位置，头部冲出了挡风玻璃，满脸全嵌插着玻璃渣子。领导前来探望，问他感觉怎样？他别的没说，一张嘴："我穿的皮鞋丢在哪里？还是双新的呢！"将一屋人逗笑，说明老赵豁达乐观。

老赵是天生的乐天派，本来已基本定下他做"610"副主任，这场车祸使他错失了一次提拔机会。我对此表示惋惜，老赵却并不太在意。却总记着他出院时厅里的同事抬着担架，将他一步一步抬上七楼的情景。看着他天天乐乐呵呵的，其实我们知道他的儿子因特别的原因，影响了学业；爱人因病辞职，为了南二环的房子，又贷款欠账的，

记叙的散板

遇到的困难和个中滋味只有自己知道。好在全扛了过来，老赵也升任为技术监督局党委副书记兼纪委书记，使之如鱼得水，贡献于民。而最让他高兴的是，下苦写成的文稿文件得到认可，所协调办理的事项受到领导和基层群众的肯定。还有带出的徒弟个个都有所成就，老赵心里就美滋滋的。

当然老赵性格张扬，大不咧咧，又好为人师，率真耿直，也因工作或言语伤了或得罪了一些人。但他内心不存芥蒂，再撂一句赵氏语录："老赵这辈子就这样了。改也难，改了就不是咱老赵了！"

不管如何老赵快乐，老了老了周围还有一帮能吃酒、耍牌、打球、唱戏、聊天的朋友，特别是一些有文艺范儿的女性朋友。尤其常召集服务过的老领导，一起工作过的老同事聚一聚，乐一乐，并建群名曰"不忘初心"。常常在群里交流交流，值得称赞。不过每聚，酒过三巡，必滔滔不绝，先激动起来，一杯杯地豪饮掀起高潮……所以不时想他。

（219.6.6 凌晨 1:44 于端午 1858 字）

工友福荣

高楼子村的小女孩

7月9日下午两点,跟随"同心·共铸中国心"红一连的陈小平、伍沪生大夫去离三岔乡5公里的高楼子村采访,遇到的一位小女孩,那一幕幕场景让人怎么也删除不掉。真是五味杂陈,难以言表。

女孩家离合作市通往岷县的省道不远,也是甘南地区与定西地区的边界。在一座绿树成荫的山坡下,跨过一条湍急的河流,村口有两株虬曲参天的百年老榆树,绿篱与土墙夹着的二十来米巷道尽头就是小女孩的家。

听见动静,巷道里突然窜出两条不大的黄狗狂吠着。一位看起来不到40岁的妇女喝住狗叫,问明来意,将访者迎进半开的铁门。接过一袋米、一桶油和6位来义诊的医生捐助的一千多元钱,妇女开始擦拭眼角。她个子较矮,身形健硕,是女孩的母亲,皱纹过早地爬上了她粗糙暗红的脸庞。

我打量了一下院落,左边有两间几乎快倒塌的厦房,半截砖墙上垒着土坯;右边是间柴棚,有五只毛茸茸的黄狗娃挤来挤去；正房一明两暗，伸出四五尺的屋檐，由两根木柱支撑着，整体还比较完好。靠东墙可能是厨房，门楣上挂了一排农具，脚底下还有一狗食盆，稀汤寡水、黑乎乎地拌着些饲料。不用问，绝对的贫困户。倒是厦房与正房台阶下放置的木制蜂箱，飞来飞去的蜜蜂与院子里一棵歪脖老杏树上结些指头大小的青杏，才使小院显出了一线生机。

女人将医生让进东厢房，靠北的土炕占了半间屋子，中间一个四方生铁火炉又占了些地方，一下子挤进去四个人就转不开身子了。屋内采光不好，也没开灯，铁炉子燃着，顺着烟筒散发着热气。一个穿着说不清什么颜色绒衣，看起来只有五六岁，留黑短发的孩子跪坐在炕上。陪同前来的三岔乡卫生院的窦院长说，北京的医生叔叔给你看病来了。"叔叔好！"一声甜美的嗓音，才辨认出她是个女孩子。

积水潭医院的伍沪生主任拉起她的小手问，"多大了，叫什么，上几年级？有什么不好，能下地帮爸爸妈妈干活吗？""十岁了。我叫李小军，没上学。身上老痒，可以下地，能帮着搬煤。"女孩口齿清楚地一一回答。母亲又开始抽泣，她两岁半得皮肤病，眼睛就看不见了。伍主任与靖中县中医院的陈小平院长，掀起女孩的衣袖与后背，又查看了她的头皮和眼睛，商量说好像不是银屑病。又问了问女人，去哪看过？"乡上县里都看过，看不好。家里困难,她爸身体也不好。"

  这时,我的眼睛才慢慢适应了室内的光线,只见墙壁糊了一圈报纸,稍下还有半圈花布炕围,桌子上摆满了药瓶药盒。女孩默默地在听大人们之间的谈话,脸上没有一点血色也没有半点表情,偶尔抬起没有任何光感的眼窝,看得人扎心。不知窦院长与陈院长、伍主任小声嘀咕了些什么,他俩都有点激动与变声。伍大夫掏出钱夹尽其所有,对母亲说还是要上大医院给看,起码让她的健康状况能好起来。必要时上兰州、北京,找更好的专家。妇人哭出声来,对女儿说快谢谢叔叔。小军挺身坐直了连声道:"谢谢叔叔!谢谢叔叔!"她的神情似乎寻找着什么。

  我鼻子一酸,不忍再看这女孩的表情,太可怜了!不知道她这辈子什么时候才能见到光明。看中间屋子的陈设更加恓惶,板柜上放着一台破损的录音机和一台显然放不出影像的电视机,还有几只装过方便面、苹果的包装箱。门背后还放着两只黄色的编织袋,以为是粮食,摸了摸不是米或麦粒、苞谷,嗦嗦作响、刺里嚓拉的好像是干菜或木耳之类的东西,愣了半晌。寻思因病致贫返贫的,何止这一家。由中国红十字会与"同心·共铸中国心"基金会发起的、步长集团全程赞助的在藏区的大型公益医疗活动,已坚持十年是多么的必要和不易,其征程与任务依然是那么的艰辛和艰巨。

  女人送我们出门唠叨,茶也不喝一口就走?女孩在屋内一声"叔叔再见!"听得人更加心酸。因为不知道我们明年还会不会来此义诊,也不知道这个小女孩能不能去兰州、北京被治愈。但李小军"再见"的渴望,一定是发自内心。

故事似乎就要结束,伍、陈两医生回到车上,讲出患儿的病因更让人嘘唏不已,说不出话来。原来孩子的病变是近亲结婚的结果,想来在现代社会仍有这等愚昧的事情发生,可悲可叹!可见科学思想的传播、精神文明建设的任务依然十分艰巨,精准扶贫、解难帮困也必须在精神层面得到解决。我们只能祈祷小女孩身上的悲剧不再发生,尽可能多地减轻她的病痛和改善她的生活。

(2018.7.10 于临潭至冶力关路途手机写作,完成于林海宾馆)

工友福荣

阿　兰

　　阿兰姓桑名永兰,活脱脱的一个美女,是我们多彩贵州之行的导游。初次相见,却有似曾相识的感觉。

　　由于航班晚点,她在机场多等了一个小时。上车后自我介绍,让称呼其小兰或阿兰,说她为半苗,妈妈苗族爸爸汉族。她是村子里唯一考上大学的女孩。苗族习惯按年龄称呼女性阿婆、阿婶、阿嫂、阿姐、阿妹,男性阿公、阿爹、阿叔、阿哥,苗寨阿妹们最喜欢你们这些戴眼镜的阿哥。同伴四人四副眼镜,相视一笑。她解释苗家喜欢和尊重文化人,戴眼镜的都有文化,一下子就拉近了与客人的距离。

　　按事先的行程,第二天去安顺游览黄果树瀑布。她早早就到酒店大堂等候,叮嘱大家带上雨伞,换上运动鞋,因为贵州"天无三日晴,地无三尺平",看似风和日丽,说下雨立马就来,去天星桥要走一个多小时的路。她仍是素面朝天,扎束马尾辫,一袭白衣配条月白牛仔裤与一双白球鞋。两条柳叶眉下一双忽闪忽闪、水汪汪的大眼睛,一张总是笑意的瓜子脸上,挺直的鼻梁下是微微开合的丹唇,双耳垂着一对三角形带流苏的银耳坠,长长的玉颈挂一条孔雀尾嵌彩银饰让人怜爱。行走中白衫飘飘,耳坠流苏轻轻摇摆,若一只粉蝶翩跹,楚楚动人。

我们边走边聊,得知她今年23岁,刚刚从贵州师范学院旅游专业毕业,不过学习期间通过实习、打工、做兼职,不仅还清了两万元的助学贷款,还积攒了点银两并考取了教师证和导游证。阿兰不想回老家遵义市绥阳县教书,留在省城打拼。同行的老寇来了精神,一会儿问愿意不愿意到西安发展,一会儿要给介绍对象。阿兰说,我们这里山清水秀,现在发展得非常好,北京、上海、杭州等地的人都往我们这里跑呢。再说,阿妈也不让她离开贵阳。我的第一个理想是考上大学,已经实现,第二个理想是在贵阳买房,第三个才是找男朋友。几个开玩笑说她长得这么漂亮,找个有钱有房有车的老公,不必这么辛苦。她说如在村里早该出嫁了,她的两个姐姐十六七就嫁人了。我们苗家女孩陪嫁多,不在乎男方穷富,与你们的评判标准不同。当初阿公之所以选中我阿爸做女婿,就是看他能干活、力气大。

第二天去荔波小七孔,车程三个小时,稍有颠簸。她耐心地讲解苗族与布依族的区别,什么是两片瑶,为什么苗妹爱穿银戴银,青年男女怎样谈情说爱,回答我们的提问。爱开玩笑的老寇又将话题转向阿兰:我带上银子、开上宝马,给你妈做工作当上门女婿咋样?……阿兰笑笑打住话头道:下次来请到我家做客,米、菜都是自己种的,还有自家腌的腊肉、酿的米酒,但我阿妈不会答应你的。"唉!这瓜女子,咋不开窍?""俺个亲戚从山里第一次来西安,我的爷!这天咋这么大的!"老寇借讽:"阿兰,你油盐不进,就没见过山外的天咯。"

为消除尴尬,阿兰提出给大家唱个歌。先唱了首阿幼朵的《干一杯》,嗓音甜美、热情奔放,大家纷纷鼓掌;又唱了首《醉苗乡》,更是柔情似水,婉转绵长。喜欢唱歌的我,一句一问,记下一首佚名的情歌:大山里的木叶细微微,问妹那个会不会唱情歌?妹把那个衣裳哟洗得好,件件那个衣裳亮堂堂哟。哟喂!郎在山上打一望哟,棒棒儿打在岩板上。妹妹哟听见哟,棒棒哟打在岩板上。哟喂!老寇听罢说,你这儿表达太麻烦。俺那儿直接就是:"安红!我爱你!"我打趣,你直接喊阿兰我爱你不就对咧。

说说笑笑到了景区,先尝了布依人的豆腐炖鲇鱼、辣椒炒牛肉,再购票游览。小七孔的景色十分秀美,尤其是68级跌水瀑布、水上森林、鸳鸯湖、天钟洞,加上大七孔的天星桥都引人入胜。只是饱享眼福的同时步行距离太长,从微信上看走了两万多步,从漳江的竹筏下来连一步都不想迈了。回至荔波县城,阿兰推荐了"邹胖哥好好吃——瑶人制灶",点了漳江豆花鱼、水蕨菜、脆皮肉、炸竹虫、竹签牛肉等当地特色小吃,特别是用喀斯特熔岩所产的野

记叙的散板

生杨梅与泉水酿制的酸梅汤,喝上一口冰凉甘爽,一下子就解除了跋涉的疲乏。夜幕下小小的县城十分典雅精致,霓虹闪烁、流光溢彩。我们下榻的酒店,竟有位名叫卡达的漂亮俄罗斯女孩做实习生。一问才知是青岛大学的留学生,她说太喜欢荔波了,实习期三个月,之后有可能会留下来在这儿工作。阿兰说贵州这儿没啥工业,就是处处青山绿水,少数民族多彩多姿就靠旅游,你们回去多介绍些客人来。

最后一站是黔东南雷山的西江千户苗寨,不知是前日太累还是景区人满为患、商业化气氛太浓的原因,大家都躲在蝴蝶妈妈酒店揉腿不想出门。原先热烈渴望去苗王"藏鼓头"家探秘、进苗寨品尝拦门酒的兴致,早已丢到九霄云外。阿兰体谅客人的心情,叮嘱洗洗先休息,晚上一定安排各位吃好喝好看好,善意提醒晚上见了苗家妹子,千万别随意踩人家脚、扯人裙摆,当心让你当了上门女婿,给我们犁田干活。

华灯初上,苗寨飘香,伴随着悠扬的芦笙声,祝酒的歌声此起彼伏,山寨开启了长桌宴与欢乐的海洋。沸腾的酸汤、鲜香的腊肉,嘈杂着叫卖、点餐、上菜、猜枚划拳与迎送客人的鼎沸。酒过半酣,美食饕餮,阿兰唤来五位盛装花苗阿妹,表演起高山流水。苗家阿妹和着芦笙的节拍,边唱边将米酒用瓦壶接力,挨个灌入客人口中,稍有不从,便搂脖颈、拧耳朵、掐腮帮子或夹片肉在你嘴边晃两下，再灌你一大口。搞得客人百般求饶，众人看得前仰后合笑成一团，再寻下个目标。此时，每人都自顾不暇，哪还有踩脚扯裙的念想，不过那米酒滋味香甜醇厚，的确能让人尽兴，不枉来苗乡一回。

酒足饭饱，阿兰又安排了观看"美丽西江"的苗族风情歌舞表演，使我们又大致了解到苗族先祖形成、迁徙的历史及风俗、服饰、生产和生活方式。尤以节目最后的互动，两旁十多位美丽苗家姑娘再次表演高山流水敬酒，在铜鼓声、芦笙声、呐喊声、歌唱声、欢笑声中将观众的兴致推向高潮。我看那些姑娘个个都长得像阿兰……

机场告别，相互留了微信。阿兰大方地与客人一一握别，欢迎各位大哥下次再来。我们也衷心祝她梦想成真，早日找到心仪的男朋友，并决意帮她多介绍些朋友过来。挥手回眸再望，和风习习鼓起了她展开双臂的衣袖，犹如一只多彩的蝴蝶，这就是美丽大方的导游阿兰。

（2018.9.9 于西安文园）

记叙的散板

坚守文学的神圣

67岁的徐剑铭在接受采访时,用他的"徐氏三字经",为自己50多年的文学人生做了个点评:"是作家,非著名;有职称,没文凭;出过书,没飘红;得过奖,多是铜;缺心眼,爱逞能;常跌跤,不喊疼;不识数,糊涂虫。"看似调侃的总结,其实饱含着他人生命运起落中的苦辣酸甜。

少年成名

1960年,还上初中一年级的徐剑铭以一首歌词《金龙啊,展翅飞翔》(由校友赵季平谱曲)在学校引起轰动。然而,由于成分不好加上数学太差,他被拒之于高中的校门外。1963年他进工厂当学徒,业余时间继续圆自己的文学梦。他最初的作品是诗歌,主要发表在工厂的墙报和大街小巷上的诗画栏以及群众文化馆的内部刊物上,由此赢得"神童"美誉。

从1965年起,他的作品在《西安晚报》等报刊频频亮相,很快又登上了西北最权威的文学期刊《延河》,受到了柳青、杜鹏程等老一辈作家的青睐与提携。陈忠实回忆说：那时候，在西安工人业余作者中，徐剑铭的名字是响亮的，知名度是最高的……打开报纸和刊物，就会看到徐剑铭的名字和新作。我至今记得阅读他发表在《西安晚报》上的散文诗《莲湖路》时酣畅淋漓的美感，激情澎湃、诗意泉涌、才华横着竖着地漫溢……而报社副刊的老编辑们说道："不管要啥稿子，给徐剑铭打个电话，放下电话你就可以去找他取稿子，真是倚马可待……"

从此，徐剑铭被称为"快枪手"。

然而，"风暴"来了！1966年，不满22岁的工人诗人徐剑铭便被扣上"三家村马前卒"的罪名，并被流放到白鹿原的一个小工厂接受"监督劳动"。尽管如此，徐剑铭也没停下手中的笔。1978年，他被市总工会抽调到市工人俱乐部，成为《西安工人文艺》杂志主持工作的副主编。很快，《西安工人文艺》便成为全国同类刊物中的佼佼者。西安地区一些后来成为文坛大家、名家的作家都得到过徐剑铭的帮助，一大批文学青年更是受到了徐剑铭的倾情提携。

1984年，徐剑铭调入扩版后的《西安晚报》任文艺副刊编辑。徐剑铭说他"缺心眼、爱逞能"，其实是表现在工作上的创新追求和担当精神。他是《终南》文学副刊的创始人之一，也是报社获得好稿奖最多的记者、编辑之一。

然而，一场飞来横祸却让这位集名作家、名记者、名编辑于一身的长安才子身陷囹圄，并被关押到死刑犯的号子去当"陪号",成为中国第一位、也可能是唯一一位为死囚犯当陪号的作家。

写在死囚牢里的奇书

虽然身负奇冤,狱中的徐剑铭却并未沉沦,没有忘记作家的责任。"我坐在用火柴纸盒壳扎成的圆墩上,趴在被无数人犯汗水浸染的床板上,在号子里那盏长明灯的照耀下,完成了这部书的初稿……"(徐剑铭:《死囚牢里的陪号》后记)。

2011年3月,这部写在死囚牢里的长篇小说——《死囚牢里的陪号》在京出版,被称为文学陕军的再度东征。

在目睹了上百名死囚犯生命走向终结时的悲凉场景后,徐剑铭决定写书,并将主题确定为"揭示人性中的黑暗,展示黑暗中的人性,为生命而祈祷"。而对于这部"中外文学长廊中的一道独特风景"(邰尚贤语)的奇书,著名作家高建群撰文说:"《死囚牢里的陪号》为我们展现了被层层幕幔所遮掩的那类人最为凄凉的一幕……上苍让一个叫徐剑铭的作家去历经一场炼狱,目的只有一个,就是为了这部书的问世……"

贾平凹的评说更是言简意赅:"这是一部有价值的书,作者是个有骨气的人!"陈忠实则认为:"不仅要对它的艺术价值作出评价,更重要的是,他为社会提供了一个样本。通过这个样本,我们需要思考的不仅是法律的健全,而且要思考如何认识我们这个正在发展中艰难前行的社会……"

更多的作家、文艺评论家则认为,这部书将在中国乃至世界文学界产生深远的影响!而几乎所有读过这部书的读者都会用"震撼人心"来形容内容的真实性,用"行云流水"来赞誉作者杰出的表述功力。

在苦难中放歌

1987年初秋,徐剑铭走出蹲了一年零六个月的看守所。为了生存,为了两个尚未成年的孩子,他开过小商店,蹬着三轮车到集贸市场上去"练摊",一家四口每年的大年三十都是在爆竹声响起后的深夜才收摊回家的。但这位"天生就是写文章的料"(老作家胡征语)却天生不识数,不会算账,更不会"算人"……1994年初,徐剑铭终于放弃了商场上的挣扎,在宽不足1.2米的阳台上支起一张条桌,开始了以文为生的自由撰稿人生涯。他为自己所确立的原则是:为正义者放歌,为创业者立传,为苦难者祈祷,为不平者拍案……

这一时期,是他创作的又一个高峰期,每年都有三四百篇作品散见于全国各类报刊。而他又是位"五项全能"的作家,诗词歌赋、散文、小说、杂文、报告文学,各种文学形式全都玩得转。长诗《归来呦,我漂泊的兄弟》《洪水中,一个民族的魂魄在飞扬》《走向大海》《21世纪的祈祷》、杂文《谁来监督一把手》《桃花水流走了 100 个亿》、散文《那棵树》《颤栗》《醉卧青山》《我的工人弟兄们》、报告文学《壮哉，汉斯》《驼铃，洒一路悠长的音符》《站出来一条汉子》……他的作品激情澎湃、大气磅礴，洋溢着浩然正气，一经面世便赢得读者的如潮好评。

他始终不忘《西安晚报》是他最初的文学摇篮和他曾经为之工作的地方，他的作品大都先在这里发表，随即便被多家报刊转载或选载。《西安晚报》从领导到编辑都十分同情并尊重这位落难的同仁，对其作品历来是"一路绿灯"，徐剑铭也连续多年被评为"优秀通讯员"。对此，徐老师深情地说：从心理层面上说，我一直都没离开过咱报社，报社的朋友们对我更是不离不弃……

2001 年 4 月 16 日，徐剑铭的冤案终于平反昭雪，漂泊于市井江湖 16 年的他重新回到他所钟爱的编辑、记者队伍中来。

在苦难中坚守文学的神圣，于苦难中歌唱欢乐——这就是徐剑铭那段苦难岁月的真实写照。

他选择了"撤退"

"重新上岗"的徐剑铭在报社只干了一年半就提出了退休的要求。是工作不顺心？还是心生倦怠？

一位资深出版人如此评说徐剑铭："文学是他的世界，在这个世界他极其聪明；而对于这个世界以外的事，他傻得一塌糊涂。"徐剑铭笑而作答："极是！"

回到报社后他被分到特稿部，专门采写"大块头"稿件。这一阶段他干得可谓风生水起。虽然领导念及他年事已高，不给他定考核指标，可他依然东奔西走，每周都有一篇五千字乃至上万字的大特写或报告文学面世。他为市关工委写的《夕阳对朝阳的礼赞》，为市慈善协会写的《遍洒甘霖济桑梓》，为已故女法官雷玲写的《奏响生命的最强音符》，为全国劳模任宏茂写的《咬定青山》，以及《选择朋友就是选择命运》《十八年的等待，不是凄美的传说》等作品均受到广泛好评。当这些稿件被报社评为好稿时，他对评报组的人说：我又不考核，给我评啥奖，把奖留给年轻人吧……那他为什么要在58岁就主动要求提前"撤退"呢？要知道，由于错案的耽误，他还没拿上本应属于他的高级职称，而一退下来，工资待遇等都将受到损失……这一切，他都明白，可他对此总是一笑置之。他说，我就是个散淡的人。

他选择退休的真实想法，在他不久前的一篇文章中得以披露："当我意识到，在信息时代的高速路上自己已无力与年轻人并驾齐驱时，我选择了退休，回到我的无梦书屋，继续圆我一生永不放弃的文学梦。"

徐剑铭是傻还是大智若愚？

记叙的散板

红杏枝头春意闹

　　从少不更事到鬓染霜雪，徐剑铭50年来一路行吟，有上千万字的作品问世。但客观地说，在陕西文学界，他并不是大红大紫的人物。网上有人写文章说他是"溜溜达达地走着"，徐剑铭承认并坦率地回应"不掉队就行"。

　　这是一种从容的心态，也是一种人生的境界。他知道文学是个漫长的旅途，柳青说"文学是六十年为一个单元"，作家要学会在寂寞中坚守。所以他从不愿张扬，更不会炒作、包装自己。省作协常务副主席雷涛对他说："老徐，你对文学贡献很大，现在是名实不符。缺的是宣传……"老徐憨憨一笑，答道："就这样，挺好！"

　　有才华，不张扬，淡名利，不媚俗，存傲骨，守诚信。这也正是徐剑铭的人格魅力所在。

　　"青山遮不住，毕竟东流去。"从平反昭雪至今的十年间，特别是退休后，徐剑铭开始发力了，文学创作呈"井喷"之势。

　　2001年4月3日，清明前夕。56岁的徐剑铭经过三个多月的伏案写作，终于为长篇传记文学《血沃高原》画下了一串泪水似的"……"。书写完了，他点燃了一支烟，烟雾未散，桌上的电话响了。这一天，法院宣布：徐剑铭无罪……

　　这部为陕甘红军创始人之一、陕西蒲城籍的高级将领黄罗斌写的传记，长达30万字，全面展示了老将军82年的苦难经历和烽火传奇。中央党史、军史研究部门审读后，用"生动感人""罕见"等字眼给予了高度评价（此书已由解放军文艺出版社于2006年正式出版）。

2004年，西安的宝马彩票事件轰动全国。南方一家出版社急邀陕西作家张敏、王新民写一部纪实文学，张、王又力邀徐剑铭加盟。由于时间太紧，三人只好分头写作，然后拼成一书。然而，当书稿传到出版社后，责任编辑却很快打来了带着哭腔的电话，说三个人写的分段看都好，拼在一起就乱了套了……

一旁的徐剑铭急中生智，让接电话的王新民对责编承诺：五天之后，给你们一部满意的书稿。

随后，徐剑铭将自己关在一家小宾馆里，将原作拆散，重新铺排"缝合"。五天后，一部形式独特、文字灵动鲜活的20万字纪实作品《宝马彩票案黑幕》发到南方。当晚，责编打来电话，指名要徐老师接听，电话中责编连声惊叹："原以为没希望了，没想到……陕西有高人啊！"

不久，《宝马彩票案黑幕》出现在上海书市，随即畅销全国，并被多家报纸连载。

早在这一年的大年初一，徐剑铭就在爆竹声中拉开了长篇纪实文学《立马中条》的序幕。这部40多万字、全景式描写陕西军民在中条山浴血抗战，力挫日寇的悲壮史诗,让年已花甲的老作家在执笔写作中一次次泪湿素笔……70多天后,他完成了书稿。最具权威的人民出版社在纪念抗战胜利六十周年前夕隆重推出此书,文学界称这是"一座永放光辉的民族精神纪念碑","气壮山河,让人热血沸腾的英雄史诗"……

《立马中条》已被列入全省重点文化精品工程;2010年由太白文艺出版社重新出版。

2006年,徐剑铭仅用了45天便写出了一部32万字的长篇纪实小说《风过黄龙》(出版社已定稿,待出)。

徐剑铭所有的长篇都是在百日之内完成的。文坛"快枪手"绝非浪得虚名!

工人出身,草根一族,他始终怀着一颗真诚善良、忧国忧民之心。这在他的作品中得到充分体现。

2008年"5·12"汶川大地震后的第二天晚上,电视台打电话,说要办一个赈灾晚会,请他写首朗诵诗,他满口答应。而当对方询问稿酬时,他说:"可不敢说钱,不然我就成了卖国贼了!"当晚他写出了一百多行的长诗《汶川,留给历史的不会只有哭泣》。5月18日,当他从央视上听到要对汶川地震遇难者举行全国公祭的消息,激动得跳了起来,转身奔向书房,眼含热泪写出了一首百余行的长诗《我在天堂,为祖国祈福》之后,他又连续写了三首关注汶川地震的长诗。十天之内,五首长诗,计六百多行。这些诗,报刊发表(前两首在《西安晚报》发表),电台电视台播出,民间传诵,影响很大。

2011年3月26日,由北京权威出版社出版的《死囚牢里的陪号》在西安首发,徐剑铭现场签名售书。知情人说:"这是徐老师半年内第二次签售自己的作品了。"

18年前,陕西5位作家的5部作品在京列队出阵,被誉为"陕军东征"。在随后的5年里,徐剑铭三部长篇闯进京城,舆论界称这是"陕军"的"再度出征"。有记者报道中说这是"老将披挂上马"。这话不全对,因为50年来,徐老师无论在任何情况下都没放弃过文学,一直是"快马加鞭未下鞍"。对此,陈忠实感慨地说:"剑铭的作品我看都看不过来,是群峰林立,各有建树!"

在徐剑铭家里,悬挂着一幅由已故大书法家卫俊秀先生书写的书法:"半生蹉跎视等闲,一径通幽苦踏勘。纵使风雨凄迷路,不见红杏不回还!"诗是徐剑铭在落魄江湖时写的,表现了他对文学的挚爱与执着,也昭示着他灵魂的不屈。

现在,已到"望七"之年的徐剑铭走过蹉跎岁月,走出凄迷风雨,终于迎来"红杏枝头春意闹"的春天,那么,老先生还有什么打算吗?

"正在写一个长篇,刚开头。"徐剑铭淡淡地说。"什么题材?""嘿嘿,保密!半年之后你会看到的。"徐剑铭给我们卖起了"关子"。我们期待着他的新作问世,也祝愿他越老越红、文学青春永驻!

记叙的散板

补记：徐剑铭说：这篇文章发表在 2011 年 8 月 17 日的《西安晚报》上，作者是时任西安日报社社长的郝小奇和社办主任王保国。17 号上午 8 时许，陈忠实给我家座机打来电话："哎呀剑铭，今天《西安晚报》给你咥了一个整版……"我说："没有。下面还有一篇小文章呢。"忠实说："哎，沃就算一个整版。报社早该这样了。自己的人有成绩为啥不宣传？看来你报社新来的领导很重视文化、爱惜人才噢！这是好事。"我问："老哥你看文章写得真实不？"忠实用他特有的淳厚刚正之气答道："完全真实！叫我看写得还不够！这些年你的作品、人品，你对陕西文学的贡献在那明摆着哩嘛……"文章选在 8 月 17 日发表，是我给郝小奇社长提出来的。小奇问："徐老师，这一天有啥讲究么？"我嘿嘿一笑，答曰："24 年前的这一天，我从看守所的死囚牢里——迈步出监！"

工友福荣

工友福荣刘姓，有没有福不知道，唯一的荣耀，可能就是进过北京军委的"八一"大楼，是他亲口告诉我的。

其实，进京他不是头一回，在我认识他之前，他就数次进京，包括到省市县各级上访，见过大世面，为的是能接上父亲的班——当上一名工人，进城吃上商品粮。

可是他父亲刘汉文不想让他接班，厂里也不想让他来接班，原因是他周岁多点父母就离了婚并成了仇家。父亲在省城工作，留下母亲带着他和一个姐姐在临潼老家务农。一晃20多年，平时也没有多少来往，彼此生分得很。老父亲就想让自己一个亲侄儿来厂顶替接班，老来也好有个依靠。

究其原因，这个儿子长在单亲家庭，日子过得艰难，小时没好好念书，长大也不甘于在地里刨食，整日游手好闲，倒是养得一身肥膘。当知道有个负心的老爹，自然是水火不容，三天两头索要财物，非骂即打。听说有接班进城的机会，当仁不让。据说是为了进城，将先人留下房屋的门窗梁檩都卖了。这般滚刀肉式的人物，厂里的头头听说后，从心里惧怕，还是不要这货罢了。

　　这也难不住他，反正横下一条心，我是儿子，只能由我来接班，其他人靠边。于是一级级上访，缠得你没办法，又一级级往下批，谁不同意找谁的事。上班跟到单位，下班跟到家里，你吃饭，他就端你的碗，抄你盘中的菜。叫来警察最多训诫一顿，第二天他还是照样。到了厂里这一关，说你爸不同意，我们也没办法。他就寻他爹的事，这回打不还手，骂不还口，慢慢地磨。磨得老汉躁气，最后也没了脾气，只好认倒霉。谁让是自己的亲生儿子呢，终于同意让这个儿子顶替接班了。

　　这里还有一段故事：当时厂里的书记姓金名克印，从部队转业回来，性情也是刚烈。一开初都是尊重刘师傅的意愿，严格按政策界线来。福荣软泡硬磨，撒泼耍赖也无济于事，那天就真格耍起二球来了。上午十点多，我正在工青妇办公室与孙主席说事，书记办公室传来吵闹声，跑过去敲门，门也不开。只好从楼道跑出来，由东边开水房的自行车棚绕到窗户外踮起脚朝里看。只见金书记与刘福荣正倒在沙发里扭成一团，刘手里还挥舞着一把一尺来长的刀子。情急之下，我纵身翻窗入室，双手扭住这家伙手腕，大喝："刘福荣你想干啥？！"也不知哪来的力气将刀夺了下来。这时福荣也泄了气，但双手仍不停地撕扯书记，嘴里还嚷着："凭啥不让我接班。"我乘机将反锁的门拉开，门外冲进来董发来、孙谨莹等一群人才将气呼呼的他俩隔开。事后大家都有些害怕,再晚些不知是个啥结果。这货后来说,我只不过是想吓唬吓唬他。那时候人都朴实,俩人也没结下多大怨气,说实话还有点同情福荣的境遇,后来他也终于成了锦华厂里的一员,在一车间小带锯上下料。不过工友们也都知道刘福荣难缠,不大招惹他。也是人能行,会胡成精,竟将他母亲和姐姐接进城,占了东厂看料场的工棚住下,也算有些孝心。

有了空手夺白刃这档事后,福荣有些服我,我说啥他还能听进去。也可能是结婚生子后,反思了以往,老是与人对抗惹是生非也不是个办法,慢慢就改掉了一些狂野的毛病与不良习气。没想到后来他与我还成了朋友。

1994年锦华厂解体,那时我已离开企业好几年了,总为工友们担心。特别是刘福荣又没有个手艺,媳妇还有些残疾,养个儿子还供养着老母亲,日子不知怎么过。没承想他在东关的鸡市拐租房,开了间刘记葫芦头泡馍馆,生意还不错,我当时住索罗巷离得近就去吃过几次。他的葫芦头汤浓肉烂量足,回头客不少,发了点小财,先是在南关仁义村,后来在高新区还买了房。

过去见他模样,基本是吹胡子瞪眼的,站也没个站样坐也没个坐相,走路总是一摇三晃的,办事没个正形,整日胡子拉碴的。连他几个临潼老乡,也说他是个"二球"。没想到他开了馆子,模样大变,见人笑眯眯的,人也干净整端了许多。头顶白帽,腰系围裙,挺直了身板,将铁勺敲得叮当地给人冒饭,吆喝张罗生意的嗓音也动听起来。不知底细的,还真以为他是从"春发生"退下来的老炉头。

没几年鸡市拐街道拓宽,泡馍馆开不成了,福荣又去街上摆摊、弄工程、当保安,总在不停地闯荡。到后来他退休、补办社保,包括孩子上学、当兵没少来找我帮忙出主意。听说我有病,特意前来探访,还热心地让在街道办上班的媳妇给我办残疾人证,说是乘公交、逛公园、进景点能免票,每月还能领些补助,最后也没见办下来。总之断断续续相处了这么些年。

至于进军委"八一"大楼,是他儿子刘科长大参军,新兵训练时受了伤被退兵回来。为了讨要个说法,他的"二球"脾气又上来了。如秋菊打官司一般无数次奔波于新疆军区、北京找部队,找省军区、区人武部及民政部门,直找到长安街,就要个说法。从连长、营长、团长、师长,直到将军一个也不落下,上访了有十多年。说是现在基本答应给孩子安置,悄悄告诉我有一笔数目不小的伤残军人赔偿金。

但其中的辛酸,我想只有他自己清楚。只不过近两年没能见上面,偶尔通个电话。人老了还挺想他这个"二球"货,想他眯着眼的样子……

(2018.7.3—4日手机写于银川机场和雨中文园)

红军战士周兴汉

题记：周兴汉，生于1920年9月25日，陕西绥德薛家河镇周家桥村人。1933年参加红军，参加过青化砭、蟠龙、羊马河、瓦子街等战役，曾加入志愿军参加抗美援朝；1957年返乡，现住陕西省榆林市复员军人疗养院。

5月的陕北，桃花初放，万木葱茏。在记者站老徐的引领下，我们来到榆林市复员军人疗养院，寻访红军老战士。这所疗养院始建于1958年，原址在绥德县，目前收养了30多位红军和八路军老战士。在院长梅成洲的帮助下，我们采访了红军老战士周兴汉。

一张照片勾起老人回忆

这天艳阳高照，这些老战士们有的三三两两在院中散步，大部分在二楼的活动室里聊天、下棋。已是93岁高龄的周兴汉，坐在老战士中间并不显眼，穿着便装、带着白帽的他，打眼看就是个普通的陕北老汉。当他听说记者采访，便站起来急切地说："好啊。"没拉几句话，就拽上

记叙的散板

我们去他的房间。

老人居住的屋子在楼下一层的最南头,我们搀扶着他一步一步下楼,担心他摔倒。他说:"没事,我还行。这里吃得好,睡得好,对我可好了。"老人摸摸索索掏出钥匙打开房门,二十来平方米的双人间还比较宽敞。老人从床头柜里拿出一张照片,"这就是我,37年在延安照的。"望着相片中十六七岁、还带些孩子气,腰系武装带、斜挂盒子炮、头戴军帽打着绑腿英姿勃发的年青战士,再看看面前胡须花白、眼带泪痕,瘦小略显佝偻的老人,你很难将二者联系在一起。瞧记者疑虑,他大声地说:"我是延安保卫团的,团长周兴新、政委刘政委、排长高增发。"这是战争时期他保留下来的唯一一张照片。"我是绥德薛家河人,家里可穷了,没啥吃,跟着我妈拉着棍子讨饭了。""就跟着红军跑了,当年闹红把苦吃下咧。""我们是警卫团还好些,保卫首长,是给彭德怀当警卫员,我可是见过大首长咧。"老人说到这,哽咽了一下,"我村四个人就活下我一个。"

一道伤疤回想战斗场面

拉着老人布满皱褶的手,我们问起他的战斗经历。"我到队伍时还是个娃娃,开始就是闹红,就是那游击队,跟着那些大人打老财。""我们白天睡下,晚上出来,敲财主的门,问他们要粮食、银圆分给咱穷人,供给队伍。"记者问："人家不给呢？""一般都给了，不给就吊起来，再不给就砍头咧，还敢不给？"算算当兵时才十三四岁，问他害怕不害怕。他说："开始害怕，枪打得叭—叭的，头都不敢抬。""第一次见流血，吓得尿裤子，时间长了就不怕了。"

接着老人回忆起瓦子街战役。当时，胡宗南的24旅在宜川和洛川附近的瓦子街被围，旅长张汉初请求救援，敌29军军长刘戡带队火速增援，不想被我军团团围住。战斗异常激烈，敌军装备好，但我军居高临下，步枪、机枪和手榴弹如狂风暴雨落下沟底，打得刘部落荒而逃，刘戡也被击毙。他说："战后打扫战场，缴获的敌军武器辎重堆成小山，双方士兵的尸体横七竖八，'死下可多人了！'"说着，老人撩开了上衣。只见老人的肚子上有一道明显的伤疤，三四寸长、黑黑曲曲的。他说："这是在青化砭被炮弹炸的，当时轰的一声，眼前一黑，什么也不知道了，醒来躺在床上了。"

一曲高歌燃起激情岁月

看着老人的伤疤，我们嘘唏不已。没有先辈的流血牺牲，出生入死，哪有今天的幸福生活。记者问他可有当年的纪念物，老人站起身来，走到房间里头，从衣柜里抖抖索索拿出一个民政局的布袋。我们赶紧将他扶到床前的椅子上，惊奇地看着他小心翼翼地从布袋里拿出个红布包，期待着老人的珍藏。红布里包着红布、再裹着塑料袋、报纸、信封……一层一层的,我们为他数着,共包了有八层。里面除了有一张他与榆林市副市长井剑萍的合影、一封薛家河镇政府关于他享受老红军有关待遇的证明外,还有两枚徽章,其中一枚是中国人民抗日战争胜利 60 周年纪念章。老人用手绢擦了擦让我们看。接过这沉甸甸的徽章,记者互相传看,这就是老人 20 年征战岁月的纪念。

"我们过山西打日本,鬼子可不好打,一来一大伙。"老人说,"那时我在后勤供应部,直接参加战斗不多,缴获的物资有大米、罐头、被服。后来,还跟彭老总上过朝鲜。"说着,站起身来,一只眼眯起来,双手比画着做扫射姿势,嘴里嘟、嘟、嘟地说:"这样子弹就打出去了。"记者问他打死过几个鬼子,老人笑而不答,却唱起了游击队员之歌:"我们都是神枪手,每一颗子弹消灭一个敌人;我们都是飞行军,哪怕那山高水又深。……"他一边唱,手上还有力地打着节拍。唱完还来了个"立正——,敬礼!"

采访手记:我们是 5 月 8 日到达榆林进行采访的,望着这些曾冒着枪林弹雨的新中国的缔造者,尽管他们现在许多人耳聋眼花、行动不便,有的甚至生活不能自理、时日不多,但你能从与他们的交流中感受到他们博大的胸怀,你能从他们的眼神里看到他们对未来的向往。说实在的,采访周兴汉非常困难,我们问许多往事他已经记不起来,而对一些事会反复重复地唠叨个不停,甚至情绪激动。当了 20 年红军,仍是普通一兵,回乡还是当个普通的农民。除了他保留下来的照片和纪念章,给他留下往事的记忆外,可以说他身无长物,再无他念。但他无怨无悔,充满乐观,意志坚定,生活平淡。当我们要给他照相时,他特意换了件呢子外套,戴上了绿色军帽,挂上了奖章和纪念章,他说要照得精神一些。当拍下他敬礼的镜头时,不能不让记者肃然起敬。

(2012.5.27 写于榆林人民大厦 1808 室)

记叙的散板

果农赵老汉

一、赵老汉的喜与忧

10月1日国庆黄金周第一天,记者去了一趟通远镇。该镇是我市高陵县远近闻名的果菜之乡,种植有5000多亩大棚蔬菜和6000多亩梨、枣等果树,镇上还有一家"狗娃猪蹄"特别馋人,引得不少城里人前来品尝。

金秋时节,金黄的酥梨和红彤彤的大枣压满了枝头,乡间路旁停着许多小车,不少游人与果农谈质论价在地头直接交易。穿过一畦畦翠绿的芹菜地,我们来到一片火红的枣园。一位和蔼可亲的老汉迎上来,招呼客人"进来、进来,尝枣、尝枣"。"这枣这么大,这么甜,是梨枣吧?""这是芒果枣,新品种,不仅甜,还耐储存,最大的能长到98克。"老汉兴奋地介绍着。他叫赵建民,今年68岁了,原来也栽梨枣,一共30亩。是张留村的张继文也种8亩枣,说山西有个好品种,他想换,我说你敢换我就换。于是请人来嫁接,一气30亩全换了。

记者摘下一颗枣，看看有 4~5 厘米长，外形真像芒果，就问效益咋样？老汉说当然美了。今年我这枣高的卖 8 元一斤，批发每斤也在 4~5 元。见记者给他算收入账，老汉忙把话岔开。"你要写就写我这枣是酸枣根上接的梨枣，再在梨枣上接的芒果枣，是老枝挂果，这是特色，我给起了个名字叫'金芒果'，都卖到北京、上海，还有香港、澳门呢"。正说着同村的赵喜全骑了个摩托车来了，喊"装 10 箱枣！"赵老汉忙招呼帮工快去园子里卸枣，然后向记者介绍，这 30 亩枣就是他帮我接的。不过我也有发明，别人接一个枝只发一个芽子，我试着留两个芽子，技术超过了专家。

记者又问一亩地能栽多少树，一棵树能结多少斤果？"一亩就是六七十，一棵能结个 40 来斤。"老汉说着说着又觉得不对，"你是套我话呢，枣树是铁树，生长 100 年还能结。我这一家子，一儿一女和俩孙子还有老伴都要靠这咧，我已经作务了 10 年咧，为娃多干些，尽义务嘛。"

当问及今后有何打算，老汉叹了口气，"这树长这么大不容易，也好务弄，一年施两次肥，平时也就是我老两口照应，摘果时请些帮工。听说这一带要搞开发呢，可惜我这园子咧"。记者留心看了一下赵老汉的账本："××局 40 斤，400 元……"看来赵老汉给我们讲的有许多保留，欢喜中还带着忧愁。

(2010.10.8 于曲江)

二、赵老汉的乐与愿

10月1日上午9点，记者再次来到高陵县通远镇的通远村，采访了因种"芒果枣"闻名的赵建民老汉，完成了两个人一年前的约定。

金秋时节，通往果菜之乡通远镇路边的柿子、酥梨和大枣压满了枝头，一幅人乐年丰的景象。记者从西安出发，大约一个小时就找到了赵老汉的"芒果枣"园。一见面，赵老汉就拉住记者的手，"等着你来咧，快，尝咱的枣"。

看到红光满面、更加壮实的老朋友，记者问道："今年枣怎样？""好，比去年结得大，不愁卖。今年成熟得早，赶上季节，地里批发装箱5元一斤，还有8元的。咱的枣到钟楼要卖15元一斤呢。"还没等坐定，老汉乐呵呵地招呼老伴端上了石榴、苹果、葡萄、酥梨、鲜枣和月饼，还有一盘蒸熟的大枣。

"来尝尝这个，生克熟补。去年有亲戚将枣蒸熟冻到冰箱，春节拿出来待客咧！味道嫽得很。"记者尝了一颗，果然又甜又软又香，别有风味。老汉说："我准备开发这个，今年摸索出早熟技术，咱的枣提前了一个月，但雨水多，瞎了不少，用这办法，可解决些问题。""哦，搞深加工，那又打开了一个路子。"

老汉对记者说："咱就爱弄这个事，务枣就要把枣务好。每天在地里转转，看树的脸，看枣长得怎样，高兴得太。心情好、身体好,越干越精神。"接着他向记者介绍了如何让晚熟品种"芒果枣"早熟的经验:一是施肥,二是旋耕,三是环割,四是补钙,特别是环割要掌握果实膨大时,阻止营养往下走,必须选择树叶发黑时割。"这些,全凭自己摸索,书上没有。"老汉高兴地说,"今年政府有补贴,我只花了2600元买了台旋耕机,把地旋了三遍,让地透气,以增加叶绿素。"

说着,叫老伴:"把咱的枣王拿来。"记者将"枣王"放在掌心,红彤彤、水灵灵,足有鸡蛋大小,令人爱不释手。"现在咱的'芒果枣'慢慢有了名气,周边都知道赵老汉的枣甜、枣脆。""我早上拉400斤到永乐店,不到十点就卖完回来咧,也不耽误事。"赵老汉高兴地说着。

当记者问他下一步的打算时,老汉说:"成龙上天,变驴打滚,咱能干啥。务枣是个下苦活,我和老伴早起晚睡,不图个啥,就是个乐趣。我最大的心愿,就是把'芒果枣'品质优化,提高附加值,能把'下拾枣'问题解决了。"记者不明白地问:"啥是'下拾枣'?""就是雨水多,枣容易裂口子。"记者建议搞大棚,他乐呵呵地回答:"那要等我的枣能卖50元一斤再说。"记者说完全有可能,新疆大枣能卖到一百元呢。

老汉告诉记者,眼下我还有新大陆咧。品种叫"甜四旺",果型小、口感好,六月中旬就能熟,我已经种植观察四年了。现在要调整思路,一是咱的东西要特,二是要早、中、晚熟差开,三是要搞深加工。明年你再来尝我这个新品种。

为此,记者与老汉再次约定。望着挂满枝头玛瑙般等待收获的枣,衷心祝愿赵老汉早日完成他的"历史使命",作务出更多鲜食枣的新特优品种,以飨食客。

(写于 2012.10.5 凌晨 3:15)

三、赵老汉的思与盼

中秋时节,瓜果飘香。天麻麻亮,赵建民和老伴就到自家的 30 亩枣园转悠,望着枝头红白相间、晶莹油亮,一串串玛瑙般的大枣,老两口有说不出的喜悦。他们夜黑就摘了些枣子,还备了苹果、核桃、甜瓜、葡萄、月饼迎接老朋友的到来。

晌午十点,记者来到位于西安高陵通远镇的"秦枣基地"。故人相见,格外高兴。赵老汉忙叫老伴沏茶,让客尝枣。"今年咋样?""嫽么!咱这特色,枣下来时路上车能挤满。"拉着我们进园子里看。

老友相识于五年前的"十一",记者"走转改"到通远,写了篇《赵老汉的喜与忧》发在《西安晚报》上,老汉的枣就火了。第二年他和儿子专程送来"芒果枣"与锦旗,感谢报社的报道。记者又去写了续篇《赵老汉的乐与愿》，老汉的枣就更火了。每当枣红时候老汉就会念叨老朋友了。

老汉的枣属鲜食品种，用酸枣做砧木嫁接梨枣，再接的"芒果枣"，树型矮、结果多、个头大、甜度高还耐储存，是他二十多年思索钻研的结果。他指着一行行挂满大枣的枣树根部说："我的秘密就是环切，抑制枣树长势强弱。""掌握好节气与环切深度，必须枣花开了坐果后进行；割浅了不顶用，割深了会把树割死了。""每年要割，坐个小板凳，几千棵割一遍费事得很！"

记者看正呈膨大期的枣园地干得很，问为何不浇水？老汉笑笑说："这是第二个秘诀，再旱不浇，你看新疆干旱不？陕北山山峁峁能浇水不？枣树耐干旱，抗贫瘠，是铁杆庄稼，水多了枣就不甜咧。"顺手他摘下两颗"枣王"，足有鸡蛋大。"看美不美？""咱这独一份，冬枣、梨枣都不胜咱这枣。我把它叫秦枣，一斤要卖15个元。""我和你婶子，见天在地里转，馋活得很。"他说前两年将园子包出去，啥都不干，给40万。但人不动弹不行，去年我和你婶又将园子要回来，农村人闲不下。

回到地头，一帮男男女女要进园买枣，赵老汉赶紧招呼："老买主来了，实在对不住，枣熟还得十来天！"问哪来的？说是咸阳，来过多次。几个不情愿地吵吵："报上说采摘节，让我跑这远？"刚刚巡查到这里的通远镇书记、镇长遇见忙解释，请他们去别的园子看看。我将两个

"枣王"借花献佛，他们才悻悻地走了。

见到镇领导，老汉自豪地说："我给咱通远增光了，一吃咱的枣就忘不了。""就是的，现在满世界都知道，咱狗娃猪蹄、史喻干馍、你赵老汉的枣。"两位领导兴奋地说，我们特意将秦枣基地作为"通远采摘节"的一个点，重点推广。问老汉有啥要求？老汉说啥都好着呢，枣不愁卖。你们能多来看看就行。能行的话把这垃圾管一管，你看这沟渠都倒满咧，上次烧着还差点伤了我的树。杨书记、王镇长连忙答应。

其实老汉刚才对记者说，他都70多了。儿女都有别的事，连小孙子都不愿意下地，怕将鞋弄脏了。种枣虽然辛苦，但十分畅快，现在自己和老伴还能干，干一天算一天。言下之意没人接续他的营生了，这是他最愁的。记者劝他"你多育些苗子，将你的技术传授给大家就是了"。赵老汉怅怅地说："能成么。我的苗子要卖100元一棵，来我这儿学手的人也不少，秦枣正往外辐射呢。"

老伴插嘴说，他们已在村旁又栽了两亩苗子，到80岁还能看园子务枣呢。

（2016.9.19 于西安文园）

工友福荣

福利院的歌声

初三一大早,记者驱车近一小时,穿过白雪覆盖的大地,到西安市第一社会福利院采访,看看那些特殊群体是怎样过春节的。

坐落在长安区五星镇的福利院,始建于1950年,主要收治那些无生活来源、无劳动能力和无法定赡养人的精神病患者和部分荣军。这座隶属民政系统的二级专科医院,目前收治了512名病人。

走进五病区的四合院,尽管窗外还挂着冰凌,室内却温暖如春。50多名女患者和智障儿童正静静地坐在布置一新的活动室里看电视,大夫和护士正给她们一个一个地发苹果和麻花。一位40多岁的女患者一边高兴地大口吃着苹果,一边对着医生说:"你看,我吃呢,我听话。"许文川院长说,为了让病人过好春节,市民政局特意拨款5万元,改善节日期间这些特殊人群的生活,院里还为他们做了两身新棉衣。从今年起,市上给每个患者的伙食和医疗标准由过去每月的450元提高到800元。

记叙的散板

在七病区，一群男患者整整齐齐排着队，喜气洋洋地站在院子内由一位患者指挥唱"山丹丹开花红艳艳"。已经在这里工作12年的刘海生书记说，这是康复训练的一部分。由于各种因素，精神疾病的发病率在增加。尽管他们的认知、情感、思维、行为异常，甚至具有突然的攻击性，很难管理。但他们也是十分可怜的人，无论对家庭、对社会都是一种巨大的痛苦与负担。我们首先要维护他们的基本权利即生命健康权，不能歧视。在药物治疗的基础上，还要辅之康复训练，使他们逐步恢复生活功能和社会功能。通过参加一些文体活动和轻微的劳动，建立他们的信心，效果还不错。

在病员灶，伙食科长和大师傅们正忙活着做午餐。一屉屉刚下锅的馒头、花卷冒着热气，切好的冬瓜、青菜正等着下锅。今天的午饭是蒸卤面，三个菜，院方精心安排了菜谱，除夕到初八顿顿不重样。清洁整齐的灶房货架上码放着白菜、萝卜、韭菜、蒜薹、菜花、蘑菇、青椒。许院长说，一会儿工作人员要将饭菜送到各个病区，许多人还得要护理员喂饭。现在医护人员与患者的比例是1∶5，而标准比例是1∶2.5，这些患者根本离不开人，必须24小时服务和监护。

如果不亲临其境，很难想象照料这些患者的医护人员的工作量与难度之大，平日之辛苦。如果没有爱心，没有对这些特殊患者的尊重，没有年复一年的细心、操心，是很难做好这项工作的。一位从华阴转来的病员，曾四次吞食打火机、指甲剪、铁锁等异物，都是医护人员及时发现才被抢救过来的。下雪天为了防止病人滑倒，他们把院内道路上的积雪清扫得干干净净，并在坡道和拐弯处还铺设了防滑垫。

到了荣军康复区，医护人员正给病员发热好的袋装奶。见院领导来了，他们高兴地喊："许院长！刘院长！"而院领导也竟然能喊出一个个病人的名字。"时间长了，慢慢也就熟了。"刘书记讲，这些人一住就是几年、十几年。"瞧，那个病人，我认了个干儿子。逢年过节都会带他出去，想吃什么买点什么，还给点零花钱。他爱吹口琴，我就给他买过三个。只要他能好，开心就行。"这时，许刚院长招呼病员，"过年了，大家一起唱个歌好不好？""好！""立正、稍息！"病人立马自己集合。"团结就是力量……"随着有力的节拍，歌声回响在福利院上空。

（2011.2.8 于曲江）

秦岭之殇

秦岭之殇

终南夏日觅清凉

　　入伏后古城西安的热浪就不期而至，从前两天的三十四五摄氏度一下子就飙升到40℃冒头，稍微一动弹便浑身是汗，酷暑难耐。如果立在日头下，人能被烤焦，似乎划根火柴就能将空气点燃。不知后羿跑到哪儿游逛了，兴许月宫寻得嫦娥仙子只顾自个享清凉了。

　　正发愁何处消暑，旧时同事老苏喊几个牌友去大坝沟纳凉，不胜欢喜。二日下午两时半，气温定格在40毫米汞柱，老苏驾车携老伴加我们共五人，都是退下来的闲散人员直奔南山。老苏退前贵为局长，北京人氏，行伍出身，无线电专业，修过飞机，自然心细如发。带了水果、蔬菜、米面、酒水等吃喝，还打印了行程单，详尽的活动路线、起居时间。从北郊上二环走西沣路，约一个半小时就进了沣峪口。

　　沣峪为秦岭终南山72个峪口中最大的一个，进去不远就可望见净业寺、观音禅院及大画家江文湛的"红草原"。再进去有喂子坪、南北石槽、鸡窝子等村舍及经营

297

鳟鱼、土鸡的特色农家乐,还有关石峡、九龙潭、广新园、沣峪山庄等景区,再朝上就是分水岭,可达海拔2900米的光头山。北面黄河流域,俯瞰关中平原,千年帝都巍巍壮观;南向长江流域,可虎视巴蜀汉水,万里沃野稻谷油菜灿灿。从这里下广货街往南可通达重庆万县,在"西汉""西康"高速修建之前,是由陕入川有名的西万公路。

虽然不是周末,但已值暑期,进出峪口的车辆络绎不绝,沟道里男欢女笑,尤其是孩儿们脱得精光在清澈见底的河溪中嬉水,不由使人追忆起孩提时夏日玩水捉鱼的时光。老苏指指车内温度计,车外已降至30℃。没想到距城仅仅三四十公里,竟有10℃的温差,摇下车窗、关掉空调,山里吹来一股凉风,且越往里往上越感凉爽,使人全无了溽热难耐的烦躁,顿觉心旷神怡。

以往是进过沣峪和住过大坝沟的,那还是20多年前结识了沣峪山庄的老板张国平,他原是市二印的厂长,退休后在牛背梁搞了这个中外合资,集会议、度假、狩猎、滑雪、垂钓为一体的旅游项目。这里平均海拔1300米,距市中心钟楼仅53公里。当年单位在这里召开过办公系统会议,综合处的同事家属也来此爬过山,大约是五一前后,山中桃红柳绿,稍嫌料峭。不过那湍急的大坝沟汇入沣河的浪涛声与原始状态的绿色丛林,还是给人留下了深刻的印象。

而这次进沟感觉又有所不同,山比过去更绿、水比以往更大、天比前些年更蓝，到处古木参天、竹影参差，亭台楼榭、鸟语花香，新修的跌水、筑起的堤坝使山庄中的流水飞瀑更为妩媚，且有了手机信号。随着山谷回旋的阵阵凉风又将温度降低到25℃左右，即使在阳光下也不觉得炎热。进入房间不用开空调也不用吹风扇，十分凉爽。稍事休息，在朋友带厨房的公寓里，精干的老苏与老伴熬起了绿豆汤，切了带来的羊肉用洋葱料酒腌制，我们三位用铁钎子串好。老苏生了木炭炉子，刷油、撒上辣面、食盐等调料，香喷喷的烤羊肉串就新鲜出炉了。

这时，喝口啤酒、嚼着焦嫩的羊肉串，掰块酥脆的烤饼，再下点去火消炎的绿豆汤，交流退休后参加合唱团、学练太极拳、四处旅游的见闻，讨论着买菜做饭、逛街购物、教育儿孙的乐趣，享受秦岭山中的一股清凉，再摸四圈麻将是多么的惬意。

入夜，天空繁星璀璨，是城中难以见到的景象。头枕大坝沟中的潺潺溪流，在徐徐山风带来的清凉中安然入睡，格外香甜。清晨被啾啾鸟鸣与嘶嘶蝉声唤醒，老苏与老伴又忙着张罗早饭。独自一人沿大坝沟清可见底的溪水散步，但见沟中奇石嶙峋、浪花翻滚，岸边垂柳依依、松柏苍劲，山林藤萝缠绕、红枫婆娑。住宿区二层小楼门前不知谁开垦的小菜园，番茄累累、豆角嫩嫩，尖椒红红、水葱青青。路遇拄杖老者在情人谷入口处小憩，与之攀谈得知他已82岁，常来此处避暑养生，已经有七八年了，每年6月初进山 10 月底出山,因而精神矍铄,乐此不疲。

  不知不觉行至小龙湫,近十米的瀑布,一跌三折飞溅而下,如龙含珠。其下有潭,水清而甘洌,坐于石上,听其声、观其溢,闻密林里鸦雀鸣啭、辨草丛中奇花,享终南之清凉,不亦乐乎。

  也是乐极生悲,返回公寓途中,只顾观赏菜园所种瓜豆,数核桃树上颗颗青皮果实,忘记脚下苔藓丛生、水漫路面湿滑,也是穿的鞋子花纹磨平惹出事端,"噗通"一下四面朝天摆了一跤。所幸未伤及筋骨,只擦破了右胳膊关节皮肤,右屁股也疼了两个晚上。

(2018.7.20—22 写于大坝沟和文园)

秦岭之殇

秦岭花好数杜鹃

家住秦岭脚下的长安城，儿时常爬到城墙上眺望这座巍巍的大山。虽然山形轮廓清晰，似乎看得见绿树炊烟，但总是难以靠近窥其全貌，使人产生无数遐想与猜测。

上中学后，特别是参加工作后，慢慢有了亲近的机会，不外乎是郊游至翠华山、南五台、沣峪口、高冠瀑布等浅山峪口，折柳剜荠或戏水冲凉，以至于登临华山、穿越太白、深入朱雀，直抵老县城等终南腹地探寻那神秘的秦岭四宝——金丝猴、朱鹮、羚牛和大熊猫。看惯那满山香飘的洋槐、烂漫的连翘、娇艳的紫荆、摇曳的雏菊与姹紫嫣红的杏李，只是一直未能有识秦岭山中的花中君子——高山杜鹃。

那还是六七年前的五一，几个朋友相约去木王山国家森林公园，说要看杜鹃。我却怀疑，杜鹃花又名映山红、山石榴，为我国中南、西南省份物种，咱这北方虽有，也多为盆栽，木王山能有杜鹃？朋友笑我孤陋寡闻，引唐代大诗人白居易《山石榴·寄元九》"商山秦岭愁杀君，山石榴花红夹路"一诗为证。遂驱车前往镇安,翻越风凸岭上了一趟木王山。磕磕绊绊爬至半山,确实看到许多粗壮茂盛的杜鹃树,满山只找见一朵凋谢在枝头的粉色花簇,原来那年天暖,杜鹃花已凋落。尽管大失所望,却对木王山迤逦的山色与原始生态大为赞叹,相约一定再来踏青赏花。

第二年4月初,摄影家宋艳刚寻了镇安县旅游形象大使刘蕾做导游,到古镇拍云盖寺,又上了一次木王山。可惜春姑娘这年又来得太迟,山上还有残雪,我们上至跑马梁,但仍是只见树木不见花,无缘结识秦地杜鹃。只好拍了云盖寺及木王山的一组不错的照片发在晚报上,为古云盖寺与木王山招揽来不少游客。

回城不大甘心,上网搜索得知木王山中的杜鹃与南方的毛杜鹃等品种有所不同,是一种常绿乔木,名为美容杜鹃。其高2～12米,树皮黄灰色或棕褐色,幼枝粗壮,叶厚革质,长圆状倒披针型,顶生伞形花序,有花15～30朵;花冠阔钟形,长4～5厘米,直径4～5.8厘米,多红色或粉红色,也有白色,生长在海拔1300～4000米的森林中或冷杉林下。网上"十里杜鹃花海"的美图惹人心动,也成了难以了却的心事,不知何时有缘与这秦岭隐士相遇?

今年暮春,机缘终于来了。旧友知我心愿,相邀再上木王山寻访杜鹃。从西安至镇安90公里高速依旧,但从县城至杨泗木王景区的道路大为改观。原来的砂石路已铺成了柏油路,以往要盘旋翻越的崇山峻岭凿通了隧道,快捷安全了许多。两旁的村落更是旧貌换新颜，土墙茅屋变成了白墙黛瓦的小楼。一路樱红栗茂，柳翠水碧，蓝天白云，让人心情舒畅。不由感叹：秦岭深处无雾霾，云横千里绿如岚。同车的刘丽和蒋晓霞抵挡不住诱惑，在山路旁采撷了一大捧绿玛瑙般的樱桃。尝了尝甜中带酸，汁滑肉嫩，十分爽口，没想到山里的樱桃竟比山外的品种还早熟半月。

中午 11：30 行至茨沟景区的十里画廊，刘丽、蒋晓霞、蔡静几位女士为大家准备了腊牛肉夹馍和香肠、鸡翅、西红柿、苹果、花生等吃食与热茶，特别是蒋晓霞自家腌制的咸菜，香脆可口大受欢迎，禁不住询问炮制的方法。茶足食饱，众人执杖沿修葺一新的石阶登攀寻花，只见肥厚的绿叶及芽尖若塔的果实，却难觅杜鹃之花的美容，倒是树下铺就不少零落的花瓣，难道又来晚矣？！

"快来！这有一枝！""看！那儿也有一朵！"眼尖的李老师与前边的任总发现了新大陆。众人上前观瞻，那树头上的杜鹃花虽已稀疏，但色泽依然粉嫣倩丽。众人便来了精神，陈总、牛总等几位男士引经据典，借花讽人，笑同行女子堪比此间花貌。"看打！竟敢将美女比作残花败柳！"立马招来强烈反击。牛总辩解："此言说明你们过去是花儿，现在花虽败韵犹存嘛。"驳得资深美女们无言以对，又愤愤不平。

我心想海拔高处寒冷，花会开得迟些，向前往上再走定有斩获,于是加快脚步努力向上攀登。果不其然在高坡背阴处,发现一株四五米高、老碗口粗的美容杜鹃绽放正妍。那美容杜鹃远观似锦云,一朵朵傲立枝头;近看如粉蝶,一簇簇迎风起舞。粗大的树干分出很多挺直的枝桠,每枝顶端都结出硕大的花团。那花儿开得高高低低、错落有致,那花瓣密密匝匝、相互依偎,那花瓣裹着蕊、蕊贴着瓣,竞相辉映,那花色粉粉嫩嫩、红白相间,亭亭玉立,如同美人出画,从林间小道款款走来。

步出这条半山腰中的"Ω"形观花廊道,大家意犹未尽,想那更高处定会花簇锦团。大家匆忙登车,继续上行。转过鹰嘴峰下的几处弯道,远远望见墨绿幽静的山林中隐约露出亮白的花朵。到达海拔 2000 多米处双马头景区的腰竹垭,就看到了油松铁杉密林深处及箭竹丛中伸展出的层层叠叠的白色花海。兴致盎然的李老师竟在花丛间系上了吊床,来了回"卧枕清风花下眠"。

众人继续结伴前行,走至山脊,眺望苍茫野性的秦岭。从马尾巴行进至马肋骨、跑马梁、马脖子和相马台,一路繁花似锦。只不过这里的杜鹃名为"照山白",无论花木花叶花蕊都比山腰的美容杜鹃小了许多。其高约 2.5 米,花枝略稀,花蕾呈紫红或雪青色,花朵为白色钟形,花萼裂为 5 瓣,花心中有黑色小斑点,每簇亦在枝头顶端十四五朵拥簇在一起,十分妖娆冷艳。众人忍不住与之合影,怜花咏叹。看那标识,说是花与叶均有毒,但可入药,又使观者敬畏。一位可爱的小姑娘踮起脚尖,来嗅嗅这雪白的杜鹃,摇摇头告诉妈妈没味。众人也尝试闻闻,确实嗅不到味道,但不知为何仍有山蜂绕其而飞,是否隐藏着更为难解的机密?

下至山来,看微信运动已积万步,耗时两个半小时。寻至农家乐,山笋、香菇、木耳、河鱼、腊肉皆山中林间所产,菜鲜饭香。我与任总明早有事搭李老师车返,而陈、蒋、蔡、刘等及后赶来的王总留恋杜鹃乐不思归。

归途起伏于秦岭山中,因灌了小半碗西凤,突然想起唐状元郎施肩吾《杜鹃花词》:"杜鹃花时夭艳然,所恨帝都人不识。丁宁莫遣春风吹,留与佳人比颜色。"以记此行。

(2018.4.27凌晨2时于文园)

记叙的散板

苍苍少华山

同学朱福俊前些年做华县"县太爷"时，数次邀去少华山一游，因诸事繁多，直到其升迁、县改为华州区都未成行。我知少华山与西岳华山峰势相连、遥遥相对，并称"二华"，亦为秦岭名山与道家福地。据传她与华山是天宫玉皇大帝御花园的一对使女华蓉仙子和华芙仙子下凡而成。因华山高五千仞被玉帝封为太华之主、盟冠五岳，少华山高四千仞封为太华之辅，赐号少华。所以一直都有游历拜谒之心愿。

暮秋周日约了华州人氏刘丽向导前往，查了天气预报是晴天，谁知从西安北郊出发上了连霍高速往渭南方向竟大雾弥漫能见度仅有一百来米，心里打鼓不晓山上情况如何，也不知还能不能上山，迷迷糊糊走了近一个钟头，快到了华州时雾散日出，穿过市区约七公里便找到景区门口。正欲购票，一看淡季价60元、班车20元，我因过了花甲之年全部享受免票。这时后面涌来成百名华商网组织的游客，穿着黄马甲装备齐全，插在我们前头进了景区。

乘坐景区通宇牌大巴入内，一路盘旋而上，迎面一座50多米高的大坝拦住河水形成"红崖湖"。车上录音介绍说，红崖景区由莲花湖、揽月湖、武家湖及猴王峰、八戒峰、鸡冠峰组成，尤以高500米、宽1000米的红崖绝壁最为壮观，其整体呈淡红色，如铜墙铁壁。但班车并未停下，继续介绍潜龙寺景区和石门峡景区。不巧的是，由于停电，通往潜龙寺景区和玻璃栈道的索道停运，班车直接将我们送到石门峡景区。

这里山谷感觉较为开阔，林密草深、水清潭幽，峰峦突兀、怪石嶙峋，虽无华岳奇险雄壮，但亦有少华晴岚之旖旎。原本是想来寻红叶的，可惜那些杨、柳、桦、椿、核桃、板栗的树叶已近落尽，只有白腊、小叶榆、五角枫和不知名的小灌木红黄相间、姹紫嫣红，还好山顶与峭壁上的侧柏、铁杉、华山松、锐齿栎仍郁郁葱葱、峥嵘竞秀。沿着石块砌成的路面，缓缓地依次走过石门、九龙潭，翻越九龙关、登云台，漫步金蟾湖、聚仙湾。绕过路旁一座小小的山神庙，又有高一百多米的崖壁，突起嵯峨、直插云霄，南北方向呈刀劈斜面，横于面门，名曰天崖。崖壁中有鸽子洞，口大如屋，鸽群咕咕。崖下有数间茅屋土舍，狗吠鸡鸣，为山民所居。相传历代绿林英雄在此落草，瓦岗寨勇三郎王伯当、梁山九纹龙史进极有可能曾在此聚义。

到此刘丽已疲惫腹空，我与司机小伍亦汗出涔涔。看时已正午，问前边返回的人说往前无更好景色，思量往返要走 13 公里便有返意，小伍建议再行半个时辰再原路返回。又往前行至一小桥旁，见一棵核桃树呈 50°角倾斜而生，刘丽实在不能坚持就此等候。我与小伍继续前行，爬道山梁到河谷拐弯处，有 50 多米高巨石，形似巨鹰铁嘴若钩，目光炯炯虎视脚下。我猜刘丽不愿上来可能是有所顾忌，下去一问她果然属小龙，大家哈哈一笑朝山下走去。

返回途中，我和小伍又多绕了十分钟，欣赏了高 39 米、婀娜多姿的天仙瀑布。只见环壁绝顶一股清流飞驰而下，飘飘洒洒，如天仙舞动素练，抚琴弄弦。只是此景坡陡石滑，冰冷阴暗，须小心行走，身后的四五岁小孩，父母拽着还是滑了一跤。在九龙关下，刘丽实在饿得不行，看时已经下午 1:40，共走了一万四千步耗时四个小时，每人在农家乐要了碗浆水洋芋糍粑，感觉味道美极。

走回石门峡停车场再搭班车，行至潜龙寺景区站说索道已经开通，看时间来不及且体力消耗殆尽，毅然决断下次再来观赏。走出景区大门口时，见有陈忠实先生题写的清人咏诗一首："少华苍苍，渭水泱泱。君子之风，与之久长。"惋惜此行无缘攀登少华山主峰，临玻璃栈道观其险峻，看来还得下次再来。

换车到华州城区，刘丽尽地主之谊请大家品尝"老碗老碟老味道，很土很香很实在"的"华州老碗"。三人要了一份"小车豆腐"、一份辣子夹馍和一盆丸子汤，两个大蒸馍和两份"老碗面"，怎么努力也咥不完。那只老碗碗口如盆有一尺长短，真是碗比脸大，面条足有六两，干拌的三合一（肉臊子加西红柿鸡蛋、杂酱），价钱才八元。

看旁桌六个老汉每人都咥了一碗，然后美滋滋地猜枚吃酒。看他们年龄差不多都七十上下、个个精神矍铄，禁不住近前拍照。几个乐呵呵地讲这老碗美！招呼我也来尝酒，还让我评判老哥几个谁喝得痛快谁赖酒。我学他们将吃不了的面也打包回家，第二天吃了两顿才咥完。

（2018.11.12 于北郊文园）

记叙的散板

黄柏塬秋记

周末约了几个老友去太白县黄柏塬看红叶,从眉县下西宝高速走至县城已中午 11 点半,每人要了碗擀面皮、馄饨和肉夹馍,每份才 14 元,吃饱喝足,便匆匆继续赶路。

开车的小周是福建人,已在西安生活了近 20 年,但讲话仍是闽南口音,总捋不顺舌头。不知何故,进山走了约 10 公里才见秋韵,油表竟亮起了红灯,打电话询问前方及黄柏塬镇都没有加油站,只好重返县城。谁知寻了三家都因停电加不成油,搞不好只能回塘口或眉县再加,几近绝望寻到第四家加上了油,众人才松了口气。原来出发前车主说油够用,小周大意又看不懂汽车油表盘上的"f-e"从而闹出了笑话。

从太白县到黄柏塬镇有 70 公里山路,上上下下还要翻两座山,到预定的隐仙山庄还有 10 余公里。小周的师傅大周责备小周不在状态,于是换下小周,师傅亲自上阵。这时山中开始飘起了雨丝,摇下车窗只见山峦起伏,草深林密,山顶垭口云遮雾罩,山峦缥缈,油松铁杉郁郁葱葱,白桦黄槭亭亭玉立，而那些参天笔挺的青杨、红桦、漆树、野核桃、水曲柳树枝上的残叶脱落得所剩无几，幸有紫荆、连香、杜鹃、银杏、猕猴桃与金丝楸、鹅掌楸的树叶还浓浓密密，黄绿相间、夹红裹翠，由浅入深、层层叠叠将整个山谷点染得五彩斑斓，美不胜收。

行至顶峰，视线只及10多米，四周白茫茫的一片，远处的山林水涧都躲进了云雾之中。那湿漉漉的雾霭扑面吹进车厢，空气特别的清新甜润，忍不住让一车人贪婪地深呼吸了一阵。再转下沟底，迷漫的云雾逐渐消退，路边的山茱萸红成一片，一簇簇通红的茱萸果挂着水珠晶莹剔透惹人怜爱。前边的一些车辆停了下来，游客纷纷下车在蒙蒙细雨中观景拍照。山根下白墙黑瓦的农舍飘浮着袅袅炊烟，屋檐下垂挂着金灿灿的苞谷，篱笆栏杆后几只土鸡咕咕地觅食，场院中置放有三四十只蜂箱，好一番山居秋暝景象。

我前些年秋日是来过黄柏塬的，知晓景区已经不远，曾游过大箭沟与原始森林，那里沿傥骆古道和湑水河可步行到周至老县城。"一骑红尘妃子笑"，当年为杨玉环送荔枝就是走的这条道，可惜上次来走至半路折返。这儿常有国宝大熊猫出没，著名的"白雪"就是在这里被救治的，因此黄柏塬又被称为熊猫小镇，如能邂逅就太幸运了。沿着蜿蜒曲折的山路，果然不久就到达了核桃坪二组的隐仙山庄。安顿好房间已是下午五点钟了，欲去景点已来不及，便先点了餐，开了电热褥，沿公路随意溜达。

　　山里的天气说不准，此时细雨又停，信步走到一农家小院与老两口攀谈起来。这里的正房都盖得进深很大，厢房旁生一株巨大核桃树，一问已逾百年。老汉已六十有二，抱着孙儿，说三个孩子都没出去打工，一家人收入主要靠种药材。他指着遍河川的山茱萸林说，等天晴就要采摘茱萸呢，一斤能卖十来元，人手还不够呢？旁边的老婆唠叨，你们咋不住俺这儿，俺这才一百元。看看房间还算干净，说已在下边的山庄住了，只能下次。大周花白头发，让老婆猜猜他有多大年龄？老婆说与她老汉差不多，惹得大家发笑。老婆说多在俺这住好，能长寿。你看我头发还是黑的，不像你年轻轻的头发就白了。我婆婆都九十七了！

　　往回走时天已渐黑，大周给同行的郭、任两位女法官出题儿，待在这儿能活百岁，在城里能活七八十，选哪儿？俩人异口同声说城里，这儿风景虽美，空气新鲜住上两天还可以，久了肯定不行。我道一方水土养一方人，故土难离，都离不开生养的环境，各有各的活法。吃罢晚饭，钻进电热褥烘暖的被窝，寂静的山庄很快让人入眠。

　　第二天清晨，预报的多云天气却又飘起了小雨，山头被一抹抹云雾笼罩着且越积越厚。我建议先去原始森林稍走几步，将重点放在大箭沟观水，看来这次又不能穿越去老县城了。大家接受了我的提议，买了门票租了雨伞，深一脚浅一脚地踩着泥泞的路面向观猴点走去。我与昆明兄

秦岭之殇

各打一把伞,指点着山崖旁捆绑的木梯与圆木挖凿的蜂巢。突然发现 30 米开外的砂石路上,有只头羽金黄、腹下深红,拖着一束长长尾巴的锦鸡一窜一窜、左顾右盼地走着。我急忙打开相机按下快门,大约是受了惊扰,锦鸡掉头一闪就钻进了密林。我还是第一次拍到野生状态中的红腹锦鸡,真有些欣喜若狂。

再往前走,路边又窜出一只灰色的松鼠,它用黑溜溜的眼珠张望了一会儿山外来客,又不慌不忙地跳上树干,转眼就不见了踪影。而沟溪旁搭建的棚舍里饲养着珍珠鸡、孔雀还有大鲵,想必这里的金丝猴也是人工饲养的。近年来随着秦岭生态环境的修复,许多地方如柞水的皇冠、佛坪的熊猫谷、周至的王小涧、洋县的华阳都能见到美猴王的身影,大部分是由人工投食引来的。黄柏塬的金丝猴也不例外,也是由当地护林员、野生动物保护站的人员,定点定时喂养,并供游人观赏。

走了一里多山路,远远就能望见树梢晃动处有猴群跳跃,彩条布与塑料布搭的窝棚前,有人端着红色塑料盆喂食招呼猴群聚拢。四五只体形较大的金丝猴大大方方地向游人讨要食物,两只小猴竟飞身跳到一男一女两位游客的肩头,再双脚蹬上头顶,用两条长臂搂住人的脖颈或两腮与人亲近。每当有新客走近,树上地下的猴子就会发出"吱吱"的尖叫。喂猴人介绍说,猴群有 50 多只,每天早晨八点从深山下来,中午时分离去,那只强壮健硕的公猴便是猴王。它们以树叶、树皮、嫩枝、果实为食,主要生活于海拔1500～3000米的落叶阔叶或针阔混交林中,是咱秦岭一宝。

　　与这些秦岭精灵们如此零距离亲密接触,两位美女法官还有些胆怯,站得远远地让同伴拍照。我好不容易逮住机会为金丝猴们拍起了特写。这种秦岭特有的金丝猴亚种,蓝色面容、红色脸颊、鼻孔仰天、嘴角微翘、背披金丝、尾长及身、腹部灰白、闪着机灵的黑眼珠,或追逐打闹,或互相搔痒,或闭目养神,有的觅食咀嚼,有的四处张望,有的吊起双臂荡起秋千,而有的玩起高低杠,从这棵树飞到那棵树上。还有几只调皮的小猴子,抓起树梢荡向对岸的树丛,喂猴人不停地喊着并用弹弓发射小石子,说是吓唬吓唬,怕它们走失了。

　　离开了猴群,我们又赶往有着小九寨之谓的大箭沟景区。这时雨大了起来,山风吹得手背还有些冷飕飕的感觉。为节省体力我们先乘电瓶车到达单趟车站的终点,再冒雨下至沟底沿搭建的木栈道顺流而下。虽是淫雨霏霏,却丝毫打消不了游人的兴致。小壶口、三叠瀑、贵妃潭、七彩石……真乃秋水长天、秋叶斑斓、秋草萋萋,一步一景。尤其是千百年水击浪拍所冲刷雕琢出的岩石花纹,曲线交织、云纹豹斑、碧绿橙红、千姿百态,让人生发无尽的想象与感慨。正可谓:石借水而妖娆,水依石而妩媚,水溅石而生韵,石出水而染色,水石交融、相映成趣,才将黄柏塬装扮得如此俏丽。

　　行至钓鱼台上岸，回望一潭碧水波光粼粼，清可见底。风停雨住的水潭中，不知何时浮游上来一尾一尺长的黑褐色鱼儿，引来游人的惊呼。能看到这么大的秦岭野生细鳞鲑也属难得，它为国家二级保护动物，居高临下拍摄了几帧，因没带长焦，与拍到的红腹锦鸡一样只照了个轮廓，算是个小小的遗憾。几人相约，下次定要来一次穿越。

（2018.10.26 手机写作于文园）

记叙的散板

秦岭之殇

　　盖闻秦岭横亘于神州中部,长千六宽二三百公里,西起甘肃临潭白石,东至豫西伏牛,乃中华龙脉、南北分界线与生态安全屏障,其深厚历史文脉和生物多样性,滋养关中平原,哺育长江黄河,引久居其下的长安人自豪,又被称为中国父亲山。

　　尔等食之稻粟、饮之清泉、燃之炭薪、逐之鸟兽、读之春秋、观之盛衰、咏之诗赋、寻之禅机、享之美景,与之共生。历经从蓝田猿人到半坡先民的繁衍生息,再到周秦汉唐几度沉浮……秦岭岿然,在那里静静地观变、默默地诵吟,是哪个兴建水利、强国富民,哪个火烧阿房、伐兀蜀山,又是哪个植树造林、修复生态?

　　然初识其貌,人多谓其南山或终南山。儿时诵读白居易的"卖炭翁,伐薪烧炭南山中",常爬长安城阙眺望"终南阴岭秀,积雪浮云端"。而至春暖花开或"五一",学校组织春游,行翠华或临潼踏青,使小小年纪就种下"太乙近天都,连天接海隅"和"长安回望绣成堆,山顶千门次第开"的根苗。

时过境迁，秦岭也步入 21 世纪，古都西安以崭新姿态"重开现代丝绸之路，再振汉唐雄风"。这座伟大的山脉以奇特的地形地貌、丰腴的动植物及矿产资源、文化旅游资源重新展现在世人面前。随着环山路、西康和西汉高速的开通，太乙、太平、朱雀、太白等国家森林、地质公园设立，特别是多年来退耕还林与生态修复，南山里的景色越来越美，熙熙攘攘的人群车流一股脑从各个峪口涌入秦岭，寻找各自的情趣与魂魄。

美国汉学家比尔·波特的《空谷幽兰》，似乎将现代隐逸生活传播给欲求"天人合一"远离城市浮躁的人们。于是一些著名的画家开始在南山里修建画室、妙笔生花，一些得道高僧开始在山中修筑庙宇、普度众生，一些退休官员开始在山脚找个院舍、安度晚年，一些成功人士开始在山野搭建茅棚、耕种清修。青年作家邢小俊的新作《居山·活法》，诠释解密了人与自然和谐相处之道和形形色色驻山之人的心念轨迹。

更有幸跟随摄影师傅艳刚先生、民宗专家笑东先生等寻访秦岭四宝与高僧大德，感念森林养护人员与修行之人取之有度、用之节俭，也察觉秦岭北麓及腹地有乱挖乱采乱砍乱建乱弃之现象，不免对其蔓延之态而担忧。尤以就职媒体数年，常闻不法之徒炸山取石、掘洞挖矿，拦河造屋、毁林开发，沿山一带挖塘养鱼、雨后春笋般兴起农家乐,跑马圈地、筑起延绵数十里别墅群,窃为秦岭之乱象所担忧。亦派记者明察暗访山中挖沙采金、盗伐偷猎、违章乱建,可惜多以内参反映,鲜见报章。所幸省市相继制定秦岭生态环境保护条例,明确保护范围、措施,西安还成立了专门的保护机构,并于两三年前拆除违建200余栋别墅。

然秦岭之痛,乃陈年之疴,冰冻三尺,非一日之寒。所拆除与没收的别墅仅是冰山一角,其拥有者非贵即富,其开发建设者皆手眼通天。明知中央三令五申不得在保护范围内进行房地产开发和兴建别墅,却能以招商引资、生态农业、发展旅游、野生药物研发、旧村改造等种种名义,避实就虚、绕开政策,假公济私、中饱私囊。因为其诱惑太盛、利益极大,背地里少不了权钱交易、利益输送,因而使秦岭北麓别墅野蛮生长,秦岭腹地开发失控,生态保护与修复难以奏效。

庆幸中央高层知情,怒批秦岭北麓修建别墅屡禁不止问题,中纪委坐镇陕西查处,从政治高度认识保护生态问题,乃秦岭之幸、长安之幸、人民之幸。"云横秦岭家何在,雪拥蓝关马不前。"秦岭不仅是西安人的秦岭,而且是中国人、地球人的秦岭。借用唐韩愈诗云:"欲为圣明除弊事,肯将衰朽惜残年。"只有以最大的决心全面"查",以最坚决的态度严肃"处",以最有力的措施彻底"改",才能打赢这场"秦岭保卫战"。

秦岭之殇

在南山拥有一处院子或一套房子，向往"明月松间照，清泉石上流"意境，是富足起来的大多数西安人的一种奢望，也许是近 20 年来，秦岭北麓别墅乱建之根源。更是近水楼台先得月者与既得利益者们，经营起自家"后花园""安乐窝"，哪管秦岭痛痒、人民疾苦，因而"整而不治""禁而不绝"乃至"欺上瞒下""阳奉阴违"的根源。也成为表面上拆除，实际上以少批多建、改变用途、移花接木、轻处罚后合法化，抱着侥幸心理蒙混过关或"法不责众""死猪不怕开水烫"的态度，而使问题愈演愈烈。

秦岭北麓乱建别墅屡禁不止现象，表面看是违法违规，行政审批不严、管理不善，官员不作为、不担当的问题，实质上是一种只顾谋取个人私利，不惜损害国家和人民利益的腐败现象，是关系党和国家前途命运的反腐败斗争，只有上升至这样的政治站位，才能彻底清除流弊，而不仅只是拆除那些违法违规建起的别墅。

相信此番是动了真格，反腐利剑定能斩开西安城中一片乱麻，拨开秦岭上空层层迷雾，根治终南之痛、秦岭之殇，使大秦岭更好地发挥其"国之绿肺""国之脊梁"的作用，造福于中国，福佑于天下长安。

（2018.8.12-13 于商南金丝峡·西安文园）

记叙的散板

无字碑前话乾陵

周末相约去乾县郊游,驱车一个多小时就可见气势恢宏的乾陵——大唐夫妻皇帝的合葬墓了。在西安城生活了60多年,常常笔走贞观开元盛世、赞叹李唐荣耀,却鲜有机会领略近在咫尺的形胜,今日总算弥补了遗憾。

在当地朋友吴强伟导引下,一行6人从西侧山腰走小路向梁山进发。小吴是乾陵脚下司马道村人,他家承包的地就在乾陵神道的东侧,别看年纪轻轻,已在西安有家招标公司,对这儿的风土人情、掌故传说一清二楚,每逢周日总要回家转转,帮忙照看父亲在景区经营的跑马场。他讲乾陵位于海拔1047米的梁山,面向渭河,"背靠梁、脚蹬川,世世代代做高官"是块福地。整个皇陵仿长安城格局建造,分皇城、宫城、外城,宫城周长12里、外城周长80里,有建筑380多间,堪称中国帝王陵墓之最。黄巢用了40万大军,温韬曾三次上山盗掘,孙连仲拿大炮轰炸,都没能找到墓道口。

同行的崔煜对这段历史了解颇多,说当年武则天委派星相家和风水大师袁天罡、李淳风寻找吉穴。袁到关中夜观天象，见此处山峦紫气冲天，与北斗交汇，认定是风水宝地，找出一枚铜钱置放盖上浮土以作标记。李沿渭水行走，观秦川突兀一山形若美人卧于天地之间，其双乳对称、两腿间有清泉涌出，遂上山以身影取子午、以碎石布八卦、转动身针于二鱼之交，将发针扎于土中也作好标记。武后派人复查，拨开浮土竟发现李淳风的那根发针正扎在袁天罡那枚铜钱的钱眼里。于是认定是龙脉，大兴土木在这里建起皇陵，因其在长安城西北方为乾位，所以谓之乾陵。遂问黄巢沟在哪儿？小吴说就是我们脚下这条沟。那边便是白虎门，底下公路就是沿原先城墙修的。

穿行立有"赐进士及第兵部侍郎兼副都御史陕西巡抚毕沅敬书"的"唐高宗乾陵"碑刻广场，向上走过一段砖砌的路面，再向上行进路面越来越窄、坡度越来越大，为游人踏出"之"字形小道。爬上一面若碌碡大小奇异石块组成的坡道，小吴说整个墓冢是这种石灰岩结构，石形的花纹旋涡因雨水浸蚀而成，但十分坚固。1958年修西兰公路时民工曾在这里炸山取石，崩出巨大石条无意中找到了墓道口。经省考古部门勘察，这些石条长1.25米、宽0.5米，呈阶梯状叠砌，大约有8000余块，石条间用5~10公斤重的铁细腰固定，再用铁水浇铸，与旧唐书"乾陵玄阙，其门以石闭塞，其石缝隙，铸铁以固其中"记载相同。大文豪郭沫若力主发掘，被周总理"我们不能将好事做完，此事可以留作后人来完成"而阻止。据史载和专家推测，乾陵地宫中埋藏的金银财宝占了唐朝财政与宫中珍宝的各三分之一，而大名鼎鼎的《兰亭序》极有可能藏于其中。怪不得有许多人觊觎乾陵宝藏，全然不顾背上骂名。

孙涛、昆明、续鲲几个常爬山锻炼之人，嫌不过瘾，执意要下黄巢沟、探白虎门再登顶。而我与崔兄盘坐石上小憩片刻，借助碗口粗的桧柏，在被千年踩踏已十分光滑的石径上吃力攀爬。好不容易登上山顶，环顾四野，田畴阡陌、凉风习习，整个陵园尽收眼底，神道及双乳峰上的朱雀门历历在目，十对石头翁仲与五双石人石马及一对华表隐约可见，教人胸襟顿开、心旷神怡。此时仿佛回到大唐，可观金戈铁马、赏霓裳羽衣，发指点江山、怀挥斥方遒，思古之幽情。

坐于茶摊之前，兼听卖纪念品戴石头墨镜的两老汉闲谈。说俺这叫"瓜婆陵"，现在满山的松柏是后种的，上边凉爽，每天上来摆摊不为挣钱，就为锻炼身体与游客聊个天。不知何为发起牢骚，说不让烧柴草做饭了，还要改水厕，咱农民屙个屎咋还要这讲究？"瓜婆"都不管拉屎撒尿，现在文明得啥都管起来呀！我劝老汉消消气，这是环保讲卫生呀。估摸是当地政府想为群众办好事，作风有些简单粗暴而惹的事。

等我们同行的几个人到齐，老汉又招呼人喝茶，谝"瓜婆陵"修了23年地方嫽很，来此必有福报。于是年轻人打趣崔哥必有好事，戏说武则天67岁当了皇上，你也正当其年，却比她活得潇洒轻松。大家有说有笑相互搀扶下山，先找到郭沫若题写的"乾陵——唐高宗与则天皇帝合葬之墓"的碑文，然后在没有了脑袋的61蕃臣石像背后，寻找依稀可见的于阗王、波斯王、吐火罗王等残缺文字，立于其后拍照留念，领略一下往昔使臣来朝的感觉。

出得朱雀门，西侧为武则天撰文、中宗李显丹书，歌颂高宗文治武功的"述圣纪碑"。碑高7.53米、宽1.86米，重89.6吨，由顶、身、座等七部分构成，由于千年风雨侵蚀，文字大部模糊不清。而距之东阙八九米开外的"无字碑"，才是整个乾陵的精华与气度所在。其高度与"述圣纪碑"一致，宽2.1米，由一块重98.8吨完整的巨石雕琢而成，碑首雕刻有八条螭龙，两侧有线刻升龙图，更显其奇崛瑰丽、巍峨壮观。其上本无碑文，仅留长4厘米、宽5厘米的方格，宋金以后才有"到此一游"之辈乱题瞎刻的文字，窃以为有悖于一代仁主立无字碑的本意。

千秋功罪任人评说。想那武曌政治清明也好、任用酷吏也罢，兴修水利发展农耕、促进中外交流与民族和解也好，为权力诛杀亲生儿女与宠幸面首生活骄奢淫逸也罢，总有说不完的话题。仅一生嫁了两位皇帝、生了两个皇帝，自己又干脆做了中国历史上独一无二的女皇，"上承贞观、下启开元"，就堪称是一个伟大的政治家、军事家。而其文学才干和书法造诣也属一流。如她的诗作《如意娘》：

记叙的散板

"看朱成碧思纷纷,憔悴支离为忆君。不信比来长下泪,开箱验取石榴裙。"所书写的飞白体:太子升仙碑均为精妙之作,流芳千古。

  围绕武则天自立的无字碑仰视三匝,感叹其身后留下的种种谜团,再与那些无语的翁仲对眸,突兀间疑问为何常往东线的秦陵,一直未能来西线的"瓜婆陵"?不管怎样总算开了眼界。从手机搜到刘伯温过乾陵留下的诗句:"藩王俨侍立层层,天马排行势欲腾。自是登临多好景,岐山望足看昭陵。"竟与此行的心境相同,思量下次应去九嵕山拜谒是也。下山后,热情的东道主招呼品尝了乾县别有风味的豆腐脑与羊肉泡,还带去他家马场骑了回马,不亦乐乎。

(2018.8.30 于文园)

秦岭之殇

不夜的长安

大约 10 年前，飞往阿姆斯特丹的夜航中，途经跨越欧亚大陆的伊斯坦布尔，舷窗外夜幕下的港口、街道、楼宇和跨海大桥灯火通明，映照于海面熠熠生辉，仿佛天上的街市。第一次从空中俯瞰城市夜景，原来是这般的炫耀，与原先登太平山、南山"一棵树"观赏香港和重庆夜景的视角与感受是不一样的。

而后有一次从莫斯科飞圣彼得堡，也是夜间的航班，有幸看到夜幕下这座伟大的红都。依稀尚辨认出光影装扮的克里姆林宫、奥斯坦金诺电视塔、卢日尼基体育场、国际商业中心，宛若玉带缠绕的莫斯科河，还有呈三层六边形向外辐射的城市轮廓。也许是距离较远抑或是城区太大，加之森林密布的缘故，莫斯科似乎不如伊斯坦布尔明亮。虽然是匆匆一瞥，亦是印象深刻，心念久居的四方城，她的夜景从空中鸟瞰不知是什么模样，想必也会是浪漫依然。

随着厉害了我的国飞速发展，城市化和现代化建设步伐的加快，有着世界四大古都之称的西安，近年来不仅长

记叙的散板

大长高长绿长美了,而且越来越靓丽。从央视春晚分会场、中秋晚会无人机拍摄到的永宁门、紫云楼等流光溢彩、美不胜收的镜头,以及猴年春节期间观赏大唐不夜城与高新区创业咖啡街头变幻莫测、美轮美奂的灯光秀,更有了从高空中看看长安城"夜未央"景色的念头。

　　心想事成,今年四月再访金华从萧山机场返回古城时,由于晚点还真成就了我从夜空一揽西安夜色美的夙愿。大约晚八点半,空姐播报本次航班即将降落,事先已估摸过航线,于是急切地贴近舷窗,等待空客飞出莽莽秦岭的那一刻。

　　亮了亮了,朦胧月色中机翼下前方放射出一片光芒。首先映入眼帘的是环山路、绕城高速与南三环串起的灯带,由南向北延伸笔直的条条街灯,其间闪烁着层层楼宇透出的光亮与奔驰于马路上过往的车灯。"看!那不是南湖吗!""是啊,你看望江楼旁的w酒店。""快!这边好像是咱唐延路。""对,这是高新区!"半醒过来的乘客,遥望窗外的璀璨,赞叹这两年西安的变化,急切地盼望回家咥一碗扯面,或直奔夜市或可心的餐馆来一餐家乡的味道。

　　的确,这些年兴起了从卫星或航拍图片的亮度来评价一个国家、地区及城市集中的规模、发展的水平、富裕的程度,比单看 GDP 更为直观。而"月光经济"作为新业态与城市建设的组成部分、居民生活的新方式正方兴未艾。在近期发布的全国 400 个城市大数据中,西安位列全国夜间出行十大城市第四位,可见"大西安建设"的成效显著。我的好友"天和照明"的杨总,这两年为点亮西安下了大功夫,看到自己朋友团队的杰作,我心里也是美滋滋的。

乘着前后排人们的热议,我专心致志地察看大唐不夜城金碧辉煌的大屋顶,从大雁塔至钟楼到北绕城由各色灯束串成的长安龙脉,由千万条灯带、百万只灯具点亮的明城墙、城楼与曾万邦来朝的大明宫,寻觅那汉城湖畔、浐灞交汇处晶莹剔透的大风阁、长安塔。努力搜寻着灯影下曾居住、工作过的建国路、南二环,徜徉、驻足过的回民街、港务区……那一条条、一座座似曾相识又赋有新意,被霓虹、LED、激光灯、中国结、红灯笼等映衬照亮的街巷道路、小区商场、高楼大厦、绿地园林等建筑群落。宏伟壮丽的长安城犹如白昼一般,被装点得宛如天宫的街市、灿烂的夜空、繁星点点的银河。

飞机安全降落在西安咸阳国际机场,刚刚将户口迁至西安的张强来接。虽是晚九点,但一路车水马龙、灯火辉煌,城市的喧闹才刚刚开始。被橙、黄、红、白、蓝、紫等各色灯饰装束的行道树闪闪发光,变幻着华彩,与两侧鳞次栉比建筑上的霓虹彩屏、发光板和各式灯箱交相辉映。他问要不要去吃点东西,熙地港与汉神上的小吃、大餐都不错,没想他这个外乡人,对西安竟如此熟悉。

而我望着车窗外掠过的灯火光影,特别是道路两旁灯杆上的红灯笼,想起儿时常常吟唱的童谣:"灯笼会,灯

记叙的散板

笼会，灯笼灭了回家睡"。使人感叹时代的变迁，社会的变化如白驹过隙。那个"马路不平，电灯不明"的故都早已经旧貌换新颜，对来西安旅游"白天看庙，晚上睡觉"的戏谑，亦一去不复返。现在每当华灯初上，你可去华清池欣赏山水实景歌舞剧《长恨歌》，到汉城湖荡舟赏月，上古城墙漫步观景，来咖啡街休闲交友，去永兴坊小酌品茗，尽兴地摔一回酒碗，抑或前往环城公园、曲江池畔花前月下……

　　回家了，我的依恋。前面不远就是那火树银花，不夜的长安。

（2018.9.21 手机写作于文园）

秦岭之殇

又见昆明池

戊戌国庆黄金周，西安旅游接待游客与旅游总收入超越京沪，荣升"十大国内热门旅游目的地城市"榜首、"全国高铁热度榜"第一名，再次成为网红。其缘由之一便是自上年西安昆明池及七夕公园9月28日盛大开园。去年曾欲前往，无奈被堵半道，于是今年乘国庆节收假后第一个周六实地探访了一番。

昆明池位于西安沣水、潏水之间的斗门镇东南，现划归西咸新区沣东新城管辖，距离唐延路7.3公里，距离西三环2.6公里。从三年前二月破土动工，到现在碧水荡漾，可谓沧海桑田，圆了西安人一直的梦想，也是他们对这座伟大城市的重新认识与新理想的不懈追求。

早在两千多年前的西汉元狩三年，汉武帝为征伐南越国和昆明国，从秦岭脚下的上林苑引水，比照滇池开凿昆明池习练水军，后供泛舟游玩。其池沼周围40里，广332顷，为我国历史上第一大人工湖，具备了供水京师、调水蓄洪、训练水军、生产鱼鳖、模拟天象等多项功能。史载昔日昆明池中有楼船百艘，其中所建"豫章"大船可载万人，东西岸各建一石人分别为牛郎织女以为天河象征。

据近年考古发现，古昆明池位于沣东新城的南丰村、石匣村、斗门镇和万村之间，东西宽约4.26公里、南北长约5.69公里（非长方形，是不规则的四边形），周长17.6公里，面积16.6平方公里。可见当时烟波浩渺，蔚为大观，直到唐末大和年间才干涸为陆地。进入新世纪，不甘落伍的西安人，以水兴城，采取"保水、引水、治水"多项举措，恢复和重构大西安水系，其中作为"引汉济渭"的斗门水库工程之一的、相当于杭州西湖1.6倍的昆明池，便再现于人间。

步入景区的云汉广场，首先映入眼帘的是两座高大的汉厥与气势磅礴的仿古战船，汉武帝身披铠甲征衣的雕塑屹立于楼船之上目视远方。杜甫诗云："回首可怜歌舞地，秦中自古帝王州。昆明池水汉时功，武帝旌旗在眼中。织女机丝虚夜月，石鲸鳞甲动秋风。波漂菰米沉云黑，露冷莲房坠粉红。关塞极天唯鸟道，江湖满地一渔翁。"描写的景色仿佛督促人一睹昆明池的芳容。绕过昆明石，吟诵了由姚敏杰撰写、赵熊丹书的《昆明池赋》，再行数步便见到了梦中的昆明池。

沿着池岸与池中栈桥漫步，昆明池水波光粼粼，烟水空蒙，浪花轻轻拍打堤岸，三两队鸭鹅戏水游弋，成群的鱼儿欢快地翻滚觅食，远处有几艘小舟与一只大画舫载着游客航行,近前有些不知名的水草和已经开始扬花的芦苇点头微笑,渐渐枝枯叶残的荷莲随风摇曳,别有一番水天一色秋高气爽的景象。

伴随着韩磊、李思宇演唱,薛保勤作词、张朝作曲的《又见昆明池》优美的旋律,登临由汉白玉雕砌的七孔雀桥,湖光山色尽收眼底。真有"一面天镜天上来,一泓碧水落人间,曾经汉武训水师,舰船纵横起狼烟,沧海千年桑田千年,亭榭远逝梦楼船。一池昆明水,回首忆长安"的感觉,也不知我这位陕北老乡诗人薛保勤哪来的灵感,堪比李杜不亚于王维和孟浩然,又使人想起"一城文化半城神仙"的诗情画意。

尽管今日天阴雾霭,但西安高新区高大的楼宇清晰可见,终南荫岭也在云雾中浮现,并影影绰绰地倒映于一池秋水之中,使浩渺空寂的"七夕湖"平添了许多现代大都市的气息。三三两两的游人驻足于此,欣喜地观赏汉白玉栏杆上活灵活现的喜鹊雕塑。一对情侣依偎在一起,拿起自拍杆甜蜜地拍照。一对小夫妇牵着姗姗学步女孩的双手,一步步登上桥来像是重觅相恋时的浪漫。

转至岸边,有八条白龙口中喷出水流,湍急的水柱划出一道道弧线,再落入池中又飞溅起无数闪亮的水珠。不少人在牛郎带着两个孩子与织女相会、名为"鹊桥仙"的雕塑前合影留念。亦印证着诗人"一波烟柳接远山,半围花海香秦川。牛郎凌波一池月,织女长袖舞翩跹。秦岭翘首,翘首问天,唐时明月汉时帆。一池昆明水,多情醉长安"的向往。据说晚上此处有灯光秀与情景表演美轮美奂,但窃以为将昆明池搞成爱情主题公园,一部分命名为"七夕湖"确有点牵强,尽管附近有石婆石爷庙,供奉着汉时所置的牛郎织女石像,绝非汉武大帝刘彻的本意。

  而岸边的 26 个婚姻雕塑,从纸婚、棉婚、手婚到瓷婚、丝婚、钻石婚造型别致生动,极富情趣与寓意,给新昆明池注入了新的内容和人文情怀,相信会有更多凤凰涅槃的生命意义与延续亘古不变的爱情。同行者之一的任先生与此池同名,建议绕行一周饱赏美景,至西岸找到了仿制的石鲸。据传汉武帝时共刻两条石鲸,分别置于昆明池和太液池,其中昆明池这条长 5 米,最大径 0.96 米,"每至雷雨,常鸣吼,鬣毛皆动"。后被断为两截,头部现存西安碑林博物馆。

  回到停车场,看微信运动已走了约万步。旁边的云汉广场和商业街区还在完善,我知道现今开放的水域面积仅 707 亩,只是规划面积的二十二分之一。再等两年待整个北湖和南湖注水后,消失近千年的昆明池才真正能够重现。届时让我们一同再来游一游、看一看:"烟波浩渺伴终南,驭舟唱晚荡青莲。汉唐盛境今又现,国运水运看变迁。曾是奇观,今又奇观,山水林湖皆诗篇。一池昆明水,长歌颂长安"的奇观!

(2018.10.22 于文囿)

印度印象

走过久违的红场

　　与大多国人一样，心目中都有想去北京天安门广场看看升旗，瞻仰一下人民英雄纪念碑和毛主席纪念堂，感受那庄严神圣自豪的一刻。而对于我们这些20世纪五六十年代的人来说，对莫斯科的红场也有一种同样的情感，因为她曾是点燃无产阶级革命燎原烈火的圣地，也是世界反法西斯战争的大本营。

　　机缘终于来了。当我第一次踏上这块战斗民族的热土，就迫不及待地来到位于莫斯科市中心的这个著名的广场，来体味当年那些昂首阔步受阅士兵的心情与万众沸腾高呼："乌拉——乌拉——"一波又一波的声浪。

　　初秋的天气阳光明媚，来红场和到克里姆林宫观光的游人很多。我们是从有着双塔的伊维尔斯大门，也被称为"胜利门"或"复活门"即北入口进入红场的。在观看过一个俄罗斯地标原点地面雕塑，走上一道慢坡穿越门洞时，有穿着西服和元帅服，惟妙惟肖的列宁和斯大林同志，招呼游客合影留念。

记叙的散板

　　红场没有在屏幕或印象中那么浩大，甚至感觉有些简陋，整个地面是由青色的条石砌成，似乎凸凹不平，与天安门广场的宽阔规整相差甚远。但周围的建筑从北边的历史博物馆、西边的克里姆林宫，到东面的古姆百货商场、南面的圣瓦西里大教堂浑然一体，显得古朴典雅，充分展示了12—15世纪莫斯科大公国时期形成的尖顶塔楼式的俄罗斯建筑艺术风格。不过红场中央正在搭建临时舞台，不知要搞什么演出活动，还有一个小规模的车展正在进行，似乎与这里不太搭调。

　　导游告诉我们，红场南北长695米，东西宽130米，总面积只有9万平方米。原名"托尔格"为集市的意思，其前身是伊凡三世在城东开设的工商区，后发生火灾，曾被称为"火灾广场"。1662年改称为红场，在俄语中红色含有美丽之意，因此亦称"美丽广场"，是沙皇宣布重要诏书和举行凯旋检阅的场所。十月革命胜利后，成为苏联和现俄罗斯庆祝重大节日集会，举行阅兵的地方。

　　仰望着由红色花岗岩和黑色大理石建成的列宁墓，一种崇敬仰慕之情油然而生。马克思、恩格斯创立的共产主义学说，由列宁和斯大林首次在这里变为现实。社会主义的红色苏维埃，多少年来一直是全世界无产者，特别是我们中国革命者学习、向往的地方，顶礼膜拜的榜样和一往无前的力量源泉。而它也和救世主塔楼上的红五角星，见证了苏联发展强大的历史与一夜之间轰然倒塌解体的悲剧，也使人们思前想后感叹不已。

列宁墓上的平台及两翼,是领导人与嘉宾们的观礼台,我们的伟大领袖毛主席和新时代的领导核心习总书记也曾在此观看过宏大的阅兵仪式。2015年5月9日,在纪念卫国战争胜利70周年的时候,中国人民解放军三军仪仗队和着《喀秋莎》的旋律,在"正当梨花开遍了天涯,河上飘着柔曼的轻纱"的歌声中,英姿勃发地走过红场。那坚定的步伐、坚毅的目光,彰显出不忘初心的中国共产党人和所领导的军队、人民,将革命与建设、改革与开放、和平与发展不断推向前进的自信与英雄气概。

在列宁墓的后面与克里姆林宫红墙之间,高大的枞树下竖立着12块墓碑,安葬着斯大林、勃列日涅夫、安德罗波夫、契尔年科、捷尔任斯基等苏联前领导人。在宫墙墙壁上还安放着朱可夫、高尔基、加加林等那个时代我们耳熟能详人物的骨灰。也勾起我们对1923年5月1日首次在红场阅兵的场面,特别是1941年11月7日十月革命24周年的阅兵场景的追忆。当时纳粹德国军队已经到达莫斯科附近,据说已经可以通过望远镜看到克里姆林宫。斯大林决定如常进行阅兵并发表著名的演说,十万受阅部队随即开赴前线作战,极大地鼓舞了全体红军将士和苏联人民的士气,取得了莫斯科保卫战的胜利,从而扭转了整个战局。

当年,朱可夫大将被任命为司令员,组建了新的防线,

记叙的散板

　　调整部署了新的兵力。莫斯科市民也被动员起来，三天内组织了 25 个工人营，12 万人的民兵师，169 个巷战小组，发动 60 万人修筑起三道防御工事，其中妇女的数量占了四分之三。此时，苏军总兵力 110 万人，有 7652 门火炮、774 辆坦克、1000 架飞机；德军却有 170 万人，拥有 13500 门火炮、1170 辆坦克、615 架飞机。虽然苏德力量对比悬殊，但在市民的支援下，军民同仇敌忾，使德军伤亡人数 50 万人，被赶到距离莫斯科 100 至 350 公里以外的地带，而苏联也付出了伤亡和被俘合计 70 多万人的代价，从而粉碎了希特勒的"闪电战"，极大地鼓舞了苏联人民和全世界人民反法西斯战争胜利的信心。在历史博物馆门前，矗立着后来成为元帅的朱可夫雕像，来纪念这位苏联卫国战争中的英雄。

　　红场南端的尽头便是圣瓦西里大教堂，导游讲述说，此教堂是 1553—1554 年沙皇为纪念伊凡四世战胜喀山汗国而建，是当年莫斯科最高的建筑。其造型别致，整个教堂由九座塔楼巧妙地组合为一体，塔顶则是色彩艳丽的洋葱头造型构筑，充满了童话般的梦幻。据说在这场战争中，俄罗斯军队得到了 8 位圣人的帮助，所以教堂上的 8 个塔楼分别代表一位圣人，而中间最高的塔楼象征着上帝至高无上的地位。教堂建好后，为保证不再出现同样的建筑，沙皇竟残忍地刺瞎了所有建筑师的眼睛，因此伊凡大帝也背上了"恐怖沙皇"的罪名。而圣瓦西里大教堂的建立，标志着莫斯科成为俄国的宗教和政治中心,也标志着东正教对周边其他宗教国家侵扰的胜利,是俄罗斯民族摆脱外族统治、完成统一大业,继而走向强大的里程碑。

可惜它与列宁墓一样,在我们走过红场时没有开放,未能一睹它内部的奢华。再次折回红墙旁边,见有持枪站岗的士兵穆然肃立。一阶红色大理石基上置有一顶钢盔和一面军旗的铜雕,红色石池中间凸起的五角星中央燃烧着跳动的火焰,原来这就是无名烈士碑,埋葬着一名牺牲于莫斯科郊外士兵的骨灰。纪念碑的石基上镌刻着:你的名字无人知晓,你的功勋永垂不朽。

深深地鞠上一躬,默默地伫立,向无数英勇牺牲的革命先烈、伟大的苏联人民致敬!但愿红场这一掬火焰还能重新点燃起燎原的烈火,克里姆林宫的塔楼上再次飘扬起镰刀斧头的旗帜……

(2018.10.5 于文园)

记叙的散板

永恒面颊上的一滴眼泪

退休闲暇翻看整理昔日的照片，有十来张是在印度拍摄的，勾起思绪回到十多年前的旅行，尤其是泰姬陵这座伊斯兰建筑及故事又浮现于脑海之中。

那还是 2004 年 2 月下旬，我作为顾问与陕西鼓风机有限公司的印建安、王小玲等陪同市领导去印度这个神秘的国度推销陕鼓产品，有机会领略大诗人泰戈尔的故乡与玄奘西天取经的异域风光。

2 月对古城西安来说还是冷风嗖嗖、寒气逼人的天气，而天竺国已是春暖花开、阳光明媚。所到的新德里及北方邦绿树婆娑、三角梅与合欢花盛开，高高木瓜树上的累累硕果与低矮藤蔓下的马奶子葡萄已经成熟。慕名前去拜谒有着世界七大奇迹之称的泰姬陵，在距离泰姬陵还有两三公里处就要换乘电瓶车，进入景区大门必须经过荷枪实弹士兵的严格安检。

穿过一座高约 30 米的四方城堡，两层红白相间装饰、顶上有 11 个圆锥形小塔的阿拉伯风格楼宇，就能看见一汪蓝色水池尽头矗立的这座伟大的建筑与她的倒影——"印度明珠"了。陪同的印度导游小伙，用熟练的普通话介绍：始建于1631年的泰姬陵全称"泰姬·玛哈拉"，长583米，宽304米，高74米，四方各有一座40米高的圆塔，全部由白色大理石建成；透雕的大理石围栏、窗棂，用20多种彩石在白色大理石墙壁、廊柱上镶嵌的百合花、茉莉花等图案精湛绝伦；东西两侧有一清真寺、一答辩厅，四周是红砂石墙，总占地17万平方米。是莫卧儿皇帝沙贾汗为纪念他心爱的妻子，倾其国力历时22年建造的。

留影后脱掉鞋子登上台阶，近观由白色大理石与各色宝石修砌的陵寝，不由你感叹她的精美华丽，恍如仙境。游客只能进入一层欣赏巨大穹顶下宫室墙壁珠宝镶嵌的繁花佳草、浮雕壁画，借着透过石窗棂的光线，隔着护栏边走边看两具奢华无比的空石棺。导游指点国王与其爱妃真正的棺椁是在地下室，娓娓道来这座豪华瑰丽建筑背后的凄美浪漫与疯狂血腥。

17世纪初期的莫卧儿帝国，有位叫阿姬曼·芭奴的波斯美女，在集市上卖糖为生，她的皮肤如琉璃一样透明，眼睛像宝石一般明亮。许多小伙子为一睹她的芳容，而抢购她贩卖的糖果。芭奴19岁嫁给了皇子沙贾汗，两人十分恩爱。沙贾汗继承皇位后更是将她视为掌上明珠，无论是行军远征还是巡视各地都形影不离。还加封她为"泰姬·马哈尔"，意为"宫廷的皇冠"。只可惜芭奴在为沙贾

记叙的散板

汗生育第十四个孩子时香消玉殒，年仅三十九岁。悲痛欲绝的沙贾汗一夜白头，找来最棒的建筑师和工匠为爱妻修建一座举世无双的陵墓。

痴情而疯魔的沙贾汗，重金请来当时波斯最负盛名的建筑师乌斯泰德·伊萨进行设计。在动工前一天，沙贾汗与伊萨谈话，得知伊萨也非常疼爱他的妻子，竟下令处死伊萨的妻子，声称只有这样建筑师才能体察到自己有多么痛苦，才能为芭奴设计和建造出世界上最完美的陵墓。更不可思议的是，在陵墓竣工后，为防止以后能建成与泰姬陵媲美的建筑，沙贾汗又下令砍掉修建泰姬陵主要工匠的双手，其中伊萨也没能逃脱。

沙贾汗原本计划在河的对面再为自己造一个与泰姬陵一模一样的黑色大理石陵墓，中间用半边白色、半边黑色的大理石桥梁连接，以便与爱妃永久相伴。但其三子弑兄杀弟篡位，他自己也被儿子囚禁在阿格拉的八角宫内，每天只能透过小窗，凄然地远远望着河中浮动的泰姬陵倒影，直至忧郁而亡。不过沙贾汗死后还是被儿子合葬于泰姬陵中，终于能够陪伴在芭奴的身旁。

出了陵寝，众人围绕着泰姬陵的台基上转了一圈，四周十分空旷。正北的亚穆纳河静静地流淌，仿佛仍在诉说着沙贾汗与芭奴的故事，也许是有了这个凄美的故事，泰戈尔才称泰姬陵是"永恒面颊上的一滴眼泪"。不过此时所看到的亚穆纳河，感觉污染得比较厉害，混浊发黑的河水很难映照出泰姬陵的倒影,"眼泪"已经不再清澈。远处绿树丛中有座建筑,应该是"八角宫",有人驱赶着四五头大象正在那里涉水渡河,将人的思绪又拉回到现实之中。

当年,来印度贸易旅游的国人还不太多,不过那儿的人对我们还是比较友善,所到之处都会有人用中文说:"你好!"热情地与你打招呼,也乐意接受拍照,而且笑容十分灿烂。

(2018.9.15 于雨中文园)

记叙的散板

天鹅堡：一个凄美的童话

　　那是七年前一个仲秋的周六，随西安城市友好代表团一大早从奥尔登堡市赶往慕尼黑。舒适的大巴以120公里/小时的速度行驶，将肥沃的牧场、茂密的森林、清澈的河流闪在车后。

　　今日终于见到了晴天，不像前些天在访问荷兰的格罗宁格市以后，进入德国两天都是大雾弥漫，路途什么风景也看不清。向着著名的阿尔卑斯山方向前行，一路蓝天白云、阳光灿烂。虽然树木开始落叶，但感觉空气湿润，暖融融的。碧绿的草场上散落着零星的村舍、毛色油亮的牛羊与马匹，房前屋后码放着整齐的木柴，半山坡上还有许多葡萄园及酒庄。尤其路途到达的一站菲森镇，群山环抱中，远远那座白墙蓝顶的城堡，在湖光山色的映衬下，宛如一幅色彩斑斓的油画，十分艳丽。

　　这就是德国乃至欧洲最负盛名的城堡——天鹅堡。据说这座耗时长达17年、花了6180047金马克建筑的城堡，建造它的主人巴伐利亚国王路德维希二世，是因他的表姑茜茜公主赠送了一只瓷制的天鹅而命名为天鹅堡的。年轻的路德维希国王似乎对管理国家没有多大兴趣,却酷爱艺术和热衷于建设城堡。他特别喜爱作曲家瓦格纳的歌剧,深受这位浪漫主义音乐大师的影响,构思了传说中白雪公主的住所,并请歌剧院的画家和舞美设计绘制了建筑草图,充满了童话般的梦幻气氛,所以后人又将其称为"白雪公主城堡",成为迪斯尼乐园·睡美人城堡及许多现代童话城堡建筑的灵感。

为了节省六个欧元,我们舍弃了坐观光马车而选择步行上山。40多分钟的山路,汗水湿透了内衣,多亏团友常以卓和冯健,一人帮我提着相机,一个替我拿着外套,才使我没打退堂鼓,气喘吁吁地走到城堡门前。跟着讲解员沿着红色回廊分别参观了仆人房、国王起居室、小暖房、国王宫殿,瞻仰了国王的雕塑及英俊的画像,欣赏了各样精美的陈设与四处可见的天鹅形状的装饰品。整个城堡有360个房间,其中只有14个是在国王生前完成的。那每个房间的门楣、窗户、廊柱全部都由半圆拱顶构成,极富文艺复兴时期的哥特式建筑风格,窗帘、床罩、椅背都使用深蓝色面料和金色的刺绣,墙壁上绘制着瓦格纳歌剧中的人物,导游告诉我们这些都是国王最喜好的建筑样式和装饰颜色。

而最让人眼花缭乱、目不暇接的是歌手厅,仿佛灰姑娘走进白马王子金碧辉煌的皇宫那种感觉。这里充满了节奏与韵律感,是路德维希1867年访问过瓦特堡后受到的启发，要求仿造的宴会厅。大厅布满了黄金镂刻雕琢的烛台，梯形天棚悬挂着梅花形状的蜡烛吊灯，光滑的木制地板亮可照人。国王常常一个人在这里点燃六百多根蜡烛，欣赏自己的得意之作来排解内心的孤独。原来他的童年是与大其8岁、15岁就嫁给奥地利国王的茜茜公主一起度过并暗恋上她的。他的这段朦胧的情感破灭后，茜茜公主也曾为他物色过合适的姑娘。22岁就在他将要举行婚礼的前两天，却突然宣布解除与巴伐利亚公主索菲的婚约，此后一生未娶。从此沉迷于瓦格纳歌剧的音乐故事和境界中，热衷于城堡宫殿的修筑上。1886年6月12日，这个已被认定患有精神病实际被罢黜的国王，最后一次视察过这个童话般的城堡后，在返回慕尼黑的途中与他的医生双双溺水于湖泊中。郁郁寡欢、命运多舛的路德维希二世，总算得以解脱。六个星期以后，城堡向公众开放。

　　站在城堡的阳台极目眺望，可见遥遥相对的高天鹅堡，以及远处的阿尔卑斯山巅的皑皑积雪和山下的两个湖泊。秋风拂面，树影婆娑，又是一幅湖光山色、田园牧歌的美丽画卷，使参观者能够放松一下心情，暂时忘却这个德国历史上的悲情国王，再次走进电影《茜茜公主》的场景，回味茜茜公主那美丽的身影。

　　室内是不允许拍照的，落在后面的我和鲁主任没能听到详细的解说。乘着下拨游客没到，再次溜回歌手厅，忍不住拍下了几张难得的照片。下楼到城堡的小广场，一个老外可能发现我刚才偷偷地按下快门,写了地址让将照片发给他。可惜回国后将那地址死活找不着,看来只能委曲他不能分享了。

(2018.11.8 凌晨 22 点半于文园)

记叙的散板

雅典神庙的传说与建筑艺术

　　第一次见到希腊这个地名是在伟人《改造我们的学习》中的"言必称希腊"。但那会儿连希腊在哪儿都不知道,直到"书禁"放开,购得《希腊神话故事》及后来读到世界史、西方思想史才知道希腊在欧洲大陆东南一个三面是海的半岛上。

　　于是慢慢知晓了它是西方文明,包括西方哲学、文学、艺术、音乐、戏剧、政治科学、民主制度、医学、天文、科学和数学原理、建筑艺术和奥林匹克运动的发源地。也是西学东渐,使中国人挣脱封建愚昧的"德""赛"两先生的故乡。同时亦非常渴望能去亲眼看见产生众神之主宙斯、天后赫拉、太阳神阿波罗、海神波塞冬、智慧女神雅典娜、给人类盗来火种的普罗米修斯和奥林匹克亚是个什么模样?

　　这一天终于来了,2012年8月28日我们从达·芬奇机场出发,飞了两个半小时到达雅典。空中俯瞰湛蓝的海水边盖满了随山峦起伏的白色房屋,密密麻麻地在反射着午后的阳光。接机的导游小张告诉我们希腊正遭遇干旱与债务危机的双重影响,今年5月甚至出现了国民们纷纷去银行提款的挤兑现象,现在希腊人三天两头地罢工游行反对政府的紧缩政策。原先约好去市政府拜会,因罢工不得不取消,只好临时改变行程去议会大厦前的宪法广场(无名战士纪念碑),观看了换岗表演。那希腊士兵戴红色军帽右边还垂下一缕长及腰身的黑色流苏,穿着白色紧身裤并配绿色连衣莲蓬裙,脚蹬装饰有黑绒球的翘头红色大皮鞋,甩手抬膝迈步的动作十分缓慢和夸张,看起来有点滑稽可爱。

然后,顺道观赏了巍巍大观、但已是残骸的宙斯神庙。兴建于公元前470年的宙斯神庙,完工于公元前456年,整个建筑坐落在一块长205米、宽130米的地基上,神庙本身长107.75米,跨度为41米,由104根高17.25米、顶端直径为1.3米的大理石柱砌成。可惜公元前86年被入侵的罗马人拆毁,将部分石柱和其他建筑材料拆下来运到罗马,现仅存13根立柱让人依稀回想当年这座建筑的雄伟辉煌。

其实,欧洲历史或西方文明史也是一部战争史。从公元前3000—前1400年出现的米诺斯文化(爱琴海文明),至公元前11世纪进入荷马时代,到公元前8世纪数以百计的奴隶制城邦国家的兴起;再到公元前5世纪希波战争后进入希腊文明圈的繁荣阶段,直至到公元前4世纪被马其顿征服和前2世纪归属罗马统治,结束了古希腊的历史;再经1460年奥斯曼帝国替代了罗马的统治,到1828年希腊的独立。希腊一直都深陷战争的漩涡。无论从《荷马史诗》中描写的特洛伊战争的木马,还是持续半个世纪的波斯军队入侵希腊,一位名叫斐国庇第斯的士兵极速跑回雅典,报告马拉松战役获胜的消息而倒地身亡的记载,再到近现代的一战、二战,希腊都饱受战火的摧残。所以希腊民族一直渴望着自由与和平,而最显著的标志就是象征着和平友好的橄榄枝。

因此,我们也可以从其国歌《自由颂》中:"我从你那令人敬畏的剑刃边来识别你,我从你在地上浮现的有力面貌识别你,从那希腊人神圣的骨气中,它已复活——就如以前一样勇敢,自由万岁万万岁。"看到希腊人民对战争的认识和"不自由毋宁死"的国家格言中来体味希腊人崇尚的和平自由精神。

第二天十点,我们沿着长满油橄榄的山坡去参观卫城。四处残垣断壁与被人踩得光滑的石块,给人留下无尽的联想,不知苏格拉底、柏拉图、亚里士多德他们是否来此讨论过哲学及战争与和平的问题。小心翼翼地穿过山门,盘桓于帕特农神庙和厄里希翁神庙前,仰望那高大挺拔的石柱尤其是雕成六名少女形象的石柱,你不能不佩服古希腊人伟大的艺术创作。卫城修筑于雅典市中心的山丘上,最初是用作防范外敌入侵的要塞。据希腊神话中记载,人们在爱琴海边建立了一座新城,智慧女神雅典娜和海神波塞冬都想拥有这座城市而互相争斗起来。宙斯决定谁能给人类带来最有用的东西,该座城市就归属谁。海神用他的三叉戟敲了敲岩石,跑出了一匹象征战争的战马;智慧女神用她的长矛也击了一下岩石,却长出一棵象征和平与丰收的橄榄树。人们欢呼起来,于是雅典娜成为这座城市的保护神,雅典也由此得名。

帕特农神庙也就是雅典娜神庙,它长70米、宽31米,由48根高10米、直径2米的石柱围绕,总面积达1200平方米。虽然不如宙斯神庙规模宏大,但为现存保护最完整的古希腊建筑,被列为古代七大奇观。另外,在其一侧依山而建的阿迪斯库音乐厅,半圆形的剧场直径38米,可容纳6000多人,目前还可以举行演出活动,令人叹为观止。

然后又去转了转卫城博物馆,进一步得知:古希腊建筑开欧洲建筑的先河,大致为公元前8世纪—前1世纪开始。其建筑结构属梁柱体系,主要采用石料,一般跨度为4~5米,最大7~8米。石柱以鼓状砌块垒叠而成,之间有榫卯金属销子连接,墙体也用石块垒成。古希腊人的生活受控于宗教,所以最大最漂亮的建筑非神庙莫属。他们认为神也是人,只是比普通人更加完美,供给神的地方比普通人更高级。其建筑特点:一是平面长宽之比符合黄金分割;二是柱式定型,由前廊到后廊及全围廊;三是双面披坡屋顶形成建筑前后的山花墙装饰的特定手法;四是由

记叙的散板

平民进步的艺术趣味而产生的崇尚人体美与数的和谐美；五是建筑与装饰均雕刻化，希腊建筑是用石材雕刻出来的艺术品，从爱奥尼柱式柱头上的漩涡、科林斯式柱头上由忍冬草叶片组成的花篮，到女郎式雕像柱式上神态自如的少女，山墙檐口上的浮雕，都是精美的雕刻艺术，显得神秘、高贵、完美、和谐。例如美国的国会山、大英博物馆、罗马的万神庙等建筑都深受古希腊建筑的影响。而"言必称希腊"，也使我们中国的一些城乡建筑也融入了希腊的风格。

中午寻得一家路旁搭着遮阳伞的餐馆，品尝地中海式的希腊餐。其中一道有章鱼、鱿鱼和大虾配以土豆、茄子用橄榄油烹饪的海鲜十分美味，尤其是用西红柿、洋葱圈、甜椒圈和小黄瓜，配以腌制的紫黑色橄榄和白奶酪的蔬菜沙拉令人回味。望着那些坐在露天地一边享用茴香酒、一边享受着阳光悠闲的希腊人，我又想起了雅典娜种下的那棵橄榄树，它的枝叶已经长到联合国的会徽上，但世界为何还不安宁呢？

（2018.12.24 于上海师范大学附近漕宝路 124 号和颐至尊酒店）

印度印象

埃及金字塔与狮身人面像

十年前的 3 月 5 日,我拖着一条跛腿飞往非洲大陆,随西安代表团出访古老的埃及,欲将西安与开罗这两座世界历史古都更紧密地联系起来。访问的日程自然少不了去参观有着世界八大奇迹之首的胡夫金字塔。

在拜会和推介一系列冗杂的活动结束后,7 日,一个风和日丽的上午,终于在撒哈拉大沙漠的边缘,看到了那闪耀着金色光芒的最伟大与神秘的古代建筑——一字排开的三座金字塔。

金字塔是古埃及法老的陵寝和高度文明的象征,同时又是 4500 多年前遗留下来的巨大历史谜团,迄今仍有许多难以解释的诡秘。在现已发现的一百多座金字塔中,最负盛名的便是位于开罗西南吉萨高地上,展现于游人面前祖孙三代的金字塔——胡夫金字塔、哈夫拉金字塔和孟考拉金字塔。

在一道石砌的矮墙边,不算多的游人远眺那神秘的法老墓地。几位身穿长袍、头戴裹巾、留有胡须的阿拉伯汉子憨厚地向你微笑，很是乐意地配合你拍照或合影，并教你如何能拍到更好与更有情趣的照片。面对大漠中矗立的约 40 层楼高、有多处剥落、沧桑感十足的由巨大石块堆砌的宏伟建筑，眼前似乎浮现出埃及妖后、木乃伊、太阳历、阿拉伯数字、尼罗河、西奈半岛等所有一切关于对它的认知。而金字塔下缓缓走过的几只骆驼与公路上车辆扬起的沙尘，又将你拉回现实之中。

  胡夫金字塔是埃及最大的金字塔，所以又称大金字塔。其原高 146.5 米，因风化剥落现高 136.5 米，占地 52900 平方米，用 230 多万块大小不同的巨石砌成，平均每块重 2.5 吨，最重的一块约 160 吨。石块连接没用丝毫粘着物，也几乎毫无缝隙，导游介绍即使用锋利的刀刃或薄薄的纸张也难以插入。以至于 2000 多年后的古希腊历史学家希罗多德惊叹这一智慧的创造，他估算修建胡夫金字塔最少用了 20 年，而且每年至少要用 10 万多名奴隶。

  来至塔身北侧，有一个用四块巨石砌成的三角形出入口，通过甬道石阶可进入法老的墓室。带队的韩市长等几个人决意要进入其内以探究竟，我也不愿错过机会执意跟了进去。向上攀爬的甬道黑咕隆咚，也只能容两人侧身上下，显得十分幽暗。我因一月前崴了脚右脚踝骨裂，出访前刚拆了石膏，所以爬了几步脚踝便隐隐作痛，在同伴的照应下好不容易爬了上去，空空的墓室却寻不见法老胡夫的木乃伊。

导游说这也是未解的谜团之一：胡夫金字塔中已发现三个墓室，我们步入的是法老的，中间还有王后的，再下面还有一个法老的，但都没有找到木乃伊。大约在第二第三王朝时期，古埃及人产生了国王死后要成为神，灵魂要升天的观念。在一些《金字塔铭文》中有这样的记载："为他（法老）建造起上天的天梯，以便他可由此上到天上。"金字塔就是这样的天梯。而且棱锥体金字塔的形式又表示对太阳神的崇拜，因为古埃及太阳神"拉"的标志就是太阳的光芒。《金字塔铭文》中说："天空把自己的光芒伸向你，以便你可以去到天上，犹如拉的眼睛一样"。胡夫是第四王朝的法老，他的金字塔建造于前2580年，完工于前2560年，胡夫于前2463年参观过这座完工的金字塔，前2457年春天的一个清晨胡夫死去便安放在这里。有研究者认为胡夫真正的墓室在王后墓室正面不远的地方，但至今还无法找到。包括用塔高除以底边长的2倍，可求出圆周率；塔高与塔基周长的比，就是地球半径与周长的比这些奥秘，目前都没能做出令人信服的解答。当然，金字塔的建造之谜又有了新的解释，美国巴里大学化学家丁·戴维道维特指出：金字塔石条是用人工浇铸的砌块，恰如今天浇铸混凝土一样，从而也消除了为何金字塔的石条含气泡而自然界中的石条却不含气泡。我于幽暗中观察、摩挲了这些冷冰冰的石块，却仍不能辨别出它们到底是人工石还是天然石，冥冥中只感到一种莫名的敬畏与恐惧。

记叙的散板

  到了不远处的哈夫拉金字塔，由于地势的原因看起来它比胡夫金字塔要高好多，而实际上它比胡夫金字塔要低三米多。哈夫拉是胡夫的儿子，他的金字塔前设有祭庙，正面就是著名的斯芬克斯狮身人面像。它高20多米，长57米，面部长约5米，用整块巨大的石灰石岩雕刻而成。在古埃及神话里狮子是各种神秘地方的守护神，也是地下世界的守护神。而狮身人面像是巨人与蛇妖所生，名叫斯芬克斯。他生长着翅膀，生性残忍，常常守在大路口用从智慧女神缪斯那里学到的谜语让路过的人猜谜，猜错了就会被其吃掉。导游告诉这个斯芬克斯的面容，是哈夫拉按照父亲胡夫的模样雕刻的。虽然经过几千年的风吹日晒，精工雕刻的圣蛇与下垂的长须早已不翼而飞，狮身人面像的鼻子和脸上的色彩也脱落掉了，但仍不失往日的威严。

  不少游客摆着各种姿势，争相与其合影。我与团友秦守贵相互和那神秘的斯芬克斯拍照，然后随着人流又去参观了祭庙中残留的石柱和石室，竟然拍到了一只不知从哪里飞来的小鸟。它叽叽喳喳地叫个不停，抑或也是来探寻金字塔和狮身人面像之谜的……

（2019.1.11 于三亚育新路）

印度印象

美国一瞥

访美归，友人问感触，一时还真难道个明白。想来行色匆匆、光怪陆离，华尔街、中国城、美联储、证交所、自由女神、品牌店……浮光掠影，翻看拍下的资料，印象深的还有几件。

首先是飞行。此次到美从东到西，乘坐联合航空航班，所到机场十分繁忙。除了麻烦的安检外，一切都觉得方便和舒适。行驶在芝加哥机场旁的高速公路上，视野可及3架飞机同时起降。尤其是在旧金山降落时，偶然发现右舷有一架波音747在洒满余晖的海面上，与我们平行飞行，还没等缓过神，两架飞机就几乎同时滑落到并行的两条跑道上。在纽约，一些人会选择乘直升机在曼哈顿的空中穿梭。接待我们的高斯代表讲，美国每天大约有1万多架民航客机在飞行，而通用飞机超过20多万架。相比中国民航飞机也就一千多架，通用飞机的保有量还不到千架。

其次是停车。美国是个车轮子上的国家，正像有人戏谑的"人胖、车多、油贱"。在某种程度上，汽车支撑起

记叙的散板

经济社会文化的发展,尽管受金融危机的影响,其保有量虽有下降,但仍有 2.46 亿辆汽车。有这么多车并不感觉有多么拥堵,车速也较快。究其原因一是其路宽,二是居住分散,三是停车场大。不管是乡间社区,还是卖场酒店,都有大片大片的停车场地,即使中心繁华市区,也修筑有大量的地下或楼层停车场,从空中俯瞰,停车场的面积大大超过了其他建筑,所以停车十分方便。

  再次是环保。无论是行驶在密歇根湖畔,还是穿越加利福尼亚州的城市群,总能望见连绵的森林、清澈的池塘、绿色的草坪。时值春暖花开季节,从费城到华盛顿、从洛克菲勒中心到好莱坞,到处能看到妖艳的樱花。即使在闹市,也可以碰见走在林荫小道上摇头摆尾的大雁,水面中悠然自得的野鸭,绿草地上蹦蹦跳跳的松鼠和蓝天白云间展翅翱翔的苍鹭。

  而最惹眼的是,所到之处都能看到高高飘扬的星条旗。不论是在政府机关,还是在乡间别墅,凡是有人群的地方于建筑物上都可以见到星条旗。这也许是美国精神的体现和美国人引以为自豪的景象……

(2010 年 5 月 1 日于曲江)

印度印象
——印度记行之一

今年 2 月末 3 月初,我有幸访问了神秘的古国印度,留下了深刻的印象,特别是其城市的建设管理有许多值得学习的地方。印度的城市人口居世界第二,占其总人口的 30% 以上,其中 30 万人口以上的城市约 60 个,100 万以上的大城市有 10 个。印度城市的概念与我们国内还不大一样,如我们实行的是市带县的体制,一个城市的人口、面积,还包括乡村的农民和土地,不像印度城乡的区分那么严格。我们访问的城市中,除德里的面积(1458 平方公里)大一些、人口 900 万外,孟买和加尔各答的占地面积分别为 603 平方公里和 568.8 平方公里,人口都在 1200 万以上,城市规模较大,而斋普尔、阿哥拉和班加罗尔分别是古城和新兴城市,稍显得小些,但人口也非常集中,建设和管理的难度相对较大。由于这次出访的任务和时间有限,没能与印方城市管理的官员接触,只能谈一些感性的认识。

记叙的散板

一、生态化的城市

我们是2月20日晚11时乘中国东方航空公司的班机从北京飞往印度首都新德里的,两地航线5100多公里,由于中途在昆明降落停留了一个半小时,加上两个半小时的时差,到达甘地国际机场时已经是第二天当地时间的凌晨5：30。飞机降落前俯瞰新德里,下面是一片灯火辉煌。

办完入关手续,走出机场天已大亮。由于2月还是印度的冬季,地面温度只有17度,天气格外晴朗。来接我们的翻译沙熙说,这正是印度最好的季节,不冷不热,到了夏季德里的温度会高达49度,真不知道他们是怎样熬过的。在去市中心的路上,两旁绿化十分漂亮。马路中间的隔离带种植着修剪得很好的灌木和花草,路边绿荫婆娑,树木高大,车窗外不时掠过成片成片的树林,树梢上栖息着白鹭和不知名的大鸟,树丛中不时有猴群出没,我们甚至惊奇地发现了一只印度的国鸟蓝孔雀。特别是经过使馆区,两旁的草坪有八九十米宽,远处绿树葱茏,近处姹紫嫣红,显得十分开阔。

其实,不仅是使馆区,新德里整个城市都在绿海之中。当我们下榻印度著名的PARK酒店,登楼远眺,整个城市基本上没有多少高楼大厦,建筑多在4层以下,而且很分散,城市中留有大片大片的绿地,显得非常空旷。从总统府到印度门2.5公里的范围,包括圣雄甘地陵,极目舒展,绿草如茵，青翠欲滴，忍不住使人投入其怀抱，享受这自然的清新。特别是清晨，少了汽车与人声的喧闹，天高气爽，微风拂面，望着随风盘旋滑翔的鸟儿，感觉格外的惬意。

到了海滨城市孟买又是另一番景象，这里似乎比新德里更现代化，商业气氛更浓一些，有了高楼林立的感觉。但同样是一片葱绿，椰子、槟榔、合欢、菩提、木瓜树随处可见，城市中的树木都十分高大，不少叫不上名的大树树冠能遮住半个篮球场。城市里的公共花园很多，任凭人们休憩嬉戏。尤其是到班加罗尔，说不清是城市还是花园，宛如置身于童话世界之中。这里气候宜人，一年四季保持在16℃~30℃。我们所住的宾馆以及所经过的街市，到处可见正在盛开的紫色或白色的三角梅、金色飘香的桂花，还有高大树冠上开满不知名繁茂的红色和黄色的花朵。难怪接待我们的伊沙米尔说，他从小就生活在这里，他生活的城市是最美丽的城市，他感到非常自豪。

印度城市生态较好，自然与他们的气候适宜，树木花草生长得快有关，但在城市中给植物留下了许多生长的空间，与他们崇尚自然，热爱生命，保护生态环境的观念是分不开的。我们在印度也见到许多正在施工的工地，即使在离墙基很近的地方，有棵小树也被保护下来。我们在班加罗尔软件园区所见的树木也十分高大，十多年是长不成的，这些都是在建设园区的过程中保留下来的，的确不容易，值得我们品味。

二、注重旧城保护

印度是世界四大文明古国之一，有着悠久的历史和文化传统。我们先后利用星期六、星期天在新德里匆匆忙忙参观了古嘟古塔、红堡，在斋普尔乘坐大象游览了阿米尔堡和一个现在还保留着皇室地位的 SPOTS 的皇宫，在阿哥拉拜谒了有世界七大建筑奇迹之称的泰姬陵，在孟买参观了博物馆并过海游览了埃里芬达石窟，在班加罗尔观瞻了一个供奉牛的神庙和海拔 3380 米的喃谛山。我们感觉印度人对自己的文化遗产非常重视，保护得也非常好，休息日有许多青年和学生排着队来接受传统文化的熏陶。在以下方面值得我们借鉴：

一是扩大城市规模另辟新区，不轻易改造老城区，使城市的历史和风貌得以保存。据出生在印度祖籍广东梅县的吴先生说，印度没有严格的户籍管理制度，人口可以自由的迁移，农村人口大量流向城市。我们在资料上查孟买有 1300 多万人口，他说根本不止，起码得有 2000 万。所以印度的城市规模较大，人口集中，占地面积比较宽阔。我们观察在其城市的发展上，主要是建设新区，因而使历史风貌和一些古老的代表性建筑、街区保留下来。例如，旧德里是印度的历史古都，是 1648 年莫卧儿皇帝的都城，那里至今街道曲折，商业繁华，人群熙熙攘攘。在大清真寺附近有条月光街，历史上是金银首饰店铺，现在仍保留着露天市场，为商业中心。印度于1911年在旧德里的南面开始建设新德里，总统府、外交部、国宾馆、博物馆、高等学府、科研机构、体育馆和五星级酒店都建在这儿，目前人口才60多万，而旧德里的人口有840多万。同样，孟买和班加罗尔也有新城、旧城之分。比如孟买就有许多包括英国殖民时代的建筑群被完整地保留下来。

二是在推进现代化建设的过程中，加大对文化遗存的保护，给后人留下珍贵的城市记忆。印度和中国是世界上两个最大的发展中国家，近代同样有着屈辱和贫困的历史，所面临的最大问题是加快发展和推进现代化建设。印度独立以来，先后进行了"绿色革命"和"白色革命"，解决了粮食自给，接着加速推进工业化、现代化和经济的多元化、自由化，正向"经济强国"的目标迈进。但在开放或者向西方学习的过程中，在加速现代化的进程中，的确有一个如何传承自己文化和保护好历史遗产的问题，在这方面印度是做得好的。我们所到的城市，文物古迹特别是古代建筑保留下来的很多，且规模完整。如始建于1631年的泰姬陵，长583米，宽304米，高74米，四方各有一座40米高的圆塔，全部由白色大理石建成；透雕的大理石围栏、窗棂，用20多种彩石在白色大理石墙壁、廊柱上镶嵌的百合花、茉莉花等图案精湛绝伦；东西两侧有一清真寺、一答辩厅，四周是红砂石墙，占地17万平方米，保护得非常完好甚至可以说是完美。拜谒泰姬陵时，距离

记叙的散板

目的地还有两三公里就要换乘电动车,进大门要经过严格的安检。同样,许多重要的古建筑、历史博物馆都有军警负责保卫,里面都不允许用闪光灯拍照。在斋普尔 SPOTS 皇宫,四周的建筑与皇宫保持着一致的风格,连墙面的颜色都一样。在孟买我们还看到了有 100 多年历史的洗衣厂,连成几十米长的一个个水池浸泡着衣物,男女工人们正在洗涤,两旁是木制的两三层楼房,用竹竿晾晒着各色被单衣服,记录和再现着近代殖民入侵与资本发展的历史。

三是充分挖掘和利用传统的文化资源,提高人们的自身修养和境界,繁荣旅游和服务业。保护文物古迹,是为了传承历史,更好地让人们得到精神上的享受和心灵的净化,挖掘整理使之成为文化旅游教育的资源,吸引游客,进行教化,既有利于经济发展,提高人民生活质量,又有益于提升民众的思想境界,促进社会的安全稳定。我们在甘地陵、泰姬陵、孟买博物馆、印度门就碰见成群的大中小学生来参观游览,接受教育。印度的旅游业起步较晚,但利用其得天独厚的文化文物资源和开放政策,发展得较快,综合增长率为 20%,据其 FICCI(印度工商联)的报告,预计 2004 年增长 45%。除了观光之外,印度的地毯、丝绸、珠宝、香料、皮革、木雕、黄铜器皿和各种手工艺品对游客有很大的吸引力。其酒店和其他服务业也比较发达,交通通信便捷顺畅,其五星级酒店、餐馆的档次和服务相当舒适,其中我们入住的斋普尔 MERIDIEN 酒店和阿哥拉的 JAYPEE PAIACE 酒店富丽堂皇、古典高雅，颇具民族特色。29 日晚上，我们还分别去了一座印度寺庙和一个"庙会"，观看了群众敬神和文化娱乐活动。这座神庙在一座小山岗上，供奉的是猴神，神像是 1974 年出土的，英·甘地等一批政要曾来过这里。夜色中专门来祈祷的人很多，他们排着长队，双手合十，献上卢比和花环，接受僧侣在眉心点染上朱砂，用右手掬起所赐的神水喝下。隔壁有一个大厅，席地坐有四五百人，看台上着民族盛装的传统歌舞，旁边有卖神像、檀香、经书和有关做法事、祈祷、念经的 VCD、磁带。演唱和舞蹈者十分投入，观者十分安静，一曲舞罢掌声雷动。据伊沙米尔说，天天都是这样，我们想这也许是印度社会安定祥和的重要原因。

三、顺畅便捷的交通

印度在表面上看来是一个杂乱无章的国家，因为其人口多、种族种姓多、语言多（全国使用的语言约有 180 种、方言 700 多种），城乡差别、贫富差距和文化差异大，加上城市人口相对集中，人声、车声、鸟声（闹市中有许多乌鸦）混杂在一起，显得有点零乱。最讨厌的是走在大街上，立刻会有人伸出手来就向你乞讨，还有许多人不遵守时间。问路到达前方还有多少时间，他说半个小时，很可能就得一两个小时或更长的时间。例如我们原与他们已经确认的洽谈 9 时开始，这种国际交往也敢迟到 1~3 小时。

但深究起来并不是那回事,正像观察家评论的那样:印度非常有包容性,比较温和,就像一头慢吞吞的大象,既随意又稳健。表象上的杂乱,包含着内在的秩序,我们感到印度的道路交通最能说明这个问题。印度有总长300多万公里的公路,为世界第三大公路网。虽然印度的高速公路不足公路总里程的 0.4%,柏油路面仅占一半,却承担着80%的客运量和60%的货运量。印度的汽车保有量接近3700万辆,其中家庭小轿车应在2500万辆以上,加上数量不小的大货车、大客车、面包车、工具车,满街跑的两轮摩托和三轮车、出租车,难怪我们看到其城市和乡村的道路那么拥挤。印度的道路不宽,设施比我们要差得多,新德里、孟买、班加罗尔等大城市没有什么立交桥,但使用和通行率很高,昼夜川流不息,但基本上即使高峰期也不堵车。看起来有些乱,其实内在是有序的,观察起来有这样的认识:

第一,道路设计合理。由于转机、转车我们乘车进出新德里有 6 次,每次路程都超过了一个小时,而且有些路段正在拓宽改造,但没有遇到一次交通堵塞。经过仔细观察,我们发现其城市道路包括远郊公路一般都是单行,马路中间全部用绿化带隔开,相向行驶的车辆就不可能越线碰撞堵塞;最科学的是把交叉路口设计为三岔路口,或大转盘,尽量不留十字路口,这就避免了车辆在路口等红绿灯时造成拥堵,因此在德里很少瞧见红绿灯;在城市路段的两旁，隔着绿化带再平行修筑可供通往住宅区的便道，避免车辆停放在主要干线上影响通行速度。

第二，路况质量较高。我们从新德里到斋普尔，从斋普尔去阿哥拉，再由阿哥拉返回新德里，每次行程大约都在5个多小时，路上通行的大货车比较多，一辆辆车首尾衔接，十分繁忙。这几条公路虽然较窄，连我们二级路的水平都达不到，但路面平坦光滑，除极个别路段外，没什么坑坑洼洼，保证了来往车辆的快速行驶。在路上，我们也多次碰到正在施工的路段，看到他们处理路基要求质量较高，从而在根本上保证了行车速度。

第三，遵守交通规则。印度的交通流量非常大，车多人多，但在我们参观访问的几天没遇上一起交通事故或肇事。给我们驾车的司机是印度 TCI 公司的雇员，技术娴熟，车速很快但十分稳健，遇上路口和行人马上减速，或停下来等指挥信号再行驶；当前行车辆较多或速度较慢时，他会耐心地跟着或等待，绝不鸣笛催促或越线强行超车，也不会骂骂咧咧、嘟嘟囔囔。不像国内的司机逞强好胜，遇到此种情况，互不相让，硬往前插，早就乱成一团了。我们思量，这可能与印度大多数人信奉宗教有关，他们脑海里渗透着浓厚的积德向善和遵规守矩的文化思想，因此能够自觉遵守交通规则，也就保障了交通顺畅和行车安全。

第四，保障服务到位。印度交通秩序好的原因还在于服务。一是主要交通要道都能见到着白衣白帽的交通警察，

记叙的散板

繁忙的路口都会有警察指挥疏导交通。只要违章,交警随时会出现在你的面前,我们在孟买就遇到了一次。那天,我们刚把车停在路旁准备观看阿拉伯海,孰料一辆三菱警车"唰"的一声停了下来,对我们司机招了招手,不知说了些什么,我们的司机乖乖掏出 200 卢比交了罚款。据翻译吴先生说,司机违犯了非出租车载客游览的规定。鬼知道这是什么法律。二是酒店、商场前大多有门童指挥疏导车辆进出、停泊,路边和社区留有较多的泊位。三是汽车修理及服务行业较发达,保证了车况良好,也是交通顺畅的重要因素。

(2004.3.5 于永松路)

喃谛山下三家人
——印度记行之二

班加罗尔位于印度南部的德干高原,有人口 800 多万,被称为印度的"花园城市",有着发达的 IT 产业又被誉为印度的"硅谷"。这次访印,我们特意要求访问了印度三个不同的家庭,发现印度民众非常友好热情,但也缺乏对我国情况的起码了解。因此努力加强双方的民间交往,相互了解和信任,增进友谊,对发展两国的友好合作关系十分有益。

第一个家庭:穷困农家

2 月 29 日,按原先的安排应去距班加罗尔 150 多公里的苏泊尔游览,因为第二天一大早要赶返回德里的班机,加上这些天马不停蹄的奔波实在太累,团长李洪峰提议能不能看近一点的景点,最好是访问几户家庭。陪同的吴先生和伊沙米尔立即做了安排。伊沙米尔今年 44 岁,有年龄为 12 岁和 10 岁的两个男孩,为人十分热情豪爽,爱不停地讲话,但不会英语。他是印度南方人,长的黝黑,看上去只有二十七八岁的样子。他是印度教徒,非常虔诚,早晚都做祈祷,今天出门还特意到庙里在额头上抹了三道菩萨粉,说要保佑我们。我们说那就去你家看看,他让翻译老吴告诉我们,他现在只是租住在这里不大方便,但立即打电话联系后兴奋地说,他的老板同意我们去他家里做客。

于是我们改去喃谛山方向,这是离市区约60公里的一个风景秀丽的山丘,从山脚到山顶有1175个台阶。这些天天气一直很好,今天更是阳光灿烂。出班家罗尔向北进发,一路上印度的田园风光映入眼帘,明媚的阳光下,田野里的麦子已经抽穗,油菜开始收割,懒散的奶牛摇着尾巴,肥壮的羊群低头觅食。这里还种植着较大面积的咖啡、葡萄,路边的村庄分散在树丛中相隔较远,路上的汽车和行人稀少,有少量的拖拉机和马车经过,少了许多喧闹。山下我们找了一个村子停下,村口有位农妇正在场院的石板上洗衣物,问能不能去家里聊聊,她稍微局促了一下就请我们进屋。她家的房子低矮狭小,里外两进各隔成三间,但都没有门。屋子也没有顶棚,直接就能看见屋顶码放的机瓦,屋檩上挂着个吊扇。屋内黑乎乎的,没什么摆设,放些陶罐、口袋,装着类似小米的谷物,正中墙面贴着神像。外屋养着一群小鸡,厨房在内屋的右侧,还比较干净,放着一些盆盆罐罐。老人名叫娜拉西玛雅,50开外,老伴已过世,儿子22岁已经结婚,女儿也出嫁了,说话间跑过来一个小女孩，她说是自己的孙女。交谈中得知他家没有地，靠给别人干活维持生计，每天只挣50卢比相当于人民币十一二元，因此生活比较窘迫。在屋里我们没见着床，问他们睡哪？回答说铺张毯子就睡在地上。交谈时村里好多人来看热闹，大多是孩子和老人，好奇地瞧我们拍照，与我们打招呼。特别是一个留长胡须的老人真有意思，给他照相或合影时他非要村里的其他人走开，当他从数码相机上看见自己的影像时非常兴奋，比孩子们都高兴，不停地摆着姿势让我们多照一些。路边我们还花了20个卢比买了一公斤好似新疆那种马奶子葡萄，但颗粒较大，水分很足，吃起来像提子的味道。

第二个家庭：富裕农户

喃谛山的游人不多，途中只遇到些学生，友好地向我们招手致意。返回的路上，我们随意找了一家看起来条件好一些的农户。这是一个不大的院落，大门外搭着葡萄架，栽植着一些花木，院墙与房屋的立面都是白色的。屋子上下两层大约各有六七十平方米，屋里屋外收拾得十分整洁。女主人玛基哈斯哈丽招呼我们脱鞋进屋，介绍跟前的女儿、儿媳、外孙，说她50岁了，有两个儿子、三个女儿，两个儿子在城里工作，大女儿已出嫁。客厅有台21吋彩电，铺着大理石地面，一层是客厅，有一间睡房、一间供养诸神的祈祷房和一间厨房，里面有煤气灶。屋子右侧还有一个门，通往外面另一个灶房、后院和楼梯。后院种有三五株木瓜，放着一辆摩托车，并可绕到前院。这时男主人推着自行车回来，与我们握手致意，并问我们想喝点什么。上得楼来，有一个较大的凉台和两间房子，一间堆放着杂物也用做厨房，一间显然是新房，床上还铺着一条有熊猫图案的毯子，主人直说 China。一家人高兴地与我们在楼顶上合影留念。交谈中我们得知男主人已经 55 岁，上过两年学，叫苏巴拉亚巴，耕种 8 英亩土地，养了三头奶牛，年收入 10 万卢比，盖这院房花去了 600 万卢比。正说着儿媳巴哈娅、小女儿苏姑娜端来了鲜牛奶，让大家品尝。巴哈娅 23 岁，大学毕业后做体育教师，过门才 8 个月，结婚了就在家专门服侍丈夫和公婆。19 岁的苏姑娜从里屋拿出两本厚厚的相册，指认着哥嫂婚礼场面的照片。问及婚礼花销了多少，苏巴说儿子在城里推销保险，也是大学毕业，就没有要什么嫁妆，共花了 30 万卢比，不过女方还是给丈夫买了 15 万卢比的首饰。告别时苏老汉特地从树上摘了一个红红的大木瓜送给来客，并一直把我们送到路口，邀请我们能够再来。

第三个家庭：中产之家

中午回到班加罗尔，TCI 公司的班市负责人马奴汗先生携夫人早早就在等候，他是伊沙米尔的老板，曾到机场接过我们，已是熟人。为了迎接中国客人去家里访问，他特地找了一家 TAN DOOR 餐厅请我们吃印度餐。我们边吃边聊，他说他特别喜欢吃中国的饭菜，周围的朋友也一样，现在不管是德里还是孟买，包括班加罗尔都有不少中国餐馆。他告诉我们，他们夫妇有一儿一女，儿子正在上大学，女儿和女婿都是学电脑的，现在澳大利亚工作，太太会英、印和其他两种当地语言。他每月收入 1.5 万~2 万卢比，另外把自己房子的一半出租给弟弟，还能收入房租 1.5 万卢比。印度餐的最大特点是把各种蔬菜混在一起炖、煮，喜放咖喱、辣椒，吃鸡肉、鱼肉、米饭、炒面，特别是烤的薄饼、煮的红豆和做的冰激凌非常可口。饭后我们去马奴汗家。他家是座两层小楼，坐落在一片像小别墅似的社区，临街的小院刚刚可停得下两辆轿车，穿过门庭脱鞋，进去便是客厅。马奴汗忙着让坐、倒茶，端来葡萄和炸土豆片，竟忘了自己脱鞋。我们参观了一层的三间卧室、一间供神的房子和宽畅的厨房、洗衣间、卫生间，院内有不大的天井，差不多共有百十个平方米。屋内电视、冰箱、空调等家电一应齐全，铺着羊毛地毯，摆有一些工艺品，墙上挂着些画框。马奴汗说 50 年前他爷爷在这里建房，是这里的第二户人家，当时买这块地只花了 100 个卢比，建房花了 1 万卢比，现在价值 7500 万卢比。家里有两部汽车，其中韩国"现代"花了 40 万卢比。女主人打开电视为我们播放女儿婚礼的 VCD，画面艳丽壮观，使我们再次了解到一些印度的传统习俗。她说女儿 22 岁，结

记叙的散板

婚还不到半年,并指着一帧画作说是宝贝女儿的作品。这时他们读电脑专业的儿子骑一辆摩托回来,问了一下学费每年1.2万卢比。我们向马奴汗夫妇赠送了"关帝诗竹"的拓片与仿制的铜车马,邀请他们有机会来中国访问,然后辞别了这个中产之家。据说像这样的中产阶级,印度约有3.5亿人口。

在印度访问的日子,即使在旅游点也很难见到中国人的身影,他们往往把我们当成是日本人,而我们以为是中国人的,一问往往是韩国、泰国或尼泊尔人,不过台湾同胞也不少。几天里在电视上看不到有关中国的新闻,所到之处基本见不着我国的产品与广告,我们只是在新德里见到过海尔的标识,在机场的免税商店看着了中华香烟。当地的华人很少,在印度人开的中餐馆里有少量在印出生的华裔,但与大陆的联系已经不多。据正在尼赫鲁大学读中文研究生的沙熙说,这所著名的大学只有三名中国留学生。在 INFOZECH 公司,他们很想到中国寻找发展机会,但对中国的情况基本上不了解,也不了解进入中国的渠道。甚至乘坐北京—德里的航班上的中国和印度人都很少。这些都从一个侧面说明了两国的交往还太少。我们无论从国际政治关系还是从国内发展的需要来看,都应该重视与印度的关系,既要做上层的工作,更要做基层工作,加强民间的友好往来,扩大合作的基础。

因此建议今后:一是无论派什么代表团出访,都应该访问两三个印度家庭,以增进相互的了解和扩大我们的影响;二是加强旅游合作,印度中产阶级数量很大,中国民众出国游的趋势渐旺,应有针对性地扩大宣传促销,使这种直接交流更广泛;三是充分利用 WTO 规则和中印经济的互补性,使中国的企业、产品大量地进入印度市场,成为印度民众生活的一部分;四是拓展文化交流,中印文化有许多历史渊源,印度民众能歌善舞,喜看电影,我们可多组织一些文化交流性质的访问演出;五是互派留学生和劳务输出,印度软件业发达、人才济济,有许多青年想到中国工作,我们应吸引一批印度的软件工程师到华工作,派留学生或 IT 人员到印度学习工作,同时针对印度加强基础设施建设、制造业发展和喜爱中餐的情况派出相应的劳务人员。

(2004.3.8 于南院)

黄土情深

黄土情深

满卷黄土香

立秋时节，有幸跟随刘文西院长率领的黄土画派到云南采风。途中黄土画派艺术报的王美嘱我为这次活动写点东西，其实她已多次邀我给他们的刊物写篇文章，我一直没敢应承：一来自己患眼疾体力不济，二来不懂画技笔力不及，深恐玷辱了纸墨。但这次又不能不答应，一是我已被吸收为黄土画派成员，二是再次被刘老师的艺术追求与精神力量所感动。

我与中国当代人物画的旗帜——刘文西院长结识，还是在四五年前。也许是陕北人的缘故，从他的画里立刻就可以感受到黄土地的浓浓乡情，因此，对刘老早就怀有发自内心的那种高山仰止的崇敬。那时我还在西安日报社主政，报社的王保国问我能否跟大师去陕北采风，我当然乐意也怕错过这个机缘。

能够亲眼观摩大师采风写生与老百姓拉家常，亲耳聆听刘老师对绘画艺术的真知灼见，一起用双脚丈量和体察陕北这块土地的厚重与神奇，这是多么大的荣幸。当你跟

记叙的散板

随他走进陕北这块热土,就会越发敬重和明白刘老师为何对陕北的山山水水、对黄土高原的沟沟峁峁如此钟情、执着、敬畏和眷恋。因为他已经把自己的情感、艺术、创作乃至生命紧紧地与陕北的土地和人民联系和融合在一起了。

刘文西的画作多以陕北为题材并形成自己独特的风格,这与他50多年来扎根黄土地,热爱老区人民,努力实践毛泽东文艺思想,主张画家要画劳动人民,艺术家要为人民服务,长期坚持深入生活、与老百姓打成一片是分不开的。

如果没有亲临现场,你是很难想象陕北的干部群众是多么喜欢甚至是热爱刘文西的。比如,先生在陕北吃饭的时候,总会有人拿出一沓百元人民币要他签名;先生在写生或题字的时候,总是被乡亲们围成里三圈外三圈;先生走进一个村子的时候,秧歌队就会围着他敲锣打鼓、吹起唢呐、跳起秧歌……今年在富县寺仙镇太平村竟出现了万人空巷看刘文西的场景。

他自1958年毕业后第一次接触陕北,就爱上了这块热土,就被这里淳朴、善良、倔强、勤劳的人民群众所感动。在黄土画派第二十三次赴陕北采风写生过大年时,他特意赶到其作品《辛劳一辈子》中主人公后人杨世强的家中,题写了"辛劳一辈子的劳动人民最伟大最可爱"的条幅。他是这样写的,也是这样做的。他先后90多次到陕北,画下几千个农民肖像和两万多张速写,不断汲取着艺术的养分,升华着自己的精神境界。从风华正茂的江南小伙,到耄耋将至的西北老汉,从一两个师生的结伴写生,到一个画派集体的创作采风,刘文西已经成为黄土地的儿子,已经成为陕北的一部分,已经成为中国当代文化的一个符号和中国画坛的一座高峰,代表着中国画写实风格的发展方向。

刘文西的成就不仅在于他塑造了永载史册的人物形象与波澜壮阔的时代画卷,更重要的是他开宗立派,用他的长期艺术实践、理论创新、人格魅力和艺术精神带出了一支具有独特画风与极富成果的画家队伍。黄土画派成立十年来已经成为中国画坛一个有旗帜、有组织、有主张、有成果、有师承,越来越有影响力和生命力的学术流派。他的艺术精神,就是中华民族自强不息的精神,就是心中永远有着人民的情怀,鼓励着黄土画派特别是年轻画家沿着正确的艺术道路前行。

我是陕北人,因此对先生的作品格外喜欢,对陕北文化也有着特殊的感觉,包括陕北民歌、剪纸、红色记忆及小说。到媒体工作后开始关注一些文化现象,尝试新闻摄影,于是有了采访刘老师与之交流和跟随其"走转改"的机会。而四次跟随黄土画派到陕北与大师零距离接触,自然是受益匪浅。这次赴云南采风又是别一番景象:从大糯黑村的石头房到普者黑的荷香,从元阳哈尼梯田到建水的团山民居,再到西双版纳的胶林佛寺,刘老已是八十一岁高龄,仍是精神矍铄,白天一路风尘,不停地拍照、不停地写生，督促大家博采众长，增强表现力；晚上召集大家谈采风体会，组织笔会进行交流，指导年轻画家。在看普者黑的民族风情表演时，他竟登台高歌两曲，唱了《昨夜星辰》和《敬爱的毛主席》，开心得像个孩子一样。更令人敬重的是他情系灾区，在长水机场一落地就将60万元委托昆明慈善会转捐给遭受地震的鲁甸人民。

一次，我有幸进入刘老的画室，屏住呼吸地看他持笔作画。墙壁上长六七米、宽两三米的巨幅，活灵活现的黄土地的儿女们跃跃欲出，不由自主地让你肃然起敬，感到一种生命的呼唤和强烈的震颤。先生讲画上的一草一木都有原型，不能随意。画家要画，要有作品，要有思想，要像人民，才能对得起人民。画就是生命，不画就没生命了，他的生命就是画画，为人民画画。这与记者要写、摄影师要拍，要表现人民是相通的。

（2014.8.19 于北郊文园）

潜心黄土画主人

——历经十三年人民画家刘文西完成百米长卷《黄土地的主人》创作

题记：

——他是新中国和党培养起来的红色画家；

——他是忠诚践行毛泽东延安文艺座谈会讲话精神、扎根黄土地为人民作画的典范；

——他是第五套人民币毛主席画像的作者；

——他是德艺双馨的中国现代写实人物画的大师和美术教育家；

——他是新时期中国画坛开宗立派和黄土画派的领军人物。

秋风送爽，金桂飘香。九月的西安，处处洋溢着欢乐祥和、喜迎国庆和十九大的气氛。乘着皎洁的月色，怀着崇敬的心情，记者在古城大雁塔附近一所安谧的小楼见到了敬爱刘文西老师。刚刚结束了贵州之行和完成百米长卷《黄土地的主人》之《麦收场上》的刘老师，可能是太拼的缘故，端坐在画案前看完新闻联播的他略显疲惫。他破例没戴那顶我们熟悉的灰色单帽，接受了我们的独家采访。

记者： 首先还是要祝贺刘老师历经 13 年，终于完成了百米长卷《黄土地的主人》这幅时代画卷，也算是您回馈给陕北这块神奇的土地和献给十九大最珍贵的礼物。你能否给我们讲一下创作的初衷或最开始的构思想法？

刘文西： 我是 1983 年开始构思的，想画能够集中反映和表现黄土地主人形象的长卷，即比较大幅的如 2.1×6 米的大画，当时已经画了《秋收》的一段。主要考虑过去画了许多陕北的东西，但都是单张，有量无规模，感觉没有力度和分量。看了兵马俑，就想能不能搞规模性、综合性地全面反映陕北劳动人民的生活画卷，包括他们的内心、气质、精神。但是由于在 1984 年做了西安美院院长，繁重的教学行政工作，使我没有了整块的时间来潜心创作，就暂时搁置下来。直到 2005 年 2 月 8 日也是大年三十才重新开始，最先在北京用了半年的时间画了《陕北老农》，7 月到年底又画了《米脂婆姨》，以后每年画，基本再没间断。

记者： 这一画就是 13 年。刚才来的路上我们算了一下，您的长卷刚好也是画了 13 幅，与毛主席在陕北领导中国革命 13 年恰恰巧合。你过去画过可以说不计其数的领袖与人民在一起的形象,这对创作长卷《黄土地的主人》包括提炼主题思想有什么影响?

刘文西: 我从25岁第一次到陕北,就被人民领袖的风范和朴实的陕北人民所打动。算起来我到陕北采风写生、与老乡住窑洞拉家常不下百次,年轻时一住就是几个月。在与陕北老乡同住、同吃、同劳动的过程中,使我深切感受到他们的情感、性格、憧憬,观察到他们在艰苦劳作中对生活的热爱、对土地的深情、对社会的贡献、对他人的关怀真诚,从中更加深刻地理解了毛主席所说为什么人的问题是根本的问题,作为一个艺术家必须解决的问题。所以我画了《毛主席与牧羊人》《祖孙四代》,包括第五套人民币主席的形象,受到广泛关注。在长期深入熟悉陕北的过程中,使我固化了最能代表黄土地人的性格、代表黄土地精神也是中华民族精神的典型形象,这就是黄土地上生活的劳动人民,是他们创造了历史,是这块土地真正的主人。所以塑造新中国成立以后、改革开放以来陕北农民的形象,表现他们的喜怒哀乐,刻画出他们的灵魂和内心世界,以手中的笔墨回报劳动人民,便是我创作《黄土地的主人》的动力源。

记者: 的确,您通过对普通劳动人民形象的塑造,展现出来的陕北风情和黄土精神,无疑是中国人物画的丰碑与黄土地永恒的艺术图腾。当我在您的画室第一次看到创作中的《枣乡金秋》就感到一种莫名的力量。特别是2012

年首次在陕西美术馆展出的《黄土娃娃》《高原秋收》《安塞腰鼓》《红火大年》等9组长78米、高2.1米的巨作，引发了观众极大的热情。展馆内摩肩接踵、人头攒动，太震撼了！您是怎样做才达到这一点的？

刘文西：从置身陕北起，我就把自己的艺术之根深深地扎进这块黄土地，它是我的艺术之根与创作的发源地。我的绘画实践、艺术细胞的绝大部分营养是陕北这块土地滋养的。在长期深入生活，扎根黄土地的过程中，不停地去画，不断地熟悉表现的对象，也是不断净化升华自己的过程。只有扎扎实实深入生活，老老实实画劳动人民，反反复复概括地域典型，认认真真表现人物个性，才能画出可信、可亲、可观赏，能够打动人心的作品。可以说我画的每个人物包括一草一木都有名有姓，都是有原型的，不是空想和臆造的，不是虚无缥缈的，是倾注心血和能够让老百姓欣赏、大家愿意看的。

记者：是的，艺术来源于生活，来自对时代变迁和社会发展的感悟。您的长卷构图宏伟，大气磅礴，通过画中的269个人物展现了翻身解放和改革开放以来劳动人民扬眉吐气、蓬勃向上的精神风貌。长卷中的老人淳朴坚韧、饱经沧桑，娃娃活泼可爱、天真烂漫，后生虎虎生风、朝气蓬勃，女子腼腆健美、聪慧俊秀，个个栩栩如生、生动传神，呼之欲出，让人震撼亢奋和充满激情。这一切全部来自您60年来对黄土地及其主人生存命运的关注。除了您长期坚持写生,将传统水墨与西洋技法有机结合并进行大胆创新,关键是您将对劳动人民的深厚感情融入到作品之中。就如您在《黄土娃娃》的题跋中所说:"黄土高原,黄河上下,黄帝的子子孙孙,都生活在这块神奇的黄土地上。千千万万的父老乡亲因为生活条件的艰苦,而造就了性格的淳朴、善良和坚强。黄土娃娃天真活泼,从小在他们的怀抱里成长。又是一年的秋收,娃娃们洋溢着丰收的喜悦,跟着家人一起辛勤的劳动收获,这正是陕北人民世世代代传承下来的一种精神力量。我爱这片黄土地,我爱这里的老乡,更爱这里的黄土娃娃。"也正如吴作人先生的评价:"半生青山,半生黄土,艺为人民,传神阿堵。"您能否告诉我们,在您全神贯注的长卷创作中遇到的困难,以及您最满意的是那几幅,还有什么遗憾?

刘文西:要说困难就是伤病,2005年我是强忍着腰伤病疼的折磨完成了《陕北老汉》的落墨和润色,下半年又投入《米脂婆姨》的创作。2006年底在完成12米的《安塞腰鼓》后,由于高度紧张的创作,2007大病一场,住了一年医院,严重的时候手指不能屈伸,翻不了身,所以停了一年。2008年在青岛疗养时断断续续完成了《绥德的汉》,恢复后又画了《红火大年》,好像画一张大画就会病一场,在此期间我住了六次院,下了两三次病危通知。因为人物画与山水画不一样,尤其长卷中如何处理人物之间的关系、他们的内在联系难度较大,所以压力就大,感觉

记叙的散板

时间不够用。至于说对哪几幅满意还真不好说,总之我是下了功夫,尽自己最大的努力用心去画。绘画艺术也是遗憾的艺术,现在画的 13 幅百米只是告一个段落,还不能说完成,还可以继续画。例如原先还设想要画"黄河船工"及"陕北干部",如果不收入长卷似乎缺少些什么,可以说是个遗憾。另外,自己感觉《红火大年》画得不理想,有点乱,一段一段的没连起来。真的也需要总结反思,如何弥补不足,目前只能稍微停这么一停。

记者:我们知道您是在和时间赛跑,将全部心思包括生命都倾注于绘画艺术上,将时间抓得很紧,是最勤奋和永远跑在前边的人。中国画的传统精髓在于笔墨,您在长期绘画教学和研究陕北及整个黄土高原的过程中,似乎找到了表现黄土地特有性格、绘画题材与社会内容的笔墨手法。尤其是擅用干笔、中锋和浓墨、焦墨,工笔勾勒,皴擦渲染,强调骨法用笔,或钉头鼠尾或铁钱游丝,而且用色大胆,重色破墨,使颜色与墨色浑然一体,画面更有层次和冲击力。我感觉从时间上,比如前期的《高原秋收》与新近完成的《麦收场上》都有扬场的场面,但用笔与着色有所不同,在整个长卷的创作中,您的笔墨是否有变化?

刘文西:技法上是有些变化,颜色用少了,但变化不大。讲究笔墨,慢慢变得老辣,是艺术成熟的过程。表现粗犷、勤劳的黄土地,就要构图简单大方,人物个性鲜活,展示生活的深度,感觉有力量、有力度与厚重。所以我画陕北老人喜用浓墨、焦墨,干笔中锋、粗犷重重画在纸上。笔墨深厚刚健与柔和清淡都是美,用笔苍劲豪放表现老农坚定、乐观、朴实、憨厚的性格。而画小姑娘则用笔明快流畅,显其圆润、靓丽、柔美、纯真、活泼的天性。总之技法应服从内容,讲笔调、笔意、笔韵,做到意在笔先,心中有数。

记者: 刘老师,看您写生、作画就是一种享受。在跟随黄土画派采访的过程中,我们体会到您提出的"熟悉人,严造型,讲笔墨、求创新"的宗旨,实际涉及创作的本源、写实的风格、技法的气蕴和艺术的追求等指导性很强的理论与实践问题。您团结带领一大批画家坚持到基层深入生活,采风写生,在中国画坛产生了积极深远的影响。长卷中的许多作品,如《喜收苞谷》《葵花朵朵》《苹果之乡》都是在组织黄土画派到陕北采风过程中产生的创作灵感与冲动,跟您一道采风的画家也都受益匪浅,创作了一大批精品力作。我想问一问,在完成长卷后您肯定还会有新的想法与计划,能否向我们透露透露?

刘文西: 党的十八大以来,特别是习总书记在文艺座谈会上提出"坚持以人民为中心的创作导向",要求"创作无愧于时代的优秀作品"给了我和黄土画派的画家们极大的鼓舞。今年也正好是黄土画派成立13年,作为一名文艺工作者或一个文艺团体,要时刻牢记自己的使命,明白人民需要文艺,文艺需要人民,文艺要热爱人民的道理,努力攀登艺术高峰。我现在年龄大了,有时感到很累,力不从心,挑不起重担子了,更感觉时间的紧迫,要画的想画的还有许多。下一步想画一幅刘志丹与习仲勋创建陕甘革命根据地的题材,这是南梁纪念馆要的。另外刚才说的黄河船工、陕北干部,都需要进一步构思、收集素材,争取每年再画一点,一年年的画下去。

记者:谢谢刘老师,给我们讲了这么多长卷背后的故事,希望有机会再次跟您一起去陕北感悟黄土地的厚重,感受黄土地主人的风采,也能看到您更多更好的新作。

从晚上八点到九点半,紧张的采访持续了一个半小时,因刘老师晚上还要工作,便与刘老师和陈光健老师告别。路上记者议论,刘文西之所以能够从黄土高原走向世界艺术的高峰,得益于他深爱的这片土地和深爱着的人民,也得益于他的坚定和自信地走文艺为人民服务的道路,更在于他将整个生命投入到艺术理想的追求之中。同时也得益于他的夫人也是同学和画家——陈光健老师的支持帮助。晚上10:40央视10频道的《大家》栏目,正好播出"中国黄土画派创始人——刘文西",更丰富了我们的采访。衷心祝愿刘文西老师艺术生命之树常青,带领黄土画派走得更远。

补记:在采写这篇独家采访的过程中,笔者的眼前总是浮动着刘老师风尘仆仆在黄土高原的沟沟峁峁采风写生,与陕北农民在窑洞崖畔前一起红红火火过大年的场景。长卷中那抡锤凿狮的石工,对火吸烟与休闲遐想的老汉,半跪于地拣拾粮食的婆婆,身背书包回眸的女娃,专心给娃娃喂饭的中年男子,喜摘苹果的闺女、婆姨,挥舞彩扇扭秧歌的姑娘,擂起震山腰鼓的小伙,又雕塑般的一幕幕映现在脑海。这是一个赤子从25岁到85岁,将近60年心血的凝结,是一个人民艺术家用生命对黄土地及其主人的回馈,是一个优秀文艺工作者对新时代和实现中国梦道路上的讴歌礼赞。据悉,西安美院将在国庆期间为刘文西的百米长卷《黄土地的主人》举行专场展览,让我们一起瞩目和分享这幅属于人民、属于时代,属于中国、也属于世界的巨幅画卷!

(2017.9.25 于文园)

记叙的散板

黄土地与黑土地的拥抱

八月初的冰城也许是因为黄土画派的到来,显得格外火热。以当代人物画大师刘文西为团长、西安美院党委书记王家春为顾问,崔振宽、马继忠、蔡嘉励、贺荣敏、姜怡翔等黄土画派重要人物组成的东北采风团冒着东北罕见的酷暑,参观了958美术馆、俄罗斯油画交易中心,来到太阳岛、呼兰河、松花江、镜泊湖和林口林业局写生,与当地艺术家、干部职工交流,留下了难以忘怀的记忆。

松嫩平原一望无尽的沃野、大小兴安岭茂密葱茏的林海与漫长寒冷的冬季,孕育了东北人热心开朗、倔强豪放的性格,同时也滋养出了以"冷逸之美"为代表的新绘画语言的冰雪画派。当走进哈尔滨市政府为冰雪山水画创始人于志学先生建立的个人美术馆,我们不仅为这座投资近3亿元、面积18000平方米钢结构,有着七米高巨大端砚和于志学先生雕塑的艺术殿堂所震撼,更为那些别具一格、美不胜收的冰雪山水创作精品所感染。

冰雪画派产生于20世纪70年代,其创始人于志学先

黄土情深

生自1960年开始研究冰雪山水画法,创造出"雪皴、泼白、重叠、滴白、排笔、光栅"和"画山无石、画林无树、画树无枝"等技法,在理论上提出"中国画第三审美内涵用光""新传统主义""笔墨当随心境"等美学思想。以特有的艺术语言表现了"冷文化",填补了传统中国水墨千年来不能直接画雪、特别是不能画冰的空白,创立了中国画"白的体系"。

在黑龙江画院举行的"冰雪画派与黄土画派高峰论坛"上,于志学说:"黑龙江地处祖国北疆,拥有独具魅力的自然风貌和文化底蕴,其白山黑水和冰雪盛景为艺术家提供了取之不尽的创作灵感。此次同属北方的两大画派'华山论剑',进行绘画和学术交流,是相互切磋、学习提高的大好机会,冰雪画派要努力学习黄土画派在人物刻画上的独到功力,找到东北人物形象的表现路径。"

84岁的刘文西在发言中说:"艺术家要有所成就,就必须坚持以人民为中心的创作导向,向生活学习、向人民学习、向世界优秀艺术学习。在长期的深入生活和向人民学习的过程中,使我真正懂得了艺术的价值和生命的意义,也获得了大量的创作素材,不断地激发创作灵感与热情。这次来黑龙江,就是来向同行学习,感受大东北的自然之美、人文之美。"

以黄土地的深厚拥抱冰雪的冷逸,自然会迸发出新的创作灵感。在观摩黑龙江画院精彩纷呈的画作后,来自黄土地的艺术家纷纷挥毫泼墨。崔振宽的"焦墨",马继忠的"密体",蔡嘉励的"祁连魂",范昌哲的"深秋",贺荣敏和李玉田的山水,"三剑客"石丹、石英、韩丽和姜怡翔的花鸟不时赢来阵阵掌声。尤其是于志学、刘文西、崔振宽三位大师合作的一幅山水,可谓珠联璧合,将东北黑土地的博大与西北黄土地的雄浑完美地融会在一起,令人拍案叫绝。

短短的十天里,锅盔山中幽静的白桦树、牡丹江上清澈的莲花水、中央大街和索菲亚大教堂熙熙攘攘的人流、伏尔加庄园优雅的俄罗斯建筑、火山口地下森林中挺拔的红松都收进黄土画派艺术家的画册。而黑土地特有的苞米碴子、小鸡炖蘑菇和酸菜粉条的香醇与东北人的热情,冰雪画派同行们的艺术创作,也深深印记在黄土高原人的脑海。

(2016.8.16 于文园)

黄土情深

正月的陕北浸透着浓浓的年味,家家户户门口红灯高挂,窗棂贴着新剪的窗花,窑院中弥漫着黄糜子酒和羊肉炖粉条的香味。远处的山山峁峁传来阵阵锣鼓、鞭炮与唢呐声。穿红披绿的男男女女、老老少少,招摇着色彩斑斓的花伞,舞动着翻飞的彩扇或打着霸王鞭,扭着秧歌,唱着高亢的信天游缓缓走来。而这一切似乎都是在等待着一位与这里的山山水水结下不解之缘的艺术大师,一位可敬可爱的老人。

他就是当代人物画大师、黄土画派的核心刘文西先生。如果你不亲历,你是不会相信一位年过八旬的老人,他的创作欲望是那样的强烈,体力精力是那样的充沛,艺术感觉是那样的准确与灵动,他对生活的理解是那样的透彻,对事物的观察是那样的细致独特,对时势评介是那样的直抒胸臆,对社会一些不良风气是如此的疾恶如仇。而这一切都来源于他对这片黄土地的眷恋,对这方水土的挚爱,对毛泽东文艺思想的深刻理解和奉行,对人民群众的崇敬、尊重及深厚的感情。

不知是何种的机缘，十分有幸能跟随黄土画派第十七次陕北过大年采访写生团回到故乡。零距离观看大师冒寒写生、拍摄素材，聆听大师吟唱《赶牲灵》《敬爱的毛主席》，目睹他与老乡手拉手、问冷暖，耳闻其纵论"人民需要艺术"，"艺术更需要人民"。"画家就是要画"，"一草一木、一景一物都要有名有姓"，"要反映出人物的思想"。跟他一起钻窑洞、过山梁、爬山道，看乡亲、拉家常、叙发展，与他一起吃小米、尝油糕、喝米酒，话"二为"、论画风、唱红歌，你的心灵就会产生一次次震颤，就能体会他波澜壮阔的内心世界，就不难寻找到他无尽的动力源泉，也就不难读懂他那孩童般真挚的目光，他那饱经沧桑磊落光明金子般的拳拳之心，他那在艺术上不懈追求尽善尽美的理念与实践，永远扎根于人民之中的黄土情怀。

站在巅峰之上的大师还在不懈地努力，还在不停地作画，还在孜孜不倦地带着学生。他憎恨那些只说不练、沽名钓誉、误人子弟的行为，忧虑着过度商业化给绘画艺术事业带来的浮躁。他关心各画派的交流融合与共同繁荣，惦记着父老乡亲和他笔下人物的命运，以他炽热的激情和生命来回报给他无穷力量的黄土地与世世代代繁衍生息于黄土地上的主人。

他还要不停歇地创作，奋力完成他的宏愿。去陕北之前，我和颖科、保国有缘参拜了大师的画室。墙上一幅12

米的巨制《黄土娃娃》已画了半年，即将完成，画中的人物已是活灵活现、栩栩如生、呼之欲出。这是大师为建党90周年奉献的一份大礼，是为黄土地人民再次奉献的一片深情。先生讲这是他从2005年就开始创作《黄土地的主人》长卷中的一幅，另外还有《横山老腰鼓》《米脂婆姨》《绥德的汉》等，加起来已经有70多米了，他还想画《黄河船工》和《陕北干部》，最少要画成百米……

离开陕北的时候，早上从甘泉出发，路旁劳山的树林与灌木丛披上了我从没见过的雾凇，它不像松花江畔的冰挂那样晶莹剔透，而是一种稍带有粉红色的霜雯，在薄雾的飘浮中时隐时现，使陕北的沟壑天地显得更加神奇变幻，她是那样的轻柔又是那样的浓烈，是一种挽留还是期待，只见先生又数次下车拍摄、速写……

衷心祝愿先生健康长寿，大师的艺术之树长青，能够再次跟随大师走进黄土地，扑向我们永远魂牵梦萦的故园。

（2011.3.2 于曲江）

记叙的散板

黄土情黄河恋

深秋的陕北,天高云淡,硕果累累,一派瑰丽景象。在这收获的季节,黄土画派第 26 次陕北采风团在刘文西院长的带领下又踏上了这片雄浑神奇的土地。

再次来陕北,与往常一样的是黄土画派汲取人民丰富营养,寻找创作的激情灵感,接受生活的洗礼磨炼;不一样的是此次沿秦晋大峡谷行走,以纪念反法西斯和抗战胜利 70 周年、习总书记文艺座谈会讲话发表一周年为背景,来感受黄河奔流不息、勇往直前和黄河儿女百折不挠、奋力拼搏的精神,从而为创作反映时代、表现人民的精品力作打下更深厚的基础。

在壶口瀑布,望着它咆哮翻腾、浊浪排空的激流,听着它雷霆般的怒吼;在清水湾看着它缓缓流淌、九曲回转的水波,耳闻船工低沉的号子;抑或是在吴堡城、葭州城、天台山的顶峰,望着它冲刷雕琢出的峭壁,看着它滋养的高原,艺术家们无不在心中赞叹黄河的伟大与胸怀,情不自禁地将激情与澎湃凝结于笔端。崔振宽老师说,秦晋黄河大峡谷,从内蒙古河口到韩城禹门口720公里,波涛汹涌、峡谷峭壁,题材很大,画好不容易。这次来了感受很深。他1981年就画过《黄河赞歌》,今年又画了《黄河在咆哮》,就是要努力画出它的精神。

的确,黄土画派一直坚持到陕北、到黄土高原和母亲河寻根溯源,来寻找中华民族自强不息的精神与风貌。他们总觉得"画不完、画不够、画不好",所以才要一次接着一次,坚持、坚守、坚决、坚强地走这条文艺为人民服务、为追寻中国梦、实现民族伟大复兴的路,不断地深入黄土高原来写生采风。

于是,艺术家们来到刘家山、谭家坪、袁家沟、南河底、川口村、藏雪楼、刘志丹纪念碑,瞻仰伟人故居、缅怀领袖风范、凭吊革命先烈,走进村落窑洞,有着道不完的情怀、画不完的题材。女画家王燕安老师的爷爷是著名米脂六烈士之一,28岁牺牲在无定河边。此次故地重游,她难以抑制对这片红色土地的眷恋与激情,画满了三个速写本,表示要从黄河、黄土地中积累、提升、展现出更能体现人性关怀、民族命运的作品来。

黄土画派,特别是刘文西、崔振宽、王有政等大师级人物的艺术实践,受到陕北干部群众的欢迎与喜爱。无论走到哪里,总有老乡握着刘老师的手拉话话,争相与他合影留念;无论是在村头巷尾写生,还是在窑前院后作画,总有大人小孩围观,捧出红枣、瓜子,请画家们到家里做客。特别是11月20日中午12点,当采风团结束上午的工作,从香炉寺的小巷上来拐进北街,受到1800多名佳县一中的师生夹道欢迎。雷鸣般的欢呼、真诚的笑脸将采风团拥簇到学校广场,让艺术家们激动万分。

而黄土画派"深入黄土画人民"的艺术道路,也越来越多地吸引了许多艺术家和师生来陕北,也使越来越多的写生基地、艺术馆在黄土地上扎根。我们在乾坤湾、马家洼、石头城、白云山就与许多全国各地艺术院校的师生不期而遇,在南河底村还巧遇了漓江画派的领军人物黄格胜。目前,清涧县已投资2000万元开建藏雪楼等文化旅游设施,佳县正斥资近3亿元建设东方红文化产业园,其中就有黄土画派展览馆项目。

11月16日晚在清涧,当得知第二天是刘文西老师的生日,而他一大早还要飞往北京出席"向人民汇报十五人画展",参加中国美协学习贯彻习总书记文艺座谈会讲话精神座谈会的消息后,路遥纪念馆、清涧县文工团、冠杰传媒公司、采风团全体成员提前为这位德高望重的人民艺术家祝寿。大家用高亢抒情的陕北民歌、欢快优美的陕北秧歌庆祝刘老师对中国画坛的贡献,衷心感谢他对后辈的培养教诲。刘老师也高兴地唱起了《爱拼才会赢》。

刘文西院长感慨地讲:陕北是最有味道的地方,我从25岁到陕北就深深地爱上了这片土地。现在83岁了,记不清来了多少次,总觉得画不够,即使再活300年也不够。

不断地写生采风，是一个画家思想和艺术同时提升的过程，没有感情就画不出好的东西来。艺术家深入生活，必须是身入、心入、情入，多交些老百姓朋友，善于发现美，挖掘出典型的东西，抓住那最精彩的瞬间，画出无愧于时代的画卷，要有从高原到高峰的精品力作。

七十有四的王有政老师，带着学生王慧、孙蕾不甘示弱地攀上莽头山、会峰寨、千佛洞，耐心指导学生如何概括、抓住特点。面对满山的红叶，他说刘老师是我们的旗帜，他的成功在于刻苦勤奋、善于发现和表现生活中的善与美。他已经是高峰了，为什么还要身体力行带大家一次次下来，就是希望我们这个团队有更多的中青年画家也能登上艺术的高峰。所以，我们必须全身心投入，有"连踢带咬、蹄蹄爪爪一块上"的状态。

长期在黄土地工作的延安、榆林两位美协主席栗子明、李师明也不无感触地谈道，每次跟刘老师出来都有新的感觉、新的收获。过去总有点迷茫，认为自己是从农村出来的，就生活在陕北，看来是"身入"了，"心入"、"情入"还不够。这回跟刘老师下来就有了新的认识，有了触动心灵的感觉。花鸟画家樊昌哲和戴信军教授也表示一定打牢生活基础、思想基础，以精品为标准，不断去努力攀登艺术高峰。

陕北高原的秋天格外秀美，省美协副主席杨光利奋力地画黄河、画山峁、画民居、画人物，还给刘雪静、郝燕妮等青年画家讲述如何表现画面的布局、结构、疏密，传授自己的心得：过去下来拍片多、动手少，让电脑和照相机给养懒了。我是画人物的，风景山水和写生画不到一块，在刘老师指导下现在画上劲了。黄土画派的发展，就在传帮带。油画家韩国栋这次画了五十多张"宽银幕"，他说老一辈的实践、积累、经验、情感比金子都宝贵，在他们的言传身教下，你不画、画不好都不行。现在陕北已经成为我的乡愁，今年已经来了4次,11月还要带学生来。

　　望着黄河畔结满红玛瑙般红枣的枣林和黄土坡枝头挂满红彤彤果实的苹果园，走过冯家墕古老的窑洞民居和小沟村宁静的田园，陈联喜、阎萍、黄庆安等实力派中青年画家，竭力捕捉这美丽生动的画面，从内心发出"太美了"的赞叹。刘永杰教授是此次画得最多、收获最大的。他说我们深入生活写生的目的，就是揭示人的精神实质，唯有直接与对象进行交流碰撞，长期在艰苦生活中进行意志训练，才能提升个人的审美和表现能力，画出自己的情感，尊重自己的事业，我们愿意跟着刘老师不断前行。

　　"巨灵咆哮掰两山，洪波喷流射东海。"登临东方红阁，极目丘壑纵横的黄土高原和奔涌而下的滔滔黄河，"陕北是个好地方"，"站在最大多数人民一面"，伟人的声音仿佛又回响在大家的耳际。深深黄土情，悠悠黄河恋，黄土画派的艺术家将始终沿着毛泽东指引的文艺路线，来攀登表现人民，歌颂时代的艺术高峰。

（2015.10.30 于西安）

讴歌人民心声，描绘时代画卷

——在刘文西长卷首展暨研讨会上的发言

敬爱的刘老师，尊敬的各位领导、专家和画家老师：

十分高兴、万分激动能参加"心中有人民·刘文西百米长卷——《黄土地的主人》展开幕式暨研讨会"。从第一次在刘老师画室看他创作，到五年前在省美术馆看到已完成的大部分作品，再到在西安美院比较完整的欣赏观摩，相信和大家一样，心中涌动的是一种震撼、一种澎湃、一种感染与一种赞叹、一种感激。我们要感激刘老师十三年来呕心沥血、精心绘制的这幅反映人民心声和时代巨变的画卷，感激他再次站在中国乃至世界绘画艺术的高峰，引领中国人物画的写实方向及我们黄土画派，按照以人民为中心的创作方向，努力创作彰显中国精神和无愧于时代的精品力作。

一、坚定道路自信，始终将笔触聚焦人民

刘老师之所以成功，他的作品达到了思想性、艺术性

和观赏性的高度统一，除了他的天分与勤奋之外，我认为最重要的是，他从学生时代开始，灵魂中就根植了毛泽东延安文艺座谈会讲话精神，牢固树立起了"艺为人民"的思想。在60年的艺术实践中，他始终坚持把满足人民文化需求作为出发点和落脚点，把人民作为自己表现的主体，把人民作为审美的鉴赏家和评判者，把为人民服务作为自己的天职。他坚信必须走人民是艺术的主体和创作的源泉，人民需要文艺，文艺需要人民，文艺家要热爱人民这条唯一正确道路。从而才能将自己的笔触始终聚集人民，使他情系人民，扎根黄土，刻画出一个个有血有肉、栩栩如生的典型人物和典型场景，从而将最具中华民族精神性格特征与时代生活画卷的《黄土地的主人》的形象展现在世人面前，因而也才能打动人，触及人的灵魂，引起人们的共鸣，使自己的作品有感召力和生命力。所以，我们要感谢刘老师的艺术实践，给我们引领了一条正确的创作道路。

二、坚定文化自信，始终深入生活采风写生

刘老师之所以成功，除了他选择道路的正确，更在于他自信中国的文化，中国的表达和中国也能出世界顶级的大师。这种自信在于他一刻不停地探索、创新，将西画的素描、透视、色彩技法与中国水墨的写意精神有机融合。他一步步地丈量陕北农村的沟沟崂崂，一颗颗地采撷黄土高原的谷子红枣，一张张地画出老乡们淳朴善良、粗犷豪

放、勤劳聪慧个体的速写,充满了中国文化的自信。大凡伟大的艺术家,都有一个渐进、渐悟、渐成的过程。正像刘老师说的,你越到陕北,你就越爱那里的土地,越爱那里的人民,你就觉得画不完,画不够,越能画出感觉和味道。陕北作为民族融合、战乱频繁、土地贫瘠与中国革命从弱小走向全国胜利的根据地,这种特殊地域产生的特殊文化,养育了中华民族自强不息、乐观向上、艰苦创业的精神,给艺术家们的创作提供了广阔的空间与灵感。只有反复地深入、反复地接触,才能全面地了解,才能有所发现和深刻地反映。所以,从第一次踏上陕北这块神奇的土地,刘老师就认定了在这块热土上一定能够有所创造和成就。所以他从25岁到85岁,整整用60年画陕北、画黄土地的人们。他每年到陕北两三次,画了三万多张速写,从中反复琢磨、概括提炼人物性格及形象特征,探索笔墨渲染的技法和表现形式,从而发现美、表现美,展现美好的事物与时代,从而由高原攀登上高峰。这幅长卷不仅仅是画了13年,而是他一生学而不止,笔耕不辍,60年深厚积累的集中体现。所以,我们要感谢刘老师的艺术实践,给我们树立了一个光辉的榜样。

三、坚定理想自信,始终高举黄土画派旗帜

刘老师之所以成功,除了道路自信、文化自信外,也包括了理想的自信。这种理想的自信,不仅是个人的创作

为人民认可,而是要使中国水墨精神有所传承,有所创新和有所发展。他的艺术实践体现出来的艺术追求,表现出来黄土精神,也就是家国情怀的中国精神。刘老师画了一辈子画,也教了一辈子学,他的成就和贡献不仅仅是画出了《毛主席和牧羊人》《祖孙四代》《山姑娘》等脍炙人口的作品和《黄土地的主人》这样反映改革开放以来,特别是实现民族复兴中国梦进程中社会变迁的历史画卷,更重要的是培养了一大批当代有影响的画家。特别是组织成立了基本上是与百米长卷创作同步的中国黄土画派,提出"熟悉人,严造型,讲笔墨、求创新"的宗旨,进一步探索和解决创作的本源、写实的风格、技法的气蕴和艺术的追求等重大理论与实践问题,团结带领一大批画家坚持到基层深入生活,采风写生,在中国画坛产生了积极深远的影响。13年来黄土画派到全国各地深入基层采风写生、办展教学,扶贫帮困、捐资助学,并走出国门,取得了令人瞩目的成绩,在美术界树立起一面旗帜。所以,我们要感谢刘老师的艺术实践,给我们带出了一个好的画风、一个生机勃勃的团队,使黄土精神发扬光大、后继有人。

(2017.10.12 草于文园)

黄土情深

从黄土高原到印度高原

——访黄土地走出的画家杨光利

初识杨光利,是跟随刘文西、王有政老师到陕北采风写生的路途。他不善言辞,带着一分陕北汉子特有的憨厚,总是跑得最远不停歇地画画拍照,欲将那苍莽质朴的黄土风情悉数收入胸中。

也许同是绥德老乡与同庚的原因,尤其是欣赏过他的画作后,便对这位当代人物画坛为数极少,没有丝毫矫揉造作并能够承载时代特征与民生重量的画家敬重有加,想要走进他的内心世界。戊戌十月初六有幸再次走进他在白桦林居的画室,就他的艺术实践与心迹追求进行了采访。

一、黄土高天萌生的艺术生命

"高原的阳光,一年四季都以它的热烈投入土地的怀抱,使这里的人们具有旺盛而永恒的生命力。艺术就是人类情感与精神的生命,而人本身也是天地的杰作。"这是杨光利叙述自己艺术历程的一篇文章的开头。

记叙的散板

　　1955年农历除夕,绥德城中的一眼土窑中一个陕北娃娃降生了。不久就随着在西北文工团二团后改为秦腔剧团当指导员的父亲搬到米脂县,作为陕北左路碗碗腔第五代传人的后代,他虽然没能选择祖辈行走于黄河两岸的演艺生涯,但那融合了榆林小调、清涧道情、碗碗腔、大秦之腔曲牌和惟妙惟肖、色彩艳丽的皮影,多多少少使他年少的心灵埋下了韵律与绘画的种子。上中学的时候,当了宣传委员的他开始办黑板报、出墙报、临摹一些插图,特别是西安美院的刘文西院长常常来绥德写生画画,遇见后跟随于先生左右一看就是半天,使他有了想学画画的冲动。而陕北的窑洞、沟壑、梢林、坡塬、剪纸、石狮、秧歌、唢呐,尤其是陕北人那种吃苦、乐观、倔强、宽厚、善良、质朴,敢爱敢恨的鲜明性格都印记在他的脑海与血液里,要寻找一种契机、渠道和载体,升华传递与奔涌出来……

　　这一天终于来了。1974年那个炎热的夏天,正在义合镇李家沟村插队当民办教师的杨光利,满头大汗拉了一架子车化肥,无意中挤进人群看省群艺馆的王有政老师下乡画画。他看得专注入神,引起了王老师的注意,问他是否喜欢美术,说县里要办农民画学习班你愿不愿去?就这样将这个陕北后生"诱进了一个一辈子也难以穷尽其奥妙的艺术天地"。在连续参加的几期农民画学习班里,通过省城老师的辅导,他的习作《上夜校》《理论辅导》《打坝归来》竟然被省里的《延安画刊》发表。也使他第一次进了西安城,看到了火车、大楼、画展和许多让人崇敬的画家。

1977年恢复高考,杨光利如愿以偿地考入西安美院师范系,系统地进行了理论与技法训练,毕业创作《晨读》初露头角,便获得全国第二届青年美展银奖。为了便于创作,毕业后他一头扎进陕北,走遍了榆林地区的12个县,第一年就跑了90多个村庄,画了几百张速写,收集了百余幅民间剪纸,拍摄了不计其数的场景与人物。在与父老乡亲真情实感的交流与生命精神的体验中,他如鱼得水。从1983年4月历时一年九易其稿创作出国画《喂》,入选第六届全国美展并获铜奖后,他的《沐浴》《炕头》《中国民工——石工》《美丽草原我的家》连续入选全国第七、八、九、十届全国美展,尤其是他与恩师王有政合作、历时三年完成的国家重大历史题材画作《纺线线——延安大生产运动》,使他对绘画的认识与表现达到了新的高度。

二、天竺之国催生的白描世界

"黄土高原既是我的生身之地、创作之地、流连之地,也是我的精神家园。……我身后被岁月风化的黄土墙体,就是我生命的背景与永恒的动力。"这也是我看他的《厚土》产生的共鸣。

的确,杨光利的创作与陕北这块黄土地是分不开的,虽然自1991年调入陕西省艺术师范学校当了美术副教授,四年后又调入陕西国画院做了专职画家,但他追随刘文西创立的黄土画派,扎根黄土、深入陕北,坚持下基层接地气的脚步一刻也没有停留。他每年都要回陕北七八次,不断汲取这块神奇沃土中的养分,寻找和发现生活在这里的人们的精神世界来激发自己的创作灵感。他的许多作品如《翰林马家》《厚土》《簸黑豆》《月夜》《编小辫》《土香》《寒食》《根根和他的姐姐们》《绥德石娃》等都是以陕北人的生活为题材并多以工笔重彩来表现的。

前年一个偶然的机缘使我步入杨老师位于西安北郊的画室,画案与墙壁上铺就与悬挂着几幅还未完成的画稿。我立即被这些极具异域情调、清新淡雅的白描人物所感染,就像儿时痴迷于"小人书"——看连环画那样,有一种莫名的兴奋。无论是老者、孩童,还是植物、动物,那看似简单的线条勾勒出的景物却是栩栩如生、呼之欲出、气象万千的生灵。杨老师见我惊诧,连忙解释这些只是试验,近些年来去过印度几次,特别是到北部的中央高原和南部的德干高原,感觉那里的人物景象与我们陕北、藏区的情形有些接近。黄土高原自开发以来,特别是随着城市化一些生态被破坏了,那些质朴传统的东西消失得太快,而印度保留得要好一些。我感觉越接近原生态、越接近人性的本真与亲情,来体察城乡之间的反差,才能真正体会到生活中的沉重、快乐、善良感,才能提炼出美感。这就是我的审美观,也是我画这些印度题材的初衷。

我是从资料上知晓他和有王政老师创作《纺线线——

延安大生产运动》过程的，这也许是杨光利绘画思想的一次飞跃与里程碑式创作的起点，以及攀登艺术高峰的一个新台阶。如何构图、安排人物，重温这段难忘的历史，用什么绘画语言来表现，包括在旧书摊上购得那两张小女孩（吴萍）和主席的照片，在延安大学找模特，借来演电影的八路军服装穿上教他们纺线还原当年的场景，杨光利回忆起来侃侃而谈。他说王老师要求在线上做文章，将素描转化为白描。而用线来表现体积又是最难的，这就要求每笔都要画准到位不出丝毫差距。如果当年不画《纺线线——延安大生产运动》这个稿子，也就不会画现在这批白描了。正像王有政老师说的，画完《纺线线——延安大生产运动》就知道线与体积的关系了。

我当面求教《纺线线——延安大生产运动》中有多条绷直且细长的"线"是如何画出来的，要用尺子吗？杨老师起身提笔示范，并解说："画直线要用托笔，将笔提起来运中锋一气呵成，这全凭功夫。与写字运笔一样，用中锋来画。所以我画印度题材的白描，也十分不易，付出了艰辛。在生宣上完成一幅创作，往往要反复画五六张才能达到满意的效果。中国画传统都运用过白描的技法，但一般画人物的尺寸都小，通常3~4厘米，像《清明上河图》'寸人'也就2~3厘米，表现各种各样的人物和生活场景出神入化很有个性。我画白描是以真实的人物为中心，来表现生活常态下人物自然的情绪，也在突出个性，而且画四尺整张这么大的幅度，欲达到'清水出芙蓉，天然去雕饰'的效果，对自己确实是一种挑战。"

笔者是略早于杨老师到印度考察过的，那里神秘的宗教、艳丽的服饰、喧闹的街市、璀璨的宫殿、贫富的差距、和谐的社会、舒缓的节奏、杂乱的城乡、有序的交通、憨厚的民众、强国的梦想等等，看得人是眼花缭乱，难以用语言形容，更不要说用绘画来表现了。于是问他为何要用白描的技法，而不用更擅长的工笔重彩来完成呢？先生坦言：我也是偶然机会和王老师去了印度，感觉那里的人物风景很美，特别是他们的服饰体型的曲线很美，在色彩艳丽的外表里裹藏着一种质朴和本真的东西。他们大多数人信奉印度教，不杀生、不吃肉，与那些牛、羊、狗、猴等动物和谐相处，生活很简朴，却平和达观，与我去陕北、甘南、青海等地的那种自然状态相近。从 2007 年开始去了四次，主要到印度的农村，拍了许多照片也画了多张速写，感觉非常生动与厚实，无论是单幅、分组或稍微组合就可以画成长卷，是十分难得的好题材。由于有了《纺线线——延安大生产运动》的基础，根据印度生活的特征，感觉用白描的"线"来勾勒，最能接近与符合他们的原貌。其实我画《绥德石娃》也尝试用勾线来表现石狮的质感，王老师给予了肯定，这也增强了我对印度题材采用白描的方法来处理的信心。

在中国绘画中，以淡墨勾勒轮廓或人物而不藻修饰与渲染烘托，以线条表现物象的形神、光线、色彩、体积、质感与画面的虚实、疏密难度极大。正如清人沈宗骞在《芥舟学画编》中所述："画人物之道先求笔墨之道，而渲染点缀之事后焉。其最初而要者，在乎以笔勾取其形，能使笔下曲折周到轻重合宜，无纤毫之失，则形得而神亦在个中矣。"我又贴近墙面仔细观看那幅《绥德石娃》，再次翻阅那近百张已印制成册的印度系列白描人物，对比揣摩。由此可见，光利先生妙手丹青的功力与绘画认知的高度，同时他也找到了驾驭人物造型独特的表达语言。

三、青藏高原孕育的艺术巅峰

"我怀着一颗赤诚的心，在黄土山路上跋涉，寻找自己艺术创作的源泉。也希望自己的视野，能冲破自我这个狭隘的圈子，找到更大的自我。"这也许是杨光利先生对绘画艺术真谛永不停息的探索和追求。

读了苗壮、冯国伟两位先生《白描的质感》《杨光利的白描之境》的评论文章，我问杨老师：知道您一直寻找着自己的突破。您画的印度风情系列，是否意味着您画风的转变？下一步您会如何打算？"关于印度系列，我想整理归纳一下用长卷再表现出来，还想画些着色与带些场景甚至小品画，算是总结和告一段落。"光利老师爽快地回答，"我这个人不愿重复自己，不模仿别人，总想搞些新的东西，画印度系列并不是我画风的转变，而是根据题材的需要来丰富内容的表现力。"

　　他顺手指着墙壁一幅 2 米×2 米的画稿说，前半年就已经开始琢磨，四月初开始动手并一直思考，如何创作出一幅藏族百姓诵经、朝会、放牧、休憩等组成的画面。它可以画成白描，也可以画成重彩，要看效果。创作这幅作品，题目还没有最后确定。其原因是 1997 年开始去青海，以后又多次到甘南写生，创作了《朝圣者》《高原之春》等作品，特别是 2007 年自驾到西藏 20 多天，2010 年又开车去西藏直到尼泊尔，亲身体验了翻越唐古拉山的一天四季。我感觉青藏高原，包括印度高原与黄土高原的生活状态差不多，而且更加原始自然，与我的情感更接近。我觉得一件艺术品的生命，取决于艺术家对自然界一切生命情感的本质体悟，感受得越自然、越美就越能在作品里表现得深刻和生动。这就像打井挖矿一样，你勘探挖掘得越深，你出产的东西就越丰富。

　　访者用手机拍下这幅草图，画面中心四位藏族妇女正在残雪中的牧场休息，远处有 60 多头牦牛在雪地中觅食。图中或坐或立的女人服饰鲜亮，个个和蔼慈祥，脸颊流露出舒心的笑容。其中一位老阿妈在剥橘子皮，一条卷毛藏狗安卧于条筐旁边，刻画得十分生动活泼。整个画面宁静幽远，富有深厚的生活气息和时代感，是一幅难得的精品力作。于是又问是否准备以此作参加全国美展。杨老师笑笑回应，作为画院的一名专业画家，其中一项责任就是要承担国家重大题材和参与五年一次的大展。其二,全国美展是个竞技场,就像奥运会一样,是有规则标准和裁判员的。怎样才算出人才、出作品,你是画家有没有实力水平参加?

对这个问题我的观点是不要掉队,跟上就行。全国美展是一个时代的标志和高度。杨老师说,其实我一直很满足也很幸运,当农民、当教师、当工人、当学生、当画家都一样,都要踏踏实实担当好自己的角色。我是不愿意去作表演,包括去画那些商品画应承画的。我也不像一些人搞"短平快",四五分钟就一张"贵妃醉酒"。我画一张画,往往半年或一年,心态比较稳定。这也得益于刘文西老师和王有政老师,我跟了他们40多年,有压力也是动力。刘老师说过"有大作品,才能当大画家"。所以,我每天都在画,不画时也在琢磨怎样画,停不下来。

作为陕西国画院副院长,陕西美术家协会副主席,国家一级美术师,杨光利已经功成名就。在很多画家热衷于追逐名利的表演时,他能稳下来,不炒作、不攀比、不卖钱,勤奋地创作,不断地超越自己,实在是难能可贵。

在即将完成这篇文章的时候,我想再次引用杨光利老师的心语:"我最大的收获是理解和领会了艺术技巧与生活的关系。作为一个人物画家,人物的个性及其生动与否、画面大结构与纯朴、真实的气息和人情味,与表现技巧之间孰轻孰重的关系。我希望在探索中推进,逐步完善自己的艺术面貌，甚至期许在自己的绘画中建立一个更大、更具有精神高度与生命力的高原。"

在当代中国写实水墨人物画中，杨光利师承传统又勇于创新，使自己的创作植根于人们常态的生活观察体验中，以此来表达人性的本真与生命的真谛。他以沉稳的心态努力搜寻自然状态中人与人之间的亲情之美，人与自然的和谐之美，自觉从容地保持着对乡土色彩的独特体验。他具有中国北方农民朴实、忠厚、善良、坚毅的品性，时刻保持着对自然之美、人性之美和生命之美的敬畏，从而使自己的画风始终洋溢着深厚的生活气息并与时代同行，达到一个崭新的高度。

40多年来，他走遍了陕北的村村镇镇、沟沟峁峁，收集了大量的创作素材，也使自己的情感灵魂不断升华。从黄土高原、印度高原、青藏高原，从重彩写实至白描写生，杨光利的每件作品都倾注了对生活的挚爱和细微的刻画，是对现实社会自然而然的流露和对美好未来的期冀，给繁华浮躁的都市保留下一片净土，给纷扰复杂的社会留住了人性之根。从而也使他的创作充满了隽永静气、恬淡雅和的风韵。

祝愿杨光利先生从黄土高原再次出发，继续一步一个脚印地攀登，去达到自己绘画理想的艺术巅峰。

（2018.11.29 于宁陕西悠然山，2018.12.6 修改完成）

难忘黄土香,不了人民情
——《人民艺术家刘文西》序

一个月前,我省摄影家马忠义老师托人送来他这些年跟随中国当代人物画的旗帜——刘文西采风所拍摄并精心编辑的摄影集清样嘱我作序。为此我实在是惶恐忐忑,深感自己既不懂画,又不精通摄影,且笔力不逮,难堪重任成狗尾续貂而有辱使命,因此一拖再拖。不想他穷追不舍,并讲是刘老师的命令,非我莫属。于是,只好赶鸭子上架来抛砖引玉以博读者一笑。

我与马老师和刘老师结识不久,但对他们特别是刘文西院长,真是发自内心地有种高山仰止与神交且感情至深的感觉。特别是连续两次跟随大师去陕北采风过大年,亲眼观摩黄土画派写生、拍摄纪录素材,亲耳聆听刘文西对绘画艺术的真知灼见,亲自用双脚去丈量和体会陕北这块土地的雄浑与神奇,与马老师就拍照进行请教,就越发敬重和明白他们为何对陕北的山山水水、对黄土高原的沟沟峁峁如此钟情、执着和眷恋。因为他们已经把自己的创作、事业、情感乃至生命紧紧地与陕北的土地和人民联系结合在一起了。

刘文西的画多以陕北为题材并形成了自己独特的画风，这与他50多年来扎根黄土，热爱老区人民，努力实践毛泽东文艺思想，主张画家要画劳动人民，艺术家要为人民服务，长期坚持深入生活、与老百姓打成一片是分不开的。你如果没有亲临现场，你是很难想象陕北的干部群众是多么喜欢甚至是热爱刘文西的。比如，先生在陕北吃饭的时候，总会有人拿出一沓百元人民币要他签名；先生在写生或写字的时候，总是被乡亲们围成个圈圈；先生在走进一个村落的时候，秧歌队就会围着他敲锣打鼓、吹起唢呐、扭起了秧歌……他先后90多次到陕北，画下两万多张速写，从风华正茂的江南小伙，到耄耋将至的西北老汉，从一两个师生的结伴写生，到一个画派集体的创作采风，刘文西已经成为黄土地的儿子，已经成为陕北的一部分，已经成为中国当代文化的一个符号和中国画坛的一座高峰。而马忠义能够长期跟随大师，听他的讲话、看他的故事，用镜头记录和表现刘老师忙碌、刻苦、思索、开心、生气、真诚的瞬间，可以说是莫大的幸福。

一次，我有幸进入刘老的画室，屏住呼吸地看他落笔作画。墙壁上长六七米、宽两三米的巨幅，活灵活现的黄土地的儿女们跃跃欲出，不由自主地让你肃然起敬，感到一种生命的呼唤和强烈的震撼。先生讲画上的一草一木都有原型，不能随意。画家要画，要有作品，要有思想，要像人民，才能对得起人民。画就是生命，不画就没生命了，他的生命就是画画，为人民画画。这与记者要写、摄影师要拍是相通的。我是陕北人，因此对先生的画非常喜欢，对陕北文化有特殊的感觉。到报社工作后开始关注一些文化现象，尝试新闻摄影，于是有了采访刘老师与之交流和跟随其"走转改"的机会，同时也就有了向马忠义老师请教的机会。而两次跟随黄土画派到陕北与大师零距离接触，自然是受益匪浅。

马忠义先生是陕西旅游出版社编审，省文史研究馆研究员和著名摄影家，在编辑大型纪实摄影集《人民艺术家刘文西》的过程中，再次受到灵魂的洗涤。诚如其所言，和刘文西相识多年，但真正认识和理解刘文西还是近十年的事。马先生数十次随刘文西到陕北采风，每到一个山村，就会"看到不少老大娘、老大爷、婆姨、后生和孩子们从窑洞里、山沟沟、土坡坡、峁梁梁上欢腾腾地拥来，拉着刘文西的手，那种亲热、深情的场景深深打动了我……我多次流下激动的泪。"我深有同感。十多年来，他被刘文西的精神所感动、所激励，也慢慢地与黄土地、与黄土画派、与老区人民结下了不解之缘。他满怀深情地拍下了刘文西同老乡们包饺子、拉家常、唱民歌、扭秧歌，在陕北画速写、走山路、住窑洞、赶牲灵等感人的场景。这本影集是从马老师十年来所拍摄的上万幅照片中精选出的五百幅，记录了刘文西创作高峰期的精彩瞬间。特别是这次刘老师也提供了自己保存的20世纪50年代在陕北采风的照片，更加弥足珍贵。

　　刘文西是学习实践毛泽东文艺思想的典范，是正确处理艺术与人民、艺术与生活的标杆。今年适逢毛泽东同志《在延安文艺座谈会上的讲话》发表七十周年，出版《人民艺术家刘文西》具有特殊的意义。衷心祝愿刘文西老师和黄土画派的艺术家，还有本摄影集的作者马忠义先生给我们带来更多的艺术享受。我愿意继续跟随大师们深入生活、深入传统、深入实际和深入基层，沿着毛泽东文艺思想指引的道路，不断丰富充实自己的实践、创作和我们传媒的内容和版面。

（2012.6.14 凌晨一时于文园）

黄土情深

老骥伏枥，壮心不已
——《精彩宁夏》序

　　七月的宁夏，繁花似锦。美丽的凤凰城，一派江南风光。在宁夏文化馆，随着涌动的人流，看到一幅气势磅礴的摄影作品《六盘山》，不由吟诵起毛泽东主席的《西江月》：天高云淡，望断南飞雁，不到长城非好汉，屈指行程二万……。许多前来观展的老同志感慨万分，在珍贵的照片前久久伫立，合影留念。议论《六盘山》这幅照片，曾是20世纪六七十年代宁夏大大小小单位必挂的照片，是自治区的一张最亮丽的名片。

　　为庆祝改革开放40周年和宁夏回族自治区成立60周年，马忠义先生执意要在银川举办"塞上江南，精彩宁夏"这个摄影作品巡回展。以此报答他第二故乡的父老乡亲和曾养育过他的这片热土，以此来昭示一个艺术家对摄影事业和创作的终身追求，不仅给观众带来一场视觉盛宴，赢得了各方赞誉，更是一个78岁高龄的摄影艺术家捧出的一颗赤子之心，实在是难能可贵。

在为期一周的展出期间，还将举办马忠义摄影作品研讨会、马忠义摄影集《文化艺术卷》及编辑出版的多种大型画册捐赠活动和收藏仪式。同时，他还风尘仆仆来到吴忠市、盐池县、红寺堡、沙湖、宁东能源化工基地、黄河灌区等地采访，拍摄创作了一批新的摄影作品，实在是令人感动与敬佩。

马忠义先生是我国著名的红色摄影家，在长达半个多世纪的艺术实践中，足迹遍及大江南北、长城内外。他以新闻人物摄影见长，发表了《六盘山上花烂漫》《草原医生》《黄土高原披绿装》等数以千计反映人民群众、社会变迁和革命领袖、国之精英的照片，编辑出版了《毛泽东在延安》《延安颂》《井冈山画集》《郭兰英》等上百部摄影画册，并在美国、法国、日本、韩国、新加坡和中国的港台地区参展和频频获奖，并培养了一大批摄影骨干，具有较高的艺术造诣和广泛的影响力。

此次银川展出的大部分作品，是继其在西安、延安和北京为纪念建党95周年和红军长征胜利80周年展出的基础上，精心挑选与增加了其在宁夏工作期间与新近在银川创作的作品。

展出的200多帧照片，可谓"厚重、精美、珍贵"。他以独特的视角展现改革开放的时代画卷，用缜密的镜头记录革命前辈的红色印迹，拿赤诚的心灵赞美时代人物的精神风貌，给我们留下了十分珍贵的历史瞬间和宝贵的精神财富。这次展览后,他又以极大的热情、不辞辛苦编辑出版这部摄影集,为摄影人做出了榜样。

马忠义先生是陕西富平人,但他的摄影生涯是从宁夏起步的。1970年他曾供职于宁夏新闻图片社,担任彩色摄影组组长;1975年至1980年在自治区党委宣传部工作,因此对宁夏有着特殊和深厚的感情。举办此次摄影展与出版这部影集,也可说既是他"不忘初心,情系宁夏"的夙愿得偿,又是其"老骥伏枥,壮心不已"的真实写照。

我与马忠义结识于十年前随刘文西带黄土画派到陕北采风的路途,对他一丝不苟、认真严肃的创作态度和待人谦和、乐于助人的品德印象颇深。随着后来工作上的一些交往,特别是读了他几十年精心编辑出版的摄影画册、参与了他的几次影展,对他高超的摄影技术和对事业孜孜不倦的追求精神,尤其是对其创作过程中如何选取拍摄对象及创作的心路历程有了更多的了解。所以乐意为他下写这么一段文字,衷心祝愿马老艺术之树常绿,继续有更多更好的作品问世。

(2018.8.22 凌晨一点于大雨中的文园)

记叙的散板

用心记录历史的瞬间

在西安晚报六十华诞即将到来的时候，我建议出一套丛书来纪念几代报人期待的这个日子。其中《周末视角》是丛书的重头戏。

业界都讲平面媒体进入了读图时代，但真正知其滋味的是值夜班的老总和视觉总监，几乎每晚都要为版心大图或配图挠头。

2008年中国晚报协会在嘉兴召开年会，听了嘉兴日报社张扣林社长兼总编辑《用视觉创新带动报业的全面创新》的介绍报告，还看了他们出版的《视觉三年》，给了我许多启发。

回来后我将嘉兴日报社的做法和成果给了晚报负责摄影的图片总监王幼健，问他能不能也搞这么一个版面，过些年也能出个集子。没承想一句话，变成了现实。

对摄影我是个门外汉，刚到报社社办给我配相机，据说是一种待遇。没想到在报社几位摄影记者的鼓动下，我也成了"发烧友"。在师傅市摄影家协会宋艳刚主席的指导下，摄影作品《聆听老腔》竟然获得了省上的总编奖。从此，拿起了相机，用工作之余或出差的机会去努力捕捉一些美好或难忘的瞬间。

摄影是讲究光线明暗、色调比对、焦距远近、构图层次的艺术，其实最难的是内心对情感、思想乃至对整个世界的感悟与把握。在科技突飞猛进和日臻完善的时代，高清晰智能化的相机可帮助我们更多的人拍出诸多好的照片，但真正要拿出引人入胜、感人至深、能使心灵震撼的作品还得下一番功夫。

随着中国经济发展和社会进步，人们休闲娱乐和精神生活需求的增多，摄影有了更多的拍友和受众，欣赏水平和拍摄技术也在提升，这对报人、对新闻专业摄影工作者以及报纸版面的视觉效果，包括《周末视角》都提出了更高的要求。我想，作为报人应该有更多的担当。我们应更有职业精神和专业精神，在不断地守候中用心记录下历史的瞬间，让美丽、精彩、感人、难忘、崇高、悲壮，甚至痛苦的一刻成为城市和人们的记忆。

希望《周末视角》越办越好，吸引和团结更多的摄影爱好者、更多的专业工作者和艺术家，为大家提供一个交流、品鉴和交友的平台，摄影活动和艺术创作的平台，提升人们艺术修养和培养摄影新人的平台。

（2012.5.21. 凌晨一时于曲江）

记叙的散板

后　记

记叙的散板

　　时光荏苒，日月如梭。转眼又是新春，在三亚沐浴着灿烂的阳光与和煦的海风整理书稿，思绪却随着漫天飘浮的彩云，回到"长相思，最忆是长安"的故乡。

　　的确，人至将老，更觉"天时人事日相催"，愈发眷恋生于斯长于斯的故土，常常回忆梳理起旧情往事。刚刚过去的2018年，适逢改革开放40周年，神州大地发生了翻天覆地的变化，又吹响了新时代再出发的嘹亮号角。回望长安，故都新貌，丝路长歌，古调重弹。为曾亲历的建强创佳、板块突破，向国际化大都市迈进，为高起来、绿起来、亮起来、美起来的大西安鼓与呼而由衷的喜悦和自豪。

　　戊戌年自己甲子有三，开始荣享退休金，过上了令许多故旧同事羡慕的闲散日子。养生健体、买菜做饭之余，

后 记

读书上网、寻道访友、游历山川，不由谈古说今、萦绕以往、聊发胸意，倍觉新生，乐此不疲。在众人怂恿下，于5月份整理了养病期间和退休后集中记录的文字，以及部分过去已发表的旧作，结集出版了《行走的快板》，颇为惬意，愈引发出写作的激情。于是就有了这本《记叙的散板》来记叙那些难以忘怀的故事及思绪。

回顾往事，那些并不遥远的回忆：《锦华情缘》历历在目，唱秦腔的刘线玲与《丢枪》的任全成来电的感慨万千，而一同《探望老董》的王新建竟半年多后溘然长逝；追忆学习工作，从青涩至成熟的光阴，难忘《我的小学》《我的中学和几位先生》《收音机里上大学》，虽然《那年花好月未圆》，但《南院的爬墙虎》和《加班》《钟鼓楼下卖报歌》却挥之不去；思忖成长生活，多次《搬家》，学会《拥抱黑暗》，怀念《爸妈的饺子》，度过《年馑》《陪儿子高考》，再《学好本领上前线》，一个家庭的变化映照着时代的变迁。而去《九色甘南绿如蓝》，参加《申藏乡义诊记》，拜谒《北石窟寺》《北海普度寺》和到《北川祭》奠"5·12"大地震罹难同胞，就不能不思索生命的可贵与轮回；《喝透茯茶》后，《走过久违的红场》，欣赏了《雅典神庙的传说与建筑艺术》，再偶遇《阿兰》《卖鸡蛋的瞎老汉》，品尝了《东白茶·东阳酒与出缸肉》，就更想《又见昆明池》和《不夜的长安》，去寻觅《江塝踏青品茗香》《云集三月试新酒》的恬淡；不忘《黄土情深》，就会更执

记叙的散板

着《坚守文学的神圣》和《用心记录历史的瞬间》……

在我少年时代,心中就曾有过文学的萌芽;在当工人时,也曾尝试写过小说、诗歌、剧本,多少也显露出些绘画、歌唱的天赋。使我重回文艺或是重新发芽生长文学的梦想,是得益于我在西安日报社工作的那一段经历。我报到后的第一件事,就是参加吴克敬老兄《状元羊》的研讨。第一次得知是晚报的张月赓老师,曾经帮助和支持了陈忠实、贾平凹等最初的创作,从晚报走出了许多大家和大师级的人物,他们靠自己的努力,写出不少在国内外有一定影响的作品,成为知名作家或画家、书法家;也是在这次会议上,著名文艺评论家李星提出了"西安晚报现象"这个概念;于是便产生了一定要高扬文化的旗帜,要为报社的文化人、西安的文化做点事的想法。当时我就被在座的一群可敬的文化人,感动得满眼泪光。

五年后终于实现了这一夙愿,报社联合省作协等单位召开了"西安晚报现象研讨会",并出版了《西安晚报文化丛书》。陈忠实、贾平凹、白烨、李炳银、王西京、赵振川、范华、高建群、李星、娜夜、李艳秋、王芳闻、吴克敬、韩养民、李震、韩隽、宋艳刚、穆涛等文化名流出席,言之凿凿,使我终生难忘。在此期间,西安两报开设了诸多文化栏目,与《美文》杂志发起了"中国报人散文奖",支持庞进先生成立了西安中华龙凤文化研究院,还为报社的徐剑铭、马师雄、崔正来等同志的作品召开过专题研讨会。尤其是徐剑铭、商子雍老师退休以后，仍笔耕不辍，佳作迭出，对我影响颇大。商老师对我讲他退休后，基本上是每年出一本散文集，既使我惊讶又让我羡慕和感动。

在编辑这本集子时，我十分想请本报退休多年、已经81岁的张月赓老师能给把把脉，渴求为之作序。他欣然应允，也算是一种机缘，使我备受鼓舞，感到莫大的荣幸。另外，我要感谢《西安电视台》的孔保尔、《西部文学网》的洛沙、《金秋》的李亚新、《西安日报》的肖雪、《文化陕西》的张小军、《魅西安》的谢馨、《闻是书画》的王磊、《黄土画派艺术报》的王美、《国医国药》的袁利晖给予的帮助鼓励；还有崔煜老同学、王宝成文友的中肯意见，锦华木器厂工友、报社和南北两院同事的关注，西北大学出版社的精心编辑，乡党惠达、麻旭东先生的鼎力资助；最后还要感谢我的家人默默地支持与父亲在天之灵的佑护，在他最后的时光里为我们儿女、孙辈留下的《难忘的岁月》。

沐浴着共和国的阳光雨露，我们这一代实在是幸运的。尽管也曾受过三年自然灾害的《饥馑》与"文革"十年动乱的浩劫，亦感叹过《秦岭之殇》与身边"两面人"的沉舟侧畔。但幸运的是目睹和分享了改革开放所带来的变化和福祉，祖国越来越繁荣昌盛，越来越接近伟大复兴的梦想，也使个人的理想和才华得以充分地展示和自由地表达。在庆祝共和国七十周年华诞的时候，能奉献出这本小册子，

记叙的散板

亦是我回报祖国和时代,感谢关心爱护我的各位首长、朋友的一种方式。

　　我们应该学会感恩这个时代,更好地奋斗与生活。特别是在渐渐老去的时候,就要像克敬老兄所说的那样,"听话""不怕"和"小心"了。努力做一个明理、有趣,豁达、仁爱,友善和快乐之人,而少给他人增添麻烦足矣。

郝小奇
2019.5.9 于文园